Wie ein Fehler im System

AF194579

Renée Krill

Wie ein Fehler im System

Jugendroman

Bibliografische Information der Deutschen Nationalbibliothek:
Die Deutsche Nationalbibliothek verzeichnet diese Publikation in der
Deutschen Nationalbibliografie; detaillierte bibliografische Daten sind
im Internet über http://dnb.dnb.de abrufbar.

Umschlaggestaltung: Magdalena Memmer

Herstellung und Verlag: BoD – Books on Demand, Norderstedt

ISBN: 978-3-7557-1624-2

Triggerwarnung: Dieser Roman enthält die potenziell sensiblen
Themen: Depression, Suizid, Tod.

Über die Autorin:
Renée Krill wurde 2002 geboren und ist in der Pfalz aufgewachsen. Die junge Studentin hat viele Leidenschaften, weshalb ihr Tag oft nicht lang genug sein kann, um alles zu erledigen. Aber am meisten liebt sie das Reisen, Tiere (vor allem Hunde) und alles, was mit Büchern zu tun hat. *Wie ein Fehler im System* ist ihr Debütroman.

Für dich

PROLOG

Häuserfassaden huschten an mir vorbei, als ich mit dem Fahrrad durch die Straßen raste. Die Musik dröhnte in meinen Kopfhörern und ließ die Geräusche der Stadt um mich herum verstummen. Meine Sicht war verschwommen durch die Tränen, die mit dem regennassen Wind auf meiner Haut zu gefrieren schienen. Aber all das hatte keine Bedeutung mehr. Ich wollte nur weg von hier, so weit und so schnell wie möglich. Und zum ersten Mal seit Monaten hatte ich das Gefühl, all meinen Emotionen freien Lauf lassen zu können. Also trat ich fester in die Pedale. Bis zu einer bestimmten Stelle.

Abrupt kam ich zum Stehen und sah auf die Kreuzung vor mir. Welche Abzweigung sollte ich nehmen? Ich konnte nicht nach Hause. Ich konnte zu niemandem, den ich kannte. Dann sah ich das kleine Schild, das in die Straße rechts von mir zeigte, und wusste, dass es auf den einzigen Ort verwies, an dem ich jetzt Ruhe finden konnte.

Mein Blick streifte das beleuchtete Schaufenster eines Buchladens, als ich in die Straße einbog, und ließ eine Erinnerung durch meinen Kopf schießen, die mir die Kehle zuschnürte. Oma.

Oft bildete ich mir ein, noch den Geruch ihres Parfüms, der sie immer sanft umgeben hatte, in der Nase zu haben. Auch in diesem Moment, als ich allein durch den Regen hastete und mich an sie erinnerte. Doch er war weg. Genau wie all die Hoffnung und das Glück, das ich früher empfunden hatte.

Nach kurzer Zeit ließ ich die Schilder und die hellen Lichter der Stadt hinter mir und tauchte in die Dunkelheit der Landstraße ein. Vor mir der Lichtkegel meines kleinen Scheinwerfers und gelegentlich der eines vorbeifahrendes Autos. Die blinkenden Warnzeichen der Baustelle tauchten auf und zwangen mich, den Fahrradweg zu verlassen.

Gleich würde ich die Kurve erreichen, dann war es nicht mehr weit. Nur noch ein paar Minuten und –

Hupend fuhr ein Auto an mir vorbei. Der Luftzug haute mich beinahe um. Wieder erschienen hinter mir Scheinwerfer, noch greller als die zuvor, und tauchten die Straße in ein gleißendes Licht. Da vorn kam die Biegung. Ein Transporter bog um die Ecke, er nahm die ganze Spur ein. Meine Spur. Gleich müsste er ausweichen. Er kam näher. Jeden Moment würde er rüberlenken. Jetzt ...! Ich riss den Lenker herum. Meine Reifen rutschten über den nassen Asphalt zur Seite. Der Boden kam rasend schnell näher. Und trotzdem schien alles in Zeitlupe zu passieren. Ich konnte sehen, wo ich aufschlagen würde. Mein letzter Gedanke galt dem unvermeidlichen Schmerz, bevor mein Körper den Boden berührte.

Das Rasseln des Fahrrads.

Ein dumpfer Knall.

Ein letzter Lichtkegel.

Dann völlige Dunkelheit.

DAVOR

1.

Mein Leben lief wie in Zeitlupe. Ein kleines Lächeln umspielte seine Lippen. Seine Augen funkelten geheimnisvoll, als er seine Hand sanft auf meine Wange legte und mich näher an sich heranzog. Ich lehnte mich nach vorn und schloss die Augen.

„Kim …", flüsterte er leise, kurz bevor seine Lippen auf meine trafen. Ein angenehmer Schauer lief mir über den Rücken. Ich liebte es, wie er meinen Namen aussprach.

„Kim!" Ein spitzer Zeigefinger pikste mich in die Seite. Mir entfuhr ein leises Quieken. Ich blinzelte für einen kurzen Moment, bis ich wieder alles um mich herum klar erkannte. Sein Gesicht war verschwunden, der Tagtraum beendet. Stattdessen schaute ich in die wasserblauen Augen meiner besten Freundin Sam, die mich misstrauisch ansahen.

„Was ist?", fragte ich mit einem leicht genervten Unterton. Ich hasste es, wenn man mich aus meinen Träumen riss. Egal, ob tagsüber oder nachts.

„Was bist du denn so mies gelaunt?" Sie warf einen Blick nach vorn, ungefähr in die Richtung, in die ich gerade noch geschaut hatte. Oder besser, in die meine Augen gerichtet gewesen waren. Gesehen hatte ich nämlich nur sein Gesicht vor meinem und … Ihre perfekt geschwungenen Lippen verzog sich zu einem teuflischen Grinsen. „Aha, ich weiß genau, woran du gerade gedacht hast."

„Gar nicht", gab ich zurück und nahm meinen Bleistift in die Hand. Frau Weiß notierte irgendwelche Formeln an die Tafel. Ich schrieb sie schnell ab, um wenigstens so zu tun, als arbeitete ich etwas. Wovon redete sie eigentlich?

„Ja ja, ich glaub's auch." Sam schaute abwechselnd zu mir und dann wieder nach vorn. „Mika ist aber auch heiß. Sogar, wenn man nur seinen Rücken sieht."

„Samantha, Kim, passt ihr bitte auf?" Frau Weiß sah uns mahnend an.

Sams Lächeln wurde innerhalb einer Sekunde zuckersüß. „Entschuldigung, ich habe Kim nur etwas erklärt."

Die Züge unserer Lehrerin wurden weicher. „Okay. Wenn du eine Frage hast, kannst du sie auch gern laut stellen, Kim. Vielleicht haben andere dieselbe Frage. Vor allem so kurz vor der Kursarbeit."

Ich nickte zerknirscht. „Ja, geht schon. Danke."

Sam schaute noch einen Augenblick nach vorn, bevor sie sich mir wieder zuwandte. „Das T-Shirt steht ihm aber auch echt gut. Grau ist genau seine Farbe."

Ja, danke Sam. Dank dir denkt Frau Weiß jetzt, dass ich bei ihr nix versteh, dachte ich grimmig. Was zwar nicht weit von der Realität entfernt war, aber das musste sie ja nicht wissen.

Ich sah auf die Uhr. Noch 32 Minuten. Die Stunde zog sich mal wieder in die Länge wie Kaugummi unter den Schultischen. Ich sah an die Tafel und versuchte nachzuvollziehen, was für Formeln da standen. Doch dann wanderte mein Blick Richtung Fenster. Sam hatte recht. Das T-Shirt stand ihm wirklich gut. Auch wenn ich mich fragte, wie man im November mit Sommerklamotten rumlaufen konnte. Und unsere Schule hatte nicht wirklich den Preis für die bestfunktionierende Heizung verdient.

Er lehnte sich zu seinem Kumpel Finn, der ihm etwas zuflüsterte, und drehte dabei leicht den Kopf zur Seite, sodass ich sein Profil sehen konnte. Die hohen Wangenknochen. Die kleinen Fältchen um seine Augen, die sich bildeten, als er über Finns Bemerkung lächelte. Der Leberfleck an seinem Kinn, der sein Aussehen gerade so davon abhielt, perfekt zu sein – und ihn dadurch noch hübscher machte.

Konzentrier dich!, ermahnte ich mich selbst und blickte wieder auf meine Unterlagen. *Du darfst die Mathearbeit nicht verhauen!*

Als endlich der Gong zum Stundenende ertönte, war ich vollkommen fertig. Resigniert packte ich meine Sachen zusammen und verließ den Saal. Wie sollte ich das bitte alles verstehen? Wieder einmal fragte ich mich, ob es wirklich die richtige Wahl gewesen war, Mathe als Leistungskurs zu nehmen. Aber jetzt hatte ich erstmal eine Doppelstunde Kunst, in der man sich für gewöhnlich entspannen konnte und danach hatte ich frei. Das ließ meine Stimmung ungefähr so lang ansteigen, bis mir einfiel, dass ich zu Hause ja auch wieder nur lernen musste. Kursarbeitenzeit war wirklich stressig.

„Hey!", hallte Elisas helle Stimme in mein Ohr.

Ich schaute zur Seite und blickte in ihr sommersprossiges Gesicht. Früher hatte ich immer gedacht, dass es eine Übertreibung sei, wenn man sagte, jemand sähe aus wie eine Porzellanpuppe — bis ich Elisa kennen gelernt hatte. Sie hatte einen hellen Teint und eine rundes, von hellblonden Locken umrahmtes Gesicht. Dazu große, rehbraune Augen mit ewig langen Wimpern und einen Schmollmund. Ihre Stimme klang ungefähr so, wie man sich die eines Engels vorstellte, und auch ihr Charakter passte dazu. Immer hilfsbereit, immer lieb und nett. Das Einzige, was nicht zu ihrer Erscheinung passte, war, dass sie unglaublich gern Thriller und Horrorromane las, was sie, wenn man drüber nachdachte, ein bisschen gruselig erscheinen ließ. Oder wie mein Freund Manu mal gesagt hatte: „Als wäre sie selbst eine unheimliche Mörderpuppe aus einem dieser Romane." Das hielt ich für ein bisschen übertrieben. Elisa war wirklich von Grund auf ein guter Mensch. Sie war quasi perfekt, im Gegensatz zu mir.

„Oh, ich hab ganz vergessen, dass ich noch zum Lehrerzimmer muss. Tut mir leid, dass ich dich jetzt hier so stehen lasse." Sie lächelte mich entschuldigend an, als sie ihren Rucksack erneut schulterte.

„Ach was, alles gut. Carina kommt bestimmt auch gleich." Und tatsächlich tauchte in diesem Moment meine Freundin in einer ihrer hellblauen Blusen zwischen den anderen Schülern auf und setzte sich neben mich an unseren üblichen Tisch. „Hey! Na, alles klar?" Sie stellte ihre Sachen neben meine und zog eine kleine Dose mit Obstsalat hervor. „Wusstest du", begann sie, als sie den Deckel abzog und ein Stückchen Apfel mit einer kleinen Gabel aufspießte. „dass heute vor über 500 Jahren Christoph Columbus in Panama angekommen ist? Er hat sich den Ort als „schöner Hafen" notiert und heute heißt die Stadt dort *Portobelo*."

„Wann habe ich bitte schon mal was von den historischen Ereignissen gewusst, die du immer erzählst?", antwortete ich, musste dabei aber lächeln. Carina teilte uns jeden Morgen mit, was an diesem Datum passiert war. Ob es sich dabei um den Tod eines berühmten Dichters, das Entdecken eines Landes oder die Unterzeichnung irgendeines Vertrages handelte, spielte dabei keine Rolle. Sie wusste zu jedem Tag etwas. Geschichte und vor allem irgendwelche Daten waren total ihr Ding. Und irgendwie hatte das Ganze auch was. Die meisten Sachen vergaß ich ziemlich schnell wieder, auch wen einige Infos echt interessant waren. Aber mit Carinas Intelligenz konnte ich nicht mithalten.

„Doch, natürlich!", widersprach sie. „Dass Luther am 31.Oktober die 95 Thesen veröffentlicht hat, hast du gewusst. Und ich bräuchte euch das Ganze doch gar nicht zu erzählen, wenn ihr schon alles wüsstet."

Da hatte sie wohl recht.

„Wie weit bist du mit dem Bild für Kunst?", wechselte Carina das Thema und steckte sich ein Stückchen Kiwi in den Mund.

Ich zuckte mit den Schultern. „Sollte heute fertig werden. Deins?"

„Denke auch. Ich hoffe, wir machen als Nächstes was mit Ton." Der Pausengong ertönte und wir packten unsere Sachen zusammen. Weiter mit dem Trott des Alltags.

„Eine Ellipse ist … Eine Übertreibung?", redete ich leise vor mich hin und schob den weißen Zettel über mein Blatt auf dem Schreibtisch, sodass ich die Definition lesen konnte. *„Ein Satz, der unvollständig ist, aber trotzdem verstanden wird.* — Mist." Seit zwei Stunden versuchte ich jetzt schon, die Rhetorischen Mittel in mein Gedächtnis zu prügeln. Bisher ohne Erfolg. Unser Lehrer hatte uns nahegelegt, zumindest ein paar sicher für die Kursarbeit zu beherrschen. Ich war am Verzweifeln. Ich legte den Kopf in den Nacken und sah an die Decke. Weiß und kahl. Wie mein Gehirn. Unterbrochen durch das bisschen Wissen, das zum Analysieren von Kurzgeschichten da war. Ein kleiner Lichtblick, dass die Arbeit kein Reinfall werden würde. Die LED-Spots.

Die Arbeit war schon übermorgen! Wieso konnte ich mir diesen Kram nicht merken? Und dann zwei Tage später kam schon Mathe. Mathe. Verdammt, dafür musste ich ja auch noch lernen! Resigniert ließ ich den Kopf auf die hölzerne Tischplatte sinken. Ein kurzer Ton und Vibrieren durchfuhr den Tisch und meine Stirn. Fühlte es sich so an, wenn das Wissen im Gehirn ankam? Wahrscheinlich nicht.

Ich hob den Blick und sah auf mein Handy. *Mika.* Sofort saß ich aufrecht und hatte das kleine glückbringende Gerät in meiner Hand.

„Und?", schrieb er. „Wie läuft's mit Mathe?" Und dazu einen Emoji mit Nerdbrille.

„Geht so", tippte ich zurück. „Bei dir?"

Ein GIF erschien auf meinem Bildschirm. Er zeigte eine Frau in einer Talkshow, die übertrieben mit den Schultern zuckte. Darunter stand in flimmernden Buchstaben *Its ok*. Unwillkürlich musste ich lächeln und schickte ebenfalls ein Kurzvideo von einem Knopf mit der Aufschrift *Not easy* der gedrückt wurde. Ich stellte mir vor, wie Mika zu Hause vor seinen Matheübungen saß und genauso grinste wie heute Morgen im Unterricht. Vielleicht sogar noch ein bisschen breiter. Das mit den GIFs war schon fast ein Ding von uns geworden. Mit niemand anderem schickte ich welche hin und her.

„So einen Knopf könnte ich mal im Unterricht brauchen", schrieb er zusammen mit einem tränenlachenden Emoji. Ich schickte eines zurück.

„Kim!", ertönte die Stimme meiner Mutter aus der Küche. „Essen!"

„Komme!", rief ich zurück und blickte wieder auf mein Handy. „Muss los, gibt Essen", tippte ich schnell ein. Innerhalb von Sekunden kam eine Antwort. „Was gibt's?"

„Nudeln", schrieb ich zurück.

Das Bild eines großen, roten Herzens erschien auf meinem Bildschirm. Mein Lächeln wurde noch ein bisschen breiter. „Ki-im!", schallte es durch das Haus.

„Ja-a!", rief ich und stand auf. Ich mochte es nicht, ein Gespräch zwischen Mika und mir enden zu lassen.

„Dann guten Appetit", war seine letzte Nachricht. Ich schickte noch ein kurzes „Danke" und rannte nach unten. Meine Eltern saßen schon beide am Tisch.

„Hast du mich nicht rufen hören?", fragte Mama und schöpfte eine Kelle Nudeln auf einen Teller.

„Doch, doch. Ich hab noch gelernt." Ich setzte mich auf meinen Platz.

„Na, dann kann man es ja verzeihen", sagte Papa und zwinkerte mir zu.

Neben meinem Bein erschien ein kleiner Kopf mit braunem strubbeligem Fell und dunklen Knopfaugen. Nepomuk. Seine schwarze, glänzende Nase zuckte aufgeregt hin und her und versuchte den Duft des auf dem Tisch stehenden Essens aufzusaugen.

„Nepomuk, nicht betteln", wies Mama ihn streng zurecht. „Geh auf deine Decke!" Der kleine Hund tapste in sein mit dunkelblauem Stoff überzogenes Körbchen, ohne jedoch den Blick vom Tisch abzuwenden, nur für den Fall, dass doch noch etwas für ihn abfallen würde.

Wenn meine Eltern ins Büro fuhren, nahmen sie Nepomuk meistens mit. Fürs Klima in der Firma und weil Hunde den *Stresspegel runter und die Arbeitsmotivation hoch setzen* sollten. Das war zumindest Mamas Argumentation gewesen. Nepomuk schien es jedenfalls zu gefallen, die meiste Zeit auf seiner Decke im Büro zu sitzen, Leute zu beobachten und ab und zu einen Ball geworfen oder den Bauch gekrault zu bekommen. Außerdem war er so nie allein zu Hause, wenn meine Eltern arbeiten waren und ich in der Schule war.

„Guten Appetit", sagte Papa und wir fingen an zu essen. Ich sog den Geruch der dampfenden Spaghetti mit rotem Pesto tief ein. Oh ja, Pasta war schon echt toll!

„Hast du dir schon die Plakate angesehen, Sabrina?", richtete er sich jetzt an Mama, die zwischen zwei Gabeln nickte. „Ich finde, wir sollten auf jeden Fall nochmal über das erste Angebot nachdenken."

Eigentlich war meinen Eltern das gemeinsame Abendessen heilig. , wie lang der Tag gewesen und was alles so passiert war, abends wurde zusammen gegessen. *Familien-Qualitäts-Zeit.* Und deshalb durfte man in dieser Zeit nicht sein Handy benutzen und eigentlich auch nicht übers Geschäft reden. Aber in letzter Zeit wurde Regel Nummer zwei öfter mal gebrochen — natürlich nicht von mir. Es ging stressiger zu in der Firma, seit sie sich vergrößert hatten und danach einer ihrer besten Mitarbeiter kurzfristig einen Job im Ausland angenommen hatte. Sie versuchten zwar so gut es ging vor mir zu verheimlichen, wie nervenaufreibend und anstrengend es für sie im Moment war, aber es gelang ihnen immer schlechter. Als ob ich ein kleines Kind wäre und nicht verstehen würde, dass nicht immer alles leicht war.

Während sie über irgendwelche Plakate diskutierten, schweiften meine Gedanken zu Mika ab. Ob er mir nachher wieder schreiben würde? Sollte ich mich nochmal melden, oder war das zu aufdringlich? Ich wollte ihn ja nicht nerven. Aber vorhin hatte er mir ja auch als erstes geschrieben. Na ja, wir hatten gestern Abend noch Nachrichten gewechselt, also hatte er jetzt quasi daran angeknüpft. Obwohl man das

Gespräch gestern auch als beendet hätte ansehen können. Ach Mann, wieso war das immer so schwierig? Aber was war, wenn er mir jetzt vielleicht nochmal geschrieben hat? Dann könnte ich ...

„Kim, kannst du mir bitte das Salz geben?", riss Papa mich aus meinen Gedanken. Ich nahm den kleinen Streuer neben mir und reichte ihn weiter.

„Habt ihr euch eigentlich schon überlegt, wie ihr eure erste Klausuren-Phase feiern wollt? Irgendwelche Partys?"

Ich schüttelte den Kopf. „Danach geht es ja mit den Grundkursen weiter. Bis Dezember."

Bei dem Gedanken daran zog sich mein Magen zusammen. Es würde direkt weitergehen mit dem Lernstress. Die Nudeln auf meiner Gabel wirkten auf einmal weniger verführerisch.

„Ja, aber danach habt ihr doch erst recht einen Grund zu feiern! Ach, ich weiß noch, als ich in deinem Alter war ..."

„Du meinst kurz nach dem zweiten Weltkrieg?", zog ich ihn auf. Er warf mir einen gespielt drohenden Blick zu. „Werd bloß nicht frech! Du wirst schneller so alt sein wie ich, als du denkst. Und nein, ich meine in den 80ern und 90ern. Das war vielleicht eine Zeit! Wir hatten ständig irgendeinen Grund zu feiern. Und auch wenn ich mich an einiges vielleicht nicht mehr so ganz erinnern kann, war das meiste echt super."

„Micha", sagte Mama in tadelndem Ton. Oh, bitte nicht. Jetzt ging es wieder los. Sie packte schon ihren *Alkohol-ist-schlecht-und-wir-müssen-unsere-Tochter-so-lang-es-geht-davon-fernhalten-Blick* aus. Was jetzt folgte, kannten wir alle schon. „Sei doch froh, dass unsere Tochter und ihre Freunde vernünftig sind und sich nicht ins Koma saufen wie andere Jugendliche in ihrem Alter!"

„Mama!", gab ich genervt von mir.

Papa sprang mir sofort zur Seite. „Ach, jetzt übertreib doch nicht! Wir reden hier doch nur über ein bisschen Feiern."

„Und vom Trinken! Du weißt, wie gefährlich das sein kann Das kommt oft genug in den Medien. Dazu ist es noch illegal!"

„Mama", setzte ich erneut an. „Ich bin 16. Ich darf ganz legal Wein und Bier trinken und kaufen. Und keiner von uns besäuft sich!" Na ja, zumindest nicht so, wie sie sich das ausmalte.

„Und Sekt geht auch", ergänzte Papa. „Sie machen schon nichts Schlimmes. Und wenn man mal ein bisschen betrunken ist — das gehört zum Erwachsenwerden dazu! Uns haben die Partys nicht geschadet. Wir sind alle ganz normal, wie du sicher weißt."

Sie zog eine Augenbraue hoch. „Da bin ich mir bei manchen deiner Freunde nicht so sicher." Oh, jetzt wurden die Argumente aber persönlich.

„Ich mir bei deinen auch nicht, unabhängig vom Alkohol", erwiderte er, wenn auch nach kurzem Zögern. Das wurde hier ja immer hitziger, vor allem, weil die beiden fast nur gemeinsame Freunde hatten.

Jetzt kam noch die zweite Augenbraue dazu. „Ist das dein Ernst?"

Mein Papa hob entschuldigend die Hände. „Du hast damit angefangen."

„Das Essen ist übrigens echt lecker", versuchte ich einen Themenwechsel. Ihre Diskussion durfte nicht zu einem richtigen Streit ausarten.

„Danke", sagte Mama, den Blick immer noch auf Papa gerichtet.

„Ja, finde ich auch", sagte dieser und unterschrieb damit die Deeskalation. „Sind da Pinienkerne drin?"

Mama war in Sachen Alkohol und Drogen extrem intolerant. Und das, obwohl sie auf Partys und Festen auch gern mal ein Glas Rotwein trank. Aber wenn es um mich ging, hörte der Spaß auf. Total übertrieben, wie ich fand. Und mit dieser Meinung war ich nicht allein.

„Habt ihr heute Morgen in der Zeitung gelesen, dass sie den Radweg Richtung Friedhof erneuern wollen und deshalb für die nächsten Monate sperren werden?", fragte nun Mama.

Ich las keine Zeitung, aber weil der Radweg parallel zu der Landstraße verlief, über die Elisa jeden Tag mit dem Bus zur Schule fuhr, hatte sie es uns heute Morgen erzählt.

Ich nickte. „Ja, das ist doof. Jetzt muss man immer auf der Straße fahren. Aber vielleicht hat der Weg danach ein paar Schlaglöcher weniger."

So lief das Abendessen weiter bis ich mich wieder in mein Zimmer zurückzog, um zu lernen. Aber am Schreibtisch angekommen, fehlte mir erneut die Konzentration. Trotzdem ging ich die Übungen für

Mathe noch durch und versuchte mir verschiedene Rechenansätze zu merken.

Als ich das Gefühl hatte, den Stoff wenigstens einigermaßen zu können, ging ich ins Bett. Müdigkeit steckte in meinem ganzen Körper und meine Schultern schmerzten vom langen Sitzen am Schreibtisch. Ich schlüpfte in meine schwarzen Schlafshorts, zog mir das übergroße T-Shirt von der Klassenfahrt aus der 9. über und kroch unter meine Bettdecke. Doch anstatt einzuschlafen, starrte ich im Dunkeln an die Wand.

Ein träges Gefühl hing über mir. Nicht das träge Gefühl das man hatte, wenn man den ganzen Tag gearbeitet oder Nächte lang nicht geschlafen hatte. Nein. Das träge Gefühl, dass ein Gewicht auf einem liegt und einem die Luft abdrückt. Wie Trauer, nur ohne die Traurigkeit. Ich musste mich ablenken. Vielleicht wurde ich dann so müde, dass ich einschlafen konnte. Ich griff nach meinem Handy und öffnete Instagram. Scrollte durch die verschiedenen Bilder bestehend aus Essen, Selfies, diversen Hunde- und Katzenvideos und Beispielen dafür, wie Stars ihren Tag so verbrachten. Nichts Neues.

Ich tippte auf Snapchat.

Ein Deutsch-Lernzettel von Elisa. Auch sie ärgerte sich mit den rhetorischen Stilmitteln herum, obwohl sie in den Parallelkurs ging. Sie war nicht die Einzige, die ihre Lernaktivität dokumentierte. Ich tat das ja auch. Warum eigentlich? Als ob wir die Sachen besser lernen würden, wenn wir den anderen zeigten, dass wir gerade dabei waren, Aufgaben zu bearbeiten oder Zusammenfassungen zu erstellen.

Dann tauchte Sams Story auf.

Darauf ihr Fernsehbildschirm mit dem Zeichen einer Streamingseite. Darüber die Schrift „Und noch eine Folge …". Aha, sie schaute also wieder Serien. Ich kannte niemanden, der so ein Serien-Junkie war, wie sie. Und trotzdem hatte sie bisher mit nur wenig Lernen gute Noten erzielt. Wie machte sie das? Intelligenz? Glück? Oder log sie uns einfach an, indem sie behauptete, sie würde chillen, obwohl sie eigentlich lernte? Aber wieso sollte sie das tun?

Ich scrollte noch eine Weile weiter, bis es mir irgendwann so schwerfiel, die Augen offen zu halten, dass ich den Bildschirm nur noch verschwommen wahrnahm. Ich legte mein Handy beiseite und rollte mich auf die Seite. Doch von Schlafen keine Spur. Gedanken rasten durch meinen Kopf. Gedanken über das Lernen, die Schule, über Mika. Er hatte mir nicht nochmal geschrieben. Wieso konnte Sam so gute Noten haben und so wenig lernen? Warum konnte ich das nicht? Wieso konnte sie in der Schule so viel lachen und ich nicht? Die schlechten Gedanken mischten sich mit dem trägen Gefühl, das immer noch nicht verschwunden war.

Ich kannte das Gefühl bereits. Es war mir in den letzten Monaten immer öfter begegnet und besuchte mich mittlerweile wie ein alter Freund, den man nicht mochte, ihn aber nicht rausschmeißen konnte. Es war einfach da, nahm mich ein und ließ mich nicht mehr los. Es wollte meine ganze Aufmerksamkeit. Es hängte mir Gewichte an die Füße, die mich nach unten zogen, in eine tiefe Dunkelheit. Ich wusste weder, warum es kam, noch, wann es kommen würde. Aber es ging oft Hand in Hand mit den schlechten Gedanken, die mich ebenfalls fertigmachten. Manchmal glaubte ich, die beiden waren ein und dasselbe. Manchmal saß ich abends wach und die beiden vereinten sich zu einem neuen Gefühl. Einer Ungewissheit.

Ich wartete. Die ganze Zeit, jeden Tag. Wenn der Tag zu Ende war, merkte ich, dass ich umsonst gewartet hatte. Dann erfüllte mich tiefe Enttäuschung und Trauer. Ich wusste, dass ich enttäuscht worden war. Nur worauf ich gewartet hatte, war mir nicht klar. Es war zermürbend.

Ich war krank und das wusste ich. Die Gedanken, die ich hatte, und die Sachen, die ich fühlte oder auch nicht fühlte, waren nicht normal, sie sollten so nicht sein. Doch das wollte ich nicht akzeptieren. Ich wollte nicht „unnormal" sein, nicht anders. Jeder wollte etwas besonderes sein, bis es etwas schlechtes war, dass einen anders machte, dann wollte man es nicht mehr haben. Doch manchmal fühlte ich mich eben wie dieses *anders*. Und es wurde immer häufiger.

Aber das durfte niemand wissen. Ich wusste nicht, wie ich erklären sollte, wie ich mich fühlte. Und wenn ich es täte, würde man es wirklich verstehen? Ich fühlte mich schlecht. Traurig. Hilflos. Niedergeschlagen. Überflüssig. Es gab so viele Adjektive, die ein negatives Gefühl beschreiben konnten, aber sie trafen trotzdem nicht, wie es mir ging. Ich glaubte, man könnte es nicht nachvollziehen, wenn man es nicht selbst spürte. Worte reichten dafür nicht aus. Und wenn sie dachten, ich würde übertreiben? Wo war die Grenze zwischen einfach nur zurückhaltender als früher und krankhaft zurückgezogen? Zwischen Leistungsverlust aus jugendlicher Faulheit und krankhaften Konzentrationsstörungen?

War das alles nur Teil der Pubertät oder steckte mehr dahinter? Und wenn man manchmal darüber nachdachte, wie einfach es wäre, von der Brücke zu springen, über die man gerade lief, und dabei keine Angst verspürte, steigerte man sich dann nur unnötig in etwas rein? Durften man dem Internet mit seinen Antworten auf meine Fragen Glauben schenken?

Da waren sie also schon wieder.

Die schlechten Gedanken.

Schlechte Gedanken sind kleine Biester. Sie fressen dich auf. Schreib sie auf und lass sie los.

Das hatte Oma immer gesagt. Ich dachte an das kleine, mittlerweile leicht abgegriffene Notizbüchlein, das in meinem Nachttischchen lag. Mein kleiner Schatz. Ich erinnerte mich noch genau daran, wie sie es mir geschenkt hatte.

Ich war zwölf Jahre alt und wir trafen uns alle bei Oma zu ihrer Geburtstagsfeier. Es war ein warmer Sommertag und wir verbrachten die meiste Zeit draußen im Garten. Ich war gerade dabei, genüsslich ein Stück Käsekuchen zu essen, als sie zu mir kam und mich beiseitenahm.

„Kim, mein Schatz, würdest du für einen Moment mit mir rein kommen? Ich brauche deine Hilfe bei etwas."

Neugierig, vor allem deshalb, weil anscheinend niemand sonst aus der Familie mitkommen sollte, ließ ich den Käsekuchen zurück und folgte ihr in das Arbeitszimmer, das seit dem Tod meines Opas kaum genutzt wurde. Sie nahm eine kleine Box von dem alten, hölzernen Schreibtisch und reichte sie mir.

„Für mich?", fragte ich sie verwundert. „Aber du hast doch heute Geburtstag!"

„Ach, es ist doch nur eine Kleinigkeit." Sie winkte ab. „Ich habe es gesehen und gewusst, dass ich es dir kaufen muss, und bis Weihnachten damit zu warten, es dir zu geben, wäre zu lang gewesen. Deine Cousins und Cousinen bekommen dann und wann auch bestimmt etwas, aber das hier passt einfach zu dir. Na los, mach es ruhig auf!" Sie lächelte mich ermunternd an.

Aufgeregt schob ich den Deckel der Schachtel beiseite und nahm das Büchlein heraus. Der Einband bestand aus hellbraunem Stoff und war auf der Vorderseite mit drei kleinen, weißen Blüten bestickt. Ein dünnes Band, das man als Lesezeichen benutzen konnte, lugte zwischen den Seiten hervor. Ich schlug das Buch auf und blätterte durch die leeren Seiten. Dann strich ich wieder mit den Fingern über die Stickerei. „Es ist wunderschön", flüsterte ich.

„Weißt du, was für Blumen das sind?" Ich überlegte kurz und antwortete dann selbstsicher: „Gänseblümchen."

Stolz sah Oma mich an. „Richtig! Gänseblümchen heißen die ausdauernden Schönen. Jetzt hast du etwas, worin du deine Gedanken festhalten kannst, wann immer dir danach ist. Egal, was es ist, du kannst es dort hineinschreiben. Und wer weiß, vielleicht schreibst du ja bald dein erstes eigenes Gedicht." Sie zwinkerte mir zu und schob mir eine lose Haarsträhne aus dem Gesicht.

Vor Freude hatten mir beinahe die Worte gefehlt. Fest hatte ich sie in den Arm genommen. „Danke, Oma. Es ist toll!"

„Immer doch, mein Schatz. Und ich bin mir sicher, dass, egal was du damit vorhast, es dir helfen kann, alles zu erreichen, was du willst."

Selbst heute konnte ich mir den Klang ihrer Stimme so genau vorstellen, als wäre sie noch hier. Ich atmete tief ein und aus. Wie sehr ich sie doch vermisste.

2.

Die gefühlvollen Lyrics von Charly Puths „See you again" hallten durch meine Kopfhörer, bevor ich auf den Pfeil tippte, der mich zum nächsten Lied führte. Doch schon nach den ersten Tönen wiederholte ich die Geste. Nein, das wollte ich auch nicht.

Nächstes. Dieses Mal ging es nicht direkt mit Gesang, sondern mit kräftigen Klaviertönen los. Aber sobald ich „Make you feel my love" von Adele erkannte, drückte ich erneut auf Überspringen und unterdrückte einen genervten Seufzer. Es war egal. Wahrscheinlich hätte es eh niemanden interessiert. Ich sah mich kurz im Raum um, der extra für die Schüler der Oberstufe eingerichtet worden war, um in den Freistunden zu lernen oder einfach mal kurz zu entspannen. Beides stand bei mir nicht gerade auf der Liste meiner Möglichkeiten.

Wir hatten gerade die Mathearbeit zurückbekommen und leider hatte sich mein Gefühl nach der Prüfung bestätigt: 3 Punkte. Oder wie mein Hirn, das sich noch nicht ganz an die Oberstufenbewertung gewöhnt hatte, es übersetzte: 5+. Dementsprechend war jetzt auch meine Stimmung. Ich versuchte mich mit Musik abzulenken, aber nichts passte mir. Traurig war zu traurig und zog mich noch weiter runter. Fröhlich war mir zu fröhlich und auf alles andere hatte ich auch keine Lust. Der Zufallsmodus hatte auch nichts Brauchbares ausgespuckt. Ugh. Es war einfach alles blöd. Und gleich bekamen wir noch Deutsch raus. Gar keinen Bock. Na ja, das war wenigstens vom Gefühl her nicht so schlecht wie Mathe.

Ich sah wieder auf mein Display und suchte weiter nach dem richtigen Song. Vielleicht wenn ich in der Playlist von —

Ein Feld am oberen Rand meines Bildschirms öffnete sich und zeigte mir eine neue Nachricht an. Manu. „Hiii, was geht?" Dazu ein Farmer-Emoji. Er vertrat die seltsame Ansicht, dass man die verschiedenen Emojis verwenden musste, egal, ob sie passten oder nicht, einfach weil es sie gab.

„Nicht viel", schrieb ich zurück. „Bei dir?" Vielleicht würde mich das wenigstens ein bisschen ablenken.

„Versuche gerade, meine Freistunden sinnvoll zu nutzen. Irgendwelche Ideen?" Es folgten Emojis von einer Glühbirne und einem Korb mit Wäsche darin. Ich überlegte kurz. Hausaufgaben und Lernen wären zu offensichtlich.

„Karten spielen?", tippte ich. „Deine Haare mal bürsten? Einen Turm aus Stiften bauen?" Wie man *sinnvoll* definierte, ließ ich hier mal offen.

„Keine Karten, keine Bürste, Stifte vielleicht", kam innerhalb von Sekunden eine Antwort.

Der Gong ertönte und erklärte meine Freistunde damit für beendet. „Muss los", schrieb ich. „Schick mir ein Bild vom Stifteturm." Ich schaltete mein Handy aus und steckte es in meinen Rucksack. Schüler strömten herein. Der Raum wurde mir zu voll. Da ging ich lieber in die Pausenhalle.

Manu — eigentlich Manuel — war schon seit ich denken konnte mein bester Freund. Unsere Eltern hatten sich während des Studiums kennen gelernt und waren seitdem enge Freunde. Da Manu und ich altersmäßig nur einige Monate auseinanderlagen, waren wir quasi miteinander aufgewachsen. Fast wie Geschwister, auch wenn er noch einen richtigen kleinen Bruder hatte. Wir gingen auf unterschiedliche Schulen, weil seine Mutter an meiner als Lehrerin arbeitete und er auf gar keinen Fall auf dieselbe gehen wollte. Was ich absolut nachvollziehen konnte. Mir hatte hier das Angebot an Freizeitaktivitäten gefallen, von denen ich allerdings keine lang durchgezogen hatte, und außerdem war es von hier aus näher bis zu meinem Haus. Dass wir uns im Gegensatz zur Grundschulzeit jetzt nicht mehr täglich sahen, hatte unserer Freundschaft keinen Abbruch getan.

Auf dem Flur traf ich Carina, die ebenfalls auf dem Weg zur Deutschstunde war. „Hey, na, aufgeregt wegen der Arbeit?", fragte sie mich und schob sich eine dunkle Haarsträhne hinter das Ohr.

„Ein bisschen", antwortete ich schulterzuckend. Hoffentlich fragte sie nicht nach Mathe. Tat sie nicht. Stattdessen redeten wir über Herrn Senn, unseren Deutschlehrer und seinen, sagen wir mal, interessanten Schuhgeschmack. Er trug fast jede Woche ein neues Paar, das jedes Mal komplett anders aussah als das davor. Woher er die ganzen Schuhe hatte und ob er wirklich jedes einzelne Paar gekauft hatte, blieb uns ein Rätsel.

Wir gingen zu unseren Plätzen. Sam traf kurz nach uns ein und setzte sich auf ihren Platz neben mich.

„Ach, was ich euch noch fragen wollte", begann Carina. „Habt ihr nächsten Freitag schon was vor? Meine Eltern fahren mit Freunden weg und ich dachte, wir könnten was essen und einen Mädelsabend machen. Ich weiß, wir haben nächste Woche noch Arbeiten und so, aber es ist vielleicht mal eine schöne Abwechslung. Ihr könnt auch bei mir schlafen."

Ich konnte mich nicht mehr erinnern, wann wir das letzte Mal einen Mädelsabend gemacht hatten. Es wäre aber echt mal wieder schön gewesen, einfach Zeit mit den anderen zu verbringen und zu übernachten, so wie früher.

Sam legte ihre Stirn in Falten und schnaubte abschätzig. „Einen *Sleepover*? Echt jetzt? Wie alt sind wir? Zwölf?"

Ich verstand nicht, was sie daran so lächerlich fand. Konnte man für so etwas zu alt werden?

„Leute, wir sind sechzehn. Normalerweise geht man da feiern und nicht zu Pyjamapartys!"

„Also ich finde die Idee eigentlich nicht schlecht", gab ich zu. „Wir sind nicht mehr so klein wie früher, aber man könnte ja auch was trinken oder so", fügte ich schnell hinzu.

„Wenn du nicht willst, musst du ja nicht kommen, Sam", sagte Carina ruhig. „Elisa hat schon gesagt, dass sie Zeit hat."

Sam winkte ab. „Ach was, jetzt seid mal nicht so empfindlich. Natürlich komme ich. Ich wollt's nur mal gesagt haben."

„Guten Morgen zusammen!", begrüßte uns Herr Senn gut gelaunt wie immer und legte eine rote Mappe vor sich auf den Tisch. „Wie angekündigt habe ich hier eure Arbeit. Sie hatte einige Überraschungen für mich übrig, aber alles in allem war sie für die erste Klausur in der Oberstufe ganz gut." Er schrieb einen Arbeitsauftrag an die Tafel und wandte sich dann wieder an uns. „Den erledigt ihr bitte, während ich vor der Tür mit jedem kurz über seine Arbeit spreche. Kommt bitte einfach alphabetisch nach draußen."

Na toll. Dann war ich mit „Zoller" als Nachnamen wohl wieder die Letzte. Geduld war noch nie meine Stärke gewesen.

Der Arbeitsauftrag wurde von fast allen eher so mittelmäßig gut bearbeitet, sobald unser Lehrer den Raum verlassen hatte. Heute würden wir die Aufgaben sowieso nicht mehr besprechen. Stattdessen wurden Gespräche geführt und Hausaufgaben für andere Fächer gemacht. So wie immer.

Erst ging Carina und kam zufrieden mit einer guten 2 zurück. Dann war Sam an der Reihe. „13 Punkte!", jubelte sie, als sie zurückkam. „Und das, obwohl ich kaum gelernt habe. Mit dem Thema hatte ich einfach echt Glück. Er hat gemeint, dass ich wirklich tolle Interpretationen geliefert habe." Natascha Wachtendorf trat zurück in den Raum und nickte mir zu. Ich stand auf und lief durch den Saal zur Tür. Für einen kurzen Moment sah ich verwirrt in den leeren Flur, bis ich Herrn Senn ein paar Schritte weiter an der Wand stehend entdeckte.

„So, Kim", er schaute konzentriert und warf einen Blick auf die Blätter, auf die ich während der Arbeit geschrieben hatte. Der Moment der Wahrheit. „Ich muss sagen, bei dir war ich ein bisschen überrascht. Die kommst auf 7 Punkte. Also eine 3-."

7 Punkte. Verdammt. Ich hatte versagt.

„Im Unterricht hattest du gute Ansätze und auch deine Ausdrucksweise ist schön, aber ich hatte das Gefühl, dass du nicht richtig wusstest, was du schreiben sollst, und zum Schluss ist dir dann die Zeit ausgegangen, kann das sein?" Er sah mich durch sein Brille fragend an.

„Ja, ich weiß nicht", druckste ich herum. „Irgendwie hat mir so ein bisschen die Konzentration gefehlt." Keine Ahnung, wieso die Arbeit so schlecht war! Ich hatte ein gutes Gefühl gehabt, verdammt nochmal!

„Versteh mich nicht falsch, deine Note ist nicht schlecht. Ich kenne ja jetzt noch nicht so viele Texte von dir, aber eigentlich hatte ich dich besser eingeschätzt. Vielleicht war es auch einfach die Nervosität. Jeder hat mal einen schlechten Tag. Du kannst mir gern auch mal etwas abgeben, dass ich drüber schauen kann, um dich für die nächsten Arbeiten zu verbessern."

Meine Gedanken schweiften zu meinem Notizbuch. „Hm, ja, vielleicht." Ich wollte nicht mit ihm darüber diskutieren. Das alles änderte meine Note jetzt auch nicht mehr. Das Einzige was ich wollte, war, einfach nur von hier wegzugehen und mit niemandem darüber reden zu müssen, wie blöd ich mich gerade bei meinen Noten anstellte. Ich schaute auf seine bunt gemusterten Lackschuhe mit schwarzen Schnürsenkeln.

„Im Mündlichen bist du ja stärker. Deine Zeugnisnote wird also nach dem aktuellen Stand besser, okay?"

Ich schaute ihm wieder ins Gesicht, nickte, versuchte meine Gefühle zu verbergen. Da ertönte der Pausengong.

„Danke", sagte ich und nahm meine Arbeit entgegen, während schon die ersten Schüler an mir vorbei aus dem Saal liefen. Ich hatte meine rechte Hand zu einer Faust geballt und spürte, wie sich meine Fingernägel in die Haut bohrten. Das lenkte mich wenigstens ein bisschen von dem lähmenden Gefühl ab, versagt zu haben. Und es half, die Tränen, die zu fließen drohten, noch ein bisschen länger zurückzuhalten. Meine Freundinnen packten bereits ihre Sachen zusammen.

„Und? Wie war's?", fragte Carina.

„7 Punkte." Ich versuchte so gleichgültig wie möglich meine Schultern zu zucken. Bloß nicht zeigen, wie schlecht ich das fand.

„Oh, das ist aber nicht so gut", stellte Sam überflüssigerweise fest. Ich hielt es kaum noch aus. Meine Kehle schien sich zuzuschnüren.

„Woran lag es?"

Wieder Schulterzucken. Wirklich eine tolle Geste. So vielseitig einsetzbar. „Nicht ausführlich genug, weil die Zeit nicht gereicht hat. — Sorry, geht schon mal vor, ich muss echt dringend auf's Klo. Komme dann gleich nach." Bevor meine Freundinnen antworten konnten, nahm ich meine Sachen und verließ fluchtartig den Raum. Meine Maske begann zu bröckeln, die ich in den letzten Monaten so mühsam aufgebaut hatte, um jedem nur die bisher bekannte, die nette, die glückliche Kim zu zeigen statt des chaotischen, zerbrechenden Etwas, das darunter lag. Ich musste die Maske aufbehalten, um jeden Preis.

Auf der Toilette angekommen, schloss ich mich in eine Kabine ein, setzte mich auf den geschlossenen Deckel und atmete tief durch. Ich durfte niemandem zeigen, wie fertig mich das Ganze machte. Es war nur eine Note. *Nur eine Note.* Das redete ich mir immer wieder ein.

Warum fühlte es sich dann an, als würde meine ganze Zukunft davon abhängen?

„Weil sie das tut", flüsterte die kleine, gemeine Stimme in meinem Kopf mir zu. Wenn ich schlechte Noten schrieb, würde ich mein Abitur nicht schaffen. Und dann konnte ich nicht studieren. Dann blieben mir viele Türen in meinem Leben verschlossen.

Ich sah auf mein Handy. Ich musste zurück zum Unterricht. Ein paar tiefe Atemzüge gönnte ich mir noch, bevor ich die Kabine verließ. Im Vorraum spritzte ich mir etwas Wasser ins Gesicht, in der Hoffnung, mich damit weiter zu beruhigen. Ich würde jetzt mit einem Lächeln da rausgehen und so tun, als wäre alles in Ordnung, um wenigstens die Fassung nach außen hin zu wahren. Ich sah in den Spiegel über dem Waschbecken. Sah mein aufgesetztes Lächeln, wie eine Fratze.

Oh Gott, du bist so fake, dachte ich und drehte mich angewidert weg. Dann ging ich in die nächste Unterrichtsstunde und betrog alle anderen und vor allem mich selbst mit einer Haltung, die mich immer mehr begleitete und immer mehr verletzte.

Ich bin mein eigener Antagonist.

„Also kann ich jetzt bestellen, oder was ist?" Carina wedelte mit dem Handy in der Hand.

„Ja, doch, du kannst anrufen. Ich denke, ich nehme die Pizza mit Pilzen." Ich schob die Speisekarte von mir weg.

„Okay." Carina fing an zu tippen.

„Oder warte!" Ich zog die Karte wieder zu mir. „Vielleicht doch lieber den gemischten Salat ..."

„Kim, bitte entscheide dich!", jammerte Elisa. „Ich habe Hunger."

„Warum willst du denn jetzt auf einmal einen Salat?"

Ich schaute weiter auf die verschiedenen Angebote und zuckte mit den Schultern. „Ich kann ja nicht immer nur Pizza essen. Sonst werde ich dick."

„Genau", sagte Carina. „und wenn ich jeden Tag ein paar Kniebeugen mache, habe ich nach ein paar Wochen Oberschenkel wie ein Bodybuilder. Du isst doch zu Hause so gut wie nie Pizza. Jetzt brauchst du dich wegen einer nicht so fertigzumachen. Einen Abend darfst du dich auch mal richtig verwöhnen. Vor allem in der

Kursarbeiten-Zeit. Außerdem musst du sie ja nicht aufessen. Morgen schmeckt sie bestimmt auch noch."

Ich verzog das Gesicht. Kalte Pizza war jetzt nicht so meins. Aber irgendwo hatte sie recht. „Ja okay. Dann nehm ich doch die Pizza Funghi."

„Bitte, ruf schnell an, bevor sie es sich anders überlegt", flehte Elisa.

Carina tippte die Nummer in ihr Handy ein und hielt es sich ans Ohr. „Hallo, Carina Martin hier. Ich würde gern etwas bei Ihnen bestellen ..." Sie verschwand in den Flur, um in Ruhe telefonieren zu können.

„Machst du dir wirklich Sorgen, dass du durch die Pizza jetzt zunimmst?", fragte mich Elisa.

Ich verzog leicht das Gesicht. „Nicht jetzt von der einen. Aber ich glaube, ich esse einfach zu viel, und ich will nicht noch dicker werden."

„Was? Kimi, du bist doch nicht dick! Bitte, rede dir so etwas nicht ein. Du hast einen wunderschönen Körper, und darüber brauchst du dir überhaupt keine Sorgen zumachen. Wirklich!" Um ihre Aussage zu verdeutlichen, nickte sie immer wieder unbewusst, wobei ihre blonden Locken leicht wippten. Sie hatte gut reden. Sie sah aus wie ein lebendig gewordener Engel.

„Ja ja, kann sein", versuchte ich sie abzuwimmeln. Darüber wollte ich jetzt nicht diskutieren. „Ich kann mich halt auch nie so richtig entscheiden."

Ein Lächeln bildete sich auf ihren herzförmigen, rosa Lippen. „Das war doch früher schon so! Weißt du noch, wie wir immer diese Persönlichkeitstests gemacht haben, um herauszufinden, welche Lippenstiftfarbe am besten zu uns passt?"

„Oder welcher Date-Typ wir sind, dabei hatten wir noch nicht mal Dates", erinnerte ich mich.

„Solche Tests stimmen doch wahrscheinlich eh nicht." Elisa lachte und zog gleichzeitig ihr Handy hervor. „Eigentlich könnten wir das mal wieder machen."

Ich machte es ihr nach und suchte im Internet nach möglichst ausgefallenen Persönlichkeitstests, als Carina zurück kam. „Essen ist bestellt. Dauert aber leider noch vierzig Minuten bis sie es liefern."

Aus dem Augenwinkel nahm ich kurz Elisas leicht enttäuschtes Gesicht wahr, bevor ich fragte: „Carina, du wolltest doch bestimmt schon immer mal herausfinden, welche Brotsorte du bist, oder?"

Sie zog amüsiert eine Augenbraue hoch, während unsere andere Freundin zu kichern begann. „Ja, bestimmt!"

Somit ging die Zeit, bis das Essen ankam, viel schneller vorbei, als gedacht. Ich wusste nicht, wann ich das letzte Mal so viel gelacht hatte. Mir war gar nicht bewusst gewesen, wie wenig Zeit ich in den letzten Monaten mit meinen Freundinnen verbracht hatte und wie sehr mir das fehlte. Als es an der Tür klingelte, machten wir uns begeistert über die drei Pizzen her.

„Wann kommt eigentlich Sam?", fragte Elisa und unterbrach damit die andächtige Stille des Genießens. Die beiden hatten recht gehabt, Pizza war definitiv die bessere Wahl gewesen.

„Sie meinte, so um neun", erklärte Carina zwischen zwei Bissen. „Aber ich hab keine Ahnung, warum sie so spät erst kommt."

„Vielleicht hat sie ja ihr Basketballtraining?"

Ich schüttelte den Kopf. „Sie hat vor ein paar Wochen damit aufgehört."

„Echt? Wieso?"

„Keine Ahnung. Ich glaube, sie mochte die Trainerin nicht mehr."

„Das verstehe ich nicht", überlegte Elisa laut. „Ich dachte immer, die sei so nett."

Carina verdreht die Augen. „Ich habe mich schon oft über Sams Aktionen gewundert. Sie hat manchmal echt ihre eigenen Gründe."

Ich meinte, eine gewisse Genervtheit aus ihrer Stimme herauszuhören, war mir aber nicht sicher. Warum sollte Carina auch von Sam genervt sein? Klar, sie hatte schon recht damit, dass sie manchmal ihren eigenen Kopf hatte und ein bisschen unberechenbar handelte. Aber so war sie nun mal, und sie akzeptierte uns ja auch mit all unseren Fehlern, oder etwa nicht?

„Was liest du eigentlich gerade für ein Buch, Kim?", fragte mich Elisa auf einmal und schenkte sich Wasser in ihr Glas ein.

Ich schüttelte den Kopf und blickte auf das Stück Pizza in meiner Hand. „Gar keins. Mich hat in letzter Zeit einfach keins so richtig gefesselt. Und dann hatte ich wegen der Schule auch nicht so viel Zeit."

Sie nickte. „Ja, das ging mir in letzter Zeit auch so, aber im Moment lese ich einen echt guten Thriller, den mir der Verkäufer im Buchladen empfohlen hat. Wenn du willst, leihe ich ihn dir gern aus."

Ich lächelte entschuldigend. „Das ist echt lieb von dir, aber im Moment warte ich erstmal das Ende der Kursarbeiten ab und dann habe ich noch ein paar Bücher in meinem Zimmer, die ich auch noch anfangen kann."

Das war nur die halbe Wahrheit. Es stimmte schon, dass mir meistens die Zeit zum Lesen fehlte, aber auch total die Lust. Früher waren Bücher für mich immer eine Möglichkeit gewesen in andere Welten abzutauchen und zu träumen. Manchmal mit den Helden mitzuleiden oder auch zu weinen. Am Ende wurde ja meistens doch alles gut. Aber mittlerweile sah ich das alles ein bisschen anders. Ich konnte mich einfach nicht mehr in die Figuren reinfinden. Es war ja doch alles nur fiktiv. Und auch wenn ich mir jetzt oft nichts sehnlicher wünschte, als aus meinem normalen Leben zu verschwinden und einfach alles um mich herum zu vergessen, zogen mich die Handlungen und Emotionen dieser Geschichten total runter. Wenn die Figuren eine traurige Phase durchliefen, sah ich zu viele Parallelen zu meiner Welt oder steigerte mich weiter hinein und in schönen Phasen erschien mir mein eigenes Leben noch grauer und liebloser als zuvor. Also ließ ich die Charaktere und ihre Welten einfach nur Wörter auf Papier, gebunden in einen meist dicken, bunten Umschlag sein und las nur die Lektüren, die ich für die Schule brauchte.

Elisa schien meine Ausrede nicht zu stören. „Kein Problem. Das kenne ich. Falls doch, sag mir ruhig Bescheid."

Diesmal war mein Lächeln aufrichtig. „Ja, mache ich." Ich hatte beinahe vergessen, wie liebevoll und ehrlich meine Freundin war. In der Schule nahm man sie kaum wahr. Sie hielt sich immer im Hintergrund und sagte kaum etwas, war sehr schüchtern, was sie aber selbst überhaupt nicht störte. Sie hörte einfach lieber zu, als dass sie sprach. Nur wenn man sie besser kannte, blühte sie auf, und genau dann war ihre Anwesenheit noch viel angenehmer.

Nach einer ganzen Weile stand Carina auf. „Ich muss mal kurz ins Bad. Soll ich noch was zu trinken mitbringen?"

„Vielleicht noch eine Cola", antwortete Elisa und hob die leere Flasche hoch. Carina nickte und verließ den Raum. Ich streckte mich und schlug die Beine übereinander. Die Uhr an der Wand verriet mir, dass wir schon über drei Stunden hier waren. Wie schnell manchmal die Zeit verging.

Elisa sammelte ein paar letzte Krümel von ihrem leeren Pizzakarton auf und steckte sie sich in den Mund. „Wir müssen uns wirklich öfter mal wieder treffen. Das letzte Mal ist schon so lange her und es ist so schön mit euch zusammen zu sein. Ich hatte schon fast vergessen, wie schön."

„Ja, ich auch." Ich blickte meine Freundin genauso freudig an wie sie mich. Sie war so aufrichtig, so vertrauensvoll. Man konnte mit ihr über alles reden. Kein Thema lehnte sie ab oder verurteilte sie.

Ich sah auf die Tischplatte und zupfte an meiner Serviette. In meinem Inneren begann sich etwas zu regen, sich Gehör zu verschaffen. Es war der Drang etwas zu sagen. Darüber, wie es mir ging. Wie ich mich in letzter Zeit fühlte. Vor mir saß Elisa, eine meiner besten und ältesten Freundinnen. Wenn ich nicht mit ihr darüber reden konnte, mit wem dann? Der Abend war so schön gewesen. Ich hatte mal wieder richtig Spaß gehabt und die meiste Zeit einfach vergessen können, wie blöd die Schule und das Erwachsenwerden waren. Würde ich diese Atmosphäre damit kaputt machen? Vielleicht. Aber vielleicht auch nicht. Ich atmete tief ein. Ich musste es zumindest versuchen.

„Lissi?", begann ich vorsichtig mit ihrem alten Spitznamen. „Hast du manchmal das Gefühl, dass du dich verändert hast?"

Sie sah für einen kurzen Moment nachdenklich nach oben. „Klar, haben wir uns verändert. Wir werden älter und alles um uns herum ist in Bewegung und ändert sich, warum also nicht auch wir? Ich bin froh, dass ich nicht mehr so klein bin wie früher und endlich weiß, wie ich allein Zug fahren oder mich schminken kann."

„So meine ich das nicht. Also nicht positiv verändern, sondern eher so, als ob etwas nicht mehr stimmt." Ich spürte, wie sich ihre großen Rehaugen aufmerksam auf mich richteten, aber ich wich ihrem Blick aus, zerrupfte weiter meine Serviette. „Ich meine, dass irgendetwas mit einem selbst — "

Das hysterische Klingeln an der Tür unterbrach mich. Kurz darauf folgten ein weiteres Klingeln und Carinas Schritte im Flur. „Ich komme!"

Man hörte eine sich öffnende Tür und Sams Stimme. „Na ihr? Hab ich was verpasst?" Sie kam mit großen Schritten ins Esszimmer, nahm sich einen Stuhl und setzte sich.

Ich zuckte mit den Schultern. „Erinnerst du dich noch an die Persönlichkeitstests, die wir früher manchmal gemacht haben?"

„Oh Gott, ja. Man macht schon seltsame Sachen, wenn man jünger ist." Sie lachte und warf ihre offenen Haare über die Schulter.

„Warum bist du eigentlich so spät?", fragte ich und ignorierte ihren Kommentar.

Sie verzog den Mund, sodass sie leicht beleidigt aussah. „Darf man denn hier nichts mehr machen, ohne es jedem zu erzählen?"

„So hat sie das doch nicht gemeint, Sam", sagte Carina und setzte sich neben sie.

„Ist ja okay, ich erzähl's euch", meinte sie. „Also eigentlich hätten wir ein Kurstreffen mit Bio gehabt, aber das wurde dann abgesagt und dann sind Denise, Anya und ich zu diesem fancy Restaurant, in das die beiden immer gehen. Das war wirklich richtig geil! Und dann, als wir gerade zur Bahn gelaufen sind, ratet mal, wen wir da getroffen haben!" Sie sah uns herausfordernd an. Wir zuckten ratlos mit den Schultern.

„Keine Ahnung", meinte ich. „Herrn Senn?" Sie würde es uns eh gleich sagen.

„Nein! Finn!" Da wäre ich nie drauf gekommen. „Er hat nix gesagt, ist einfach an uns vorbeigelaufen. Und dann, als wir in der Bahn saßen, hat er mir geschrieben, so richtig seltsam *„Hi, wart das ihr gerade in der Stadt?"* Und als ich „Ja" geschrieben hab, hat er gemeint, er wäre sich nicht sicher gewesen. Er ist nicht mal zwei Meter an uns vorbeigelaufen! Und dann hat er noch gefragt, was wir gemacht haben. Aber das Seltsamste ist, dass er mir letzte Woche schon mal eine Nachricht geschickt hat und dann unbedingt mit mir schreiben wollte. Wisst ihr, was Anya denkt?" Sie machte eine kurze Kunstpause. „Dass er voll auf mich stehen würde! Sie hätte schon öfter gesehen, dass er mich im Unterricht manchmal so anschauen würde. Könnt ihr euch das vorstellen? Finn!"

Ich hatte gar nicht gewusst, dass sie Anya und Denise so gut kannte, dass sie sich mit ihnen direkt darüber unterhalten hat.

„Bist du dir sicher?", fragte Carina wenig überzeugt. „Ich meine, er kann dir ja auch einfach so geschrieben haben."

„Aber dann würde er mich doch nicht beobachten", argumentierte Sam dagegen. „Anya und Denise haben es genau gesehen! Das finde ich schon echt komisch."

„Aha", meinte Carina nur und legte die Pizzakartons zusammen.

„Magst du ihn denn?", fragte Elisa neugierig.

Sam lachte kurz auf und schüttelte entschieden den Kopf. „Nein! Er sieht schon nicht schlecht aus, nach seinem ganzen Training, aber habt ihr ihn mal lachen hören? Oder gesehen, wie er isst? Ne, er ist echt nicht mein Typ."

„Aber eigentlich ist er doch voll nett, oder nicht?", fragte ich.

„Kann schon sein, aber ich will trotzdem nichts von ihm. Hoffentlich versteht er das bald und sucht sich jemand anderen!" Auf einmal verzog sich ihr Mund zu einem teuflischen Lächeln. „Wie sieht es eigentlich bei euch aus? Wäre Finn nichts für euch? So wie ihr ihn gerade verteidigt habt."

Ich schüttelte den Kopf. Ich mochte Finn. Aber ich dachte nur an eine Person, und das war sein bester Freund. Das wusste auch Sam. Ihr Lächeln wurde noch ein bisschen breiter. Und dreckiger. „Ja, Kim, bei dir ist mir das klar. Wer will denn schon eine sieben, wenn man bisher an einer neun interessiert war?" Ich spürte, wie meine Wangen rot anliefen. Doch meine Freundin erwartete keine Antwort, sie wandte sich den anderen zu. „Aber wie sieht es mit euch aus?"

Die beiden schüttelten ebenfalls den Kopf.

„Ich bin im Moment nicht daran interessiert, einen Freund zu finden, so prüde es sich auch anhört", erklärte Carina. „Ich bin froh, wenn ich jetzt gut mit der Oberstufe zurecht komme und mit meinem Sport. Da habe ich keine Zeit für einen Freund. Und wenn ich mir das Drama angucke, dass in manchen Beziehungen bei uns in der Stufe abgeht, bin ich dankbar, Single zu sein."

In Momenten wie diesem kam es mir vor, als sei sie viel zu reif und vernünftig für uns. Sam sah das anders. „Bei dir hört sich das an, als wäre es etwas Schlimmes einen Freund zu haben." Sie blickte zu Elisa. „Und wieso du nicht?"

Unsere Freundin errötete und vermied Sams Blick. „Keine Ahnung, ich weiß nicht, ob generell jemand aus unserer Stufe so zu mir passt. Außerdem muss er ja auch mich mögen."

„Also so seltsam bist du ja jetzt nicht! Wir finden sicher jemanden für dich. Lass mal überlegen, wen es noch so gibt ... Wie wäre es mit Tristan?"

„Tristan?" Ich zog die Stirn kraus. „Ist das nicht der, der mit den Lehrern jedes Mal über seine Note diskutiert und auf jeder Party erscheint, auch wenn er nicht eingeladen ist?"

„Niemand ist perfekt", hielt Sam dagegen. „Aber er würde Elisa mal aus ihrem Mauerblümchen-Dasein holen. So schlecht wäre er für sie bestimmt nicht."

„Nein, wirklich. Das ist lieb von dir, aber du brauchst mich nicht zu verkuppeln." Elisa schüttelte den Kopf.

Sam warf theatralisch die Hände in die Luft. „Ihr seid echt manchmal langweilig, wisst ihr das? Ihr müsst auch mal was Neues wagen! Wir sind nur einmal jung."

Das, was Sam sagte, blieb mir den ganzen Abend über im Gedächtnis und ließ meine Stimmung sinken. Früher war zwischen uns Mädchen alles gut gewesen. Wir hatten so viel Spaß gehabt und solche negativen Kommentare waren nie aufgekommen. Aber Sam meinte es nur gut mit uns. Auch wenn ich ihre Einschätzung, Finn wäre nicht gut genug für sie, aber Tristan stattdessen ein toller Typ, nicht nachvollziehen konnte. Und was hatte unser Geschmack in Jungs mit Langweiligsein zu tun? Aber ich kannte Sam lang genug, um zu wissen, dass sie nun einmal ein sehr direkter Mensch war und auch wenn mich das manchmal störte, akzeptierte sie mich ja auch mit allem, was mich ausmachte. Wir waren doch Freundinnen und als solche würde man sich niemals gegenseitig verletzten, oder?

3

„Nepomuk, Sitz!", befahl ich meinem Hund, der mich mit großen Augen um das Stück Schokolade in meiner Hand anbettelte. Ich saß an meinem Schreibtisch und versuchte, das Stillleben mit einer Obstschale für Kunst fertig zu zeichnen. Leider war noch kein Künstler vom Himmel gefallen und mein Granatapfel hatte mehr Ähnlichkeiten mit einer kaputten Weihnachtskugel als mit einer Frucht. Ich versuchte mich mit der leckeren Nussschokolade zu motivieren und da die Süßigkeit ja bekanntlich glücklich machen sollte, hoffte ich auf einen Energieschub, der aber bisher ausblieb. Außer von Nepomuks Seite, der mit seinen Bettelqualitäten gerade zur Hochform auflief. Ich richtete meinen Blick wieder auf das Blatt und ignorierte die immer größer werdenden Hundeaugen neben mir.

Ein leiser Piepton ließ mich jedoch wieder abschweifen.

Dann stieg mein Serotoninspiegel plötzlich doch an. Es war eine Nachricht von Mika.

„Wärst du mal besser so schlau gewesen wie ich und hättest Musik genommen", lautete seine Antwort auf meine kleine Beschwerde über den Anforderungsbereich meiner Kunstlehrerin.

Ich schickte ein GIF mit einem kleinen Teddy, der auf seine Armbanduhr tippte, über ihm der glitzernde Schriftzug *Too late*.

„Kommst du am Freitag?", schrieb er zurück.

Freitag. Die Party. Ian, ein Freund aus unserer Stufe, der früher auch in meiner Klasse gewesen war, hatte ein paar Leute eingeladen, um das Ende der Kursarbeiten zu feiern. Sein Opa hatte ein Grundstück am Stadtrand mit einer großen Scheune, die sich perfekt zum Feiern eignete. Wir waren schon ein paarmal da gewesen, und jetzt war auch ich wieder eingeladen. Ich wäre auch super gern hingegangen — vor allem natürlich, weil Mika da sein würde — aber bisher hatte ich meine Eltern noch nicht gefragt und heimlich ging nicht, weil sie definitiv dahintergekommen wären. Das wäre das Ende meiner Party-Karriere gewesen, die so schon eher klein war. Ich musste den perfekten Moment abwarten, damit vor allem Mama Ja sagen würde. Nur der war bisher noch nicht da gewesen.

Wir hatten Samstag. Am Mittwoch würde ich meine letzte Klausur schreiben. Zum Glück. Der winzige Rest Motivation von dem ich in den letzten Wochen lebte, wurde immer weniger.

Ich starrte auf mein Handy. „Ich denke schon", tippte ich zurück. Mein Nachdenken hatte zu lang gedauert, er war nicht mehr online. Ich wartete noch einen Moment, ob er vielleicht doch noch antwortete, aber als nichts mehr kam, zeichnete ich weiter. Beschäftigt mit dem Schatten einer Banane, hörte ich plötzlich eine laute Stimme von unten. Mama.

Ich hielt inne. Hatte sie mich gerufen? Für einen kurzen Moment war es still, dann hörte ich wieder ihre Stimme. Es klang, als würde sie sich unterhalten. Sie wurde lauter, kam die Treppe hochgelaufen. „Ja, jetzt warte mal einen Moment. Ich schaue nach, ob sie da sind …" Sie ging an meiner Tür vorbei und in ihr Arbeitszimmer nebenan.

„Nein, ich kann sie nicht finden." Sie klang aufgebracht. „Ich hab dir doch gesagt, du sollst solche Unterlagen jedes Mal auf einem zweiten USB-Stick speichern. Dass einer kaputt geht, kann immer passieren, Michael!"

Aha, sie telefonierte also mit Papa, der noch im Büro war.

„Das ist ja mal wieder typisch! Jetzt soll ich schuld sein oder was?" Ihre Stimme schwoll an. „Nein, kann ich nicht! *Ich* hätte die Sachen nicht verloren!" Sie lachte höhnisch auf. Irgendetwas fiel ihr runter und sie begann zu fluchen. „Nein, hier herrscht einfach eine scheiß Unordnung! Wenn du wenigstens einmal — "

Das wurde mir zu viel. Ich wollte sie nicht länger streiten hören, und so wie Mama sprach, war sie gerade erst dabei, sich aufzuwärmen. Das hatte ich in den letzten Wochen immer öfter beobachten dürfen und ich hasste es. Ich ließ das Papier auf dem Schreibtisch liegen, nahm mein Handy und meine Kopfhörer und versteckte mich unter meiner Bettdecke. Mir war vollkommen egal, dass ich mich dabei wie ein kleines Kind verhielt, das Angst vor einem Gewitter hatte. So ähnlich fühlte sich die Situation nämlich an. In meinem Magen bildete sich ein unangenehmer Knoten.

Nepomuk hob interessiert den Kopf, und ein Klopfen auf meine Matratze und ein leises „Komm" reichten aus, um ihn zu mir ins Bett zu locken. Das ließ er sich nicht zweimal sagen. Eigentlich waren die Betten und das Sofa tabu für ihn, aber manchmal war mir das einfach egal. Meinen Eltern war es ja auch egal, wenn ich zuhören musste, wie sie sich anschrien. Ich steckte mir die Kopfhörer in die Ohren und drehte die Musik auf. So laut, bis ich Mamas Stimme im Nebenzimmer nicht mehr hören konnte. Der kleine, braune Hund kuschelte sich an meine Seite und ließ sich den Bauch kraulen. Aber selbst das war mir nicht wirklich ein Trost.

Warum mussten die beiden nur immer streiten? Warum konnten sie sich nicht einfach normal unterhalten und ruhig sagen, was sie störte? Natürlich war man mal wütend. Ich ja auch. Aber im Moment ging das ständig so. Und dann hing immer diese angespannte Energie im Haus, wie eine Bombe, die explodieren würde, wenn man sie berührte.

Ohne groß die Decke anzuheben, fasste ich in die Schublade meines Nachtschränkchens und und zog mein Notizbuch und den Stift, der daran festgesteckt war, heraus.

„*Minenfeld*", schrieb ich auf eine neue Seite und zog eine mehr oder weniger gerade Linie darunter. Musik rauschte in meinen Ohren. Und so flossen die Worte aus mir heraus auf das Papier.

Du musst hindurch

Du kannst sie nicht sehen

Die Gefahr

Du weißt, sie ist da

Du darfst sie nicht berühren, darfst keinen Fehler machen

Keinen falschen Schritt

Du bleibst stehen, zur Salzsäule erstarrt

Du hoffst, so kannst du ihnen entkommen

Dem Knall, dem Schmerz, der Einsamkeit

Mein Gedankenfluss und die Musik wurden von einem leisen *Pling* unterbrochen. Ich hielt inne und zögerte. Starrte auf meine geschriebenen Worte. Eigentlich wollte ich jetzt nicht an mein Handy. Ich wollte einfach allein sein. Aber was, wenn es Mika war?

Ich tippte auf den Bildschirm und blickte auf das kleine Kästchen, das er mir präsentierte. „Manu: Hallöchen! Hättest du vor Weihnachten mal Zeit, um —" Weiter konnte ich die Nachricht nicht lesen, ohne auf den Chat zu gehen. Oh Mann. So leid es mir tat, aber für so ein Gespräch war ich jetzt gerade nicht bereit. Ich wischte über die Nachricht, damit sie mir nicht die ganze Zeit angezeigt wurde. Und dabei öffnete ich sie versehentlich.

Mist. Jetzt wurden ihm zwei blaue Häkchen angezeigt. Er würde denken, ich hätte die Nachricht gesehen und nicht geantwortet. Dann musste ich sie also doch lesen.

„Hallöchen! Hättest du vor Weihnachten mal Zeit um mir bei was zu helfen?" Dazu ein Ninja-Emoji. Ich stöhnte innerlich auf. Ganz toll, Manu. Ging's nicht etwas genauer?

„Bei was?", tippte ich zurück.

„Müsste ich dir am Telefon erklären", kam prompt seine Antwort. „Oder persönlich. Geht leichter."

Also telefonieren konnte ich jetzt nicht. Und mich mit ihm treffen auch nicht. Da lief ich Gefahr, Mama über den Weg zu laufen. Durch das Minenfeld. Außerdem würde Manu sofort merken, dass etwas nicht stimmte, wenn er mich sah. Und ich verspürte keine Lust, die Stimmung meiner Eltern irgendjemandem erläutern zu müssen. Nicht mal ihm.

„Geht grad nicht." Ich streckte vorsichtig mein rechtes Bein aus, das im angewinkelten Zustand langsam einzuschlafen drohte.

„Heute Abend?" Er ließ nicht locker.

Ich stöhnte wieder, diesmal resigniert. Es war ihm wohl entgangen, dass es schon nach 18 Uhr war, aber okay. Wenn er so hartnäckig blieb, war es meistens wichtig. Ich nahm meine Kopfhörer raus und lauschte. Von nebenan kam kein Geräusch mehr. Der Anruf schienen zu Ende zu sein. Was nicht zwangsläufig bedeutete, dass ihr Streit auch war. Im Gegenteil.

Das Geräusch von aufeinandergeschlagenen Töpfen drang zu mir. Okay, der Streit war definitiv nicht vorbei, dafür mussten jetzt unschuldige Töpfe ihre Wut ausbaden. Besser als ich.

„Okay", schrieb ich zurück und drückte auf das kleine Telefonsymbol neben seinem Namen. Noch vor dem zweiten Klingeln nahm er ab.

„Hallo, Kim!", rief er gut gelaunt. Ich konnte mir bildlich vorstellen, wie er gerade mit seinem Schreibtischstuhl durchs Zimmer fuhr, grinsend, das Handy in der Hand. So kannte man ihn.

„Was gibt's?", fragte ich und bemühte mich dabei um einen möglichst sorglosen Ton. Ihm am Telefon vorzuspielen, es sei alles in Ordnung, war zwar leichter, als wenn wir uns sahen, aber ganz so einfach war es trotzdem nicht. Wir kannten uns schon so lang, dass er normalerweise direkt merkte, wenn etwas mit mir nicht stimmte. Aber das konnte ich heute nicht zulassen. Er würde wissen wollen, was los sei und dann müsste ich ihm vom Streit meiner Eltern erzählen und davon, dass das nicht das erste Mal war. Er würde versuchen mich aufzuheitern und darüber reden wollen und das würde alles nur noch schlimmer machen. Wenn er über unsere Familien sprach, als seien wir alle so glücklich wie früher, konnte ich das vielleicht auch glauben. Dann konnte ich das, was mit ihren Streitigkeiten und Problemen einherging, verdrängen. So konnte ich wenigstens einen Teil unserer heilen Welt bewahren.

„Also, es ist so", begann er. „Wie du weißt, ist ja bald Weihnachten und ich brauche ein Geschenk für meine Eltern. Mein Vermögen hält sich in Grenzen und selbstgemalte Bilder sollen aufgrund meines Alters nicht mehr so angesagt sein, also habe ich mir was überlegt." Ich hörte, wie er sich mit der Hand vom Schrank abstieß und durch das Zimmer rollte. „Meine Mutter redet schon länger davon, dass man heute keine Fotoalben mehr macht, weil ja alles digital ist und wie schnell wir Kinder doch groß werden, die Zeit geht so schnell vorbei. Du kennst das ja." Ich nickte, auch wenn er es nicht sehen konnte. „Und deshalb kam mir die Idee, ich könnte ein Fotoalbum machen mit ganz vielen Bildern aus den letzten Jahren und dabei brauche ich deine Hilfe. Du hast doch bestimmt noch einige Bilder von uns, vor allem von unserer Grundschulzeit, Familienfeiern und was weiß ich, die meine Mutter noch nicht kennt, oder?"

Ich überlegte kurz. „Ja, kann sein."

„Und natürlich kannst du das Ganze auch für deine Eltern machen, falls du noch kein Geschenk hast."

Er hatte mich erwischt. Natürlich hatte ich keins. Ich war noch nie gut im Geschenkefinden gewesen und dieses Jahr war es besonders schlimm. Meine Gedanken hingen schon an genug anderen Sachen. Vor allem wenn ich Zeuge der Streitigkeiten meiner Eltern wurde. Aber vielleicht würde so ein Fotobuch sie daran erinnern, wie gut sie sich früher verstanden hatten.

„Möglich, dass ich noch eins brauche", gab ich zu. „Aber glaubst du nicht, dass das jetzt ein bisschen knapp wird? Weihnachten ist doch schon in fast drei Wochen!"

„Ach was, das klappt! Wir machen ein Fotoalbum, kein Kolosseum in Originalgröße. Außerdem wären wir ja zu zweit. Also, bist du dabei?"

„Dein Vergleich hinkt zwar ein wenig, aber ja, ich denke schon."

„Pfff, der Vergleich war super! Du weißt wahre Rhetorik nur nicht zu schätzen." Bei der Erinnerung an Deutsch zog sich mir der Magen zusammen. „Wann hast du Zeit?"

„Nächsten Samstag vielleicht?", schlug ich vor.

„Nächstes Wochenende ist schlecht. Ich bin zum Arbeiten eingeteilt und ich glaube, ein Referat muss ich auch noch machen. Und montags und mittwochs bin ich auch arbeiten."

Ach ja, Manus Job. Eigentlich war es gar kein richtiger Job, sondern ein freiwilliger Dienst im Tierheim, das seine Tante leitete. Schon als wir noch in der Grundschule waren, hatte er dort ab und zu ausgeholfen. Mittlerweile war es quasi sein zweites Zuhause geworden. Das Heim war recht groß und hatte viele verschiedene Tiere, die ihren Besitzern wegen schlechter Haltung weggenommen worden waren. Manus Herz hing besonders an den schwierigen Fällen. Tiere, die zum Beispiel jemanden gebissen hatten oder einfach schon etwas älter waren, weshalb es nicht so leicht war, sie zu vermitteln.

„Wie läuft's da so?"

„Ja, eigentlich ganz gut. Ich sag's dir, im Moment verhält Uwe sich wirklich wie ein junger Hund! Letzte Woche hat er mir einen Handschuh geklaut, als ich ihn in den großen Auslauf gebracht habe und wollte unbedingt mit mir damit spielen! Ich hab fast eine halbe Stunde warten müssen, um ihn wieder zu bekommen! Und da heißt es, man würde im Alter ruhiger werden!"

Uwe war sein absoluter Lieblingshund im Tierheim, auch wenn er es nicht zugeben wollte, weil er immer behauptete, alle Tiere seien gleich wichtig.

„Du kannst gern mal wieder mitkommen, wenn du willst. Wir freuen uns über jede Hilfe."

„Vielleicht, ich muss mal gucken, wie das alles mit der Schule klappt", wich ich aus, auch wenn ich gern Zeit mit ihm verbrachte. Heute fiel es schwerer, ihm richtig zuzuhören, ständig hatte ich wieder Mamas wütende Stimme im Kopf. „Aber wann hättest du denn Zeit für die Fotobücher?"

„Vielleicht nächste Woche Freitag? Da sind meine Eltern nicht da, dann können sie uns nicht erwischen."

Jetzt musste ich doch lächeln. „Das hört sich an, als hätten wir ein heimliches Date."

Ich hörte ihn am anderen Ende lachen. Er hatte eine von diesen Lachen, die einen dazu brachten, ihn sofort zu mögen.

„Ich glaube, da hab ich auch noch nichts vor. Falls doch, schreib ich dir."

„Tu das. Und denk bitte daran, Bilder raus zu suchen. Ich guck mal, wie wir die Alben am besten machen."

„Jaja, mach ich." Ich zupfte einen Fussel von meiner Decke, die ich mittlerweile zur Seite geschoben hatte, und ließ ihn neben dem Bett auf den Boden fallen. „Tut mir leid, aber ich muss jetzt noch Kunst fertig machen."

„Oh ja, da will ich dich natürlich nicht stören. Danke, dass du mir hilfst. Viel Glück übrigens bei deiner letzten Arbeit. Die ist doch diese Woche, oder?"

Erinnere mich nicht daran. „Ja, am Mittwoch. In Kunst."

„Ach, das kriegst du bestimmt hin. Dann lass ich dich mal weitermachen. Bis dann!"

„Bis bald!" Ich legte auf, bevor er doch noch etwas fragen konnte. Auch wenn es schön war, mal wieder seine Stimme zu hören, hatte mich der Anruf nicht auf andere Gedanken gebracht. Im Haus war es still, auch die Geräusche in der Küche waren verstummt. Vielleicht war Mama im Wohnzimmer und hatte sich mittlerweile wieder beruhigt. Das wäre gut, ich musste nämlich langsam auf's Klo, und dafür musste ich mein Zimmer verlassen. Außerdem wartete immer noch die Zeichnung auf dem Schreibtisch auf mich.

Ich gab mich dem Druck meiner Blase und dem Abgabedatum des Bildes hin und stand auf. Es half ja doch nichts. Wenigstens würde ich demnächst mal wieder etwas Zeit mit Manu verbringen können.

4.

„Das schwarze oder das rote Oberteil?" Ich hielt die beiden Optionen hoch, sodass Carina, die auf dem Bett saß, sie sehen konnte.

„Ist das rote nicht ein bisschen kalt für Dezember?", gab sie zu bedenken.

„Wir sind doch drinnen! Außerdem sieht es mehr sexy aus als das schwarze." Ich inspizierte meine Auswahl noch einmal selbst. „Ich glaube, ich nehme das rote."

„Ich finde, dass dir das schwarze auch steht, aber wenn du meinst."

„Du bist keine große Hilfe", warf ich ihr vor. „Du siehst immer gut aus in deinen Klamotten. Und es ist dir egal, was die Jungs von dir denken."

Cari lachte kurz auf und half mir, den Träger des Oberteils vom Kleiderhaken zu lösen, an dem er sich verhakt hatte. „Sicher doch. Dafür mache ich ja auch viel Sport und achte auf meine Ernährung. Aber danke, dass du das sagst. Aber das mit den Jungs sollte dir eigentlich genauso gehen. Ich bin mir sicher, wenn er dich wirklich gern hat, ist es ihm egal, ob du das schwarze oder das rote anhast. Mach dich deshalb nicht so verrückt."

Das dachte ich zwar auch, aber es konnte sicher nicht schaden, wenn man ein bisschen nachhalf. Er sollte schließlich keinerlei Zweifel haben, dass ich die Richtige war.

„Tue ich nicht. Aber ich wäre erheblich weniger gestresst, wenn Sam nicht in zehn Minuten hier wäre, um uns abzuholen. Du warst ganz schön spät." Ich griff nach der Wimperntusche.

Sie zuckte entschuldigend mit den Schultern und spielte an dem Saum meines Kissens herum. „Tut mir leid, ich hatte noch zu tun und dann war die Zeit schneller rum, als ich dachte. Wo holen wir uns überhaupt was zu essen?",fragte Carina.

„Irgendwas beim Takeaway, keine Ahnung wo. Ich hoffe nichts mit Knoblauch." Im Spiegel grinste ich meine Freundin an und sie lächelte zurück.

„Fährt uns eigentlich Sams Mutter oder die von Anya?"

Ich musste kurz innehalten, bevor ich antwortete, damit ich mich nicht aus Versehen vermalte oder mir mit der kleinen Bürste ins Auge stach. „Hat sie dir das nicht gesagt? Anyas Freund fährt uns, er ist schon 18."

„Sam hat mir gar nichts gesagt. *Du* hattest sie gefragt, ob sie uns beide mitnehmen kann, und dann hast du mir gesagt, dass Anya auch dabei ist."

„Ach so. Ja, jetzt weißt du's. Ist doch cool, dann müssen wir nicht so früh gehen. — Verdammt!" Ich war abgerutscht und hatte mir die Wange knapp unter meinem rechten Auge angemalt. „Warum kann ich mir nicht einmal die Wimpern tuschen, ohne zu verrutschen?"

Während ich noch fluchte und versuchte, die schwarze Farbe mit dem Finger abzuwischen, stand Carina wortlos auf und ging ins Bad. Ein paar Sekunden später stand sie mit einem Abschminktuch neben mir. „Danke." Ich nahm es entgegen und bearbeitete meine Haut damit.

„Kim, du brauchst wirklich nicht so einen Aufwand zu betreiben. Es ist nur eine Party, eine wie hunderte, auf die wir noch gehen werden. Und du bist auch ohne geglättete Haare und Make-up hübsch genug, dass sich jemand in dich verliebt, wenn es das ist, wovor du Angst hast."

Ich wich ihrem Blick im Spiegel aus und konzentrierte mich weiter auf den kleinen Fleck in meinem Gesicht. „Ich weiß, aber man kann nie sicher genug sein, und wenn man sich nicht für so was schick macht, für was denn dann? Und Sam sagt auch, dass —"

Carina stellte sich so hin, dass ich sie ansehen musste. Sie schüttelte den Kopf. „Vergiss doch jetzt kurz mal, was Sam sagt, und hör zu, was ich dir sage. Du musst nicht immer das machen, was andere dir raten oder von dir wollen. Meistens wissen wir selbst, was am besten für uns ist, ohne es zu merken." Mein Gesicht musste einen verständnislosen Eindruck gemacht haben, denn sie seufzte. „Was ich meine, ist, dass du dich nicht so beeinflussen lassen sollst. Klar hat Sam vielleicht ein bisschen mehr Erfahrung mit Jungs als wir, und sie wirkt vor allem auch immer so, als wüsste sie über alles Bescheid, aber das stimmt nicht. Manchmal musst du einfach nur auf dich selbst hören. Auf dein Bauchgefühl. Ich weiß, dass du Mika sehr gern hast und ihn unbedingt beeindrucken willst, aber bitte sei einfach vorsichtig. Ich will nicht, dass er dich verletzt."

Ich blinzelte ein paarmal und warf dann das Tuch in den Mülleimer. „Das ist lieb von dir, dass du dir Sorgen machst, aber das brauchst du nicht. Er wird mir nicht wehtun."

Er wird für mich da sein. Und mir helfen, wenn die Welt mir weh tut.

„Okay, wenn du dir da so sicher bist."

„Bin ich." Ich warf einen Blick auf die Uhr. „Und jetzt, wo die Kursarbeiten rum sind und wir beide wieder etwas mehr Zeit haben, will ich ihn fragen, ob wir mal was zusammen machen wollen. Also nur wir beide, ohne die anderen. Und nicht für ein Referat oder irgendwas für die Schule wie das letzte Mal."

Ich wollte mich schon seit Monaten mit ihm treffen aber es war irgendwie immer etwas gewesen und ich wollte nicht, dass er mich als aufdringlich empfand. Und deshalb hatte ich lieber noch nicht gefragt. Vielleicht würde ja *er* auch noch auf *mich* zukommen. Aber wenn ich ihn schon fragte, dann sollte er auch direkt Ja sagen können. Aber wir kannten uns ja jetzt schon eine ganze Weile und schrieben fast jeden Tag.

„Ja, das wird bestimmt schön."

Ich hörte etwas aus Carinas Stimme heraus, dass ich als versöhnlich interpretierte, aber ganz sicher einordnen konnte ich es nicht.

„Ich hab überlegt, dass wir spazieren gehen könnten, zu dem Felsen, von dem man auf die Felder gucken kann", dachte ich laut nach. „Weißt du, welchen ich meine? Oder halt ins Kino, aber da muss ich erst mal gucken, was im Moment so läuft."

„Spazierengehen ist doch mal was anderes", sagte Carina.

„Hm, ja, ich frage ihn die Tage mal." In diesem Moment ertönte ein Hupen von draußen und mein Handy gab einen Signalton von sich. Ich wusste schon, bevor ich auf das Display sah, von wem die Nachricht war. „Das sind sie, komm, wir gehen."

Wir schnappten uns unsere Sachen und verließen das Haus. Auf der Straße stand ein silberner Audi mit auffallenden Felgen. Der Motor lief noch und durch die geschlossenen Türen drangen dumpfe Bässe nach draußen.

„Hallo!" Ich rutschte neben Sam, die bereits im Auto saß, auf den Rücksitz.

„Hey Girls!", trällerte Anya und warf uns ein breites, mit pinkem Lippenstift umrahmtes Lächeln über ihre Schulter hinweg zu. „Seid ihr bereit für die Party?"

„Ja, klar doch!", antwortete ich.

„Wo fahren wir jetzt zuerst hin?", fragte Carina, die immer noch versuchte, sich auf der zugegeben etwas engen Rückbank anzuschnallen.

„Erst mal zu McDonalds, ich hab richtig Bock auf Chicken Nuggets! Und nebenan ist der Supermarkt, dann können wir direkt noch etwas einkaufen gehen. Wir wollen schließlich nicht ohne Alkohol aufkreuzen!"

„Und zum Glück haben wir auch jemanden dabei, der uns etwas Stärkeres als nur Bier und Hugo besorgen kann", triumphierte Sam.

„Ja, oder, Baby?", wandte Anya sich an ihren Freund, der bisher noch keinen Ton von sich gegeben und uns nur kurz zugenickt hatte, als wir ins Auto gestiegen waren. Mir waren sofort seine abrasierten Haare und die dunklen Augenbrauen aufgefallen, die ihn irgendwie bedrohlich aussehen ließen. Aber immerhin fuhr er uns zur Party und kaufte uns Alkohol.

„Jo, kein Problem", sagte er mit einer recht tiefen Stimme, die einen ziemlichen Kontrast zu der von Anya bildete. „Wir wollen doch nicht, dass es langweilig wird."

„Mach mal lauter! Ich liebe diesen Song!" Sam fing an mitzusingen. Angesteckt von der guten Stimmung fielen auch Carina und ich mit ein.

Was machte ich mir eigentlich immer so für Gedanken um Schule und um meine Eltern? Es hatte zwar ein wenig Überredungskunst und vielleicht auch die eine oder andere beschönigte Wahrheit gebraucht, um vor allem Mama davon zu überzeugen, mich heute Abend weggehen zu lassen, aber zum Glück waren sie selbst mit Freunden essen und würden deshalb nicht mitbekommen, wer mich abholte und wann ich wieder zu Hause war. Aber das war es mir wert, schließlich war man nur einmal jung. Es würde eine unglaubliche Party werden.

Als wir an dem Grundstück von Ians Opa ankamen, war die Party schon in vollem Gange. Wir liefen über einen geschotterten Weg zum Eingang der Scheune, aus der Musik und Stimmen kamen. Aus den

Fenstern schien Licht, das die umliegenden Obstbäume anstrahlte. Das Grundstück war wirklich perfekt zum Feiern. Drumherum lagen ebenfalls Gärten und erst ein paar hundert Meter weiter kamen die ersten Häuser.

Anya und *Baby* liefen eng umschlungen vor uns her und öffneten als erste die Tür der Scheune. Drinnen erwartetet uns mindestens vierzig Leute. Das alte Gebäude bestand quasi nur aus einem großen Raum, der durch eine Treppe geteilt wurde. Im hinteren Teil war eine kleine Küchenzeile und ein kleines Extrazimmer, mit einer Toilette und einem Waschbecken. Die Treppe führte zu einer Galerie, also einer offenen zweiten Etage, die ungefähr bis zur Hälfte des Gebäudes reichte. Unten standen neben der normalen Sitzecke und einer etwas älteren Couch auch ein paar Bierbänke, eine davon war schon zum Beerpongspielfeld umgebaut worden.

„Hey! Nice, dass ihr es geschafft habt!" Ian kam uns direkt entgegen, in einer Hand hielt er eine Rolle Pappbecher, in der anderen zwei Tüten Chips. „Und ihr habt noch was zu trinken dabei! Perfekt! Also, Getränke gibt es dahinten bei der Küche, Snacks auch und ansonsten mischt euch einfach unters Volk! Bis dann!" Er verschwand mit den Chipstüten winkend nach oben.

„Hatte nicht jemand gesagt, es würden nur ein paar Leute kommen?", raunte Carina mir zu. Ich zuckte mit den Schultern. „Ist doch egal! Der Raum ist eh groß genug!"

„Ja, aber ich meine ..."

„Carina!", ertönte eine fröhliche Mädchenstimme aus der Menge und unterbrach sie. Winkend kamen zwei Mädchen auf uns zu und umarmten zu meiner Überraschung meine Freundin. „Hey! Das ist ja cool, dass wir dich hier treffen", sagte eine der beiden, die buschige Augenbrauen und einen Kurzhaarschnitt hatte.

„Ich hab dir doch gesagt, dass Ian auf ihre Schule geht!", mischte sich die zweite mit einem breiten Lächeln ein, das eine silberne Zahnspange zeigte.

„Was macht ihr denn hier?", fragte Carina jetzt, sichtlich begeistert, die beiden hier zu treffen. Wie konnte es sein, dass sie mir überhaupt nicht bekannt vorkamen? Ich kannte doch eigentlich alle von Carinas Freundinnen.

„Ian hat uns eingeladen. Er ist mein Cousin. Wusstest du das nicht?", erklärte die erste.

Carina lachte. „Echt jetzt? Ist ja witzig!"

„Ja, oder? Jenna und Maria sind auch da. Setz dich doch zu uns!" Zum ersten Mal, seit sie sich zu uns gestellt hatten, sahen sie mich an. „Sorry, ich glaube wir haben uns noch nicht kennen gelernt. Ich bin Michelle. Du bist Kim, oder?"

„Äh, ja." Wieso wusste sie meinen Namen, ich aber ihren nicht?

„Die Mädels sind mit mir in einer Mannschaft im Fußball", erklärte mir Carina.

Ich nickte. „Ach so, ja stimmt." Ich tat so, als würde ich mich daran erinnern, diese Information von ihr schon einmal bekommen zu haben.

„Kim! Komm, lass uns was zu trinken holen. Ich kann dich hier doch nicht vollkommen nüchtern wieder nach Hause fahren lassen."

Aus dem Augenwinkel sah ich noch, wie Carina mit den beiden Mädchen zwischen den Leuten verschwand, während Sam mich zur Küche zog, die mit Flaschen verschiedener Farben und Größen ausgestattet war.

„So …" Sie rieb sich die Hände. „Let's see."

Ich sah mir neugierig die verschiedenen Getränke an. Manche Namen kannte ich vom Hören oder aus Werbungen, getrunken hatte ich davon so gut wie noch gar nichts. Wenn Mama das wüsste, würde sie sich wahrscheinlich freuen. Obwohl, wahrscheinlich wäre es ihr am liebsten gewesen, ich hätte noch nie auch nur einen Schluck Alkohol getrunken. Ich verdrehte innerlich die Augen bei dem Gedanken daran. Sie übertrieb aber echt.

Ich nahm mir einen der braunen Pappbecher und schrieb mit Edding meinen Namen darauf, wie es die anderen vor uns auch getan hatten. Dann schaute ich wieder nachdenklich auf die verschiedenen Getränke, während Sam und Anya sich schon begeistert einschenkten.

„Kim, kannst du dich nicht entscheiden?", fragte Anya mich auf einmal.

Ich zuckte mit den Schultern und versuchte möglichst souverän auszusehen und nicht, als sei ich vollkommen überfordert. „Nicht so richtig."

„Sollen wir dir vielleicht was mischen? Sam kann das echt gut." Meine Freundin verdrehte gespielt genervt die Augen und nahm meinen Pappbecher, bevor ich ja sagen konnte. „Ja ja, dir kann ich auch einen machen. Dann bekommst du wenigstens was richtiges." Sie überlegte kurz und griff dann nacheinander nach verschiedenen Flaschen.

Ich musste daran denken, wie wir früher manchmal verschiedene Säfte gemischt hatten und uns dabei so cool und erwachsen gefühlt hatten. Das alles schien eine Ewigkeit her zu sein. Jetzt standen wir hier und machte das gleiche nur mit echten Drinks. Es fühlte sich ganz anders an, als ich es mir früher vorgestellt hatte.

Ich ließ meinen Blick durch den Raum schweifen. Viele der Leute kannte ich aus der Schule. Ein paar davon nur vom Sehen, aber so war das nun mal oft in der Oberstufe. Mein Blick blieb an dem Beerpongtisch hängen. Sechs Jungs spielten gegeneinander und wurden von ein paar anderen angefeuert. Einer von den Zuschauern war Mika. Er lachte gerade triumphierend auf, als der kleine weiße Ball in einem der Becher landete. Mein Herz schien auf einmal etwas schneller zu schlagen. Wie gut er heute Abend wieder aussah. Und das, obwohl er nur ein einfaches T-Shirt und Jeans trug. Er passte hier perfekt rein, in die Menge aus feiernden und lachenden Menschen. Gleichzeitig schien er sich von allen ein Stück abzuheben, wie eine rote Rose unter lauter weißen.

„Hier, probier das mal." Sam gab mir meinen Becher zurück. Ich beäugte für einen kurzen Moment die gelblich schimmernde Flüssigkeit, bevor ich einen Schluck nahm. Nur mit Mühe unterdrückte ich ein Husten, was Sam und Anya hysterisch kichern lies.

„Ist vielleicht ein bisschen stark geworden."

Nachdem der erste bittere und leicht brennende Geschmack verflogen war, machte sich eine gewisse Süße in meinem Mund breit. Es schmeckte nach exotischen Früchten und Kokos. Irgendwie lecker. Ich nahm noch einen Schluck und diesmal war das Brennen nicht mehr so schlimm.

„Komm, lass uns zu den anderen gehen", sagte Sam und bahnte sich ihren Weg zu einem der Tische, an dem bereits ein paar Leute saßen. Auch Anyas Freund war dabei, dessen Namen ich schon wieder vergessen hatte. Oder hatte ihn mir überhaupt jemand gesagt? Bisher hatte Anya in immer nur *Baby* genannt. Er legte einen Arm um seine Freundin, als sie sich neben ihm auf der Bank niederließ. Erst beim Hinsetzen fiel mir auf, dass es sich bei dem Mädchen mir gegenüber um Alexa handelte, eine Mitschülerin aus meinem Erdkundekurs und soweit ich wusste, aus Anyas engerem Freundeskreis. Ihr Haar war dunkelrot und unterstrich damit ihre blasse Haut. Heute Morgen in der Schule waren sie noch hellblond gewesen.

Ich lächelte sie an. „Schicke Frisur."

Ein Strahlen breitete sich über ihr Gesicht aus, als sie mit den Fingern nach einer Strähne griff. „Danke! Ich hatte keinen Bock mehr auf die alte Farbe. Blond hat doch heute fast jeder."

Ich zuckte mit den Schultern. „Ist mir noch nie so aufgefallen."

„Warst du jetzt eigentlich bei dem Friseur in der Fußgängerzone neben dem Blumenladen?", fragte Denise, die ebenfalls am Tisch saß. Sie schmiegte sich an einen dunkelblonden Typen, der wohl mit Anyas Freund befreundet zu sein schien, zumindest schienen die beiden das gleiche Alter zu haben und sich ganz gut zu kennen.

„Ja, da ist grad heute ein Termin frei geworden, ich hatte echt Glück. Und er hat es auch wirklich gut gemacht. Das ist genau die Farbe, die ich haben wollte. Und ich finde es sieht voll natürlich aus."

„Ich hab dir doch gesagt, dass er der Beste ist!", stimmte Denise ihr zu.

„Ja, danke nochmal für den Tipp!", meinte Alexa und rückte ihre Brille zurecht.

Es freute mich für sie, dass sie so zufrieden mit ihrer Frisur war, aber so sehr ich es auch versuchte, konnte ich mich an diesem Gespräch einfach nicht begeistern. Glücklicherweise konnte ich von meinem Platz aus genau auf die Beerpongrunde und damit auf Mika schauen. Diesmal stand er nicht am Rand, sondern spielte mit. Gerade schaute er einem seiner Freunde über die Schulter und fieberte mit, als der den kleinen weißen Ball auf die gefüllten Pappbecher zu warf. Abgelenkt durch das Spiel bekam ich nur mit einem Ohr mit, worüber die Mädchen diskutierten und sich gegenseitig Komplimente machten. Jetzt war Mika an der Reihe. Hochkonzentriert nahm er den Ball in die Hand und bewegte vorsichtig seine Hand vor und zurück, um die Flugrichtung richtig zu bestimmen. Dabei zog er leicht die Augenbrauen zusammen und richtete die Augen genau auf sein Ziel aus. Mein Herz machte einen kleinen Sprung, wenn ich ihn so sah.

In einem kleinen Bogen landete der Pingpongball in einem der hinteren Becher. Mika und seine zwei Teammitglieder jubelten und fielen sich in die Arme, als einer der Jungs aus dem gegnerischen Team trank. Wie sie sich über eine so unbedeutende Kleinigkeit so freuen konnten. Es war absurd und gleichzeitig irgendwie niedlich. Als die anderen dran waren, schaute Mika auf einmal in meine Richtung. Ich nahm das Lächeln aus meinem Gesicht, von dem ich bis zu diesem Moment gar nicht gewusst hatte, dass es da gewesen war und schaute zu Anya, die gerade sprach.

Hatte er gesehen, dass ich ihn beobachtete? Hatte er deshalb zu mir gesehen, weil er meinen Blick gespürt hatte? Oder wollte er vielleicht einfach nur meine Reaktion auf seinen Sieg sehen?

„Ich geh mal kurz aufs Klo", kündigte plötzlich eines der Mädchen an unserem Tisch an und stand auf.

„Ich muss auch", erklärte Alexa und stand ebenfalls auf.

„Denise", fing Anya an, als die anderen beiden außer Hörweite waren. „Du musst mir was erklären: Wieso hast du ihr die Idee mit den roten Haaren nicht ausgeredet?"

Denise schüttelte den Kopf. „Ich hab's versucht. Aber du kennst sie doch. Deshalb hatte ich sie zu *meinem* Friseur geschickt. Ich dachte, er würde es ihr ausreden."

„Ich finde sie sieht ein bisschen aus wie diese Figur aus der Kinderserie, die früher immer lief. Wisst ihr, welche ich meine?", wandte Anya sich an die ganze Gruppe.

„Pippi Langstrumpf?"

Anya verzog verneinend das Gesicht und sah nachdenklich nach oben. „Nein. Die mit diesem kleinen Männchen. Weil sie jetzt klein *und* rothaarig ist."

„Du meinst Pumuckl?", fragte Sam und kicherte.

„Ja, genau die!" Anya und die anderen fingen ebenfalls an zu lachen. „Oh mein Gott. Das passt so!"

„Und von wegen *blond hat heute jeder*. Nur weil sie jetzt rote Haare hat, macht sie das doch nicht interessanter", fügte Denise hinzu.

„Du bist auf jeden Fall heißer." Ihr Freund lehnte sich zu ihr und gab ihr einen Kuss auf den Mund, den sie leidenschaftlich erwiderte.

„Nehmt euch ein Zimmer, ihr zwei!", sagte Sam und grinste dabei aber ein wenig dreckig.

Ich lächelte nur leicht. Eigentlich fand ich Alexas neue Haarfarbe gar nicht so schlimm. Ich verstand nicht, warum die anderen jetzt über sie herzogen. Wenn es ihnen nicht gefiel, warum sagten sie es ihr nicht einfach? Und seit wann machte Sam bei so etwas mit?

Ich trank einen Schluck aus meinem Becher. Man schmeckte den Alkohol wirklich kaum mehr raus.

„Ich hol mir noch was zu trinken", sagte ich und stand auf. An der *Bar* waren zwei Jungs, die ich aus Sport kannte. Sie unterhielten sich über irgendeinen Song, den ich sehr mochte und ich hätte mich gern an ihrem Gespräch beteiligt, wusste aber nicht wie und wollte sie auch nicht stören, deshalb stand ich einfach nur dabei und hörte zu, während sie sich einschenkten. Ich hatte es sowieso nicht eilig. Meine Lust zu Sam, Anya und den anderen zurückzugehen wurde noch kleiner, als ich Alexa zu ihnen laufen sah. Waren sie schon immer so gemein gewesen? Nein, bestimmt nicht. Sam war doch meine Freundin. Das vorhin war bestimmt nur als Scherz gemeint.

„Hi, Kim." Ein angenehmer Schauer lief mir über den Rücken.

„Hi, Mika." Ich konnte nichts dagegen tun. Das Lächeln breitete sich von ganz allein auf meinem Gesicht aus. Genau wie das warme Gefühl in meinem Bauch, als er es erwiderte. „Wie war euer Spiel?"

„Gut, wir haben gewonnen." Er lehnte sich mit dem Rücken an eine der Säulen, die die Galerie stützten. „Aber man muss den anderen lassen, dass sie vorher schon ein paar Runden gespielt hatten, wir dagegen waren noch frisch und motiviert!"

Ich lachte. Trotz der vielen Leute um uns herum konnte ich sein Deo riechen. Der Geruch war mir mittlerweile so vertraut, dass es mich jedes Mal mit einer freudigen Aufregung erfüllte, wenn ich es roch. Selbst wenn es nicht von Mika ausging, sondern von einer anderen Person, die das Gleiche benutzte.

„Und was nimmst du?", wechselte er so abrupt das Thema, dass ich ihm nicht ganz folgen konnte. Er zeigte hinter mich. „Was trinkst du?"

„Oh, ach so, ja." Ich drehte mich um und sah zwischen den Flaschen hin und her. „Ich hab mich noch nicht ganz entschieden."

„Wir wollen jetzt oben eine Runde Picolo spielen. Wenn du Lust hast, kannst du mitmachen", lud er mich ein.

Ich versuchte meine Freude unter Kontrolle zu halten.

Cool bleiben, Kim. Er hat dich nur gefragt, ob du mitspielen, nicht, ob du ihn heiraten willst.

„Ja klar, gern."

„Cool! Dann würde ich dir raten, etwas weniger starkes zu trinken, nicht dass du nach der ersten Runde schon betrunken bist. Man muss ja nicht immer gleich übertreiben." Er zwinkerte mir zu.

„Ah ja, danke. Kannst du was empfehlen?" Ich versuchte meine Ahnungslosigkeit zu verbergen, auch wenn ich vermutete, dass er mich schon durchschaut hatte.

Er überlegte einen Moment und griff dann nach einer Flasche aus durchsichtigem Glas mit einer hellen Flüssigkeit darin. „Hier, wenn du es eher süß magst, sollte das das Richtige sein."

Ich nahm die Flasche entgegen, warf einen kurzen Blick auf das Etikett und schenkte mir ein, während er sich ein Bier aus dem Kühlschrank holte. Wir gingen zusammen die Treppe zur Galerie hoch und setzten uns nebeneinander auf eine Bank an der Wand. Ich schaute in die kleine Runde aus sechs Leuten, darunter auch Ian, Finn, Tristan und Dori, ein Freund aus unserer alten Klasse. Er hatte sich mir schon mit diesem Spitzname vorgestellt. Ich hatte noch nie jemanden seinen richtigen Namen sagen hören, sogar unser Lehrer nannte ihn so, aber warum, wusste ich auch nicht.

„Wisst ihr alle wie das Spiel funktioniert?", fragte er jetzt und hielt sein Handy hoch, auf dem das Titelbild einer App aufleuchtete.

Zu meinem Glück war ich nicht die Einzige, die verneinte, und Dori redete weiter: „Also eigentlich ist es ziemlich selbsterklärend: Die Namen sind eingespeichert und man wird mit einer Aufgabe oder einer Frage, aufgerufen und die muss man dann machen oder beantworten." Er grinste. „Meistens sind die Aufgaben damit verbunden, etwas zu trinken."

„Habt ihr etwa schon ohne uns angefangen?", ertönte plötzlich Sams Stimme von der Treppe. Hinter ihr erschienen Anya, Denise und Alexa.

Ihre Freunde hatten sie wohl unten gelassen. Alle Köpfe drehten sich in ihre Richtung.

„Nein", sagte Ian. „Ihr kommt gerade rechtzeitig. Wisst ihr, wie es geht?"

Die vier Mädchen nickten und setzten sich uns gegenüber an den Tisch.

„Gut, wenn wir dann alle da sind, speicher ich noch die Namen ein und wir können anfangen." Dori tippte schnell auf seinem Handy herum und schaute dann noch einmal in die Runde. „Getränke hat jeder ... Seid ihr bereit?" Ohne auf eine Antwort zu warten, las er die erste Aufgabe vor: *„Finn, Du entscheidest, wer von Ian und Kim hat die schlimmere Rechtschreibung. Derjenige muss drei Schlucke trinken."*

Finn sah für einen kurzen Moment zwischen uns beiden hin und her und musste dann lachen. „Sorry Bro, ich hab keine Ahnung wie Kims Rechtschreibung ist, aber deine ist garantiert schlimmer."

„Toll, danke für gar nichts", erwiderte Ian und trank aus seiner Bierflasche.

„Ich sag nur *Restarohr*", meinte Finn und warf Mika einen kurzen Blick zu, bevor die beiden zu prusten anfingen.

Ian verdrehte genervt die Augen. „Alter, das war in der Grundschule!"

„Sorry, aber das wird niemals unlustig sein!" Mika wischte sich eine Lachträne aus dem Augenwinkel.

„Okay, wenn ihr euch wieder eingekriegt habt, kann ich ja das Nächste vorlesen ..." Die nächsten Runden liefen ähnlich lustig und unspektakulär weiter. Jeder von uns hatte mittlerweile schon etwas getrunken und ich wusste nicht ob es am Alkohol oder an der guten Stimmung lag, aber in meinem Körper hatte sich ein wolliges, glückliches Gefühl breitgemacht, das ich so schon lang nicht mehr erlebt hatte. Ab und zu berührte Mikas Knie meines und jagte mir damit jedes Mal einen kleinen angenehmen Schauer über den Rücken.

Doch dann begann die Situation zu kippen.

„Mika, trinke dein Glas aus, während Sam dir Dinge ins Ohr flüstert", las Dori die Anweisung vor.

„Ohhhh!", machte Tristan und lachte hämisch. „Jetzt wird es hier drin aber heiß." Für diesen Spruch hätte ich ihm am liebsten den Inhalt meines Bechers ins Gesicht geleert, aber ich hielt mich zurück. Niemand sollte meine Gefühlswallungen sehen. Sam würde nichts anzügliches sagen. So war sie nicht. Da war ich mir zu 110% sicher. Ich warf einen schnellen Blick zu meiner Freundin. Doch sie sah nicht zu mir, sondern kletterte über die Bank neben Mika, der bereits seine Flasche an die Lippen hob. Ihre Augen glitzerten. Sie sprach so leise, dass keiner außer Mika es verstehen konnte.

Noch bevor sie wieder an ihrem Platz war, las Dori weiter: *„Kim, schläfst du noch mit einem Kuscheltier im Bett? Wenn nein, trinke drei Schlucke, wenn ja, erzähle der Runde von ihm."*

Ich nahm ohne aufzublicken meinen Becher in die Hand und trank.

„Das ist dann wohl ein Nein", kommentierte Dori unnötiger Weise, als Anya leise kicherte und Sam plötzlich sagte: „Lügen darf man nicht."

Für einen kurzen Moment erstarrte ich zur Salzsäule, bevor ich sie böse anfunkelte. „Tue ich doch gar nicht. Ich habe kein Kuscheltier mehr, wenn ich schlafe. Dafür sind wir doch zu alt."

„Wenn du meinst", grinste Anya hinterlistig und zuckte mit den Schultern.

Dori fuhr fort, während es in mir zu brodeln anfing. Mit einem kleinen Gewissensbiss dachte ich an Herr Loffa, der kleine Stoffhase, der nach all den Jahren aussah, als hätte er ein Leben als ein untalentierter Stuntman mit mehreren Autounfällen hinter sich und der mir trotzdem immer noch Trost spendete, wenn ich es brauchte. Warum hatte ich gelogen? War es wirklich so peinlich in unserem Alter noch ein Stofftier zu haben?

„Tristan, nenne von jedem Spieler eine Schwäche und trinke dazu einen Schluck."

Eine Schwäche also. Eher mäßig gespannt sahen wir ihn an. Was sollte dabei schon rauskommen? Soweit ich es wusste, war er mit niemandem der Anwesenden enger befreundet. Was würde er über mich sagen? Ich wusste ja selbst nichts über ihn, außer, dass er auf fast jeder Party erschien. Egal, ob er eingeladen war oder nicht. Und dass er gern Alkohol trank. Aber das hätte jeder Mensch gesehen, der heute Abend länger als 20 Minuten in seiner Nähe verbracht hatte.

Tristan verzog nachdenklich den Mund und fuhr sich lässig durch seine etwas längeren, braunen Haare. Dann fing er der Reihe nach an.

„Finn, deine Schwäche sind deine Haare. Ist echt mega unmännlich, wie du auf die achtest. Oder musst du damit irgendwas ausgleichen?" Er lachte dreckig, erntete von Finn aber nur ein schiefes Grinsen.

„Glaub mir, ich muss gar nichts kompensieren. Aber so wie du hier Reden schwingst, wäre ich da an deiner Stelle vorsichtig mit solchen Aussagen."

Tristans triumphierender Ausdruck verschwand aus seinem Gesicht und wich einem leichten Anflug von Ärger. Oh, da konnte wohl jemand austeilen aber nicht einstecken. Von den anderen bekam Finn auf jeden Fall zustimmendes Lachen. 1:0 für ihn.

Jetzt war ich dran. „Du bist irgendwie langweilig. Ich meine, hast du überhaupt schon mal irgendwas interessantes gemacht? Fast so schlimm wie deine Freundin Carina, mit der du immer rumhängst. Obwohl die noch prüder ist. Du spielst ja wenigstens hier mit." Er nahm ein Schluck von seinem Bier und wollte einfach fortfahren, doch ich unterbrach ihn: „Was willst du damit sagen? Du kennst mich doch gar nicht! Und Carina erst recht nicht, sie gehört nicht zu den Spielern. Nur weil wir nicht so großkotzig unterwegs sind wie du."

Ich war selbst überrascht über meine Worte, aber mir gefiel seine überhebliche Art einfach nicht. Er hatte nicht das Recht dieses Spiel dazu zu benutzen, uns zu beleidigen.

Tristan zog spöttisch eine Augenbraue hoch. „Boah, komm mal wieder runter. Ist doch nur ein Spiel."

„Das ist kein Grund …", setzte ich an, doch Anya unterbrach mich: „Jetzt entspannt euch mal. Kim, nimm das Ganze doch nicht so persönlich. Jeder sieht manche Sachen halt unterschiedlich."

War das ihr Ernst? Ich hielt meinen Mund, hatte keine Lust auf noch mehr Kritik. Aber trotzdem sah ich hilfesuchend zu Sam, die sich jedoch wieder Tristan zuwandte, als er jetzt Mika ansprach. „Du bist einfach immer so ruhig. Kannst du eigentlich auch wütend werden? Würde ich gern mal sehen."

Doch anstatt ihm den Gefallen zu tun, lächelte Mika nur. „Da wirst du leider warten müssen. Das ist es meistens einfach nicht wert."

Ich wünschte, ich könnte die Worte der anderen auch so an mir abprallen lassen, wie er. Tristan lag nicht ganz falsch. Mika war wirklich immer cool und fing nie mit irgendjemandem Stress an. Aber das war in meinen Augen keine Schwäche, sondern eine Stärke. Es müsste mehr Leute geben, die so locker blieben. Aber warum sagte Tristan so etwas über Carina und mich? Wir waren doch nicht langweilig. Oder prüde. Wusste er überhaupt, was das Wort wirklich bedeutete? Ja, wir waren nicht so oft auf Partys wie andere Leute in unserem Alter. Aber wir hatten doch andere Sachen, die uns interessant machten. Carina zum Bespiel machte viel Sport, vor allem seit dem letzten Jahr. Jetzt spielte sie sogar Fußball und hatte anscheinend auch da viele Freundinnen, von denen ich gar nichts wusste. Und in ihrem Geschichtekurs kam sie auch gut an, weil sie so viel wusste.

Und ich ... Ich schrieb meine Gedichte. Obwohl, das zählte nicht. Das wusste so gut wie niemand über mich, außer meinen Freundinnen und Manu. Ich hatte nicht mal eine Ahnung, ob meine Eltern das wussten. Aber Oma hatte es gewusst. Sie war auch diejenige gewesen, die mich dazu gebracht hat. Wie sie mit Worten hatte umgehen können, wie sie Emotionen vermitteln konnte, indem sie Sachen beschrieb, die einem bis dahin noch nie so bewusst waren, aber in dem Moment einfach unglaublich viel Sinn ergaben. Sie war so talentiert und inspirierend gewesen.

Aber was konnte ich vorweisen? In einem Sportverein war ich nicht. Singen hatte ich schon vor Jahren aufgehört, nachdem meine Musiklehrerin meine Eltern anrufen wollte, weil ich so schief sang, dass sie dachte, ich wäre am Ersticken. In was war ich besonders gut? Wofür fiel ich den Leuten um mich herum auf?

Mit Erschrecken stellte ich fest, dass ich keine Idee hatte. Hatte Tristan etwa recht gehabt? War ich wirklich langweilig? In meinem Kopf begann sich alles zu drehen. Hatte Sam an dem Abend bei Carina nicht das Gleiche gesagt? Verbrachte sie den Abend deshalb lieber mit Anya und Denise? Und viel schlimmer: Was war mit Mika? Wie nahm er mich wahr?

Ich sah ihn an. Erst jetzt fiel mir auf, dass die anderen immer noch weiter spielten. Ich war so in Gedanken versunken, dass ich nicht mitbekommen hatte, was Tristan zu den anderen gesagt hatte. Hatte er etwa auch die anderen Mädels beleidigt? Obwohl sie amüsiert lachten, lag eine gewisse Anspannung in der Luft. Ich versuchte ruhig zu atmen und mir nicht anmerken zu lassen, wie sehr ich über seine Aussage gegrübelt hatte.

Eine Person fehlte noch. Ian.

Tristan schien die Runde immer noch zu genießen. Er sah Ian in die Augen und zeigte seine leicht schiefen Zähne als er sagte: „Zählt es auch als Schwäche, wenn die Eltern sich trennen und sie sich nicht entscheiden können, bei wem ihr Sohn wohnen soll, weil sie ihn beide nicht haben wollen?" Für einen kurzen Moment herrschte absolute Stille am Tisch.

Dann sprang Ian plötzlich auf. „Was fällt dir eigentlich ein? Kommst uneingeladen auf meine Party und verbreitest solche Lügen! Was ist eigentlich dein Scheißproblem?", fuhr er ihn an. Obwohl er seine Stimme nicht stark anhob und es mehr ein wütendes Grummeln war als eine laute Drohung, hatte ich für einen kurzen Moment Angst, er würde ihn schlagen.

„Ich hab gar kein Problem. Du bist derjenige, der hier rumschreit."

In diesem Moment sprang auch Mika auf und Finn nahm Tristan am Arm. „Ich glaube, es ist besser, wenn du jetzt gehst."

Er versuchte nicht einmal zu protestieren, sondern stand einfach grinsend auf und drängte sich an den Jungs vorbei. „Hier sind eh nur Versager."

Finn und Mika folgten ihm die Treppe hinunter, um sicher zu gehen, dass er auch wirklich verschwand. Zurück blieben Ian, Dori, wir Mädchen und eine unangenehme Stille, die mich immer nervöser machte. Warum sagte Tristan so was? Anscheinend hatte es ihm gefallen, uns so aus der Reserve zu locken und zu ärgern.

„Ich glaube, wir sollten mal nachsehen, ob noch genug Bier im Kühlschrank ist", meinte Dori zu Ian.

Dieser sprang sofort darauf an. „Ja, ich will schließlich kein schlechter Gastgeber sein. Wollt ihr auch noch was?"

Er richtete sich an uns, doch wir lehnten ab. Ich zweifelte daran, dass Alkohol das Chaos in meinem Kopf beseitigen konnte. Wahrscheinlich würde eher das Gegenteil der Fall sein. Die Luft um mich herum schien immer dünner zu werden, mein Hals schnürte sich zu. Aus irgendeinem Grund musste ich an meine Eltern denken. Wie sie sich stritten. Wie sie sich gegenseitig anschrien und Vorwürfe machten. Würden sie sich auch trennen? Und wenn ja, wo würde ich dann leben?

Ich spürte, wie mir übel wurde. Keine Übelkeit, wie man sie nach falschen Lebensmitteln oder einem ekelhaften Geruch kannte, sondern eine, die von der Angst geschickt wurde. Sie kam, um einem das Leben noch schwerer zu machen. Um einen nicht nur ein schlechtes Gefühl zu geben, sondern um einen glauben zu lassen, man müsste sich gleich übergeben. Zusammen mit dem Knoten in meinem Hals, wurde das Gefühl immer stärker.

Ich sah zu Sam. Sie schaute irgendwas auf Anyas Handy an, das diese ihr hinhielt. Mit einem Mal schien sie weiter von mir wegzurücken, während der Raum immer kleiner wurde. Ich musste hier raus. Sofort.

„Ich muss aufs Klo", murmelte ich und stürmte ohne auf eine Reaktion zu warten die Treppe hinunter. Bevor ich unten ankam, ermahnte ich mich selbst dazu, langsam zu laufen. Ich wollte nicht alle Blicke auf mich lenken, nur weil ich durch die Scheune rannte. Um mich herum waren überall Leute, doch ich konnte mich nur auf eins konzentrieren: die Tür nach draußen. Sie war nur angelehnt und davor standen ein paar Jugendliche und rauchten. Ob ich sie kannte, wusste ich nicht, dafür lief ich zu schnell an ihnen vorbei. Ich erinnerte mich an eine Bank an der Seite der Scheune, die durch einen Busch verdeckt wurde und so vom Gebäude selbst nicht direkt einsehbar war. Ich hatte Glück und niemand war auf die Idee gekommen, hier heimlich rumzuknutschen. Erleichtert ließ ich mich auf die hölzernen Bretter nieder und atmete ein paar Mal tief die kühle, frische Nachtluft ein.

Und dann kamen sie.

Die Tränen.

Ich konnte sie nicht unterdrücken und es hatte auch etwas befreiendes, als sie sich ihren Weg über meine Wangen bahnten. Die ganzen Emotionen und negativen Gefühle schienen einfach mit ihnen zu gehen und mir ein wenig Gewicht von der Brust zu nehmen. Ein leiser Schluchzer schüttelte mich.

Wieso war ich so? Wieso konnte ich nicht einfach drinnen mit meinen Freundinnen sitzen und Spaß haben? Diese Gedanken ließen die Tränen einmal mehr fließen. Einen kurzen Moment dachte ich an mein Make-up und wie es verlaufen würde. Aber auch das war egal. Selbst wenn ich es wirklich wollte, hätte ich nicht aufhören können zu weinen.

Und so saß ich da. Auf einer Holzbank in dem Garten des Opas eines Mitschülers. Die Ellbogen auf den Knien und den Kopf auf die Hände gestützt. Allein und still. Mit Tränen, die mir über das Gesicht liefen. Unzufrieden mit mir und meinem Leben, das mich wie einen Strudel immer weiter in den Schmerz hineinzog.

Bis plötzlich er hinter mir stand.

5.

Ich hatte ihn nicht bemerkt, bis er direkt neben mir war. Still stand er da, die Hand auf der Rückenlehne der Bank. Zuerst erschrak ich und versuchte mir die Tränen wegzuwischen, doch dann ließ ich es bleiben. Er hatte sie sowieso schon gesehen.

„Ist alles okay?" Seine Stimme war sanft. Fast ein bisschen liebevoll. Er fragte nicht, weil man das so tut, weil alles andere unhöflich wäre, sondern weil es ihn wirklich interessierte, weil es ihn kümmerte.

Ich zuckte nur mit den Schultern. Meiner Stimme konnte ich nicht vertrauen. Ich hatte Angst, sie würde sofort brechen, wenn ich den Mund aufmachte.

„Willst du darüber reden?"

Ja. Nein. Ich wusste es nicht. Würde er es verstehen? Ich verstand es ja nicht einmal selbst.

Wieder zuckte ich mit den Schultern. Er ging zwei Schritte um die Bank herum und setzte sich neben mich. Das Holz knarzte leise unter seinem Gewicht. Schweigend saßen wir beide da. Blickten vor uns auf das noch vom Sommer verdorrte und vom Herbst überwässerte Gras. Die Stille zwischen uns war nicht unangenehm. Im Gegenteil. Sie hatte etwas beruhigendes an sich.

Er fragte nicht weiter, sondern ließ mir einfach meine Zeit und meinen Raum, während seine Anwesenheit mich wärmte und mir Trost spendete, ohne dass sich unsere Körper berührten.

„Ich glaube, mir ist im Moment einfach alles ein bisschen zu viel", sagte ich nach einer Weile. Obwohl meine Stimme leicht zitterte, waren die Worte klar verständlich.

Es dauerte einen Moment bevor er nickte. „Es tut mir leid, was Tristan beim Spiel gesagt hat. Er ist echt ein Idiot. Wir hätten ihn eigentlich direkt rausschmeißen sollen."

„Es ist nicht nur er. Im Moment passiert einfach so viel und das alles zusammen ist ... *zu* viel. Ich habe manchmal das Gefühl, dass ich einfach nicht hinterherkomme." Ich biss mir auf die Unterlippe.

„Kann ich dir irgendwie helfen?" *Bitte bleib bei mir. Umarme mich und lass mich nie mehr los.*

Ich zuckte mit den Schultern.

„Also wenn du jemandem zum Reden brauchst, dann sag einfach Bescheid, okay?"

Ich spürte seinen Blick auf mir ruhen. Zum ersten Mal sah ich auf und unsere Blicke trafen sich. Ein stilles Lächeln schlich sich auf meine Lippen. „Danke."

Ein Moment verging, dann schauten wir wieder geradeaus. Am Himmel konnte man, trotz der nicht allzu weit entfernten Lichter der Stadt, ein paar Sterne sehen. Der Mond stand groß und erhaben dazwischen. Morgen oder übermorgen würde er ganz voll sein.

„Wie geht es Ian?", fragte ich.

Mika atmete tief ein, bevor er antwortete. „Ganz gut. Das, was da vorhin gesagt wurde, ist nicht wahr. Zumindest nicht alles. Seine Eltern streiten sich nicht darum, bei wem er wohnen *muss*. Es ist nur … kompliziert bei ihnen im Moment."

„Du musst mir das nicht erklären. Das geht mich ja auch nichts an. Aber woher wusste Tristan davon?"

„Seine Mutter ist eine Kollegin von Ians Vater. Und Neuigkeiten sprechen sich schnell rum."

„Und genauso schnell kommen Gerüchte auf", ergänzte ich und nickte.

„Genau. Man konzentriert sich lieber auf die Probleme der anderen, als auf die eigenen. Und wenn ich das richtig mitbekommen habe, ist das eine Spezialität von Tristans Mutter."

„Na ja, dann wissen wir jetzt wenigstens, wem wir Informationen zukommen lassen müssen, wenn wir sie möglichst schnell mit vielen neuen Einzelheiten verbreiten wollen", meinte ich trocken und entlockte Mika damit ein leises Lachen.

„Stimmt." Er fuhr sich mit der linken Hand über sein Knie. „Und nur das du es weißt, weder Carina noch du seid langweilig. Oder prüde. Tristan ist einfach ein Depp und versucht mit so dummen Aussagen lustig zu sein. Ich glaube, er weiß nicht mal, was das Wort *prüde* bedeutet."

„Genau das hab ich mir auch schon gedacht! Also das mit dem *prüde.*" Ich räusperte mich. „Aber danke auf jeden Fall. Und du bist es auch nicht. Langweilig, meine ich." Ich sah ihn an.

„Ach, und prüde schon?" Ohne mein Zutun erschien wieder das Lächeln auf meinem Gesicht. Sogar im Dunkeln konnte ich das amüsierte Glitzern in seinen Augen erkennen.

„Du spielst ein Trinkspiel und lässt dir dabei von einem Mädchen etwas ins Ohr flüstern. Also ganz tugendhaft ist das wohl nicht."

Er tat schockiert. „Was? Ich bin die Tugendhaftigkeit in Person! Oder hast du mich noch nie in meinem schwarzen, hochgeschlossenen Sonntagskleid gesehen?"

Ich kicherte. „Den Anblick würde ich niemals verpassen wollen!"

„Wie gewissenlos von dir!" Er lächelte belustigt. Wir schauten uns an. Das kribbelige Gefühl in meinem Bauch war wieder da. Wie nah wir uns doch waren. Unsere Gesichter nur wenige Zentimeter voneinander entfernt. So nah, dass ich die Wärme seines Körpers an meinem spüren konnte. Wenn ich mich jetzt einfach nach vorn lehnte, könnte ich ihn küssen. Aber das tat ich nicht, stattdessen ließ ich einfach die angenehme Stimmung zwischen uns verweilen. Sein warmer Atem streifte meine Wange und ich konnte nicht anders, als zu erschaudern.

„Wollen wir wieder reingehen?", fragte er. „Es ist ganz schön kalt."

Ich nickte und stand zusammen mit ihm auf, auch wenn meine Gänsehaut nicht nur von der Kälte kam.

Drinnen angekommen, setzen wir uns wieder zu den anderen, die sich diesmal wieder auf eine der Bierbänke niedergelassen hatten. An einem der hinteren Tische sah ich zum ersten Mal seit unserer Ankunft Carina mit ihren Freundinnen vom Fußball. Ihre Wangen waren gerötet und ein fröhliches Lachen erstrahlte ihr Gesicht. So ausgelassen hatte ich sie schon lang nicht gesehen.

Der restliche Abend verlief von da an unspektakulär. Ich trank nur noch Softdrinks und Wasser, zwar konnte man meinen Ausraster nicht auf den Alkohol schieben, aber ich wollte auch nichts heraufbeschwören.

Irgendjemand hatte ein paar der Bänke beiseite geschoben und so entstand eine kleine Tanzfläche, auf der ich nach einer Weile auch mich mit den anderen Mädels wiederfand. Das Licht wurde gedimmt und die

Musik lauter und pulsierender. Trotzdem blieb die anfängliche Partystimmung bei mir aus. Die bösen Gedanken hatten sich trotz Mikas Worten wieder in meinem Kopf festgesetzt und quälten mich. Meine Maske verfestigte sich. Niemand durfte bemerken, wie wenig Spaß ich wirklich hatte und wie fremd ich hier war.

Als wir unsere Sachen einsammelten, um zu gehen, waren die meisten Gäste bereits nach Hause gegangen und auch Carina hatte sich von einer ihrer Freundinnen mitnehmen lassen.

„So, Jungs, wir müssen dann. Danke für die Einladung", verabschiedete Sam sich.

„Danke, dass ihr da wart!", sagte Ian und stand auf, um uns zu umarmen. Seine Kumpels machten es ihm nach. Als Mika seine Arme um mich legte, erlaubte ich mir für einen kurzen Moment, es zu genießen. Seine Umarmung war stark und gleichzeitig locker. Unverbindlich und trotzdem nah.

„Mach dir nicht so viele Gedanken. Du kriegst das alles hin, da bin ich mir sicher", flüsterte er mir zu, ohne dass die anderen es bemerkten. Kaum merklich nickte ich.

Dann verließen wir die Scheune und stellten uns dem Ende der Party. Anya kicherte noch mehr als auf dem Hinweg und hielt die ganze Zeit *Babys* Hand, als ob sie zusammengeschweißt wären.

Zu Hause ließ ich Nepomuk noch einmal in den Garten und wankte ins Bad. Als ich auf die Uhr sah, war ich nicht zum ersten Mal froh, dass meine Eltern heute nicht hier schliefen, sondern bei ihren Freunden. Mama wäre ausgetickt, wenn sie gewusst hätte, wann ich heimgekommen war.

Zum Abschminken war ich zu faul, das konnte auch noch bis morgen warten. Stattdessen ließ ich mich ins Bett fallen und rollte mich unter der Decke zusammen. Obwohl ich kaum noch die Augen offen halten konnte, ging mir der Ablauf des Abends nochmal durch den Kopf.

Warum hatte ich meine Emotionen manchmal einfach nicht unter Kontrolle? Warum konnte ich nicht auch so ausgelassen und fröhlich sein wie Anya und Sam und mein Leben einfach genießen, einfach mal normal sein? Und warum hatten die beiden sich so gut verstanden und mich damit wie eine Fremde fühlen lassen? Das Leben schien manchmal wirklich einfach zu schnell an mir vorbeizuziehen. Aber warum nur an mir?

Das nächste Mal würde anders werden. Das nächste Mal würde ich diejenige sein, die Mika Sachen ins Ohr flüsterte und sich mit allen super verstand. Ich musste mich nur zusammenreißen. Ich musste an Carinas Worte denken. Sie hatte recht. Wir waren noch jung und es würde noch hunderte Partys geben. Hunderte Chancen Spaß zu haben. Hunderte Chancen loszulassen und das Chaos in meinem Kopf zu begraben. Sie würden kommen. Irgendwann.

Ohne Orientierung lief ich umher. Ich war seit einer ganzen Weile unterwegs, war auf der Suche, kam aber nicht ans Ziel. Ich war allein und es herrschte eine gespenstische Stille. Die Landschaft war grau und karg. Eine Wüste aus verdorrten Blüten und anderen Pflanzen. Überreste von Dingen, die einst lebendig waren. Ich rechnete ständig damit, auch auf etwas Totes oder Knochen zu stoßen. Nur ein paar Brennnesseln brachten etwas Farbe in die leblose Welt, in der ich mich bewegte. Sie streiften meine Beine und ließen mich bei jeder Berührung zusammenzucken. Wie durch einen dichten Nebel drang der Schmerz als einziges Gefühl zu mir durch. Wo war ich?

Plötzlich stand ich am Abgrund. Vor mir rauschte eine Wand gnadenlos nach unten. In eine schwarze Leere. Ich konnte den rauen, steinigen Boden unter meinen Füßen spüren. Der Wind blies stark und wirbelte meine Haare auf.

Vor mir lag der Rand einer Klippe.

Nicht mehr viel und ich würde fallen.

Ein Schritt nach vorn und ich würde fallen. Ich starrte hinunter. Wo es wohl endete? Ich meinte, irgendwo in der Tiefe ein Glitzern zu sehen. Ein Glänzen, wie von einem silbernen Schmuckstück, das in der Sonne lag. Es war so schön. Ich wollte es haben, wollte es in meinen Händen halten und aufbewahren wie einen Schatz. Ich konnte es erreichen. Alles was ich tun musste, war danach zu greifen. Den Schritt zu tun und mich fallen lassen. Ich hatte keine Angst davor. Es würde nicht wehtun. Und dann wäre ich vielleicht am Ziel angekommen und würde den ganzen Schmerz und den Kummer hinter mir lassen.

Ein Geräusch riss mich aus meinen Gedanken. Ich schaute mich um.

Hinter mir stand Mika. Er lächelte. Er war noch viel schöner als das Glitzern. Er würde mich vom Abgrund wegholen. Der Kloß in meinem Hals, von dem ich bis eben nicht einmal gemerkt hatte, dass er da war, begann sich zu lösen.

Ich war nicht allein.

Ich würde nicht fallen.

Ich streckte meine Hand aus. Nach ihm. Nach …

Ein lautes Scheppern ließ mich zusammenfahren und die Augen aufreißen. Ich brauchte einen Moment bis ich realisierte, wo ich war. Adrenalin strömte durch mein Adern. Ich atmete ein paar Mal tief durch, um mich zu beruhigen.

Ein, aus. Ein, aus.

Dann stand ich auf und lief im Schlafanzug die Treppe hinunter. Mama saß in der Küche auf dem Boden und sammelte die Scherben eines Tellers auf. Sie blickte auf.

„Oh hallo Schatz, habe ich dich geweckt? Tut mir leid. Pass auf, wo du hintrittst! Hier sind überall Scherben!"

Ich zog mir meine Flip-Flops an, die im Flur standen, und ging zurück in die Küche.

„Wo ist Papa?", fragte ich und rieb mir mit der Hand den Schlaf aus den Augen.

„Er ist mit Nepomuk unterwegs, Brötchen holen. Wir haben noch ein bisschen Zeit, um zusammen zu frühstücken."

Ich nickte. Aus dem Schrank über der Spüle holte ich mir eine Tasse und stellte sie unter die Kaffeemaschine.

Nicht mal an einem Sonntag nahmen sie sich frei. Immer musste irgendetwas für die Firma erledigt werden. Das war früher nicht so gewesen.

Mit etwas unruhigen Fingern drückte ich auf die Starttaste und sah dem Automaten dabei zu, wie er braune, heiße Flüssigkeit in meine Tasse laufen ließ.

„Ich habe gestern mal meinen Schrank durchgesehen und festgestellt, dass ich mal wieder das ein oder andere Oberteil bräuchte. Wie sieht es bei dir aus?" Sie schüttete die Überreste des Tellers in den Mülleimer.

Ich zuckte mit den Schultern. Für solche Gespräche fühlte ich mich noch nicht wach genug. Doch ein Blick auf meine Schlafshorts, die mir etwas lose um die Hüfte hingen und das ausgewaschene T-Shirt, das ich trug und das eigentlich schon länger in die Wäsche gehörte, ließ mich doch antworten. „Ja, vielleicht."

Sie überlegte einen Moment und holte dabei ganze Teller hervor. „Würdest du bitte schon mal Besteck rausholen? - Wie wäre es, wenn ich dich nächste Woche am Freitag nach der Schule abhole und wir zusammen ins Zentrum fahren?"

„Da kann ich leider nicht. Ich bin bei Manu."

„Ach so, dann die Woche darauf? Das würde mir sowieso besser passen, da haben wir bisher noch keinen Kundentermin."

Natürlich. Wortlos nickend reichte ich ihr Messer und Löffel und schaute dabei zu, wie sie trotz hoher Geschwindigkeit sorgfältig den Tisch deckte. So war sie in eigentlich allem, was sie tat. Effizient und fundiert.

„Sehr gut! Dann schreibe ich mir das gleich in den Kalender. Wir können uns auf dem Weihnachtsmarkt eine Kleinigkeit zu essen holen. Nach der Schule hast du sicher Hunger."

„Ja, gute Idee", sagte ich und versuchte mich wenigstens ein bisschen von ihrem Enthusiasmus anstecken zu lassen.

„Mama, haben wir eigentlich noch Fotoalben mit Bildern von Manus Familie und uns?"

Sie dachte kurz darüber nach, deckte gleichzeitig weiter den Tisch. „Ich glaube im Schrank im Wohnzimmer sind die aktuellsten. Ansonsten haben wir auf dem Dachboden noch einige Kisten mit Fotos, aber die sind von Oma und Opa. Ich glaube nicht, dass da viel von Manu und dir drin ist. Aber eigentlich müssten wir die mal durchsehen, vielleicht kommen wir nächstes Jahr mal dazu." Sie schaute suchend in den Kühlschrank. „Hm, die Marmelade ist leer, im Keller müsste noch welche sein. Bin gleich wieder da." Sie verließ den Raum und ließ mich stehen.

Mein Blick fiel auf das silberne Besteck. Das Licht der Deckenlampe spiegelte sich darin wieder.

Ich dachte an das kleine Leuchten im Dunkeln des Abgrunds. An den rauen Wüstenboden unter meinen Füßen, der sich so echt und gleichzeitig so falsch angefühlt hatte. Und an Mika, wie er mich angelächelt hatte. So wie er fast immer lächelte. Voller Verständnis und Fürsorge.

Es klingelte an der Tür.

„Ich gehe", sagte ich zu Mama und lief durch den Flur. Ein freudiger Nepomuk kam mir entgegen geschossen und versuchte, begeistert meine Füße abzulecken, als ich die Tür öffnete. Mit einem Lächeln schob ich ihn beiseite und ließ Papa herein. Dieser winkte mit einer großen Papiertüte, von der der Geruch von frisch gebackenen Brötchen ausging.

„Ich war bei der Bäckerei Schwarz! Genau die gleichen, die wir früher immer geholt haben!"

Ich lächelte auch ihm zu. „Das ist toll, danke."

Doch als er in die Küche lief, um mit uns zu frühstücken, spürte ich auf einmal wie Tränen in mir aufstiegen.

Die Nussschnecken. Oma und ich hatten sie früher immer zusammen gegessen. Wir waren so traurig gewesen, als die Bäckerei sie nicht mehr in ihrem Sortiment gehabt hatte und wir sie auch in keiner anderen bekamen. Zumindest nicht welche, die genauso gut schmeckten. Nirgends waren so viele Nüsse und Zuckerguss verwendet worden oder der Teig so schön fluffig, dass man das Gefühl hatte, in eine Wolke zu beißen. Jetzt gab es sie wieder. Und ich aß sie allein, ohne Oma.

Ich atmete ein paar Mal tief durch und biss mir auf die Zunge, eine der besten Möglichkeiten, um Tränen zurückzuhalten.

Es war nun mal alles vergänglich.

6.

Den Weg zu Manus Haus kannte ich blind. Schon als Kinder hatten wir uns regelmäßig, manchmal sogar täglich, gesehen. Auch ohne unsere Eltern waren wir zusammen Fahrrad gefahren oder haben in seinem Garten, der an einen Wald angrenzte, Hütten gebaut und Piraten gespielt. Sein kleiner Bruder Malte war unser Kombüsenkoch gewesen und hatte immer kleine Snacks aus der Küche für uns stibitzt. Apfelschnitzen, Maiswaffeln und manchmal sogar ein Stück Kuchen. Er gab sich damit zufrieden, für ihn war es das Größte mit uns, die vier Jahre älter waren, spielen zu dürfen. Wir taten dann immer so, als wären wir wochenlang auf hoher See unterwegs gewesen und nun zurück auf unserer Insel, wo wir feierten, unsere Schätze begutachteten und uns manchmal auch gegen Feinde verteidigen mussten. Diese bestanden meistens aus einem Brombeer- oder Brennnesselbusch oder waren einfach unsichtbar, was für uns die heimtückischsten Gegner darstellten.

Der Himmel war bedeckt, aber im Gegensatz zu den letzten Tagen regnete es nicht, als ich an dem hellgelb gestrichenen Einfamilienhaus mit dem alten Kirschbaum im Vorgarten ankam. Noch bevor ich auf den Klingelknopf drücken konnte, drang von drinnen ein tiefes Bellen. Kurz darauf öffnete sich die Tür und ein dunkler Schäferhund stürzte auf mich zu. Mit seinem ganzen Gewicht lehnte er sich gegen meine Beine und begann, meine Hände abzuschlecken.

„Ja, hallo, Domino!", begrüßte ich den Schäferhund und kraulte ihn hinter den Ohren.

Manu stand im Hauseingang und schaute schief grinsend dabei zu, wie sein Haustier mich fast umwarf vor Begeisterung.

„Er hat dich vermisst", stellte er unnötiger Weise fest und öffnete die Tür noch ein Stückchen weiter, sodass ich eintreten konnte. „Komm'se rein. Könn'se rausgucken."

Ich schlüpfte an Domino vorbei in den angenehm warmen Flur. „Bist du allein?"

Normalerweise war es selten so still im Haus. Schon gar nicht, wenn Besuch kam. In seiner Familie waren grundsätzlich alle neugierig und freuten sich immer, wenn jemand vorbeikam.

„Ja. Ma ist irgendwas für die Schulweihnachtsfeier vorbereiten, Malte ist bei einem Freund und Pa arbeitet noch. Wäre ja doof, wenn sie hier wären und sehen, dass wir ihr Geschenk machen."

„Stimmt." Ich deutete auf meinen schweren Rucksack und zog zwei Fotoalben heraus. „Das sind die ältesten, auf denen unsere Familien drauf sind, die ich finden konnte. Ich hab sie einmal grob durchgeblättert und ich denke, dass wir schon einige benutzen können."

Er nickte, als er vor mir her in sein Dachzimmer lief. „Sehr gut. Ich habe auch noch welche. Aber es ist bestimmt cooler, wenn wir noch welche finden, die meine Eltern nicht haben — beziehungsweise deine Eltern nicht haben."

„Wieso meine Eltern?", fragte ich etwas irritiert.

Er zog eine Augenbraue hoch und warf mir einen kurzen Blick über die Schulter zu. „Ich habe zwei Fotobücher gekauft. Ich dachte, du wolltest das Gleiche für sie machen?"

„Äh ja, stimmt."

„Du hast es vergessen, richtig?"

Ich wog den Kopf hin und her, aber es war zwecklos, es abzustreiten. Meine Gedanken waren in letzter Zeit einfach zu durcheinander. „Na ja, vielleicht."

„Keine Sorge, zum Glück hast du ja mich. Und auf mich ist immer Verlass." Er öffnete schwungvoll die Tür zu seinem Zimmer und warf theatralisch die Hände in die Höhe. Wenn jetzt noch Scheinwerferlicht auf ihn gestrahlt hätte, wäre das Betreten der Bühne perfekt gewesen.

„Sicher doch", sagte ich mit spottendem Unterton. Wahrscheinlich ersparte er mir damit sehr viel Stress und Panik bei der Suche nach einem Last-minute-Geschenk, aber irgendwie gab es mir das Gefühl, als sei ich allein total aufgeschmissen. Wie ein Kind, dass es nicht schaffte in der Eisdiele zu sagen, welche Sorte es wollte. Ich kam mir unfähig vor, obwohl er mir eigentlich half.

Ich setzte mich auf die dunkelgraue, ausziehbare Couch und holte die Fotoalben hervor. Gleichzeitig ging Manu zu einem seiner Regale und zog zwei Bücher und eine Kiste heraus, die er auf den Boden stellte. Dann öffnete er seinen Kleiderschrank und nahm zwischen einem Stapel Jeans zwei glänzende, neue Alben hervor. Er hatte wirklich darauf geachtet, dass seine Eltern nichts von dem Geschenk mitbekamen.

„Am besten schauen wir die Bilder erstmal durch und treffen eine Auswahl, dann können wir sie einscannen, ausdrucken und einkleben."

Ich nickte. „Hört sich nach einem Plan an."

Ich kniete mich zu ihm auf den Boden. Zum Glück hatte ich mich für meine etwas weitere, bequemere Jeans entschieden. Obwohl eine Sporthose wahrscheinlich noch besser gewesen wäre.

Wir begannen damit, die Bilder aus der Kiste vor uns auszubreiten und durchzusehen. Es war wirklich alles mögliche dabei. Fotos von Manu beim Fahrradfahren, von ihm und seinem Bruder beim Eisessen, von uns beim Ostereierbemalen im Kindergarten... Aber auch Aufnahmen von unseren Eltern bei verschiedenen Veranstaltungen und Freunden und der Familie. Manche waren im Urlaub gemacht worden, andere zu Hause oder in der Stadt. Es gab sogar eins auf dem wir mit unseren Holzschwertern vor unserer Piratenburg standen, die aus ein paar Brettern und Ästen zusammengebaut war. So viele Erinnerungen und Emotionen eingefangen auf einem kleinen Stück Papier.

Nach einer Weile fingen meine Beine an zu kribbeln und ich stand auf. „Also so wies aussieht, dauert das hier noch ein bisschen. Ich glaube, ich hole mir mal einen Kaffee. Willst du auch einen?" Die Antwort auf meine Frage kannte ich schon und bekam sie auch genauso, wie erwartet.

„Nee, danke. Sonst kann ich nicht schlafen."

Bei mir war das egal. Kaffee oder nicht, schlafen konnte ich sowieso nicht.

Auf dem Weg in die Küche, dachte ich über die Fotos nach. Wie schnell die Zeit doch verging. Wie jung wir noch waren, wenn man uns mit unseren Eltern und Großeltern verglich und wie lang es mir trotzdem vorkam. Früher hatte wir immer darüber nachgedacht, was wohl so sein würde, wenn wir Teenager wären. Uns schien das Ganze noch so weit entfernt und dann auf einmal war es soweit. Die Zeit rann einem durch die Finger wie weicher Meeressand. Was nicht immer nur von Nachteil war, wenn ich darüber nachdachte, dass damit auch Klassenarbeiten oder der Schmerz, wenn ich mir das Schienbein an meinem Bett anhaute, vorbeigingen. Obwohl so mancher Schmerz im Moment für mich nicht vergehen zu schien, sondern eher zunahm.

Ich nahm die bunte Keramiktasse aus der Kaffeemaschine und atmete den bitteren, starken Geruch tief ein. Ahh, wie sehr ich dieses Aroma liebte. Es roch nach kalten Wintertagen, an denen der Wind die graue Winterlandschaft noch unangenehmer machte und man sich drinnen vor dem Fernseher, eingewickelt in einer flauschigen Decke, davor versteckte. Nach einem anstrengenden Lerntag, an dem ich mit einer Tasse Kaffee und einem Stück Schokolade neue Kraft tanken konnte. Und nach einem Shoppingausflug mit Freundinnen, bei dem man sich in das kleine Café an der Ecke setzte und über Gott und die Welt sprach.

Zurück im Zimmer blieb ich kurz in der Tür stehen und betrachtete das Bild, das sich mir bot: Manu auf dem Boden kniend zwischen hunderten von Fotos, die wie ein Hexenzirkel um ihn herum ausgebreitet waren. Sein Blick schweifte aufmerksam zwischen zwei Bildern hin und her, die er in den Händen hielt. Nachdenklich kaute er auf seiner Unterlippe herum. Seine Haare standen wie so oft verstrubbelt von seinem Kopf ab. Er sah aus wie ein Künstler, der an seinem neuen Werk arbeitete. Im Hintergrund lief leise Musik. Ich tippte auf „Green Day".

Ich nippte an meinem Kaffee und verbrannte mir die Lippen.

Da sah Manu auf und lächelte frech. „Na, wieder zu gierig beim Trinken?"

„Nicht so gierig wie du beim Pizzaessen." Ich grinste bei dem Gedanken daran, wie er sich dabei einmal in den Finger gebissen hatte. Als ich hinter mir die Tür schließen wollte, huschte plötzlich ein kleiner, brauner Schatten an mir vorbei und sprang auf das Bett.

„Hey, Kiwi", begrüßte ich die kleine Katze und setzte mich neben sie. Sofort begann sie genießerisch zu schnurren und schmiegte ihren Kopf in meine Hand.

„Du kannst echt froh sein, dass sie dich so gern hat. Wenn sie mies drauf ist, beißt sie mich immer noch", meinte Manu kopfschüttelnd und hielt mir als Beweis seine Hand hin, über die sich ein langer, roter Kratzer zog.

„Deine Füße riechen halt nach Käse und deine Hände nach den anderen Tieren im Tierheim. Sie denkt bestimmt du wärst ein lecker riechender Fremdgänger. Tja, und mich mag sie halt einfach."

„Warum, werde ich wohl nie erfahren." Ich warf ihm einen Dein-Ernst-Blick zu und setzte mich wieder auf den Boden. Die Bilder um mich herum bildeten einen Ozean aus bunten Flecken.

„Sieh dir mal das hier an." Vorsichtig nahm ich das dicke, glänzende Papier in die Hand, darauf bedacht, mit den Fingern nur die Seiten zu berühren, um keine fettigen Abdrücke zu hinterlassen. Darauf saßen Manu und ich auf unserem alten Berberteppich, den wir nach diversen Rotweinunfällen und Versuchen, Nepomuk stubenrein zu bekommen, in den Keller verbannen mussten. Wir trugen beide verschieden gestreifte Schlafanzüge. Ich würde uns auf ungefähr fünf oder sechs Jahre schätzen, unsere Vorschulzeit.

„Was machen wir da?", fragte ich.

„Wahrscheinlich fernsehen. Sie dir mal an, wie starr wir an der Kamera vorbeischauen." Manu deutete auf unsere Gesichter. „Wie hypnotisiert."

„Weißt du noch unsere Filmabende, an denen wir ausnahmsweise zwei Filme hintereinander gucken durften?"

Er lachte. „Unsere Eltern waren schon streng. Ma versucht ja heute noch, bei allem was sie mit uns macht, einen pädagogischen Hintergrund zu finden."

„Ich beneide dich wirklich nicht darum, dass deine Mama Lehrerin ist." Ich schaute wieder auf das Bild. „Oh Mann, wie meine Haare damals aussahen! So lockig! Du siehst noch genauso aus."

„Das nehme ich jetzt mal als Kompliment." Er nahm mir das Foto wieder aus der Hand und legte es auf einen Stapel. „Also das muss auf jeden Fall rein. Oder, *Blume*?"

Meine Antwort waren böse Blicke in seine Richtung. Ich hatte ihn extra nicht daran erinnert, aber anscheinend war er auch so darauf gekommen.

Als kleines Kind war mein Lieblingsfilm „Bambi" gewesen. Und auch heute noch gehörten Rehe zu meinen Lieblingstieren. Bei jeder

Gelegenheit musste Manu sich den Film mit mir ansehen und irgendwann fing er an, mich *Blume* zu nennen, den Namen, den das Stinktier trug. Ich regte mich immer fürchterlich darüber auf und gab ihm damit noch mehr Gründe, es weiterhin zu tun. Wer wollte schon heißen wie ein Stinktier? Irgendwann nannte er mich mal vor seinen Freunden so. Doch gegen seine Erwartungen machten sie sich damit über ihn lustig, weil sie meinten, so würde man ein Mädchen nur nennen, wenn man in es verliebt sei. Manu hatte das damals gar nicht lustig gefunden und damit aufgehört.

„Wehe!", drohte ich ihm.

Seine Lippen kräuselten sich zu einem Lächeln. „Also wenn ich es mir so überlege, wäre das eigentlich wieder ein guter Name für dich. Vor allem für jemanden, der nur einmal in der Woche duschen geht."

„Das war EINMAL! In der Woche war ich erkältet und nur zu Hause! Ich habe niemanden getroffen! Sonst dusche ich viel öfter!"

„Mhm, das Gleiche würde ich jetzt auch sagen. Deshalb sind hier auch immer so viele Fliegen, wenn du da bist."

„Die kommen von den Tellern und Tassen, die du in deinem Zimmer immer rumstehen lässt!", erwiderte ich und verschränkte die Arme vor der Brust.

Er sah sich um. „Also ich sehe hier nichts. Diese Anschuldigung kann also nicht bewiesen werden."

Zu meinem Pech musste ich wirklich zugeben, dass Manus Zimmer meistens deutlich aufgeräumter war als meines. „Dafür rieche ich generell besser als du."

Seine linke Augenbraue schoß in die Höhe. „So willst du jetzt also spielen, ja? Na gut. Dafür kann ich mehr Kugeln Eis auf einmal essen."

„Dafür kann ich schneller Fahrrad fahren."

„Dafür kann ich besser küssen."

Ich lachte laut auf. „Das glaubst aber auch nur du."

„Ach ja? Wer von uns ist denn damals schnell weggelaufen und hatte Angst, dass sie küssen würde wie eine Froschprinzessin?" Manchmal war ich echt sauer auf ihn, einfach deshalb, weil er so viel über mich wusste.

„Ich bin weggelaufen, weil du so schlecht küsst", versuchte ich mich aus der Situation herauszureden.

„Heute erzählst du aber ganz schön dreiste Lügen, mein Fräulein."

Ich griff nach einem Kissen und traf ihn damit an der Schulter. Auf dem Bett schnurrte Kiwi auf einmal so laut, dass das ganze Bett zu vibrieren schien. „Du bist gemein zu mir!"

„*Ich* zu *dir*? Wer hat hier gerade wen brutal und aus dem Hinterhalt mit einem Kissen attackiert?"

Kiwi schnurrte wieder. „Mrd. Mrd."

Ich warf das Kissen zurück auf das Bett und setzte mich in den Schneidersitz. „Ich weiß nicht, wovon du redest."

„Mrd. Mrd", durchfuhr es erneut die Matratze, an der ich lehnte.

„Sag mal, schnurrt eure Katze schon immer so komisch?"

Manu warf einen prüfenden Blick auf das braune Fellknäuel. Dann sah er sich auf dem Fußboden um und fing an zu lachen.

„Was? Was ist so witzig?" Ohne eine Antwort stand er auf und ging auf das Bett zu. Er schob vorsichtig beide Hände unter die kleine Katze und hob sie an. Darunter lag sein Handy. Jetzt musste auch ich lachen. „Toll gemacht, Kiwi!" Beleidigt, dass Manu sie von ihrem Massagesessel entfernt hatte, wand sie sich aus seinem Griff und lief zur Tür.

„Tiere überraschen mich immer wieder", sagte er kopfschüttelnd und ließ sie hinaus.

„Dass ihr das so gefallen hat. Nepomuk wäre schon beim ersten Mal aufgesprungen."

„Vielleicht hat sie selbst gedacht, es wäre ihr eigenes Schnurren. Ich sag's dir ja, Kiwi ist echt komisch." Er nahm sein Handy in die Hand und setzte sich wieder. Seine Augen wanderten über den Bildschirm und obwohl es nur eine kleine Bewegung war, konnte ich erkennen, wie seine Mundwinkel für einen Moment nach oben zuckten. Etwas zu schnell legte er das Gerät mit dem Bildschirm nach unten auf das Bett.

So kannte ich ihn gar nicht. Sonst antwortete er immer sofort auf seine Nachrichten, wenn er sie sah.

Ich beobachtete ihn aufmerksam. Für einen Moment arbeitete er weiter, bevor er meinen Blick bemerkte. „Was ist? Hab ich was im Gesicht?"

„Wer hat dir gerade geschrieben?"

„Was?" Er war schon immer ein schlechter Lügner gewesen, weshalb ich immer Ausreden für uns beide hatte erfinden und aufsagen müssen. Wobei ich selbst nicht einmal besonders gut darin gewesen war. Sein ahnungsloses Gesicht kaufte ich ihm keine Sekunde lang ab.

„Manu ... Du weißt genau, was ich meine. Wieso hast du nicht geantwortet?"

Er kratzte sich verlegen am Hals. „Ach, das mach ich später, jetzt wollen wir hier ja voran kommen. Wir müssen doch auch noch die Fotos raussuchen, die wir auf unseren Handys haben."

Was sollte diese Geheimnistuerei? Normalerweise war ich nicht so neugierig, aber wieso reagierte er so seltsam?

„Warum willst du es mir nicht sagen? Ist es irgendwas Versautes?"

Seine Augen weiteten sich und er schüttelte den Kopf. „Was? Nein! Es ist einfach so, dass ich später antworten will. In Ruhe."

In mir regte sich eine Ahnung. Ein Lächeln schlich sich auf meine Lippen, als ich ihn weiter prüfend ansah. „Manu, musst du mir etwa was erzählen? Über jemanden bestimmten?"

Er seufzte und verdrehte die Augen. „Du bist so eine Nervensäge, weißt du das? Und nein, muss ich nicht. Da ist nichts."

„Also habe ich recht!" Aus dieser Nummer kam er so schnell nicht mehr raus. „Wie heißt sie? Oder er? Bist du deshalb so komisch?"

Manu sah mich für einen kurzen Moment überrascht an und lachte dann los. „Nein, es ist eine sie! Aber lieb von dir, dass du mir alle Optionen offen lässt!" Er wurde wieder ernster, lächelte aber immer noch. „Sie heißt Alice. Sie geht in meine Stufe und im Moment schreiben wir nur, deshalb wollte ich es dir auch eigentlich noch nicht erzählen. Aber du bist einfach zu neugierig!"

„Alice ..." Ich dachte einen Moment nach. „Kenn ich nicht ..."

Wieder lachte er. „Sie kommt ein bisschen von außerhalb und kam jetzt erst in der Oberstufe an meine Schule. Wir sitzen in Bio nebeneinander und sie möchte jetzt auch im Tierheim aushelfen. Nächste Woche nehme ich sie mal mit. Sie hat einen schwarz-weißen Hund, der auch aus Italien kommt, so wie Nepomuk. Der würde dir auch gefallen. Ist echt voll süß! Aber wie gesagt, da ist im Moment eigentlich nichts zwischen uns außer Freundschaft."

„Aber du könntest dir mehr vorstellen?" Eigentlich war es mehr eine Feststellung als eine Frage. Ich kannte Manu lang genug, um die Begeisterung in seiner Stimme richtig zu deuten.

„Na ja, sie ist schon mega nett und Bio macht noch mehr Spaß, wenn wir zusammen arbeiten. Aber wir schauen erstmal. Vielleicht will sie nur mit mir befreundet sein. Das können Mädchen und Jungs nämlich auch, weißt du?"

Manu war manchmal einfach so verdammt vernünftig. Fast wie Carina. Er verkörperte den absoluten *Traumschwiegersohn*, wie Sam es mal ausgedrückt hatte. Gut aussehend, nett zu fast jedem, hilfsbereit ... Und damit ein bisschen unspektakulär. Ich hatte damals nicht so ganz verstanden, wie sie darauf kam. Einige Sachen über ihn stimmten schon, aber er war trotzdem auch unglaublich witzig und für jeden Spaß zu haben, selbst wenn er vernünftig war. Aber seit der Party bei Ian wusste ich ja, dass es auch Leute gab, die Carina und mich langweilig und prüde fanden.

„Okay ..."

„Ich würde dir ja ihr Profilbild zeigen, aber dann sieht sie, dass ich online war und ihr nicht geantwortet habe."

„Ja, nein, alles gut. Ich glaube dir, dass sie nett ist. Ich meine nur, weil du sie ja noch nicht so lang kennst."

Genau Kim. Wer lässt jetzt hier die Vernunft heraushängen?

„Ohhh, macht sich da etwa jemand Sorgen um mich?"

„Was? Pffff, nein! Du bist alt genug, um auf dich selbst aufzupassen."

„Schön, dass du das so siehst. Ist ja auch nicht so, dass ich älter bin als du."

Ich verdrehte die Augen. „Nicht mal zwei Monate, Manu. Du tust immer so, als würde dich das deutlich weiser machen. Dabei sind Mädchen reifer als Jungs."

„Und wie man an dir sieht, gibt es immer wieder Ausnahmen." Mit Leichtigkeit wich er dem auf ihn zu fliegenden Kissen aus. „Wie läuft es eigentlich bei dir so? Mit Mika, meine ich?"

Unwillkürlich dachte ich daran zurück, wie er sich auf der Party zu mir gesetzt und mich später umarmt hatte. Sofort wurde mir ganz warm. „Ja, also, wir schreiben im Moment eigentlich ziemlich viel und letztens auf einer Party, war er echt total süß zu mir. — Und wir wollen uns auch demnächst mal treffen." *Ich muss ihn nur noch fragen.*

„Schön, das freut mich. Wisst ihr schon, was ihr machen wollt?"

Ich wiegte den Kopf hin und her. „Da überlege ich mir noch was. Vielleicht auf den Weihnachtsmarkt gehen."

„Gute Idee. Ich war dieses Jahr auch noch nicht da. Ma will unbedingt hin, wahrscheinlich muss ich dann wieder mit, damit jemand ihre Tüten tragen kann und sich anhört, wie gern wir doch früher Karussell gefahren sind."

„Mhm." Ich fuhr mit dem Finger über eine Falte in meiner Jeans. Weihnachtsmarkt war wirklich keine schlechte Idee. Mika mochte es, unter Menschen zu sein und dort könnten wir uns an eine der Stände setzen und einfach ein bisschen reden.

„Wie wollen wir jetzt eigentlich weitermachen? Wenn wir heute noch fertig werden wollen, müssen wir langsam anfangen uns zu entscheiden und die Bilder auszudrucken."

Manu war sofort wieder bei der Sache. „Du hast recht. Lass uns mal die Handys durchsehen und ich mache schon mal den Drucker an."

Auf dem Weg nach Hause kreisten meine Gedanken weiterhin um unser Gespräch. Manu traf sich also mit jemandem, mit dieser Alice. Das war das erste Mal, dass er dabei war, sich in ein Mädchen zu verlieben. Ich war immer die Einzige gewesen, mit der er richtig viel Kontakt hatte und Sachen unternahm. Bisher hatte er zwar schon die ein oder andere gehabt, die er mochte, aber er war einfach nicht der Typ, der andere Leute ansprach und auf Dates ging. Na ja, was hieß hier *Date*? Sie gingen zusammen zum Tierheim, um dort freiwillig zu helfen. Ob man das als Date bezeichnen konnte, wusste ich nicht.

Auf einmal realisierte ich etwas: Ich war nicht besorgt um ihn, also zumindest nicht wirklich. Ich war eifersüchtig. Und das war noch viel schlimmer. Natürlich könnte ich mir niemals vorstellen, eine Beziehung mit ihm zu führen. Wir kannten uns schon ewig, waren wie Geschwister. Aber trotzdem war Manu immer da gewesen. Es hatte immer mich als seine beste Freundin gegeben. Was, wenn sich das jetzt änderte?

Da meldete sich das schlechte Gewissen. Ich war doch in Mika verliebt, erzählte von ihm, wollte mich mit ihm treffen, konnte mir vorstellen ein gemeinsames Leben mit ihm zu führen. Wieso sollte Manu das nicht dürfen? Er würde ja trotzdem immer ein Teil meines Lebens sein. Oder nicht?

Mit ihm hatte ich damals in der ersten Klasse meinen allerersten Kuss gehabt. Es war Sommer gewesen. Wir waren mit noch weiteren Freunden bei ihnen zum Grillen eingeladen gewesen und hatten nach dem Essen im Wald hinter dem Haus Verstecken gespielt. Ich hatte eine super Stelle hinter der Wurzel eines umgestürzten Baumes gefunden und Manu wollte, dass ich das Versteck mit ihm teilte. Ich sagte, er sollte sich ein eigenes suchen. Da lehnte er sich plötzlich nach vorn und küsste mich. Ich erinnerte mich noch ganz genau an mein Erstaunen und daran, wie er mich danach ansah. Eine Mischung aus Erwartung und selbst ein bisschen Verwunderung.

„Du bist aber kein Prinz!", sagte ich in meiner Unsicherheit und er antwortete prompt: „Und du bist eine Froschprinzessin."

Diese Aussage traf mich in diesem Moment so sehr, dass ich hinter der Wurzel hervor sprang und mir ein neues Versteck suchte. Eine ganze Weile war ich deshalb sauer auf ihn. Nicht wegen des Kusses, sondern weil ich wegen ihm als Erstes gefunden wurde und verloren hatte.

Zu Hause angekommen holte ich mein kleines Notizbuch hervor. Bevor ich es aufschlug, fuhr ich mit den Fingerspitzen über die aufgestickten Blütenblätter der Gänseblümchen.

„Gänseblümchen heißen die *ausdauernden Schönen*", hatte Oma damals zu mir gesagt, als sie es mir schenkte.

Mit einem leisen, altbekannten Kratzen, streifte mein Stift über das Papier.

Lippen, die nach Bionade schmecken
Hände ganz klebrig von Abenteuern
Zwei kleine Herzen, die glücklich schlagen
Gefüllt mit Sonne und Sommer
Jauchzend jagen sie durch Wiesen und Wälder
Mit neuen Gefühlen, die kommen und gehen
Mit Wind in den Bäumen

Und Blättern in den Haaren
Erwacht sie in ihnen
Die Liebe der Kinder

7 .

„Also ich brauche unbedingt ein paar neue Blusen und einen Blazer", sagte Mama und lief mit langen, eleganten Schritten zwischen den verschiedenen Holzständen hindurch.

„Aber erstmal können wir uns etwas zu essen holen. Worauf hast du denn Appetit?"

„Bratwust im Brötchen?", schlug ich vor, schon ahnend, wie ihre Antwort aussah.

„Hm, bist du dir sicher? Bratwürste sind immer so fettig."

„Du kannst ja auch was anderes essen", hielt ich dagegen.

„Na ja, wenn du willst. Dann hol ich mir eine von diesen Gemüseteigtaschen, an denen wir eben vorbeigelaufen sind." Sie schaute mich fragend an. „Wären die nichts für dich?"

„Danke, aber ich habe mehr Lust auf Bratwurst."

Zu meinem Erstaunen akzeptierte sie meine Aussage. Ich war froh, nicht weiter mit ihr diskutieren zu müssen. Mein Schultag war anstrengend und langweilig gewesen und im Moment war ich einfach nur froh, das Wochenende vor mir zu haben. Von überall hüllten uns verschiedene Essensdüfte ein und machten mich noch hungriger. Mein Blick fiel auf eine Auslage in der von Schokolade umhüllte Früchte zum Verkauf angeboten wurden. Vielleicht konnte ich sie nachher überreden, mir welche zu kaufen. Ob Mika die auch mochte?

Um uns herum herrschte ein reges Treiben, das von Lachen, Gesprächen und leiser Weihnachtsmusik aus Lautsprechern untermalt wurde. Eine Mischung aus Freude, Aufregung und Stress lag in der Luft.

Ich atmete den pikanten Geruch der angebratenen Wurst tief ein und verteilte ein wenig Ketchup darauf, als wir einen Platz an einem der Stehtische ergattert hatten.

„Wie geht es eigentlich deinen Freundinnen? Wolltet ihr nicht zusammen vor Weihnachten shoppen gehen?", fragte Mama mich jetzt.

Ich zuckte mit den Schultern und schluckte mein Essen hinunter. „Keine Ahnung, wir haben im Moment alle recht viel zu tun. Und jetzt bin ich ja mit dir hier."

„Aber es ist doch etwas ganz anderes, mit seinen Freundinnen shoppen zu gehen als mit seiner Mutter", behauptete sie und tupfte sich mit einer Serviette über den Mund. „Ach, da fällt mir ein, ich habe gestern beim Einkaufen Barbara getroffen. Sie hat erzählt, dass Samantha vor ein paar Wochen in der Fahrschule angefangen hat und schon fast mit ihren Theoriestunden fertig ist. Wieso habt ihr denn nicht zusammen begonnen?"

„Sam ist doch älter als ich, deshalb ist sie schon so weit."

„Ja, das ist mir bewusst, aber du kannst doch jetzt auch schon anfangen, oder etwa nicht? Wir können dich direkt im neuen Jahr anmelden, wenn du möchtest."

Führerschein machen. Klar wollte ich das. Nur graute es mir davor, wenn ich daran dachte, ich könnte irgendwo dagegen oder jemanden anfahren. Andererseits wollte ich auf jeden Fall Auto fahren lernen. Nicht mehr auf den Bus und die Bahn oder meine Eltern angewiesen zu sein - das bedeutete Freiheit.

„Ja, doch. Können wir machen."

„Michael hat einen guten Freund, dem eine Fahrschule gehört, von dem können wir uns mal ein Angebot machen lassen. Ich habe gelesen, dass es mittlerweile unglaublich teuer sei, den Führerschein zu machen."

Ich nickte und beobachtete aus dem Augenwinkel die vorbeiziehenden Leute. Wir befanden uns am Rand des Marktes und von meiner Position aus konnte ich auf die Häuserreihe blicken, die den Rand des Platzes säumten. Plötzlich fiel mir ein Mädchen mit hellblonden Locken und einer hellblauen Mütze auf. War das Elisa? Sie stand vor einem der Hauseingänge und wartete anscheinend darauf, herein gelassen zu werden. Ich kniff die Augen zusammen, um sie besser erkennen zu können, was schwierig war, da ständig Personen vorbeiliefen und mir damit die Sicht versperrten. Bei dem Haus handelte es sich um einen Altbau mit vier Stockwerken aus der Entstehungszeit der Stadt. Ich kramte in meinem Gedächtnis, konnte mich aber an niemanden erinnern, von dem ich wusste, dass er hier in der Innenstadt wohnte. Und soweit ich es erkennen konnte, war in dem Gebäude nur ein Versicherungsbüro vertreten, dessen Logo in mehreren Fenstern prangte. Ein Pärchen lief direkt an uns vorbei und als ich den Hauseingang wieder sehen konnte, war das Mädchen verschwunden.

„Was ist denn da?", fragte Mama und drehte sich um.

Ich schüttelte den Kopf. „Ich dachte, ich hätte jemanden gesehen, den ich kenne. Aber ich glaube, ich habe mich geirrt."

„Das kann natürlich sein. Heute ist aber auch wirklich viel los. Was hältst du davon, wenn wir jetzt losgehen, bevor noch mehr Leute Feierabend haben?"

Eine halbe Stunde später befand ich mich in einer Umkleidekabine mit zwei Jeans, zwei eng geschnittenen Pullovern mit V-Ausschnitt, die mich aussehen ließen, wie eine reiche Tennisspielerin, und einem nachtblauen Kleid, das „perfekt zu meinem blassen Teint" passte und das sich „unglaublich gut für Weihnachten eignen" würde. Eins musste man Mama lassen, sie wurde nie müde darin, mich ein bisschen mehr in eine Kopie von ihr selbst verwandeln zu wollen. Dabei sah ich weder ihr, noch Papa so wirklich ähnlich. Ihre Haare waren deutlich glatter als meine und auch ihre Haut wies einen goldenen Touch auf, den ich bei mir nur mit viel Fantasie wiederfand. Nicht mal auf Fotos von ihr in meinem Alter konnte man unsere Verwandtschaft sehen.

Skeptisch betrachtete ich einen der Pullis im Spiegel. War das Absicht, dass man so viel von meinem Dekolleté sah? Wenn ja, hatte der Designer nicht mit meiner geringen Oberweite gerechnet. Ich zog mir das Oberteil über den Kopf und legte es auf den Boden.

„Und Schatz, wie sehen die Pullover aus?", ertönte es aus der Kabine neben mir.

„Nicht so gut", gab ich zurück.

„Zeig sie mir mal bitte."

Ich unterdrückte ein Stöhnen und nahm den Pulli wieder in die Hand. „Einen Moment …"

„Ja, warte nur kurz, bevor du den Vorhang öffnest. Ich habe mich noch nicht wieder angezogen."

Ich trat in den Flur und betrachtete mich in einem anderen Spiegel. Nein, auch hier sah das Ganze nicht besser aus. Neben mir stand ein Kleiderständer mit zurückgelegten Klamotten von anderen Kundinnen. Zwischen verschiedenen Blusen und Plisséekleidern hing ein dunkelgrüner sportlicher Vintage-Pullover. Er war in dieser Abteilung absolut fehl am Platz und wahrscheinlich gefiel er mir deshalb so gut. Ich nahm ihn vom Haken und schaute ihn genauer an. Exakt meine Größe. Konnte das noch Zufall sein?

„So, jetzt zeig mal." Mama riss den Vorhang zur Seite und musterte mich. „Hm. Der macht dich ganz schön schmal. Probier lieber den anderen noch an." Dann fiel ihr Blick auf meine Hand. „Was hast du denn da entdeckt?"

Ich zuckte mit den Schultern. „Mir gefällt der Stil. Ich probiere ihn mal an."

Ich konnte die Zweifel in ihren Augen sehen, aber sie hielt sich zurück und nickte stattdessen nur. Als ich mit dem grünen Teil vor dem Spiegel stand, konnte ich mir ein Lächeln nicht verkneifen. Oh ja, das war definitiv etwas anderes, als die Kleider, die Mama mir rausgesucht hatte. Aber das hier war wirklich mein Stil! Er war etwas lässiger und trotzdem nicht zu weit oder zu abgetragen, sondern genau richtig.

Ich trat wieder heraus und stellte mich dem kritischen Blick meiner Mutter. Mir entging nicht, wie sie leicht den Mund verzog, als sie mich sah, doch statt eines niederschmetternden Argumentes sagte sie nur: „Die Farbe harmoniert mit deinen Haaren."

Bevor ich antwortete, sah ich sie kurz abwartend an. Doch es kam nichts mehr. Heute war sie ja wirklich in Gönnerlaune.

Neben dem Pulli kauften wir noch das Kleid für Weihnachten, auch wenn ich fand, dass ich damit ein bisschen wie eine dunkelblaue Weihnachtsserviette aussah, aber ich machte Mama damit glücklich und bekam schließlich auch, was ich wollte. Also konnte ich gut damit leben. Es gab eben doch Tage, an denen wir uns gut verstanden.

„Kim, du musst zwei ziehen", sagte Sam, als wir in unserer Freistunde Karten spielten. Ich nahm mir zwei vom Stapel und sortierte sie auf meiner Hand. Ha! Dieses Spiel sah schlecht aus für Sam. Sie ahnte ja gar nicht, dass sie gleich mehrere Runden aussetzen musste. Aber ich durfte mir nichts anmerken lassen, erstmal würde ich mir eine Farbe wünschen.

„Hi, ihr zwei", begrüßte uns Carina und setzte sich neben mich. „Wusstet ihr, dass heute Brad Pitt und Steven Spielberg Geburtstag haben?"

„Brad Pitt ja, ich folge einer seiner Fanseiten auf Instagram", sagte Sam und legte mein gewünschtes Rot auf den Stapel zwischen uns.

„Und - 1926 wurde in Berlin ein Gesetz erlassen, dass dafür da war, Kinder und Jugendliche vor *Schund- und Schmutzschriften* zu bewahren."

„Also der Vorgänger vom FSK?", fragte ich und zupfte einen Krümmel von meinem Ärmel.

„Ja, na ja, kann man so wahrscheinlich schon sagen. Obwohl ich glaube, dass das Ganze eher auf Schriften, Bilder und Theaterstücke bezogen wurde." Sie zog sich ihre Jacke aus. „Schicker Pulli übrigens. Ist der neu?"

Stolz richtete ich mich ein bisschen weiter auf. „Ja, danke!"

„Ich finde, er sieht ein bisschen aus wie aus der Altkleidersammlung." Sam nahm einen Schluck aus ihrer Wasserflasche.

Mit aller Kraft versuchte ich nicht in mich zusammenzusacken vor Enttäuschung. Ich wusste, dass ihr Kommentar nicht böse gemeint war und dass nicht jeder meine Kleidung mögen musste, aber trotzdem versetzten mir ihre Worte einen Stich. Für mich war es ein kleines Stück Selbstwertgefühl und sie sagte das einfach so, als hätte sie mir gerade erzählt, wie das Wetter war.

„Das ist ein Vintagepulli, Sam. Die sollen so alt aussehen. Das macht sie gerade aus", meinte Carina.

Unsere Freundin zuckte nur mit den Schultern und sah zu, wie ich meine Aussetzerkarten legte. „Ich hab doch nur meine Meinung gesagt."

„Ist doch jetzt egal", kam ich Carina zuvor, die schon wieder etwas dagegen halten wollte. Warum mussten die beiden in letzter Zeit immer so aneinander geraten?

„Darf ich in der nächsten Runde mitspielen?", fragte sie jetzt stattdessen.

„Ja ... Ich bin eh fertig - Uno-Uno." Damit legte ich die letzte Karte auf den Stapel und nahm alle wieder auf, um neu zu mischen.

Auf einmal landete eine schwere Tasche mit einem lauten „Wumm" auf unserem Tisch. Erschrocken fuhren wir zusammen und sahen auf. Vor uns stand schweratmend unsere Mitschülerin Meret.

„Alter, die Frau Weiß ist so eine dumme Schnalle! Ich sag's euch!" Dramatisch seufzte sie und raufte sich übertrieben durch die schulterlangen, leicht strähnigen Haare.

Carina tat ihr dann den Gefallen und fragte nach. „Wieso? Was hat sie denn gemacht?"

„Sie weigert sich einfach, meine Note zu ändern! Sie sagt, ich hätte genauso viel Zeit für den Arbeistauftrag gehabt, wie alle anderen auch und dass sie fair bleiben müsste! Und dass ich krank bin, ist ihr einfach scheißegal! Die Lehrer an dieser Schule sind einfach solche Neandertaler! Bei denen muss eine Krankheit körperlich sein, um akzeptiert zu werden! Aber Borderline oder Depressionen zählen da nicht!"

Wir zuckten erneut zusammen, als sie ihre Arme auf den Tisch fallen ließ und sich abstütze.

„Aber kannst du dir nicht vom Arzt oder einem Psychologen etwas vorweisen lassen?", hakte ich vorsichtig nach und bereute es im nächsten Moment wieder.

„Als ob ich mir wegen so einer Scheiße direkt alles auszeichnen lasse! Muss doch nicht jeder wissen! So eine Diagnose ist vielleicht auch sau schwer zu geben!" Sie zog ihr Handy aus der Tasche und tippte aufgebracht darauf herum, bevor sie theatralisch aufstöhnte. Das Geräusch erinnerte mich an eine schwangere Frau mit Wehen.

„Na toll, jetzt wurde mein Arzttermin auch noch auf vormittags verschoben. Ich muss jetzt los! Sagt bitte in der nächste Stunde für mich Bescheid, dass ich beim Arzt bin. Englisch ist eh sau unnötig." Damit riss sie ihre Tasche vom Tisch und rauschte davon. Jeder im Raum schaute ihr noch einen kurzen Moment hinterher und widmete sich dann wieder seiner vorherigen Tätigkeit.

„Was war das denn?", fragte ich und blickte zu meinen Freundinnen.

„Meret hat wirklich ihre ganz eigene Art, anderen Menschen von ihrem Tag zu berichten", formulierte Carina es. „Eigentlich kann sie einem ja leid tun, dass ihr Leben sie so sehr stresst und sie keine andere Möglichkeit sieht als diese, um sich mitzuteilen."

Ich musste gestehen, dass sich mein Mitleid für Meret in Grenzen hielt. Es konnte natürlich sein, dass sie krank war und wer war ich, um das zu beurteilen, aber warum musste sie das so zur Schau stellen?

„Ich finde, sie übertreibt einfach. Jeder von uns hat doch mal Probleme und denkt, dass er Depressionen hat. So ist die Pubertät halt. Und Schule ist auch nicht für jeden ein Kinderspiel. So was gehört halt dazu. Das ist noch kein Grund hier so rumzuschreien und sein Zeug durch die Gegend zu schmeißen." Sam verdrehte genervt die Augen. „Damit will sie doch nur Aufmerksamkeit und Mitleid geiern. Aber ihr habt recht, ich finde es tatsächlich auch traurig, wenn man sich so verhält. Damit macht sie sich doch nur noch unbeliebter."

Mit ihrem letzten Punkt lag Sam wahrscheinlich gar nicht so falsch. Meret hatte wirklich nicht viele Freunde und auch wenn ihre Erzählungen gerade eben den Eindruck erweckt hätten, dass wir dazu gehörten, war dies definitiv nicht der Fall. Ich würde uns genauso wenig als Freunde bezeichnen, wie Tristan und mich. Wir gingen lediglich in eine Stufe und hatten ein paar Kurse miteinander.

Und bei den anderen Sachen? Wie war das bei mir? Waren meine Emotionen auch nur eine Phase?

Nur Aufmerksamkeit wollte ich damit nicht erregen, ich hatte ja bisher niemandem davon erzählt oder es offen jemandem gezeigt. Aber vielleicht würde es so werden, wenn ich es tat. So war ich nicht. Ich wollte nicht um jeden Preis beachtet werden. Ich wollte nicht, dass man in mir nur die depressive, bemitleidenswerte Kim sah, bei der man aufpassen musste, was man sagte oder tat, damit sie nicht noch mehr in ihr Loch fiel und die man nur mit Samthandschuhen anfassen durfte. Da blieb ich lieber still und unsichtbar.

Das stumme Aufleuchten meines Handys riss mich aus meinen Gedanken und ließ meine Stimmung für einen Augenblick steigen.

„Was ist?", fragte Carina, als ich nicht anfing zu spielen und stattdessen mein Handy in die Hand nahm.

„Sieh dir doch an, wie sie grinst. Das kann nur eine Person sein." Sam lächelte selbstsicher und warf einen schnellen Blick auf mein Display, bevor ich es abwandte. „Und ich habe wie immer recht."

„Er hat mir nur eine Nachricht geschrieben", wich ich aus und las sie für mich durch. Eigentlich hätte ich das lieber in Ruhe getan, aber wenn ich jetzt auf die Toilette ging, würden die beiden sofort Verdacht schöpfen. Also blieb ich, wo ich war. Auch wenn ich vor seiner Nachricht noch aufgeregter war als sonst. Gestern Abend hatte ich ihn endlich gefragt, ob er Lust hätte, sich mit mir zu treffen und auf den Weihnachtsmarkt zu gehen. Ganz normal und beiläufig, als wäre es keine große Sache. Ich war so stolz auf mich gewesen, als ich die Nachricht abgeschickt hatte. Umso mehr Gedanken hatte ich mir vor dem Einschlafen darüber gemacht.

Jetzt hatte er mir geantwortet. Meine Hände fingen an zu schwitzen, als ich unseren Chat öffnete.

„Ja, das hört sich nach einer guten Idee an."

Mein Herz machte einen freudigen Hüpfer, der jedoch sofort wieder kleiner wurde, als ich weiterlas. „Aber ich bin leider krank und bin's wohl die nächsten Tage auch noch. Details erspar ich dir." Darauf folgte ein verlegener Emoji.

Ich versuchte mir nichts anmerken zu lassen, als ich zurück tippte: „Gute Besserung. Ich hoffe, bis Weihnachten ist es wieder besser."

„Danke. Hoffe ich auch. Ich bin die Feiertage bei Verwandten."

Konnte ich ihn jetzt trotzdem fragen, ob wir uns stattdessen danach treffen wollten? Aber was sollten wir dann zusammen machen? Meine Idee mit dem Weihnachtsmarkt hatte mir so gut gefallen, dass es mir jetzt schwer fiel, mich auf eine neue einzustellen. Es sollte perfekt sein, schließlich wäre es unser erstes Date. Vielleicht sollten wir doch einfach in ein Café in der Stadt gehen? Sam hatte von einer tollen Kaffeerösterei erzählt, die so gut sein sollte. Aber was, wenn er nur zugesagt hatte, gerade weil wir auf den Weihnachtsmarkt gegangen wären und er es nicht für ein Date gehalten hat? Nein, Stopp, er hatte Ja gesagt und ich wusste, dass er mich mochte. Sonst würde er nicht so oft mit mir schreiben. Sonst hätte er sich auf Ians Party nicht neben mich gesetzt und mir später ins Ohr geflüstert, dass er immer für mich da wäre. Er würde bestimmt wieder Ja sagen. Ich nahm all meinen Mut zusammen und schrieb: „Hättest du danach Lust, vielleicht in die neue Kaffeerösterei zu gehen?"

Und abgeschickt. Sofort erschienen zwei blaue Häkchen am Rande der Nachricht. Jetzt gab es kein Zurück mehr. Es dauert einen Moment bis sich die Anzeige von „online" zu „schreibt …" änderte. Kurz darauf erschien seine Antwort.

„Ja klar, die wollte ich auch schon ausprobieren" Dazu einen lächelnden Emoji.

Oh mein Gott! Ja, ja, ja!

Ich lächelte glücklich in mich hinein und genoss das kribbelnde, warme Gefühl, das sich in meinem Bauch breitmachte. Es war soweit: Ich hatte ein Date mit Mika! Dem Jungen, der mein Herz höher schlagen ließ. Der mir lustige GIFs schickte und mich selbst dann mit seinen Nachrichten zum Lächeln brachte, wenn mir zum Heulen zu Mute war. Derjenige, der mir helfen würde, mit allem anderen fertig zu werden und alles Schlimme in meinem Leben erträglich zu machen. Er würde mich von der Klippe wegholen, so wie in meinem Traum. Und dafür verliebte ich mich noch ein Stückchen mehr in ihn.

Meine Gedanken
Mein Körper ist hier
Meine Gedanken sind dort
Sie leben getrennt
Sie kennen sich kaum noch
Meine Seele liegt irgendwo dazwischen
Aber du kannst sie alle finden
Du kannst sie bei der Hand nehmen und verbinden
Durch dich erkennen sie sich wieder
Sie lernen zusammenzuleben
Sie lernen zu lieben
Denn du, nur du, kannst sie heilen

8.

Hochkonzentriert malte ich mit dem schwarzen Stift eine Linie auf mein rechtes Augenlied. In den Videos dazu hatte das deutlich leichter ausgesehen. So als würde man nicht die ganze Zeit Gefahr laufen, sich gleich das Auge auszustechen. Meine Haare hatte ich zu einem lockeren Knoten hochgesteckt und auch wenn ich jetzt schon wusste, dass Mama das nicht gefallen würde, war mir das egal. Ich fand, dass es gut aussah. Ich trug schließlich auch das Kleid, das sie mir unbedingt hatte kaufen wollen. Das war Kompromiss genug. Obwohl ich zugeben musste, dass ich es mittlerweile gar nicht so schlimm fand. Es war weder zu eng, noch zu weit. Und meine Oberweite schien ein bisschen größer zu sein, als sie es tatsächlich war. Das Einzige was mich störte, waren die leicht gepufften Ärmel, die mich an den Stil der 90er-Jahre erinnerte.

Der 1890er.

Trotzdem hoffte ich, dass mein restliches Erscheinungsbild ein bisschen davon ablenken würde.

Heute war es soweit. Heute war der 24. Dezember. Heiligabend. Der erste ohne Oma. Das erste Mal würden wir ohne sie in die Kirche gehen und danach ohne sie essen. Wir Kinder würden vergebens nach einem Geschenk von ihr unter dem Weihnachtsbaum suchen. Sie würde nicht wie jedes Jahr mit uns zusammen anstoßen und für einen kurzen Moment Ruhe in die Familie bringen, in dem sie ein paar Worte über das vergangene Jahr sprach.

„Kim?", hallte die Stimme von Mama durch den Flur. „Bist du so weit? Wir wollen los."

Ohne anzuklopfen öffnete sie meine Tür und betrachtete mich vor dem Spiegel stehend. „Du siehst sehr gut aus." Ein wohlwollendes Lächeln erschien auf ihrem Gesicht. „Aber ziehe doch bitte den langen Mantel an, der passt besser zu deinem Kleid und es ist sehr kalt draußen."

„Ja, mach ich", sagte ich, nicht ohne die Augen zu verdrehen.

Es würde wahrscheinlich niemals einen Tag geben, an dem sie nichts an mir auszusetzen hatte. Sie hingegen sah natürlich wie immer makellos aus. Ihr Make-up war perfekt aufgetragen, genau so, dass sie jung und frisch aussah, aber trotzdem ihrem Alter entsprechend. Der figurbetonte Hosenanzug (farblich passend zu meinem Kleid und Papas Jacket) gab ihr eine gewisse Eleganz und Seriosität, wobei ihr Schmuck ihr ein wenig die Ernsthaftigkeit nahm und sie somit perfekt zum Anlass passte. Dagegen sah ich aus wie die tollpatschige Auszubildende, die der Königin zum Roten Teppich folgen durfte.

Ich warf einen letzten Blick in den Spiegel, bevor ich mich seufzend nach unten machte, um meine Schuhe anzuziehen und Papa beim Autobeladen zu helfen. Wenn man sah, wie viele kleine Päckchen wir mitnahmen, könnte man meinen, wir würden eine ganze Schule beschenken. Aber Mama bestand nunmal darauf, jedem meiner Cousins und Cousinen eine Kleinigkeit zu schenken.

„Nepomuk! Nein!", hörte ich plötzlich ihre aufgebrachte Stimme aus dem Wohnzimmer. „Nein! Raus! Böser Hund!"

Danach öffnete und schloss sich unsere Terrassentür, die in den Garten führte. Gefolgt von einem aufgeregten „Michael!"

Papa und ich kamen fast gleichzeitig im Wohnzimmer an, in dem Mama empört auf den hellen Teppich zeigte. Darauf lag ein kleiner Haufen, den ich an dieser Stelle nicht genauer erläutern wollte, bei dem es sich jedoch eindeutig um Erbrochenes handelte. Durch die Glastür sah Nepomuk mit großen Hundeaugen schuldbewusst herein.

„Seht euch an, was er angerichtet hat!"

„Aber da kann er doch nichts dafür!", verteidigte Papa ihn sofort.

„Stimmt. Das ist deine Schuld!" Mamas wütender Blick galt nun nicht mehr dem Hund, sondern ihrem Ehemann.

Dieser schaute sie verwirrt an. „Meine?"

„Du musst ihn immer mit allen möglichen Resten füttern! Kein Wunder, dass er das nicht verträgt!"

„Entschuldige bitte, dass ich ihm nicht nur das langweilige Trockenfutter gebe! Er will halt auch mal etwas mit Geschmack bekommen! Und ich achte trotzdem sehr wohl darauf, was ich ihm gebe!"

„Er bekommt ganz tolles Hundefutter!" Sie warf einen Blick auf ihr Handy und ihr Blick wurde noch gestresster. „Na toll. Eva fragt mich, ob wir noch ein Racletteset mitbringen können, ihres funktioniert nicht mehr. Macht ihr das hier sauber, dann suche ich es für sie heraus. Wir sind sowieso schon spät dran!"

Damit rauschte sie in den Flur. Papa und ich schauten auf den kleinen, stickenden Fleck auf dem Fußboden und dann uns gegenseitig an.

„Ich räum weiter das Auto ein", sagte ich schnell und flüchtete nach draußen, bevor er protestieren konnte.

Nicht mal an Weihnachten schafften sie es, sich nicht zu streiten.

Einen Parkplatz vor der Kirche zu bekommen, war schon schwer genug, aber jetzt möglichst schnell wieder wegzufahren, erwies sich als noch schwieriger. Jeder wollte nach Hause und sich dem Festessen, den Geschenken und allem anderen widmen. So kamen wir auch als die Letzten bei Mamas älterem Bruder Kristian an. Er wohnte mit seiner Familie in einem großen Haus, in einer neuen, wohlhabenden Gegend.

„Frohe Weihnachten ihr drei!", begrüßte uns seine Frau Eva mit der begeistertsten Miene, die man haben konnte. Ich konnte mich nicht erinnern, sie jemals wirklich unglücklich gesehen zu haben, selbst auf der Beerdigung von Oma war sie ein kleiner aufheiternder Sonnenschein gewesen, ohne dabei unangemessen zu wirken.

Im Hintergrund sah ich wieder Angelika, die gerade Oskar, einem ihrer Söhne, hinterherjagte, um ihm sein kleines Jacket wieder anzuziehen.

Jeder behauptete, seine Familie sei verrückt und peinlich und chaotisch. Doch bei uns war das anders. Chaotisch war die Untertreibung des Jahrhunderts. Und dabei versuchte jeder noch professionell und tadellos zu sein. Manchmal erinnerten mich unsere Familienfeiern an missglückte Zirkusaufführungen, bei denen alle nur noch hektisch durcheinander redeten, wobei die meisten gar nicht wussten, was eigentlich das Problem war, einer saß resigniert in der Ecke und schmollte, weil irgendetwas anders gelaufen war, als er es wollte, und zwei andere liefen aufgeregt hin und her und riefen sich Befehle zu, unter anderem, man solle den Feuerlöscher holen. Und im Endeffekt schüttete die eine Person, die noch die Ruhe bewahrt hat, seelenruhig ihr Weinglas über die brennende Serviette. Kein Witz, das war wirklich mal an einem Weihnachten passiert, nachdem einer der Zwillinge eine Kerze umgeworfen hatte.

Eva ließ uns herein und ein angenehmerer Geruch von Essen, Kerzenwachs und Tannennadeln empfing uns. Im Wohnzimmer stand wie jedes Jahr, seit wir in ihrem Haus feierten, ein großer Weihnachtsbaum mit in Rot, Weiß und Silber gehaltenem Schmuck. Das Haus war in ähnlicher Farbgebung geschmückt und aus Musikboxen, die in verschiedenen Zimmerecken versteckt waren, drang leise klassische Weihnachtsmusik.

„Dann können wir jetzt mit dem Essen beginnen", meinte Kristian und lockte damit sämtliche anwesende Personen aus in das große, helle Esszimmer, durch dessen Glasfront man in den kunstvoll angelegten Garten schauen konnte. Es gab wie jedes Jahr Raclette und alle stürzten sich begeistert auf die verschiedenen, in kleinen Schälchen angerichteten Zutaten und Speisen.

Obwohl Mama drei Geschwister hatte und alle mit ihren Kindern angereist waren, wirkte der Tisch dieses Mal leerer als sonst.

Als alle satt und – vor allem die Kleinen – bereit dafür waren, Geschenke auszupacken, tippte Kristian, der wie ein Gutsherr mit Eva am Kopf des Tisches saß, mit dem Messer an sein Weinglas, um sich wenigstens für einen kurzen Moment Gehör zu verschaffen.

„Zunächst einmal wünsche ich euch allen nochmal frohe Weihnachten und hoffe, dass euch das Essen geschmeckt hat." Alle nickten anständig und murmelten vereinzelt Komplimente. „Das freut mich. Dieses Jahr sieht Weihnachten für uns alle ein wenig anders aus, angefangen mit unserem jüngeren Sohn, der wie ihr alle wisst, in diesem Moment bei seiner Gastfamilie in Philadelphia ist und dort sein Auslandsjahr genießt. Wir haben vorhin mit ihm telefoniert und sollen euch alle von ihm grüßen. Dann freuen wir uns natürlich über Bob, der es dieses Jahr geschafft hat, mit uns zu feiern!" Wir nickten Angelikas Mann zu, der als Pilot arbeitete und deshalb oft an Weihnachten unterwegs war und nun das erste Mal Heiligabend mit uns verbrachte.

„Des Weiteren müssen wir dieses Jahr einen leeren Stuhl zur Kenntnis nehmen, was auch der Grund ist, warum ich heute hier stehe und die Weihnachtsrede halte, obwohl diese Ehre eigentlich immer ihr zustand. Es ist nun ein halbes Jahr her, dass wir die Zeit ohne unsere

Mutter und ohne eure Oma -" Er schaute zu uns Jüngeren. „- verbringen müssen. Und auch wenn ihr Tod sehr plötzlich kam und wir sie alle sehr vermissen, weiß ich doch, dass sie immer bei uns sein wird und es unglaublich genossen hätte, uns alle hier an einem Tisch zu sehen. In diesem Sinne: auf Dorothea!" Er hob sein Glas und wir anderen machten es ihm nach, egal, ob es sich dabei um Gläser mit Wein, Wasser oder Saft handelte. „Auf Dorothea!"

Ich spürte, wie sich meine Brust zusammenschnürte und zwang mir trotzdem ein Lächeln auf die Lippen. Mein Onkel liebte es, Reden zu halten, was ihn vielleicht so erfolgreich in seinem Beruf machte. Er war es auch gewesen, der die Rede in der Kapelle auf Omas Beerdigung gehalten hatte. Er konnte das gut, keine Frage, aber irgendwie führte es mir vor Augen, dass ich anders war, als der Rest meiner Familie.

Es fing damit an, dass ich ein Einzelkind war, Mama hatte ihren großen Bruder und zwei jüngere Schwestern. Und jeder von ihnen hatte zwei oder sogar drei Kinder. Sie wussten nicht, wie es war, wenn man nur seine Eltern oder weiter entfernte Verwandte hatte. Klar war es sicher oft weniger stressig, wenn man sich nie mit seinem Bruder oder seiner Schwester stritt und wenn Eltern einem ihre volle Aufmerksamkeit schenkten, weil sie ja nur einen selbst hatten. Das sollte man meinen.

Die Realität sah anders aus, dachte ich bitter. Zumindest bei mir.

Selbst Filipa und Fredo, Nicoles Kinder, die sich quasi ständig die Augen auskratzen könnten, teilten gemeinsame Erinnerungen und hielten zusammen, wenn es darum ging sich gegen andere Personen außerhalb der Familie zu verteidigen.

Gerade in diesem Moment konnte ich sehen, wie Filipa genervt die Augen verdrehte über irgendetwas, dass ihr zwei Jahre jüngerer Bruder gesagt hatte, und schon zu einer giftigen Antwort ansetzte. Nicole ging mit einer zischenden Drohung dazwischen, behielt dabei aber ein fast komplett entspanntes Gesicht. Diese Fähigkeit besaß Mama auch. Irgendwie unheimlich, wenn sie einen mit ihrer strengen Stimme ansprach und zurechtwies, während ihr Gesicht freundlich blieb, damit niemand außenrum den Eindruck bekam, sie sei genervt. Absolute Selbstbeherrschung.

Wo wir beim nächsten Punkt wären: Unsere Familie versank meistens zwar ziemlich im Chaos, doch jeder, den ich bisher getroffen hatte und der irgendjemanden aus meiner Familie kannte, redete davon, wie toll wir doch mit Problemen umgehen konnten und dass wir so souverän und aufgeschlossen seien.

Ich schaute von Nicole zu ihrem Mann. Beide waren Berater einer großen Firma. Sie im Bereich Finanzen und er als Psychologe. Wenn ich die Reihe so weiter ging, folgte ein weites Feld von verschiedenen akademischen Abschlüssen und Auszeichnungen. Selbst meine Cousins und Cousinen waren meistens jetzt schon erfolgreich in irgendwelchen Bereichen, sei es bei „Jugend debattiert" oder als Schülersprecher und Organisator. Helene studierte Medizin im 5. Semester und ihr Bruder Leonidas BWL. Sogar die Zwillinge konnten mit ihren vier Jahren bis zehn zählen. In dem Alter hatte ich Sandkuchen gebacken und danach teilweise gegessen. Sie alle kannten ihren Weg, einen seriösen, geradlinigen, intellektuellen, der vielleicht nicht immer einfach war, aber sie alle im akademischen Schein des Erfolgs und des Familienlebens strahlen ließ.

Und dann kam ich. Die Träumerin, die in der Schule versagte und sämtliche Hobbys ausprobiert und dann abgebrochen hatte. Die keine Ahnung hatte, wie ihre Zukunft nach der Schule aussehen sollte. Oder mein Leben überhaupt. Ich war anders. Nicht wie ein schwarzes Schaf, ich hatte mich niemals nicht erwünscht oder ausgestoßen gefühlt, aber ich war wie ein kleiner, nicht ganz so perfekter Pinselstrich auf einem sonst makellosen Gemälde.

„Wer ist bereit für das Dessert?", fragte Eva feierlich, als der Tisch abgeräumt wurde. „Wir haben selbst gemachtes Vanilleeis und heiße Himbeeren. Und natürlich noch ein paar Plätzchen."

Natürlich wollten alle zumindest eine kleine Portion. Wer konnte da schon nein sagen?

„Bleib sitzen, Mama. Ich mache das schon", sagte Helene und legte Eva sanft eine Hand auf die Schulter.

„Danke, mein Schatz. Das Eis ist im unteren Tiefkühlfach."

„Ich werde es schon finden", antwortete sie lächelnd und verschwand in der Küche. Die Jüngeren stürzten sich ungeduldig auf ihre Handys oder Spielsachen. Geschenke gab es immer erst, wenn alle mit dem Essen fertig waren.

„Kim, warum gehst du nicht mit und hilfst deiner Cousine?", säuselte Mama, ohne dabei laut zu werden, sodass es jeder am Tisch hören konnte.

Warum musste ich das tun? Es waren noch genug andere Leute dabei, von denen sich keiner rührte. Aber na gut, wer war ich, mit meiner Mama an Heiligabend eine wilde Diskussion über Erziehung vor der Familie zu führen? Also schluckte ich meinen Trotz herunter und stand auf.

„Natürlich." Ich versuchte meine Stimme genauso süß klingen zu lassen wie sie. Sie verstand es.

Meine Stimmung war gereizt und das ohne ersichtlichen Grund. Hatte vorher jemand etwas beleidigendes zu mir gesagt? Nein. Ich hatte sogar Komplimente für mein Aussehen bekommen und mir wurde mehr als einmal gesagt, wie erwachsen ich doch geworden sei. Aber allein die vielen Gedanken darüber, wo mein Platz und wie die Konstellation meiner Familie war, ließ mich innerlich erzittern.

Helene hatte das Eis tatsächlich direkt gefunden, denn sie war schon dabei, es auf kleine Porzellanschalen zu verteilen. Ihr Blick war konzentriert, als sie den silbernen Eisschöpfer in die helle Creme tauchte und diese dann sorgsam als Kugeln verteilte. Sie war genau darauf bedacht, dass der rote Ärmel ihres schlichten Samtkleides nicht dreckig wurde und ihr hellbraunes Pony wippte leicht bei jeder ihrer Bewegungen. Ich fand schon immer, dass sie etwas elegantes und charmantes an sich hatte, dass jeden dazu brachte, sie zu mögen und sich über ihre Anwesenheit und alles was sie tat, zu freuen.

„Kann ich dir mit irgendwas helfen?", fragte ich und trat neben sie.

„Könntest du vielleicht die Himbeeren aus der Mikrowelle holen und gucken, ob sie schon heiß genug sind? Wenn nicht drück einfach nochmal auf *Play*. Oh, und hol doch bitte die Minze aus dem Kühlschrank. Sie müsste in der Tür liegen."

Ich tat, was sie mir aufgetragen hatte. Aus dem Esszimmer konnte man die anderen reden hören. Jemand lachte laut auf. Ich tippte auf Onkel Bob.

Helene summte leise vor sich hin. Sie nahm mir die Schüssel mit den halbflüssigen, roten Beeren ab und hielt für einen kurzen Moment inne. Ihr Blick fiel auf mein Dekolleté. Ein Lächeln zog ihre perfekt geschminkten Lippen ein klein wenig nach oben und zeichnete einen zärtlichen Ausdruck bis in ihre dunklen Augen.

„Die Kette hat Oma dir geschenkt, oder?"

Unwillkürlich fuhr ich mit den Fingern über den blauen, tropfenförmigen Anhänger. „Ja, zu meinem 13. Geburtstag."

„Weißt du, woher sie die Kette hatte?" Sie stellte die Schüssel auf die Anrichte, ohne den Blickkontakt zu mir abzubrechen.

Vorsichtig nickte ich. „Sie hatte sie selbst zu ihrer Kommunion bekommen, hat sie mir erzählt."

Es war das erste Schmuckstück, dass sie nach dem Krieg bekommen hatte. Ihre Eltern hatten eine ganze Weile dafür gespart, um sie ihr zu kaufen. Oma hatte später viel Schmuck gehabt, alles echtes Gold und Silber, zu jedem Ohrring gab es eine Geschichte, jedes Armband hatte eine Vergangenheit gehabt. Gern hatte sie ihn uns gezeigt und auch das ein oder andere Teil zu bestimmten Anlässen an uns, ihre Enkelinnen, verschenkt.

Helene nickte. „Du warst etwas ganz besonderes für sie, weißt du das?"

Sie begann damit, die Himbeeren über dem Eis zu verteilen. Wie heiße Lava bahnten sie sich ihren Weg über die kalte, gefrorene Creme und ergossen sich auf den Boden der Schalen.

„Wie meinst du das? Das waren wir doch alle. Sie hat uns alle sehr lieb gehabt."

„Ja, natürlich. Sie war eine tolle Oma. Und sie hat auch alles für uns getan. Ich meine damit nicht, dass sie dich bevorzugt hätte. Aber da war etwas zwischen euch, was tiefer ging als mit uns. Vor allem, wenn sie ihre Geschichten erzählt hat. Die haben wir alle gern gehört, aber du hast immer Details darin gefunden, die wir nicht bemerkten und die sogar ihr selbst nicht auffielen. Du hast sie verstanden. Weil du ihr in vielerlei Hinsicht so ähnlich bist."

„Denkst du das wirklich? Aber du warst doch immer die Älteste. Und wir haben doch alle ..."

Helene schüttelte den Kopf und unterbrach ihre Arbeit. „Du verstehst mich falsch. Natürlich haben wir alle auf unsere Art gewusst, was sie uns immer sagen wollte und wie sie uns mit ihren Ratschlägen helfen konnte. Und das ein oder andere ist wahrscheinlich auch hängen geblieben, wenn sie uns erklären wollte, was die einzelnen Blumen bedeuten. Aber du warst dabei immer so aufmerksam. - Das bist du übrigens heute noch. - Und hast alles in dich aufgesaugt und deinen ganz eigenen Teil dazu beigetragen. Ich glaube, sie hat in dir ein bisschen sich selbst gesehen. Und auch wenn sie es niemals zugegeben hätte, warst du ihr kleiner Engel."

Ich schluckte. „Danke." Mehr brachte ich nicht hervor. So sehr hatte sie mir schon lang nicht mehr gefehlt. Ich biss mir auf die Zunge. Konzentrierte mich darauf, die Tränen zurückzuhalten, meine Maske nicht zu verlieren.

Helene lächelte verständnisvoll. „Ich vermisse sie auch."

Ich biss noch einmal etwas fester zu und sagte: „Wofür brauchst du eigentlich die Minze?"

„Die kommt als Dekoration oben drauf. Mach einfach auf jede Portion zwei, drei Blätter."

„Na ihr zwei, wie kommt ihr voran?", flötete Angelika, die plötzlich den Raum betrat und zum Kühlschrank lief.

„Gut, wir sind gleich fertig. Du kannst schon welche mitnehmen, wenn du noch eine Hand frei hast."

„Ach, ich wollte eigentlich die Weinflasche für deinen Vater holen. Aber zwei Schalen kannst du mir geben. Das erinnert mich an meine Zeit als Kellnerin." Sie zwinkerte uns zu.

„Hast du nicht mal George Clooney bedient?", fragte ich und reichte ihr zwei fertige Desserts.

„Nein, da war ich schon Flugbegleiterin. Aber da kann ich euch auch Sachen erzählen …" Sie zuckte herausfordernd mit den Augenbrauen.

„Apropos: Lene, ich habe gehört, bei dir wohnt jetzt ein Model in der WG?"

Helene lachte auf. „Ach ja, Maxim. Der würde dir gefallen." Aus dem Wohnzimmer erklang helles Kinderkreischen.

„Ohhh, das musst du mir nachher alles erzählen! Jetzt bringe ich das hier mal besser rein. Wir wollen auch gleich die Geschenke aufmachen, die Jungs werden schon müde." Sie zwinkerte uns erneut zu und ging dann wieder zurück zu den anderen.

„Dann lass uns auch mal das Essen reinbringen", sagte Helene. „Wir wollen den Weihnachtsmann doch nicht verpassen."

„Auf keinen Fall" stimmte ich ihr zu und lud die restlichen Schälchen auf ein Tablett.

Eine halbe Stunde später saßen wir gemeinsam in Helenes altem Kinderzimmer und warteten darauf, dass der Weihnachtsmann unten im Wohnzimmer die Geschenke unter den Weihnachtsbaum legen würde. In Wahrheit machten das Kristian und Bob, die offiziell im Keller die nächste Flasche Rotwein raussuchten, aber das durften die Zwillinge natürlich nicht wissen. Die beiden 4-Jährigen zappelten ungeduldig auf dem Bett herum und warteten auf das Klingeln der Glocke, mit der der Weihnachtsmann sich verabschiedete. Ein leises *Pling* ließ Oskar aufgeregt zur Tür schauen.

„Tut mir leid, das war nur mein Handy", entschuldigte ich mich und schaute auf das Display. Eine neue Nachricht von Elisa in der Mädels-Gruppe.

„Frohe Weihnachten!", hatte Elisa geschrieben und dazu einen Stern- und einen Weihnachtsmann-Emoji.

„Die Gruppe gibt es ja auch noch", kam innerhalb von Sekunden Sams Antwort. „Frohe Weihnachten!"

„Von mir auch!", schrieb ich zurück.

„Ich habe endlich ein neues Handy bekommen! Jetzt kann ich auch wieder mit euch telefonieren!", erschien da schon ihre nächste. „Und richtig schreiben!"

„Cool! Was für eins?"

„Wieso dauert das so lang?", quengelte Leander neben mir.

„Wir sind nun mal eine große Familie, da braucht der Weihnachtsmann ein bisschen länger, bis er alle Geschenke gebracht hat", erklärte ihm Leonidas. Aus dem Augenwinkel konnte ich sehen, wie Fredo die Augen verdrehte. Ich widmete mich wieder meinem Handy.

„Was habt ihr so bekommen?", fragte jetzt Elisa, nachdem sie ein paar Nachrichten mit Sam über ihr neues Handy gewechselt hatte.

„Wir warten gerade noch auf den Weihnachtsmann", tippte ich.

„Habt ihr am 28. schon was vor? Ich hätte mal wieder Lust, etwas mit euch zu machen", schrieb Elisa.

Ich dachte einen Moment nach. „Müsste gehen."

„Kann nicht, bin an dem Tag wandern", kam es von Sam. Bei der Vorstellung wie meine Freundin mit klobigen Wanderschuhen durch den Wald lief und auf dem Gipfel eines Berges die Aussicht genoss, musste ich schmunzeln. Das passte so gar nicht zu ihr. Klar, ging sie manchmal spazieren und ab und zu auch mal joggen, aber ich konnte mich nicht erinnern, dass sie schon jemals *wandern* war.

„Seit wann gehst du wan—", begann ich zu tippen, als ein helles Klingeln erklang.

„Geschenke!", rief Oskar aufgeregt und stürmte zur Tür, seinem Bruder dicht auf den Fersen.

Ein Lächeln schlich sich auf meine Lippen. Ich wünschte, ich könnte mich so sehr auf die Bescherung freuen wie die beiden. So wie früher, als Weihnachten noch richtig magisch gewesen war.

Wir folgten den beiden Jungs und betrachteten das einzigartige Bild, das sich uns bot: Der wunderschön geschmückte Weihnachtsbaum mit den vielen, bunt verpackten Geschenken darunter und zwei kleine Kinder mit leuchtenden Augen, die sich darauf stürzten.

„Leander, Oskar, nicht so schnell! Reißt nicht alles auf!", ermahnte Angelika sie. Ohne Erfolg. Nun begannen auch wir Älteren damit, Geschenke mit unseren Namen darauf zu suchen. Es dauerte eine Weile, bis alle Tütchen und Päckchen verteilt und geöffnet wurden. Ich war gerade dabei, ein in kariertes Papier verpacktes Geschenk zu enthüllen, bei dem es sich vom Gewicht und der Form her mit ziemlicher Sicherheit um ein Buch handelte, als das geschäftige Treiben im Raum von einem hellen Kreischen unterbrochen wurde.

„Oh mein Gott …", schluchzte es neben mir. Erschrocken drehte ich den Kopf. „Filipa, was ist los?"

Sie starrte weiter mit wässrigen Augen auf ihre Hände. In denen sie zitternd eine Karte hielt.

„Ist was passiert?"

Ohne auf mich zu achten, wischte sie sich eine Träne aus dem Augenwinkel und sprang dann plötzlich auf.

„Oh mein Gott, Mama!", schluchzte sie und fiel Nicole um den Hals. Helene warf mir einen fragenden Blick zu, den ich nur erwidern konnte. Hatte ihr Freund gerade per Brief mit ihr Schluss gemacht? Wurde sie von ihrer ach-so-tollen Privatschule geworfen, auf die ihre Eltern sie schickten? Aber wer verschenkte solche Nachrichten zu Weihnachten?

„Ihr habt sie wirklich bekommen!", rief sie jetzt und hielt ihren Eltern das Stück Papier hin, als handelte es sich dabei um den heiligen Gral.

„Filipa, ist alles in Ordnung?", fragte nun auch Eva, die ihr eine Packung Taschentücher reichte. Die 14-Jährige drehte sich zu ihr um.

„Sie haben mir Tickets für Ariana Grande geschenkt! VIP-Karten! Könnt ihr euch das vorstellen? Michaela und ich versuchen seit Wochen da dranzukommen und sie haben mir welche geschenkt!" Sie dreht sich wieder zu ihren Eltern. „Dankedankedanke! Das muss ich sofort Michaela erzählen!"

In einer Geschwindigkeit, mit der sie jedem Geparden Konkurrenz gemacht hätte, rannte sie aus dem Raum. Kurz darauf hörte man ihr hysterisch-freudiges Quicken aus dem Flur.

So viel positive Emotionen ausgelöst durch ein bedrucktes Stück Papier. Hatte ich mich schon einmal so gefreut, dass ich angefangen hatte zu weinen? Ich glaubte nicht.

Nicole und ihr Mann lächelten sich zufrieden an. Ihr Ziel des Tages war damit wohl auf jeden Fall erreicht. Wer auch immer behauptete, dass man Glück nicht kaufen konnte, hatte noch nie einem Teenager VIP-Tickets geschenkt.

Mein Blick wanderte zu Kristian und Eva, die aneinander geschmiegt auf der Couch saßen und die Familie beobachteten. Wie immer wurden sie ihrer Rolle als Gastgeber mehr als gerecht. Mein Onkel strich seiner Frau zärtlich über die gefalteten Hände und sie lehnte ihren Kopf an seine Schulter. Ich erinnerte mich daran, wie Helene mir einmal erzählte, wie sich ihre Eltern kennen gelernt hatten. Seit der 9. Klasse waren die beiden ein Paar und obwohl sie nach dem Abitur beide in unterschiedlichen Städten studierten und ihre Karrieren begannen, hielt ihre Beziehung weiterhin stand. Heute, nach fast 25 Jahren Ehe und drei Kindern, waren sie immer noch zusammen und schauten sich in die Augen, als hätten sie sich gestern erst ineinander verliebt. Schon etwas kitschig, aber auch romantisch.

Angelika hingegen führte ein ganz anderes Leben. Wenn ich so darüber nachdachte, hätte sie wahrscheinlich lieber die Rolle der coolen, kinderlosen Tante behalten. Die, die mit einem auf Konzerte und shoppen ging, mit einem über Beziehungen redete und einem Tipps gab für Themen, über die man mit seiner Mutter vielleicht nicht so gern sprach. Die öfter Mal betrunken, aber trotzdem, oder genau deshalb, immer am witzigsten war und am meisten Stimmung verbreitete. Stattdessen kümmerte sie sich jetzt um ihre zwei Kindergartenkinder und baute ein Haus zusammen mit ihrem Mann. Und wenn ich ihr jetzt dabei zusah, wie sie Oskar davon abhielt, Nepomuk mit Lametta zu behängen, bekam ich den Eindruck, dass sie es nicht mehr anders haben wollte. Sie war immer noch die gleiche, selbstbewusste Frau wie früher, nur mit mehr Verantwortung und Kinderlachen in ihrem Leben.

Helene zupfte ihrem Bruder einen Fussel vom Jacket und er hielt ihr als Gegenleistung ein kleines Päckchen hin, das sie begeistert entgegen nahm. Wo man hinsah, dröhnte die Luft nur so vor Liebe und Nähe. Sogar meine Eltern schienen sich daran zu erinnern, dass sie auch mal Spaß haben konnten und sich nicht streiten oder über die Firma reden mussten.

Das bedeutete Familie. Es war wirklich der Zauber von Weihnachten.

Und trotzdem zog sich mir langsam die Kehle zu. Wie konnten sich alle so lieben und einander Freude schenken, in welcher Form auch immer? Wieso konnte ich diese Gefühle sehen und hören aber nicht *spüren*? Es war, als säße ich in einer Schneekugel, bei der egal wie oft sie geschüttelt wurde, sich im Inneren nichts rührte und egal wie fest und oft ich gegen die Scheibe klopfte, ich immer ein außen stehender Beobachter sein würde. Je mehr ich mich bemühte, dieses wollige Gefühl der Harmonie und der Glückseligkeit mit allen Sinnen wahrzunehmen und in mich aufzunehmen, desto härter blieben sie mir verwehrt. Mir wurde heiß und eng in der Brust. Schnell biss ich mir wieder auf die Zunge und ließ meinen Blick auf das Geschenk in meinen Händen fallen. Ein Roman. So einen, wie ich ihn früher immer gelesen hatte. Der heute jedoch nur neben meinem Bett verstauben würde. Wie undankbar von mir. Diese Gedanken pflanzten sich in mir fort und zogen mich wie einen Strudel mit sich hinunter. Mein Kiefer spannte sich an.

„Was hast du da?", fragte plötzlich eine helle Stimme. Benommen blickte ich in Leanders große Kinderaugen. Blinzelte einmal, zweimal, bevor ich mich wieder gefasst hatte und im hier und jetzt angekommen war.

„Ein Buch", antwortete ich und hielt ihm das Cover entgegen.

„Cool! Sind da Bilder drin?" Ich schüttelte den Kopf.

„Ich hab auch ein Buch bekommen. Mit ganz vielen Bildern!" Stolz hob er es mit beiden Händen hoch.

Ich rang mir ein Lächeln ab. „Das ist toll! Dann kannst du dir die Geschichte ja noch dazu ansehen, wenn du sie liest."

Sein Blick wurde ernst und er lehnte sich zu mir nach vorn, sodass ich seinen Atem auf meiner Haut spüren konnte. „Ich ... Ich kann noch nicht lesen ...", flüsterte er leise, als würde er mir ein Geheimnis anvertrauen und sah mich etwas betreten an.

Diesmal war mein Lächeln echt. „Das ist doch nicht schlimm. Das lernst du noch." Er sah mich weiter an. „Soll ich dir aus deinem neuen Buch vielleicht vorlesen?"

Seine Augen wurden noch größer und sein Mund öffnete sich zu einem begeisterten Laut. „Oh ja!"

Ehe ich mich versah, hatte er sich direkt neben mich gesetzt und mir sein Buch auf den Schoß gelegt. Das Cover zeigte eine kleine, grüne Lokomotive, die lachend durch eine bunte Landschaft fuhr. *„Die aufräumende Lokomotive"* stand in gebogenen Druckbuchstaben darüber. Daneben ein Aufkleber, der das Buch als Bestseller auszeichnete.

„Also: *Die aufräumende Lokomotive"*, begann ich laut zu lesen und schlug die erste Seite auf.

„An einem kleinen Bahnhof lebte die kleine Lokomotive. Die kleine Lokomotive liebte es umherzufahren und allen zu zeigen, wie schnell sie schon fahren und wie schön sie pfeifen konnte."

Ah ja. Was Eisenbahnen halt so machten.

„Eines Tages war sie gerade auf dem Weg zu ihrer Oma, als sie an einem großen Holzstapel vorbeikam. In der Mitte des Stapels wuchs eine wunderschöne Blume. Genau solche Blumen liebte ihre Oma! Die kleine Lokomotive griff danach, um sie ihr mitzubringen, darüber würde sie sich bestimmt sehr freuen!"

Wer kannte sie nicht, die Blumen, die auf Holzstapeln wuchsen. Wie kam man bitte auf solche Ideen?

Leander blätterte neugierig weiter.

„Doch auf einmal blieb sie an einem der Holzscheite hängen und der ganze Stapel fiel auf die Gleise! „Oh nein!", rief die kleine Lokomotive. Jetzt konnte niemand mehr durchfahren und sie würde auch nicht rechtzeitig zu ihrer Oma kommen. Und das nur, weil sie so tollpatschig gewesen war! Schnell versuchte sie die Holzscheite zur Seite zu räumen, aber egal wie sehr sie drückte und schob, sie blieben auf dem Weg liegen. Da fing die kleine Lokomotive an zu weinen. Bestimmt wären jetzt alle wütend auf sie, weil sie den Haufen kaputt gemacht hatte und jetzt auch noch zu spät kam."

Ich sah erst auf das Bild von der kleinen, grünen Lokomotive, die mit Tränen überströmtem Gesicht auf die Gleise mit den Baumstämmen blickte, und dann zu Leander. Sein Mitgefühl und seine Spannung waren ihm förmlich ins Gesicht geschrieben. Seine Augen wanderten über das Bild und er kaute nervös auf seiner Unterlippe herum.

„Ich bin ein Flugzeug!", verkündete Oskar lautstark und rannte mit ausgebreiteten Armen und Propellergeräuschen durch den Raum.

„Lies weiter!", forderte Leander mich auf. Ich blätterte um.

„Da hörte die kleine Lokomotive auf einmal ein Dampfen und Rauschen und plötzlich eine Stimme von der anderen Seite des Holzberges. „Hallo, kleine Lokomotive!" Es war ihr Freund die blaue Lok. „Was ist denn hier passiert?", fragte sie. „Ich wollte eine Blume für meine Oma pflücken und dann ist auf einmal der ganze Haufen auf die Gleise gerollt", schniefte die kleine Lokomotive. „Ich habe alles versucht, aber ich kriege sie einfach nicht weg!" Die blaue Lok lächelte aufmunternd. „Keine Sorge kleine Lokomotive. Sieh mal, da vorn kommt der Abschleppwagen! Zusammen schaffen wir das!"

Ein Abschleppwagen? Ernsthaft? Ich zweifelte nun wirklich an der Zurechnungsfähigkeit des Autors.

„Da hörte die kleine Lokomotive auf zu weinen. Zu dritt zogen und schoben sie die Baumstämme von der Strecke und stapelten sie sicher daneben auf. Jetzt konnte die kleine Lokomotive wieder lachen. „Vielen Dank! Ohne euch hätte ich das nie geschafft!"

„Dafür sind Freunde doch da", sagte der Abschleppwagen. Ihre Freunde begleiteten sie noch ein Stück, bevor sie auf das Gleis zu ihrer Oma abbog. Eins

hatte die kleine Lokomotive heute gelernt: Aufräumen war oft nicht einfach, aber zusammen konnte es gelingen."

Ich klappte das Buch zu. Das sollte ein Bestseller sein? Das war ja schon fast etwas für Elisa, so unheimlich wie das war. Unheimlich schlecht. Leander dagegen schien eine ganz andere Meinung zu haben.

„Die aufräumende Lokomotive ist so toll!", jubelte er. Mit seinen kleinen Händen nahm er mir etwas ungeschickt das Buch aus der Hand und begann allein darin zu blättern. Ich sah ihn von der Seite an, wie er unruhig neben mir auf dem Sofa saß und begeistert die Bilder betrachtete. Für einen kurzen Moment tat er mir leid, dafür, dass er Oma nie so kennen lernen würde, wie wir Älteren es getan hatten. Er würde nie zur Einschulung mit ihr in den Zoo gehen oder von ihrem einzigartigen, selbstgemachten Käsekuchen essen können. Der einzige Kuchen, bei dem sie das Backen beherrscht hatte. Und er würde niemals ihre Geschichten hören können. Und dafür bedauerte ich ihn am meisten. Denn Helene hatte recht, sie hatte wirklich immer die besten Ideen gehabt. Sie war wirklich die beste Oma gewesen.

9.

00:49 Uhr. Wach lag ich in meinem Bett. Ich hatte die Hände unter meiner Wange gefaltet und starrte im Dunkeln an meinen Schrank. Oder besser in die Mitte der schemenhaften Umrisse, die dort meinen Schrank vermuten ließen.

Der Tag bei Elisa war schön gewesen. Carina war eine Woche mit ihrer Familie Skifahren und Sam hatte ja gemeint, sie wäre wandern. Bei dem Gedanken daran, wie sie mit einem großen Rucksack schwitzend einen Berg hochstapfte, musste ich immer noch schmunzeln. Wie war sie wohl auf diese Idee gekommen?

So waren Elisa und ich allein gewesen. Oder zumindest nicht mit unseren anderen Freundinnen, denn die meiste Zeit hatten wir damit verbracht, das Lego-Hotel ihrer jüngeren Schwester aufzubauen. Eigentlich sollten wir der 9-Jährigen nur kurz helfen, aber im Endeffekt hatten wir beide fast das ganze Set mit seinen mehr als 1700 Teilen zusammengebaut. Wenn ich so darüber nachdachte, war es vielleicht besser, dass Sam nicht dabei gewesen war. Sie hätte das Ganze kindisch gefunden, obwohl wir früher gern mit Lego gespielt hatten und sie sogar die meisten Sets besaß, weshalb wir oft bei ihr gespielt hatten. Wie viele Nachmittage wir damit verbracht hatten, uns alle möglichen Welten auszudenken und zu bauen. Am liebsten irgendeine total verrückte — und im Nachhinein betrachtet auch leicht bescheuerte — Liebesgeschichte in irgendeiner Fantasiewelt.

Ich rollte mich auf den Bauch und legte mein Kinn auf den Unterarmen ab, sodass ich nicht direkt in mein Kissen atmete. Ich war müde. Mein Magen war angenehm mit Spagetti Bolognese von Elisas Mama gefüllt und aufs Klo musste ich auch nicht mehr. Das Einzige, was mich wach hielt, war mein Kopf. Es gab einfach keine Möglichkeit für mich ihn auszuschalten. Ich schloss die Augen und stellte mir vor, wie meine Gedanken durch den Funpark tollten, der mein Gehirn war. Einer fuhr mit einem Einrad im Kreis und jonglierte dabei mit ein paar meiner Sorgen. Manchmal fiel ihm eine runter, aber er bekam zuverlässig wieder neue zugeworfen, mit denen es weiterging. Ein anderer machte Saltos über meine Müdigkeit hinweg und zwei weitere wiederholten Konversationen, die ich in der Vergangenheit gehalten hatte. Und noch ein anderer legte als DJ auf und ließ irgendeinen Schlagersong in Dauerschleife über Lautsprecher laufen. Was mich noch mehr in den Wahnsinn trieb. Ich kannte von dem Lied ganze drei Zeilen und selbst das erschien mir schon zu viel, wenn man bedachte, dass ich lieber eine Doppelstunde Mathe mit einem unangekündigten Test gehabt hätte, als mir auch nur drei Minuten einen Schlager anzuhören.

Irgendwie musste ich es schaffen, dass die Gedanken sich auf eine Aktivität beschränkten und damit von der Müdigkeit bezwungen werden konnten.

Ich richtete mich auf und griff nach meinem Handy auf dem Nachttisch.

Gerade schaute ich mir ein Video an, in dem ein kleiner Hund ein Frappuccino bekam und überlegte, ob Nepomuk das auch gefallen würde, als ein Benachrichtigungsfenster auf meinem Bildschirm aufploppte. Sam hatte mir einen Beitrag geschickt. Ich öffnete unseren Chat. Ein Meme mit einem grinsenden Faultier und der Überschrift *„Mein Gesicht, wenn ich das Geräusch der Kaffeemaschine höre"*.

Ich schickte einen tränenlachenden Smiley. „Könnte echt ich sein. Oder du beim Intro von Netflix."

„Stimmt", kam ihre Antwort keine fünf Sekunden später. „Oder Herr Senn, wenn er neue bunte Schuhe sieht, die er noch nicht hat."

Ich lachte leise in mich hinein. Dieses Bild konnte ich mir nur zu gut vorstellen.

„Oder Elisa bei einem neuen Thriller", fügte ich hinzu.

„Genau!"

Ich richtete mich auf, lehnte mich an den Kopf meines Betts und zog die Beine an, bevor ich antwortete. „Wie war's Wandern?"

„Gut, wir waren bei dieser einen Burgruine, wo wir mal in der 5. Klasse hingelaufen sind."

„Da, wo Tristan in die Brennnesseln gefallen ist?" Nach seiner blöden Aktion bei Ians Party tat mir meine Schadenfreude nicht mehr so leid.

„Ja. Da ist er doch von so einer Mauer aus reingesprungen, weil er zeigen wollte, wie weit er springen kann, oder?"

„Oh ja stimmt! Hatte ich voll vergessen!"

„Der war schon immer komisch." Da konnte ich nur zustimmen.

„Mit wem warst du eigentlich wandern?", fragte ich jetzt. Anya und Denise konnte ich mir dabei noch weniger vorstellen als meine Freundin. Für einen kurzen Moment veränderte sich nichts auf meinem Bildschirm, dann änderte sich das „online" unter ihrem Namen doch noch in „schreibt …".

„Mit ein paar Leuten. Anya, Denise und so." So viel zu meiner Menschenkenntnis.

„Die Jungs hatten uns gefragt, ob wir auf ihre Tour mitwollen", folgte eine weitere Nachricht. Aha. Ich konnte mir gut vorstellen, was für eine Tour das gewesen war. Vermutlich mit etwas anderem im Rucksack als Wasser oder Saft. Das erklärte auch, warum Sam und ihre neuen Freundinnen mitgegangen waren.

„Wer war denn noch so mit?", fragte ich, obwohl eine kleine Stimme mich warnte, es nicht zu tun. Weshalb wollte ich das eigentlich wissen? Wieder dauerte es einige Momente, bis die Antwort auf meinem Handy erschien.

„Dori, Ian, Mika und Finn" Ich spürte einen Kloß in meinem Hals und versuchte ihn hinunterzuschlucken. Warum hatten sie ausgerechnet Sam, Anya und Denise gefragt, ob sie mitgehen wollten? Ja, okay, mit Sam waren sie gut befreundet, aber warum die anderen beiden? Carina, Elisa und ich kannten sie doch viel besser. Oder hatte ich etwas verpasst?

„Cool", tippte ich zurück und spielte mit dem Rand meiner Handyhülle.

„Ja, war witzig. War schon spontan, dass wir uns getroffen haben", meinte sie jetzt, als ob sie meine Gedanken lesen könnte. „Das nächste Mal kannst du ja auch mitkommen."

„Ja", tippte ich kurz zurück. „Ist ja auch nicht schlimm. Ich war bei Elisa."

Wir hatten viel Spaß gehabt. Es war toll gewesen! Ich musste nicht mit zu einer Wanderung, wenn ich Zeit mit einer meinen besten Freundinnen verbringen konnte. Ich würde in Zukunft noch oft genug Zeit mit ihnen verbringen, auch mit Mika. Ich hatte nichts verpasst.

„Genau" schrieb Sam. Dann blieb es ruhig zwischen uns. Ich blickte auf das Display. Dachte an Themen über die wir schreiben könnten. Doch plötzlich änderte sich wieder ihr Status und eine weitere Nachricht erschien.

„Kim, ich muss dich mal was fragen. Also so ganz theoretisch."

Mehr nicht. Ich rutschte hin und her und streckte schließlich meine Beine wieder aus. Ich wartete, dann schrieb ich zurück: „Ja, was?"

„Wärst du sauer auf mich, also jetzt nur mal angenommen, es wäre halt passiert, aber nur theoretisch, wenn ich Mika geküsst hätte?"

Ich starrte auf ihre Nachricht. Ein unbehagliches Gefühl machte sich langsam in mir breit. Es begann in meinem Bauch, knapp über dem Bauchnabel und bahnte sich allmählich seinen Weg über meine Brust über meine Kehle in meinen Kopf. Eine kalte Vorahnung, die nach und nach ihre langen Finger um meinen Hals legte.

So etwas fragte man nicht. Nicht mal theoretisch. Auf so etwas kam man nicht. Darüber dachte man nicht nach. Nicht einfach so. Ob ich sauer wäre?

Unwillkürlich schüttelte ich über mich selbst den Kopf. *Hör auf dir darüber Gedanken zu machen!* Zu dieser Situation würde es nie kommen. Ich war in Mika verliebt.

Und Sam wusste das. Sie war meine beste Freundin. Schon seit der ersten Klasse. Sie sagte manchmal komische Sachen und stellte seltsame hypothetische Fragen, so wie jetzt. Aber sie war meine Freundin. Sie würde mir niemals weh tun. Alles was sie tat, war, um mir zu helfen.

„Ich denke nicht", schrieb ich zurück. Zwei blaue Haken erschienen.

„Okay." Und dann: „Ich muss dir jetzt was sagen, aber du musst mir versprechen, dass du die Nachrichten direkt löschst, wenn du sie gelesen hast. Das werde ich dann auch machen. Okay?"

Das gefiel mir nicht. Irgendetwas passierte hier. Irgendetwas schlechtes.

„Wieso?"

„Bitte Kim. Du bist meine beste Freundin. Wir haben schon so viel zusammen erlebt und schon so viel für einander getan. Versprich es mir, sonst kann ich es dir nicht sagen."

„Okay." Ich wartete. Eine Minute verging. Die Ziffern am Rand meines Bildschirms klappten um. Eine weitere Bewegung. „schreibt …" Eine weitere Minute verging.

„online" Ohne dass eine Nachricht auftauchte. „schreibt …" Ich atmete tief ein und aus. Es war nur eine Frage gewesen.

Plötzlich kam die Antwort.

„Mika und ich haben uns geküsst. Er ist nach dem Wandern noch mit mir nach Hause gelaufen, weil es schon dunkel war und irgendwie sind wir halt darauf gekommen, wer aus unserer Stufe einen Freund hat und viel Erfahrung in Küssen und dann hat er gesagt, dass er eher weniger hat und irgendwie haben wir uns dann halt kurz geküsst."

Ich starrte auf mein Handy. Auf die Worte, die mir über acht Zeilen hinweg entgegen leuchteten, die mir Fakten entgegen schrien, die ich nicht hören wollte und die meinen eigenen Herzschlag zu einem immer lauteren Dröhnen anschwellen ließen, was mich für alles andere taub machte. Sie hatten sich geküsst. Mika und Sam hatten sich geküsst.

Mika.

Sam.

„Kim."

„Bitte sag was."

„Bitte sei nicht sauer auf mich."

„Ich bin nicht sauer", schrieb ich, ohne zu wissen, was ich wirklich war. Was ich wirklich fühlte.

„Kim, es tut mir wirklich leid. Es ist halt so passiert. Bitte sei nicht sauer auf mich."

„Bin ich nicht" Ich bin gar nichts.

„Kim, bitte hör mir zu. Das mit Mika ist irgendwie alles so kompliziert. Es war nur ein Kuss. Und ich will jetzt nicht, dass das was zwischen uns beiden ändert. Du bist doch meine Freundin."

Nur ein Kuss. Was ich alles für nur einen Kuss von Mika getan hätte.

„Ist okay."

„Das hoffe ich, wirklich. Ich will nicht, dass das was ändert."

„Ich auch nicht." Meine Finger flogen wie von selbst über die Tastatur. „Ich muss jetzt schlafen. Bin echt müde. Gute Nacht."

„Gute Nacht", schrieb sie zurück, dazu ein rotes Herz. Dann verschwanden nach und nach die Nachrichten aus dem Chatverlauf und verwandelten sich in die gleiche: *„Diese Nachricht wurde gelöscht"*. Ich starrte darauf bis der Bildschirm sich verdunkelte. Mein Finger huschte darüber und schloss blitzschnell alle Tabs, bevor er das Handy ausschaltete und damit die letzte Lichtquelle des Zimmers löschte.

Sie hatten sich geküsst.

Heiße Tränen rollten mir über das Gesicht. Ich konnte sie nicht aufhalten und ich wollte es auch gar nicht. Ein tiefes Schluchzen kam aus meiner Kehle. Ich erstickte es in meinem Kissen. Mein Körper zuckte.

Es tat weh. Es tat wirklich körperlich weh. Mein Herz bekam tausend kleine Schnitte zugefügt, jeder einzelne schmerzte in meiner Brust und ließ sie sich ein kleines Stück weiter zusammenziehen.

Warum hatte sie das getan? Warum hatten sie mir das angetan?

Aus dem Flur drang ein Geräusch an mein Ohr. Sofort hielt ich die Luft an. Die Tränen liefen weiter. Meine Eltern durften mich nicht hören. Niemand durfte mich so sehen.

Ich hielt so lang die Luft an bis meine Lunge mich anschrie und einen zischenden Atemzug nehmen ließ.

Das Geräusch war verschwunden. Vielleicht hatte ich es mir auch nur eingebildet. Der Schmerz jedoch hatte nicht nachgelassen. Im Gegenteil. Mein Kissen wurde ganz nass an der Stelle, an der die Tränen es trafen. Mein Schluchzen schüttelte mich so heftig, dass ich kaum Luft bekam. Ich konnte mich nicht erinnern, schon einmal so geweint zu haben.

Ich wusste nicht, wie lang ich so da lag. Irgendwann kamen keine Tränen mehr. Ich fühlte mich leer und ausgelaugt. Mein Körper fuhr herunter und zwang mich in einen erlösenden Schlaf.

Ich will atmen, aber bekomme keine Luft
Ich will weinen, aber habe keine Tränen
Ich will schreien, aber habe keine Stimme
Ich will rennen, aber habe keine Kraft
Ich will schreiben, aber habe keine Worte
Ich will leben, aber habe keinen Sinn

Die nächsten Tage verbrachte ich wie in Trance. Die meiste Zeit war ich in meinem Zimmer und lag auf dem Bett oder saß an meinem Schreibtisch, starrte vor mich hin. Dachte nach. Manchmal sah ich fern.

Sah den Schauspielern dabei zu, wie sie in fremde Rollen schlüpften, wie sie vorgaben jemand zu sein, der meistens nicht einmal wirklich existierte.

Dann kam Silvester. Ein altes Jahr ging zu Ende und ein neues begann. Eines, von dem ich mir so viel erhofft hatte, nachdem ich von dem letzten so sehr enttäuscht wurde. Doch als ich um Mitternacht den Raketen zusah, wie sie in den dunklen Himmel flogen und die Menschen rufen und lachen hörte, erschien mir das alles nur wie eine Illusion.

Wie Sam und Mika Silvester verbrachten, wusste ich nicht. Auf jeden Fall waren sie nicht wie die meisten aus unserem Freundeskreis bei Ian in der Scheune. Doch in diesen Tagen dominierten sie beide meine Gedankengänge. Ich wandte alle Gedanken so oft hin und her, dass ich meinte, sie irgendwann wie einen nicht enden wollendes Echo in meinem Kopf zu hören. Und vor allem eine kleine Frage schlich sich immer wieder wie ein Blutegel in mein Bewusstsein und saugte sich daran fest: Waren Sam und Mika ein Paar? Ich wollte nicht daran denken, doch ich konnte es auch nicht verhindern. Und eines Abends als ich mal wieder nicht schlafen konnte, ertappte ich mich dabei, Beweise zu suchen. Irgendwelche Tipps oder Hinweise, die mir zeigen würden, was Wirklichkeit und was meiner Fantasie entsprungen war. Angefangen in den Sozialen Netzwerken.

Mika war niemand, der online viel über sich preisgab. Etwas, dass mich bisher regelmäßig auf die Folter gespannt hatte, weil somit keine zusätzliche Verbindung zwischen uns entstand, außer wir schrieben einander direkt oder sahen uns persönlich.

Doch ich konnte nichts finden, was eine Verbindung zwischen den beiden aufzeigte. Weder bei ihm, noch bei Sam, obwohl sie über fast alles postete. Es gab keine Veränderung des Status, keine gemeinsamen Fotos oder Posts von Orten, an denen sie sich gleichzeitig aufhielten. Und auf eine perfide Weise, beruhigte mich das.

Dann war es soweit: der erste Schultag nach den Ferien. Die Nacht davor hatte ich wieder schlecht geschlafen und war morgens dementsprechend übermüdet. In der Schule lief ich direkt zum Saal. Doppelstunde Religion. Der einzige Kurs, den ich weder mit Sam noch mit Mika teilte. Sondern nur mit Elisa. Und auch heute war sie wieder ihr verträumtes, süßes, bestes Selbst, das jeden anlächelte und sich von allem begeistern ließ.

„Kommst du am Wochenende mit zu Carinas Fußballspiel?", fragte sie, als wir später auf dem Weg zur Pausenhalle waren.

Ich zuckte mit den Schultern. „Weiß ich noch nicht. Muss ich gucken."

„Sie freut sich bestimmt, wenn wir kommen. Wir haben morgens noch ein Kurstreffen mit Kunst, aber ich komme dann nach. Wenn du willst, können wir dich im Auto mitnehmen, dann müsstest du nicht mit Carina schon früher los fahren", bot sie an.

„Vielleicht. Wie gesagt, ich muss mal gucken, ob ich Zeit habe."

„Ja, stress dich nicht, es sind ja noch ein paar Tage hin. — Oh nein." Sie blieb wie angewurzelt stehen und drehte sich um.

„Was ist?"

„Ich hab meinen Regenschirm im Saal liegen lassen."

„Oh." So erschrocken wie sie reagiert hatte, dachte ich im ersten Moment, sie hätte plötzlich ihre Tage bekommen. „Soll ich mit dir gehen, um ihn zu holen?"

Sie winkte ab. „Ach was. Geh du schon mal vor, ich komme gleich nach. Vielleicht kannst du uns für die Freistunde gleich noch einen Tisch freihalten?"

„Ja, ich schau mal." Es war mir recht, dass ich nicht nochmal zurücklaufen musste, auch wenn ich es Elisa angeboten hatte. Ich fühlte mich heute noch fertiger als sonst und das graue Wetter machte es nicht gerade besser.

Ein Fluss aus Schülern bahnte sich den Weg zur Pausenhalle. Da jetzt noch einen freien Platz für uns zu bekommen, könnte schwierig werden. Vielleicht war neben der Sporthalle noch nicht alles besetzt. Oder wir mussten in den Oberstufenraum.

Ich umrundete eine Gruppe von 5. Klässlern, die sich direkt in den Weg gestellt hatten und ihr Pausenbrot aßen. Plötzlich blieb mir die Luft weg. Kaum zehn Meter vor mir unterhielten sich Mika, Dori und Ian, daneben standen Anya, Denise und Sam. Auf den ersten Blick ein ganz normales Bild. Mitschüler und Freunde, die die Pause zusammen verbrachten. Aber es gab ein Detail in diesem Bild, dass mir den Hals zuschnürte. Sam hielt Mikas Hand. Ihre schlanken, mit olivfarbenen

Nagellack manikürten Finger in seinen verschränkt. Einfach so. Mitten in der Pausenhalle, wo es jeder sehen konnte. Wo jeder sehen konnte, was für mich einen Alptraum wahr machte, von dem ich bis dahin nicht einmal gewusst hatte, dass er existierte.

Nein.

Nein, nein, nein, nein, nein.

Das durfte nicht wahr sein. Was war hier nur passiert?

Wie eine Salzsäule stand ich da und starrte geradeaus. Da standen die beiden nebeneinander in der Pausenhalle. Mika legte einen Arm um ihre Schulter und zog sie leicht an sich.

Er nahm ein Messer, ging auf mich zu und stieß es mir in die Brust.

Sam legte ihren Kopf auf seine Schulter und schlang einen Arm um seine Taille.

Sie nahm es ihm ab und stieß erneut zu. Ich konnte spüren, wie die scharfe Klinge zuerst durch die Haut drang, dann durch das Fett und die Muskeln, zwischen den Rippen hindurch und schließlich ... ins Herz. Der Schmerz fühlte sich so echt an.

Doch die beiden standen einfach weiter Arm in Arm da und lächelten Dori an, der etwas erzählte. Ich wollte mich losreißen, den Blick abwenden, aber es ging nicht. Bis Sams Augen sich auf einmal auf mich richteten. Für einen kurzen Moment schien ihr Lächeln zu verschwinden, dann änderte ihr Gesichtsausdruck sich wieder und sie sah auf ihre Gesprächspartner.

Ich wandte mich um und stieß mit der Schulter gegen Carina, sodass mein geschulterter Rucksack zu Boden fiel.

„Oh, sorry", brachte ich hervor.

„Hi, alles klar?", fragte sie und sah mich prüfend an.

„Was? Ich ... Ja. Muss kurz auf's Klo", stammelte ich. Ich wollte an Carina vorbei, die mir unbeabsichtigt den Weg versperrte. Die Zeit, die ich brauchte, um meinen Rucksack einzusammeln und mich an ihr vorbeizudrängen, reichte aus, dass sie ihren Blick über den Raum wandern lassen konnte und die Lage erkannte. Ihre aufgerissenen Augen, die eine Mischung aus Entsetzen und Mitleid widerspiegelten, waren das Letzte, was ich sah, bevor ich zur Toilette sprintete.

10.

„Kim?", hallte Carinas Stimme durch den Raum über die Gespräche der anderen Mädchen hinweg. Ich biss mir so fest auf die Zunge, wie ich konnte. Neben mir in der Kabine ging eine Klospülung.

„Kim?"

Ich blieb weiterhin still, saß mit angezogenen Knien auf dem zugeklappten Klodeckel und hielt die Beine mit den Armen umschlungen.

Durchdringend ertönte über uns der Schulgong. Die Pause neigte sich dem Ende. In 5 Minuten würde der zweite Gong ertönen und dann begann die nächste Stunde. Draußen öffnete und schloss sich die Tür. Es wurde ruhiger. Als die letzten Stimmen den Raum verlassen hatten, wagte ich es, leise aufzuatmen. Plötzlich klopfte es an meine Kabine.

„Kim, ich weiß, dass du da bist."

Dann wusste sie auch, dass ich sie nicht da haben wollte. Ich wollte niemanden da haben. Ich wollte selbst nicht da sein.

Ich konnte Carina leise seufzen hören. Aber ich würde meine Freundin schlecht kennen, wenn ich durch die eintretende Stille glaubte, sie hätte aufgegeben.

„Kim, ich habe sie auch gesehen. Ich weiß, was los ist." *Gar nichts weißt du.* „Glaub mir, wenn ich gewusst hätte, dass … Ich hätte niemals gedacht, dass so etwas passiert."

Ich auch nicht. Ein bitteres Auflachen kam aus meinem Mund. Es hörte sich mehr an wie ein Keuchen als ein Lachen. Es hallte von den gekachelten Wänden und ließ mich erschaudern.

„Bitte, komm raus. Du musst auch nichts sagen. Aber bitte komm da raus. Du weißt, dass ich dich so hier nicht lassen werde."

Das wusste ich tatsächlich. Aber was sollte das bringen? Ich ertappte mich dabei, wie ich meine Optionen abwägte. Irgendwann musste ich rauskommen. Spätestens wenn meine Freistunde vorbei war und ich in den Unterricht musste. Mein Magen zog sich schmerzhaft zusammen. Ich wollte die Kabine nicht verlassen. Aber hierbleiben wollte ich auch nicht. Wenn ich so darüber nachdachte, fiel mir kein Ort ein, an dem ich jetzt gern wäre. Am nächsten kam noch mein Bett. Der Gedanke daran, mich unter meiner Decke zusammenzurollen und zu schlafen, einfach die Welt um mich herum auszuschalten, ließ den Schmerz für einen kurzen Moment etwas kleiner werden. Aber ich konnte mich leider nicht wegbeamen. Für so etwas sollte mehr Forschung betrieben werden, schoß es mir durch den Kopf.

Mit einem Klicken, das mir unglaublich laut vorkam, öffnete sich die Kabinentür. Carina stand direkt vor mir und sah mich an. Ihre Augen spiegelten pures Mitleid wider. Sie schlang ihre Arme um mich und zog mich an sich. Ich roch das Pfirsichshampoo ihrer frisch gewaschenen Haare, das sie quasi schon immer benutzte und das sich mit ihrem Eigengeruch vermischte. Der Stoff ihrer Bluse raschelte leise unter unseren Atemzügen. Für einen Moment war ich kurz davor die Umarmung zu erwidern und mich ihr hinzugeben. Doch dann sah ich mein Gesicht im Spiegel über den Waschbecken. Die glasigen Augen, die angespannten Züge des Kiefers.

Eine Maske, die anfing zu bröckeln.

Wenn sie das tat, wäre es für alles zu spät gewesen. Niemand konnte den Sturm verstehen, der in mir tobte. Wenn sie ihn sahen, würden sie ihn ablehnen.

Niemand sammelt gern Scherben auf, aus Angst, man könnte sich daran schneiden.

Ich schob Carina von mir weg und wischte mir mit dem Handrücken über die Augen, bevor die Tränen sich doch noch selbstständig machten.

„Ist schon gut", sagte ich.

„Nein, Kim, es ist nicht gut. Das, was die beiden mit dir gemacht haben, ist absolut nicht in Ordnung. Vor allem von Sam. So etwas macht eine echte Freundin nicht. Sie hat ganz genau gewusst, was du für Mika empfindest und dann zieht sie so etwas ab! Und erstmal noch schön hinter deinem Rücken, sodass ... "

„Sie hat es mir vorher gesagt", unterbrach ich sie. Ich konnte ihr nicht weiter zuhören. All das, sagten schon die Gedanken in meinem Kopf. Ich wollte es nicht auch noch als Audio hören. Ich wollte gar nichts dazu hören.

„Was meinst du damit?", fragte sie langsam, Unglauben in ihren Augen.

„Sie hat mir erzählt, dass sie sich geküsst haben. Vor ein paar Wochen."

Ich konnte beobachten, wie Carina die Information verarbeitete. Ihre Gesichtszüge wechselten von Unglauben über Erschrockenheit zu Wut.

„Aber das … ist ja noch schlimmer." Sie sah mich fest an. „Kim, so etwas kann sie nicht machen."

Doch. Sie hatte es gerade getan.

„Was denkt sie sich dabei eigentlich? Hat sie denn jetzt auch noch ihren letzten Rest Menschlichkeit verloren?" Carina stieß ein Schnauben aus. „Ich werde mit ihr reden. Und du solltest das auch tun. Das ist echt nicht in Ordnung! Und anscheinend braucht es jemand, der sie daran erinnert."

„Was soll ich ihr denn sagen? Das ändert doch jetzt eh nichts mehr."

Ihr Blick war wieder voller Mitleid. „Nein, da hast du vielleicht recht, aber du musst ihr zeigen, dass du es dir nicht bieten lassen musst. Ihre ganzen Schikanierungen, ihre kleinen gemeinen Äußerungen über dein Aussehen oder Verhalten und jetzt das. Ist dir denn überhaupt nicht aufgefallen, wie sie dich in den letzten Monaten behandelt hat? Wie sie sich verändert hat?"

Ich schüttelte den Kopf. „Wir haben uns alle verändert", fuhr ich sie an und hörte die Bitterkeit in meinen Worten nachhallen. Sofort besann ich mich wieder und ließ meine Stimme leiser werden. Die Maske auflassen, das war meine Mission.

Wieso konnte sie nicht einfach verstehen, dass ich nichts mehr hören wollte? Dass ich nicht bereit war, mir über irgendetwas Gedanken zu machen?

„Ich will da jetzt nicht drüber reden", sagte ich schlicht.

Carina machte einen kleinen Schritt auf mich zu und hob leicht die Arme für eine weitere Umarmung. Ich wich zurück und sah sie abweisend an. Für einen Moment schien sie meine Zeichen zu übergehen, dann jedoch ging ein Ruck durch ihren Körper, als hätte irgendetwas auf einmal ihr Vorhaben geändert, und sie zog sich seufzend zurück.

„Erzähl mir lieber, was heute historisches passiert ist", sagte ich. Ein schwacher Versuch, das Thema zu wechseln und damit auch meine Gedanken auszutauschen, obwohl mir längst klar war, dass letzteres wohl niemals möglich wäre.

Wie erwartet, warf Carina mir einen letzten ungläubigen Blick zu.

„Aber du weißt, dass ich immer da bin, wenn du reden willst."

Da ist nichts, worüber man reden könnte, dachte ich bitter, biss mir aber auf die Zunge und nickte stattdessen nur.

„Und? Was war heute?"

Sie strich sich eine Haarsträhne hinter das Ohr. „1762 am 5. Januar wurde Constanze Weber geboren, die später heiratete und dann zu Constanze Mozart wurde."

„Also hat sie den Musiker Wolfgang Amadeus Mozart geheiratet?", fragte ich nach und öffnete die Tür zum Flur.

„Genau. Und 1876 wurde Konrad Adenauer geboren, der erste deutsche Bundeskanzler."

„Wow, heute ist wohl ein Tag voller Geburtstage. Hast du eigentlich Deutsch schon gemacht?"

Ich drehte mich hin und her und folgte meinem Bewegungen im Spiegel. Ich stand jeden Tag davor und trotzdem hatte ich mich schon lang nicht mehr so genau betrachtet. Immer wenn ich es auch nur im Ansatz tat, fielen mir mehr und mehr Makel an mir auf. Und gerade jetzt gefiel mir gar nicht, was ich sah. Sicher, ich war nicht hässlich, aber als ausgefallen hübsch konnte man mich auch nicht bezeichnen. Ich war weder besonders groß, noch besonders klein. Nicht dünn oder dick. Und hatte kaum Kurven. Meine Haare waren nicht sehr lang und nicht sehr kurz. Ich war weder das eine, noch das andere. Ich war Durchschnitt.

Wahrscheinlich einer der Gründe, warum Mika sich in Sam verliebt hatte und nicht in mich.

Ihre Augen hatten die Farbe von türkisfarbenem Meer, meine erinnerten mit ihrem grau-blau im Vergleich eher an Spülwasser in einer blauen Küche. Dazu leuchteten ihre Haare in einem satten Dunkelblond, das im richtigen Licht von leuchtend hellen, naturbedingten Strähnen durchzogen war. Meins hingegen war ein

„holzbraun" (Zitat von Sam) und zwar nicht von der schicken Mahagonisorte, sondern eher wie ein ausgeblichenes, altes Holzmöbelstück.

Wer wollte schon mit einer mittelmäßigen, depressiven Langweilerin zusammen sein, wenn man stattdessen die spaßige, hübsche und schlaue Sam haben konnte?

Vielleicht sollte es auch nicht so sein. Vielleicht sollte sich niemand in mich verlieben. Vielleicht sollte ich nicht glücklich sein.

Mit einem leisen Seufzer verstaute ich mein Notizbuch wieder im Nachtschränkchen und ging in die Küche. Meinen letzten geschriebenen Satz immer noch vor Augen.

Der Unterschied zwischen einem Herz und einer Vase ist, dass man das Herz nicht hört, wenn es zerbricht.

Warum war mein Leben so? Wie hatte ich nur so blind sein können, um nicht zu erkenne, was sich zwischen Mika und Sam entwickelte? War ich geblendet worden von Mikas Nettigkeit, die ich offensichtlich mit Liebe verwechselt hatte? Wie konnte ich die beiden jemals wieder normal ansehen, ohne zusammenzubrechen, geschweige denn, mit ihnen reden? Würde das alles irgendwann einen Sinn ergeben und der endlos erscheinende Schmerz nachlassen?

Ich starrte in den Topf auf dem Herd, als würde ich im Nudelwasser die Antwort auf meine Fragen finden. Doch tief in mir meinte ich immer sicherer zu wissen, dass niemand sie mir geben konnte. Weil es sie nicht gab.

Ich war nicht mal wirklich hungrig. Warum kochte ich überhaupt etwas? Lustlos stocherte ich auf meinem Teller herum. Schade, dass Nepomuk nicht da war. Er würde sich über die Nudeln mit Käse freuen.

Mit der einen Hand nahm ich das Geschirr aus der Abtropfhalterung, mit der anderen trocknete ich es ab. Eine Pfanne, zwei Weingläser, ein Küchenmesser. Ich wischte mit dem Geschirrhandtuch über die scharfe Klinge. Doch anstatt es direkt in die Schublade zu legen, behielt ich es in der Hand. Beobachtete, wie das Metall das Licht der Deckenlampe reflektierte. Meine Ärmel waren hochgekrempelt, die Handgelenke frei. Blass und glatt zog sich die Haut darüber, ließ die blauen Adern hindurchschimmern. Wie einfach es doch wäre, mit der Klinge darüber zu fahren und der roten Flüssigkeit dabei zuzusehen, wie sie aus der

Wunde floss. Wie sehr würde es weh tun? Wie lang würde es dauern bis der letzte Tropfen Blut herausgelaufen war?

Das schrille Klingeln unserer Haustür riss mich aus den Gedanken. Missmutig legte ich das Geschirrhandtuch beiseite. Bestimmt der Postbote, der wieder etwas für die Firma lieferte.

„Ja, hallöchen, Kimilein!", flötete es übertreiben laut, als ich die Tür öffnete.

„Oh, hallo Ingrid", gab ich weniger enthusiastisch zurück.

„Ist denn deine Mutti schon zu Hause?", trällerte sie und lachte über ihre eigene Wortwahl. Irgendwie erinnerte mich ihr Lachen immer an den Truthahn, der für kurze Zeit im Tierheim gelebt hatte und den Manu und ich extrem gruselig fanden. Wie hatten wir ihn nochmal genannt?

„Ähm, nein, sie ist noch arbeiten. Wahrscheinlich kommt sie heute Abend erst wieder." Meine Aussage und das langsame Schließen der Tür ignorierend trat Ingrid ins Haus. Auch das noch.

„Ach was. Ich habe ihr vorhin geschrieben, dass ich in der Nähe bin und vorbeikommen werde und sie meinte, sie sei in der Mittagspause hier. Da bin ich wohl einfach ein bisschen früh. Na ja, ich kann ja auf sie warten und dir Gesellschaft leisten."

Bitte nicht.

„Eigentlich bin ich gerade am essen", versuchte ich es weiter und folgte ihr.

„Ach, das macht nichts. Ich war vorhin mit einer Freundin vom Golfklub brunchen. Aber ein Kaffee wäre toll."

„Klar", gab ich auf und fügte kaum hörbar hinzu: „Für ungeladene Gäste doch immer gern."

Ich ging in die Küche und schaltete die Kaffeemaschine an. Vielleicht sollte ich mir auch einen machen. Damit ich Ingrid besser aushielt. Und nach dem Mittagessen musste ich auch nochmal in die Schule. Deutsch. Doppelstunde.

Hoffentlich würde Mama bald nach Hause kommen, sonst musste ich mich bis dahin mit Ingrid unterhalten. Bei dem Gedanken daran, drückte ich gleich auf den Knopf für eine doppelte Tasse. Ansonsten hielt ich das nicht aus.

Sie waren alte Schulfreundinnen und obwohl ich das selbst noch nie zu spüren bekommen hatte, betonte Mama immer, was für eine nette Frau Ingrid doch sei und wie viel die beiden früher zusammen erlebt hatten. Wie die beiden Spaß gehabt haben sollen, war mir immer noch ein Rätsel.

Ohne ein Wort stellte ich die Tasse auf dem Tisch ab und setzte mich wieder auf meinen Platz. Na toll, jetzt waren meine Nudeln auch noch kalt. Ich sah Ingrid aus dem Augenwinkel zu, wie sie unsere Familienfotos an der Wand begutachtet, während ich meinen Teller in die Küche stellte.

„In welcher Klasse bist du nochmal, Kimilein?"

„In der 11. und ich habe heute auch noch Nachmittagsunterricht, deshalb muss ich leider bald los."

„Weißt du denn schon, was du nach deinem Abitur machen willst?", fragte sie ungerührt weiter und ließ sich auf dem Stuhl vor ihrem Kaffee nieder. Ihre wurstigen Finger, die mit mehreren protzigen Ringen bestückt waren, umschlossen die Tasse und führte sie zum Mund. Ihre Hände waren erstaunlich klein für so eine große und kräftige Person wie sie es war. „Trinkt ihr euren Kaffee immer schwarz? Ich meinte, dass Bini ihren auch immer mit Milch und Süßstoff mochte."

Soll ich vielleicht noch schnell zum Bäcker laufen und frischen Kuchen kaufen, oder wie?, dachte ich genervt und holte ihr den Süßstoff und eine Packung Milch.

„Nein, noch nicht", beantwortete ich ihre erste Frage.

„Hast du denn noch gar keine Idee? Du könntest doch zum Beispiel die Firma deiner Eltern übernehmen. Nicht, dass sie bald in Rente gehen werden. Hagabahagabada", lachte sie wieder über sich selbst.

Gurgi. So hatten wir den Truthahn immer genannt. Sehr kreativ, ich weiß.

Ich zuckte mit den Schultern und spielte mit dem Henkel meiner Tasse. „Ich habe ja noch etwas Zeit."

„Ja, das stimmt, aber du kannst mir glauben, die Zeit geht schneller vorbei, als du denkst, und dann sollte man nicht unvorbereitet sein. Das ist das Schlimmste, was du sein kannst im Leben: unsicher und unvorbereitet. Sieh mich an, ich habe schon immer gewusst, was ich wollte. Und heute bin ich glücklich verheiratet mit einem der erfolgreichsten Männer der ganzen Region."

So glücklich, dass er ständig unterwegs war und die beiden quasi getrennt lebten.

„Dir steht doch noch die ganze Welt offen. Mit 16 hat man doch noch Träume!"

Wieso konnte diese Frau es nicht einfach dabei belassen? Ich schüttelte den Kopf. „Ich weiß es einfach noch nicht."

Ingrid schüttelte ihren dunklen Bob und lehnte sich mit einem süffisanten Lächeln in meine Richtung. „Wie sieht es denn bei dir aus mit den Jungs?"

Beinahe hätte ich aufgelacht. Dabei war die Situation nicht einmal witzig. Ja, wie sah es denn aus? Gut? Schlecht? Schwarz? Oder doch eher blutig und schmerzhaft?

Wieder zuckte ich mit den Schultern. Das war immer eine gute Antwort. So vielseitig einsetzbar.

„Ach komm, mir kannst du es doch sagen. Es gibt doch bestimmt jemanden, denn du anhimmelst! Das war bei uns auch immer so. Obwohl ich glaube, dass dein Vater deine Mutter noch mehr umschwärmte als sie ihn." Diesmal schienen bei ihrem Lachen die Wände zu erzittern, so durchdringend und laut war es.

Meine Eltern. Augenblicklich musste ich an den Streit denken, den sie gestern Abend gehabt hatten. Ich wusste nicht, womit es angefangen hatte, aber irgendwann war auch mein Name gefallen. Anstatt herauszufinden, worum genau es ging, hatte ich mich mit Nepomuk unter meine Bettdecke gekuschelt und ihm sein strubbeliges Fell gekrault. In Momenten wie diesem wünschte ich wirklich, dass unser Haus nicht so offen gestaltet wäre, sondern mehr Türen hätte. Meine allein schaffte es einfach nicht, ihr Gekeife zu verschlucken. Sie hatten wohl mal füreinander geschwärmt, sonst hätten sie nicht geheiratet, eine Firma zusammen gegründet und mich bekommen. Aber diese Gefühle schienen in der Vergangenheit zu liegen.

Ich atmete ruhig durch die Nase ein. Die Maske hatte ich immer noch an, sie begleitete mich fast die ganze Zeit, nur wenn ich nachts allein im Bett lag, legte ich sie beiseite. Ich wurde immer besser darin, sie aufzusetzen und den Menschen um mich herum vorzuspielen, alles sei gut. Sogar bei denen, von denen ich meinte, sie würden mich gut kennen.

Ich schüttelte den Kopf. „Nein, da ist im Moment niemand", log ich einwandfrei und setzte mit einem Blick auf die Uhr hinzu: „Und ich muss jetzt auch los, sonst komme ich zu spät zum Unterricht."

Ingrid setzte gerade zu einer Erwiderung an, als das Klicken der sich öffnenden Haustür zu hören war.

„Hallo?", drang Mamas Stimme durch den Flur. Meine Chance zur Flucht.

„Hallo Bini!", begrüßte Ingrid sie überschwänglich, während ich meinen Rucksack schnappte und mir die Schuhe anzog.

„Ich geh dann mal los", warf ich den beiden im Vorbeigehen zu. „Bis nachher!"

Mit einem Seufzer ließ ich das Haus hinter mir und folgte der Straße in Richtung Schule. Warum mussten immer alle einen daran erinnern, wie unangenehm das eigene Leben war? Was konnte ich denn dafür? Glaubten sie etwa, ich hätte mir das alles nicht anders vorgestellt?

Ich zog mein Handy aus der Tasche. Durch meinen schnellen Aufbruch würde ich zu früh sein. Egal, dann lief ich halt einen Umweg. Hauptsache, ich musste so wenig wie möglich reden und konnte solang wie möglich einfach für mich sein. Obwohl die Gesellschaft, die ich im Moment am wenigsten aushielt, meine eigene war.

11.

„So, dann freue ich mich, dass ihr es alle hier her geschafft habt", begann Herr Senn motiviert wie immer seine Stunde. „Unser Plan für heute sieht wie folgt aus: Wir bilden 4er-Gruppen, in denen geht ihr dann bitte die Gedichte durch, die ihr als Hausaufgabe machen solltet. Vorher sprechen wir nochmal kurz über unser Thema und was alles zu beachten war. Ihr werdet in der nächsten Kursarbeit kein eigenes Gedicht passend zur Romantik schreiben, aber ich möchte, dass ihr ein Gefühl für diese Epoche bekommt und einfach mal ein bisschen schreiben übt. In den Gruppen könnt ihr dann eure Gedichte besprechen und herausarbeiten was gut und was vielleicht nicht so gut, beziehungsweise nicht so passend gelungen ist." Er schaute auf die vielen Meldungen vor ihm. „Nein, ihr dürft euch die Gruppen nicht selbst aussuchen, dass werde ich wie immer losen."

Einige Hände sanken nach unten, gefolgt von vereinzeltem Protest.

„Ihr sollt doch auch mal andere Sachen zu lesen bekommen und außerdem lernt man so noch mehr Leute kennen", verteidigte unser Deutschlehrer seine Methoden. „Zu euren Fragen: Leonardo?"

„Ich hab meine Hausaufgaben vergessen."

„Ich auch", kam es von drei weiteren Schülern. Herr Senn seufzte und zückte sein Notenbuch. „Na dann müssen wir euch auf verschiedene Gruppen aufteilen. - Also gut. Kann mir nochmal jemand die Merkmale der Romantik aufzählen?"

Der Unterricht ging wie gewohnt weiter, bis wir uns in unseren Gruppen zusammen finden sollten, die Herr Senn ausgelost und dann laut vorgelesen hatte.

Ich war bei Dori, Leonardo und Natascha. Bisher hatte ich immer versucht mit meinen Freundinnen zusammenzuarbeiten. Heute war ich zum ersten Mal froh, dass nicht zu tun.

„Hi!" Natascha lächelte mich freundlich an, als ich mich zu ihr an den Tisch setzte. Ich erwiderte das Lächeln, obwohl wir uns kaum kannten.

Immerhin war ich mittlerweile Profi darin, meine Maske aufzuhaben und die unbekümmerte, normale, höchstens ein bisschen stille Kim zu spielen, die ich früher einmal gewesen war. Die langweilige, prüde Kim, die dachte, jemand wie Mika könnte sie lieben und ihre Maske abnehmen. Stattdessen hatte sie sich verhärtet.

„Wollen wir die Texte einfach herumreichen und jeder liest sie für sich?", fragte Natascha.

„Können wir machen", meinte Leonardo schulterzuckend.

Dori und ich hatten auch nichts einzuwenden und wir begannen damit zu lesen. Doris Text war recht kurz und einfach gehalten. Ganz im Gegensatz zu Nataschas Gedicht, das von einem alten, überwuchertem Haus in einem Nadelwald handelte. Es gefiel mir. Ich wollte mehr darüber wissen, wie sie es geschrieben hatte, traute mich aber nicht zu fragen. Wir kannten uns ja kaum und was, wenn sie sich gar nichts dabei gedacht hatte, sondern einfach einen Text aus dem Internet genommen hat? Und ich wollte nicht, dass sie den Eindruck bekam, ich wäre ein Streber.

„Boah, Dori, hast du verstanden, warum wir in Sport jetzt Badminton spielen müssen anstatt Rugby?", fragte Leonardo.

„Ne, also wenn du mich fragst, ist das totaler Bullshit. Wir hätten nochmal abstimmen sollen."

„Du kannst wirklich sehr gut schreiben", wandte Natascha sich plötzlich an mich.

„Wie bitte?" Ich hatte ihr wohl nicht richtig zugehört.

„Dein Gedicht, es ist sehr schön. Die Idee mit dem Vogel finde ich echt gut."

„Ach so, äh danke … Aber so gut ist es gar nicht. Ich meine, ich habe kaum Stilmittel verwendet und deine Personifikation mit der Blume! Das ist viel besser!", wiegelte ich ab.

„Danke, das mit der Blume kam mir einfach so beim Schreiben! Obwohl ich mir an der ein oder anderen Stelle selbst nicht sicher bin, was ich damit ausdrücken will." Sie kicherte. „Hört sich irgendwie komisch an, ich weiß."

„Nein, gar nicht! Ich weiß genau, was du meinst! Manchmal ist man so im Schreibflow, dass einem die Sachen einfach einfallen."

„Ja genau! Aber Kim, du musst echt nicht so bescheiden sein. Dein Gedicht ist sehr gut. Es repräsentiert die Romantik und ist trotzdem was sehr eigenes."

„Ja, ich fand's auch gut", sagte plötzlich Leonardo. „Das würde in einer Arbeit bestimmt eine Eins geben."

Ich merkte, wie mir das Blut in die Wangen schoss. „Nee, in meiner letzten Arbeit hatte ich nur 7 Punkte."

Irgendwie war es mir immer noch peinlich das jemandem zu erzählen.

Dori schüttelte den Kopf. „Alter, ich bin mit 7 Punkten zufrieden. Aber dein Text ist viel besser!"

„Und deine Noten sagen gar nichts über dein Talent oder deine Intelligenz aus." Natascha schaute auf mein Blatt und dann wieder zu mir. „Warst du schon mal bei einem Poetry Slam?"

„Nein, leider noch nicht."

Ihre dunkelgrünen Augen leuchteten abenteuerlustig auf. „Was? Das würde dir bestimmt gefallen! Ein Freund von mir veranstaltet regelmäßig welche im Alten Theater. Wenn du willst, kann ich dich mal mitnehmen!"

„Wirklich?" Leise Begeisterung überkam mich. „Ich wollte schon immer mal zu einem Poetry Slam! - Aber, ich will dich und deine Freunde da nicht stören."

Natascha schüttelte den Kopf, wobei ihre langen, silbernen Ohrringe leise klimperten. „Ach was! Die freuen sich immer, wenn neue Leute kommen! Vor allem wenn sie sich auch fürs Schreiben interessieren."

Eine aufregende Wärme stieg in mir auf. Ich stellte mir vor, wie ich auf einer Bühne stand und meine Gedichte vortrug. Die Zuschauer waren dort, um mich zu sehen und die Emotionen aufzunehmen, die ich mit meinen Worte ausdrückte.

„Also dann ... Ich komme gern mal mit", sagte ich zögernd.

Meine Mitschülerin wollte gerade wieder etwas dagegen halten, wurde aber von Herr Senn unterbrochen: „Wie ich sehe, seid ihr jetzt alle durch mit lesen. Gibt es denn Gedichte, von denen ihr meint, man sollte sie mit dem restlichen Kurs teilen?"

Nataschas Hand schnellte in die Höhe.

„Kims Text", schlug sie vor, bevor ich es verhindern konnte.

Unser Lehrer wandte sich mir zu und mit ihm ungefähr 18 Augenpaare meiner Mitschüler.

„Nee, ich muss meinen Text nicht unbedingt vorlesen ...", sagte ich etwas leiser als beabsichtigt.

„Na, komm schon, Kim. Nur keine Scheu", meinte Herr Senn.

Ich seufzte und zog mein Blatt vor mich. Das unangenehme Kribbeln, dass mir jeder zuhörte, lag in meinem Nacken, als ich anfing zu lesen:

„Ich wünschte, ich wäre ein Vogel

Ich wünschte, ich wäre ein Vogel

Dann wäre ich so frei

Ich würde meine Flügel ausbreiten und abheben ..."

Meine Anspannung löste sich ein wenig und ich lass ohne zu stocken oder über meine eigenen Worte zu stolpern bis zu den letzten Zeilen:

„Doch ich bin nur ein kleines Mädchen mit gebrochenen Flügeln

In einem Käfig aus Verantwortung und Müssen

Kann nicht fliegen und bin gefangen

Ich wünschte, ich wäre ein Vogel."

Ich merkte, wie mir wieder die Röte ins Gesicht schoss, als die anderen anfingen zu klatschen.

„Sehr schön, Kim. Hier im Kurs gibt es wohl versteckte Talente", lächelte Herr Senn mir zu. „Also, was fällt euch bei diesem Gedicht auf?"

Ich schaute auf und mein Blick fiel auf Sam, die ihn nur kurz erwiderte. Was war das für ein Ausdruck in ihrem Gesicht gewesen? Erstaunen? Gleichgültigkeit? Ich hatte wirklich gar keine Ahnung. Wusste sie, worum es in dem Gedicht wirklich ging? Der Stolz, der wegen des Lobs eben noch in mir aufsteigen wollte, verließ mich wieder und wich einer unangenehmen Mischung aus Scham und Trauer.

„Ich hab dir doch gesagt, dass du gut bist." Ich sah zu Natascha, die mich aufmunternd anlächelte. Ich lächelte zurück. Wenigstens eine Person, die sich für mich zu freuen schien.

58. So viele Astlöcher konnte ich an meinem Schrank zählen. Zumindest von meinem Bett aus. Und dort hatte ich heute die meiste Zeit verbracht. Oder besser, die letzten Tage. Ich wusste, dass ich aufstehen und etwas tun sollte. Lernen, mit Nepomuk spazieren gehen, Freunde treffen, irgendetwas. Aber ich konnte nicht. Allein der Gedanke daran, aufzustehen, war zu anstrengend um ihn lang zu

ertragen. Es war, als würde mich jemand festhalten. Mich runterziehen. Und mich nicht mehr gehen lassen.

Schlechte Gedanken sind kleine Biester. Sie fressen dich auf. Schreib sie auf und lass sie los.

„Ich versuche es ja, Oma, aber ich schaffe es einfach nicht", flüsterte ich leise.

Wie sehr ich sie doch vermisste. Mit ihr hatte ich immer über alles reden können. Sie hatte auf alles eine Antwort und zu allem einen guten Rat gehabt. Selbst wenn sie nur zugehört und dabei mit mir Nussschnecken oder Käsekuchen gegessen hatte. Jetzt war sie nicht mehr da. Jetzt war ich allein.

Nicht mal zum Schreiben hatte ich die Kraft. Das kleine Büchlein lag seit Tagen unangetastet in meinem Nachttischchen. Ich war so nutzlos. Aber was für einen Nutzen sollte ich überhaupt haben? Was brachte ich für die Gesellschaft? Nichts. Diese Antwort war ziemlich leicht. Ich war Schülerin und hatte keinen Job. Ich arbeitete nirgendwo ehrenamtlich. Ich konsumierte nur. Was brachte ich für die Leute um mich herum? Für meine Freunde? Meine Familie? Meine —

„Kim?", unterbrach Mamas Stimme meine Gedanken, bevor sie schwungvoll meine Tür öffnete. Ihr Blick wanderte kurz durch das Zimmer, bevor er sich an mich heftete.

„Du musst hier dringend mal aufräumen! Und lüften! Die Luft hier drin ist wie die in einer Umkleidekabine!" Energisch lief sie durch den Raum und öffnete das Fenster. Ein Schwall kühle Januarluft drang herein.

„Ich habe dir gestern gesagt, du sollst bitte staubsaugen und du hast es immer noch nicht gemacht! Alles was ich dich machen sehe, ist rumliegen und am Handy sein!" Sie sah mich vorwurfsvoll an.

Ich stöhnte auf. „Jaha, ich mach's doch noch!"

„Nicht in diesem Ton, Kim! Es ist wohl nicht zu viel verlangt, dass du dich wenigstens ein bisschen im Haushalt beteiligst!"

Ich konnte nicht anders und verdrehte die Augen, setzte mich aber auf, um ihr zu zeigen, dass ich quasi schon auf dem Weg war, meine Pflichten zu erfüllen.

„Ich hab doch gesagt, dass ich es noch mache!"

„Dein Noch-Machen kenne ich. Du machst es nicht nachher oder morgen oder nächste Woche, sondern jetzt. Ich habe einen Friseurtermin. Wenn ich wieder da bin, hast du es erledigt! Nepomuk hat sicher auch nichts dagegen, wenn du eine Runde mit ihm spazieren gehst und dir täte die frische Luft und die Bewegung sicher auch gut."

Sie hatte damit angefangen, die herumliegenden Gegenstände, bei denen es sich hauptsächlich um Klamotten handelte, zu inspizieren und fixierte mich mit ihrem Blick.

„Du bist doch nicht etwa krank?"

Ich konnte sehen, wie sich eine Sorgenfalte auf ihrer Stirn bildete und sie Anstalten machte, ihre Hand auf meine Stirn zu legen. Ich währte sie ab.

„Was? Nein! Ich bin einfach nur müde. In der Schule ist im Moment viel los."

Zwar zog sie ihre Hand zurück, aber sah mich weiter prüfend an. „So kurz vor den Zeugnissen? Ich dachte ihr hättet schon Notenschluss?"

„Noch nicht ganz", erwiderte ich und fuhr mir mit der Hand über das Gesicht. „Ist noch was oder war's das jetzt endlich?"

„Schreibst du noch Tests?", hakte sie weiter.

„Boah Mama, nein, aber wir haben halt trotzdem Hausaufgaben auf. Lass es doch einfach gut sein!"

„Entschuldige, dass ich mich nach deinem Leben erkundige!" Mit fester Miene verschränkte sie die Arme vor der Brust. „Ich verstehe wirklich nicht, warum du immer gleich so aufbrausend bist!"

„Weil du ständig kommen musst und mich verhörst!", fuhr ich sie an. Ich wusste gar nicht woher auf einmal diese Wut kam, aber irgendwie tat es gut, sie rauszulassen. „Du bist doch sonst auch immer mit etwas anderem beschäftigt! Also lass mich in Ruhe!"

Meine Stimme war laut geworden. Zu laut. Ich schluckte.

Doch statt einer weiteren Zurechtweisung sah Mama mich nur mit zusammengekniffenen Augen an und schüttelte dann den Kopf.

„In circa zwei Stunden bin ich wieder da", sagte sie noch und schloss dann hinter sich die Tür.

Wenige Minuten später konnte ich hören wie auch die Haustür ins Schloss fiel. Ich wischte die Träne weg, die sich über meine Wange geschlichen hatte und stand auf. Besser ich machte wirklich, was sie mir aufgetragen hatte, sonst konnte ich mich später nochmal mit ihr streiten. Und dafür hatte ich wirklich keine Kraft. Sie sah sich doch immer im Recht.

Mein Handy vibrierte. Ein Snap von Carina.

„Winner, winner, chickendinner!", stand in glitzernden Buchstaben über dem Bild von ihr und ihrer Mannschaft. In Elisas Story war ein Video, in dem sich die Mädels um den Hals fielen und laut jubelten. Anscheinend hatten sie das Spiel gewonnen. Jetzt würden sie sich umziehen und danach noch feiern gehen, zumindest hatte Carina es so erzählt, als sie gestern das letzte Mal versucht hatte, mich dazu zu überreden mitzukommen. Erfolglos. Ich hätte noch zu viel für die Schule zu tun. Eine der billigsten Ausreden überhaupt. Aber ich hatte einfach nicht anders gekonnt.

Und jetzt war ich hier. Allein zu Hause mit Nepomuk, dazu verdammt, Hausarbeiten zu machen und mir das Gemotze von Mama anzuhören, wie schlimm mich die Pubertät doch erwischt hatte, während meine Freundinnen zusammen unterwegs waren und Spaß hatten. Ich gehörte nicht mehr dazu.

Und ein weiterer Gedanke setzte sich in meinem Kopf fest: Mikas Profilbild. Gestern Abend hatte es sich geändert. Davor war es schon seit Ewigkeiten ein Foto von ihm, Finn, Ian und Dori auf einer Party gewesen. Jetzt sah man stattdessen ein Spiegelselfie mit nur zwei Personen darauf. Mika war nur im Profil zu sehen, weil er sich zur Seite beugte und die zweite Person auf die Wange küsste. Obwohl das Bild schwarz-weiß, ihr Gesicht durch das Handy und ihre langen Haare halb verdeckt waren, konnte man Sam ohne Zweifel erkennen. Und noch etwas war unübersehbar: Wie glücklich die beiden auf dem Bild waren. So verdammt glücklich.

Jedes Mal versetzte es mir einen weiteren Stich mitten ins Herz, wenn ich es sah oder daran dachte. Und wie Motten das Licht, zog es mich immer wieder dorthin. Denn auch wenn der Schmerz unerträglich schien, zeigte er mir doch eins: In all der Taubheit, die mich in der letzten Zeit umgab und die sich, seit dem die beiden zusammen waren, komplett verdichtete hatte, konnte ich diesen Schmerz noch spüren. Das hieß, ich war am Leben. Die Frage war nur, wie lang noch.

1 2.

Ich sah auf die Uhr. Noch 12 Minuten. In 12 Minuten würde der Gong ertönen und die Stunde war zu Ende. 800 Schüler würden aus den Sälen und durch die Flure strömen. Manche auf dem Weg zur nächsten Stunde, andere auf dem Weg nach Hause. Meine Chance, meinen Plan in die Tat umzusetzen. Heute würde ich mit Sam reden. Ich musste einfach. Ich musste aus ihrem Mund hören, wie es dazu gekommen war. Warum es dazu gekommen war. Und vor allem, dass sie mir damit nicht mein Leben hatte kaputt machen wollen. Sie hatte die ganze Zeit über gewusst, dass ich in Mika verliebt war, aber wie sehr ich ihn tatsächlich brauchte, dass hatte nur ich selber gewusst. Sonst hätte sie es niemals so weit kommen lassen. Denn trotz allem war sie meine beste Freundin, oder nicht?

Der Minutenzeiger rückte dem Ende der Stunde näher. Nur noch 8 Minuten.

Ich unterdrückte mein Fußwippen nach einem genervten Blick meines Sitznachbarns. Beinahe hätte ich noch einen schnippischen Kommentar dazu gegeben, ließ es dann aber bleiben. Ich war schon nervös genug, jetzt noch Stress mit jemandem anfangen musste nicht sein.

„So, dann könnt ihr den Rest der Nummer 2 und die Nummer 3 bitte als Hausaufgabe machen. Ich habe privat einen Termin und deshalb machen wir heute ausnahmsweise mal ein paar Minuten früher Schluss." Noch wie war ich Herr Grillig dankbarer gewesen. So konnte ich Sam rechtzeitig erwischen. Schnell packte ich meine Sachen zusammen und verließ als Erste den Raum.

Der Flur begann sich langsam mit Schülern zu füllen. Ich bog um die nächste Ecke. Dort vorn lag die Tür zu dem Saal, in dem Sam gerade Unterricht hatte. Sie war verschlossen. Gut, dann war ich nicht zu spät.

Angespannt kaute ich auf meiner Unterlippe bis mir durch den Kopf ging, wie komisch das wahrscheinlich aussah. Stattdessen beugte ich mich herunter und band meine Schnürsenkel neu, ohne dabei die Tür aus den Augen zu lassen. Über mir ertönte die Schulglocke und ich fuhr hoch. Mit einem dumpfen Ton prallte ich mit der Schulter gegen jemand anderen.

„Oh, sorry", murmelte ich.

„Nichts passiert. Hey, alles klar bei dir?" Es war Natascha, die ich angerempelt hatte.

Etwas irritiert schaute ich sie an. „Was? Ja, alles klar, ich warte nur auf jemanden."

„Ach so. Weißt du eigentlich schon, welches Buch du in Deutsch vorstellen willst?"

Ich schüttelte den Kopf. „Noch nicht so richtig."

Ein offenes Lächeln breitete sich auf ihrem Gesicht aus. „Ich hab ein paar Ideen. Wenn du willst, können wir uns demnächst in der Bücherei treffen und sie zusammen durchgehen —"

„Tascha? Kommst du? Wir müssen los!", ertönte hinter ihr die Stimme von einer ihrer Freundinnen.

„Ja, ich komme!" Sie wandte sich noch einmal mir zu. „Also wir sehen uns, bis bald!"

„Bis dann", murmelte ich und warf schnell einen Blick zur Tür. Immer noch verschlossen. Doch es konnte nicht mehr lang dauern. Der Flur war schon deutlich voller.

„Oh mein Gott, ja! Alle sagen immer, dass man da nie hätte draufkommen können, aber wenn man überlegt, was sie zu ihrem Bruder gesagt hat, dann waren da schon Anzeichen, für die Flucht!" Elisas aufgeregte Stimme schwebte durch die der anderen Schüler zu mir, bevor ich sie sah.

„Genau das habe ich auch gedacht!", antwortete der Junge mit den kurzgeschorenen Haaren, der neben ihr herlief genauso begeistert. Er war dieses Schuljahr erst in unsere Stufe gekommen und wir hatten nur einen gemeinsamen Kurs, deshalb war ich mir nicht sicher, aber ich glaubte, sein Name war Samuel.

„Wenn ich ehrlich bin, ich habe nachdem ich es fertig gelesen hatte, die Stelle nochmal von vorn gelesen, weil ich es so spannend fand", sagte er.

„Nicht wirklich! Ich auch!"

Sie waren schon fast an mir vorbeigelaufen, doch ich konnte trotzdem sehen, wie ihre Wangen rot anliefen.

„Ich dachte immer, dass sei voll komisch ..."

Ihre blonden Locken verschwanden um die Ecke. Elisa war immer ein kleiner Sonnenschein, aber trotzdem konnte ich mich nicht erinnern, wann ich sie das letzte Mal so enthusiastisch hatte reden hören. Warum versprühte sie, wenn sie mit uns sprach, nicht diese Begeisterung?

In diesem Moment öffnete sich die Tür zu Sams Saal. Ein paar Schüler strömten heraus, dann erblickte ich sie. Mit drei schnellen Schritten war ich bei ihr.

„Sam", sagte ich. Nicht zu leise, um es nicht zu hören, aber auch nicht zu laut, um zu große Aufmerksamkeit zu erregen.

Sie drehte sich zu mir um. Ein winziger Moment verging, bevor sie leicht lächelte. Ihr selbstbewusstes-nettes-Sam-Lächeln.

„Was gibt's?"

„Ich ... äh ..." Ich räusperte mich. „Können wir kurz reden?"

War da eben ein Ausdruck von Unbehagen über ihr Gesicht gehuscht? Ich war mir nicht sicher.

„Ja, okay. Wollen wir hinter die Turnhalle gehen?"

Ich nickte. Mit langen Schritten ging sie voraus und drehte sich erst wieder zu mir um, als wir außer Hörweite der anderen Schüler waren.

„Was willst du bereden?"

„Kannst du dir das nicht denken?"

„Zufälligerweise kann ich immer noch keine Gedanken lesen, Kim. Aber wenn es um Mika und mich geht ..." Sie sprach nicht weiter. Also nickte ich nur.

Für einen Moment war es still zwischen uns. Sie sah mich abwartend an.

„Ja, und? Wir sind zusammen. Aber das weißt du wahrscheinlich schon. Was genau willst du da jetzt von mir hören?"

Ja, was eigentlich? Ich hatte mir die ganze letzte Nacht und den ganzen Morgen bis jetzt ausgemalt, wie dieses Gespräch aussehen würde, aber irgendwie konnte ich mich an nichts davon erinnern. Was genau sollte ich sagen oder fragen?

„Warum?", kam es mir über die Lippen. Ein einziges, kleines Wort.

„Warum was? Warum wir zusammen sind?" Sie lachte auf. „Bitte Kim, das ist ja wohl die dümmste Frage überhaupt."

„Aber … Du hast gewusst, dass ich … dass ich …" Ich brach ab. So wurde das nichts. „Warum bist du mit ihm zusammen gekommen, obwohl du wusstest, was ich für ihn empfinde?"

Sie sah mich direkt an und fing mit einer ruhigen Stimme an zu sprechen. „Kim, es tut mir ja leid, dass das alles nicht so gekommen ist, wie du es dir vorgestellt hast, aber ganz ehrlich, wenn du Mika so kennen würdest, wie ich es tue, dann wüsstest du, dass er eh nichts für dich gewesen wäre. Glaube mir, in dieser Beziehung wärst *du* nicht glücklich geworden. Sei eher froh, dass ich dir das erspare. Mika braucht jemanden, der gern feiern geht und Spaß hat. Er ist keiner, der gern zu Hause sitzt und liest und das würde euch nur stören."

„Aber … Ich gehe doch auch gern auf Partys und habe Spaß", antwortete ich etwas verdattert.

„Wirklich? Die letzten Male bist du nicht mitgekommen und wir haben langsam echt keine Lust mehr, dich überhaupt zu fragen, wenn ich ehrlich bin." Sie seufzte. „Ich verstehe ja, dass du das jetzt alles ein bisschen komisch findest, aber du wirst sehen, du findest ganz bestimmt jemanden, der zu dir passt." Sie hatte mir die Hand auf die Schulter gelegt.

„Sam, du bist doch meine beste Freundin, warum hast du mir nicht mal vorher etwas erzählt?"

Sie machte einen Schritt zurück und verschränkte die Arme vor der Brust. „Das habe ich doch! Es ging einfach alles ziemlich schnell. Wenn wir wirklich Freundinnen wären, dann würdest du nicht von mir verlangen, meine Liebe zu unterdrücken für etwas, dass noch nicht passiert ist und dass auch nie passieren wird."

Ich konnte sie nur fassungslos anstarren. Die Worte schienen mir im Hals stecken zu bleiben.

„Ich muss los. Da vorn ist meine Schwester. Wenn du dich ein bisschen beruhigt hast, kannst du mir ja schreiben."

Damit lief sie an mir vorbei auf den Parkplatz und ließ mich zusammengesunken zurück. Ich hatte mich wohl wirklich in ihr getäuscht. Und in Mika. In allem. Wie hatte ich nur so falsch liegen können?

In einem Punkt hatte sie auf jeden Fall recht: Zwischen mir und Mika war nie wirklich etwas passiert, zumindest nichts körperliches. Aber wie konnte es sein, dass etwas, das nie stattgefunden hatte, so weh tat?

Ich dachte daran, wie Elisa an mir vorbeigelaufen war, ohne mich zu bemerken. So voller Freude und im Gespräch vertieft. Auch sie hatte anscheinend neue Freunde gefunden. Wer weiß, vielleicht sogar mehr als das. Samuel sah wirklich nicht schlecht aus, wenn ich so darüber nachdachte. Elisa hatte noch nie von ihm erzählt. Aber hatte das überhaupt noch etwas zu sagen? So wie die beiden ausgesehen hatten, verstanden sie sich wirklich sehr gut. Vielleicht war das gut so. Vielleicht hätte auch ich weiterziehen und mir neue Freunde suchen sollen. Mich neu verlieben sollen. Aber was brachte das schon? In zwei Jahren machten wir unseren Abschluss und zogen alle weg. Wenn wir dort neue Leute kennen lernten, würden auch die irgendwann weiterziehen und so würde es immer weitergehen. Von Abschnitt zu Abschnitt. Beziehungen begannen und endeten wieder. Egal, ob freundschaftliche oder romantische. Auch von unserer Familie distanzierten wir uns irgendwann. Um eigene zu gründen. Und wenn das nicht klappte? Waren wir allein. Hechteten wir nicht nur von einer Beziehung zur nächsten in der Hoffnung, schnell eine neue zu finden, sodass der Verlust der alten einem nicht so schwer fallen würde? Doch was blieb von uns übrig, wenn wir den Übergang verpassten, den Anschluss?

Dann waren wir allein. Früher oder später würden wir nur noch uns selbst haben, würden wir allein und einsam sein.

Und bei mir war dies bereits der Fall. Ich war zurückgeblieben.

Kein einziger Sonnenstrahl schien durch die dichte Wolkendecke, als ich am nächsten Tag an meinem Schreibtisch saß. Das Wetter war nicht einmal annähernd so düster, wie mein Schultag es gewesen war. Es war immer das Gleiche, nie würde sich etwas ändern.

Schlechte Gedanken sind kleine Biester. Sie fressen dich auf. Schreib sie auf und lass sie los.

Genau das hatte ich versucht, als ich nach Hause gekommen war. Nachdem ich die Tür geöffnet hatte und in ein leeres, kalte Haus getreten war.

Ich war in mein Zimmer gelaufen und hatte mein Notizbuch hervorgezogen. Doch mein Gehirn war wie leer gefegt. Stattdessen blätterte ich durch die Seiten. Las die Texte, Gedichte und einzelne Sätze. Sie trieften nur so von Trauer, Wut und Negativität.

Ich blickte auf die dunklen Worte auf dem weißen Untergrund. Sie verspotteten mich.

„Sieh her", schienen sie zu sagen. „Du kannst nicht reden, kannst nur schreiben. Und nicht mal darin bist du gut. So erbärmlich."

Ich wollte sie anschreien und zerreißen. In tausend kleine Schnipsel. Meine Hände verkrampften sich so fest um das Papier, dass die Knöchel weiß hervortraten. Mit einer zuckenden Bewegung warf ich es auf den Tisch und ließ mich auf das Bett fallen. Schrie in mein Kissen. Aber auch das hörte sich jämmerlich an, sodass ich direkt damit aufhörte und stattdessen einfach nur liegen blieb.

Was tat ich hier überhaupt? Wozu sollte das alles gut sein? Schule, Familie, Freunde. Zukunft. Alle redeten ständig davon, wie die Zukunft aussehen würde und wie man sie gestalten könnte. Doch wenn ich jetzt darüber nachdachte, gab es dort nichts für mich. Der Gedanke daran, weiterzumachen, mir selbst irgendeine Perspektive suchen zu müssen, die doch nur fiktiv war und auf die ich dann sinnloser Weise hinarbeitete, obwohl sie wahrscheinlich niemals Realität werden würde, erhöhte die Last auf meinen Schultern nur noch mehr.

Man konnte nicht nach Strohhalmen greifen, wenn sie abgemäht wurden.

Und der Weg, der eigentlich vor mir liegen und das Ziel, das an dessen Ende sein sollte, waren nichts weiter als eine dunkle Illusion. Eine hässliche Illusion.

Draußen hörte ich ein Auto hupen.

Ich wusste, dass es für mich eine Lösung gab. Eine, die weder klein, noch einfach war. Obwohl der Schwierigkeitsgrad hier eher subjektiv erschien.

Und damit existierten der Weg und das Ziel vor mir auf einmal wieder. Zugegeben, nicht besonders weit, aber sie waren da. Ein Ziel bedeutet auch ein Ende. Das Ende von etwas. Und wenn ich ganz ehrlich war, löste diese Aussicht in diesem Moment etwas in mir aus, dass man als eine Art Erleichterung bezeichnen konnte. Denn es bedeutete die Lösung von etwas Sinnlosem. Auch wenn sich diese Sinnlosigkeit mein Leben nannte.

Mit neuer Kraft zog ich mein Handy hervor und tippte auf die Suchleiste. Was ich fand, beunruhigte mich leicht, gab meinem Plan aber keinen Abbruch. Die kleine Warnung über den Suchergebnissen brachten mich sogar beinahe zum Schmunzeln. Als ob sie mich umstimmen könnte.

Mama und Papa würden heute beide spät nach Hause kommen. Es würde schon vorbei sein, wenn sie hier ankämen. Ich würde kaum etwas spüren. Es wäre wie schlafen.

Als ich mich wenig später wieder an den Schreibtisch setzte, merkte ich meine eigenen Unsicherheit. Die Tabletten lagen alle aufgereiht neben mir, bereit, geschluckt zu werden. Das leere Blatt Papier war direkt vor mir und wartete darauf, beschriftet zu werden und damit auch seinen Teil zu erfüllen. Doch mein Blick schweifte ab zum Fenster, durch welches man die grauen Wolken am Himmel beobachten konnte. Es war kein Regen gemeldet.

Was, wenn etwas schief ging? Was, wenn es doch die falsche Entscheidung war?

Ich dachte wieder an die Klippe aus meinem Traum. Mittlerweile kam es mir viel mehr vor als nur ein Traum. Viel realer.

Wollte ich den Schritt nach vorn machen? Wollte ich in die Richtung des kleinen Lichts und mich damit in die Dunkelheit stürzen? Hatte sie nicht auch etwas befreiendes gehabt?

Ich dachte an die letzten Wochen und Monate.

An den Streit meiner Eltern.

An die roten Zahlen auf meinen Arbeiten, die meine Zukunft bestimmten.

An meine Freunde, die auch ohne mich ein Leben hatten.

An Sam, an ihren Blick, als ich über Mika geweint hatte.

An Mika, wie er Sam ansah, bevor er sie küsste.

An die Leere in mir, die sich seit Monaten in mir ausbreitete und mich auffraß. Stück für Stück.

Meine Finger ergriffen den Stift wie von selbst und fingen an zu schreiben. Es war schon passiert. Ich stand nicht länger an der Kante. Ich war hinuntergestoßen worden.

Mit einem beinahe triumphierenden Lächeln betrachtete ich mein Werk. Vielleicht verspotteten meine Texte in dem Notizbuch mich und die Emotionen, die ich versuchte mit ihnen auszudrücken. Aber der vor mir liegende Brief brachte es noch einmal auf den Punkt. Er war nicht besonders lang, aber prägnant. Quasi ein abschließender Punkt nach einem kurzen Satz. Nach einem kurzen Leben.

Beinahe andächtig legte ich den Stift auf seinen Platz und drapierte den Brief auf meinem Schreibtisch neben meinem Notizbuch. Ich war so gut wie fertig. In ein paar Minuten würde es vorbei sein. Nachdem ich die Tabletten genommen hatte, würde ich einschlafen.

Ein leises Knacken ließ mich zusammenfahren. Hatte ich mir das nur eingebildet? Nein, da war es wieder. Mein Atem stockte. Das konnte nicht sein.

Mit einem Klicken öffnete sich unsere Haustür.

„Kim?", hallte die Stimme von Papa durch den Flur. „Ich bin zu Hause!"

Was machte er hier? Ich sah auf die Uhr. Mindestens vier Stunden zu früh.

„Kim?", kam es erneut von unten, gefolgt von einem unterstützenden Bellen.

„Ja!", rief ich zurück und blickte mich panisch um.

„Bist du da?"

Nein, der Staubsauger hat gelernt mit meiner Stimme zu antworten, dachte ich zynisch.

„Jaha! Einen Momehent!"

Schnell griff ich nach dem Brief und legte ihn in mein Notizbuch, bevor ich beides in die übliche Schublade fallen ließ. Ich hielt bereits die Tabletten in der Hand, als ich Papas Schritte auf der Treppe hörte. Als er die Tür öffnete, stand ich neben meinem Schrank mit einer meiner Taschen, in der ich so eben die Pillen hatte verschwinden lassen.

Das breite Lächeln auf seinem Gesicht verblasste. „Ist was passiert?"

„Was? Nein!", antwortete ich etwas zu heftig. „Ich bin nur noch am Aufräumen", setzte ich deshalb schnell hinterher. „Warum bist du schon da?"

Sein Grinsen kehrte zurück. „Heute war überraschenderweise wenig los und weil heute Nachmittag nichts Wichtiges mehr anstand, habe ich gedacht, ich komme einfach mal etwas früher nach Hause und esse mit dir. Ich habe Pizza mitgebracht. Für dich eine Funghi mit extra viel Käse."

Ich schaffte es, meine Mundwinkel zu einem Lächeln zu verziehen. „Oh, danke!"

Ihm schien wohl nicht in den Sinn gekommen zu sein, dass ich normalerweise um diese Zeit schon zu Mittag gegessen hatte.

„Und was ist mit Mama?"

„Ach, du kennst sie doch. Sie wollte unbedingt noch etwas fertig machen, aber sie wird heute auch nicht so lang weg sein. Also wasch dir die Hände und komm runter, bevor es kalt wird. Du weißt doch, aufgewärmte Pizza schmeckt nicht mal halb so gut. - Aufräumen schaffst du auch noch, bevor Mama nach Hause kommt." Er zwinkerte mir zu und ging nach unten.

„Ja, ich bin gleich da", rief ich ihm hinterher und hängte die Tasche, die ich immer noch in den Händen hielt, in meinem Schrank. In der Tür schaute ich mich ein letztes Mal in meinem Zimmer um, dass ich auch nichts vergessen hatte.

„Nein, Nepomuk, du weißt doch, keine Pizza für dich! Du kannst höchstens ein Stück von meinem Rand haben!", hörte ich aus der Küche und schüttelte den Kopf.

Auf einmal konnte ich nicht mehr daran denken, was ich gerade im Begriff war zu tun und wie es verhindert wurde. Der Duft von geschmolzenem Käse und gebackenem Hefeteig stieg mir in die Nase und ließ meinem Magen grummeln. Vielleicht waren meine Gedanken ein Problem für später.

1 3 .

Ich war gerade dabei, Nepomuks Pfoten von Schlamm zu befreien, als mein Handy zu vibrieren begann. Ohne den kleinen Hund loszulassen, angelte ich es mit der einen Hand aus der Tasche. Ein Bild von Manu lachte mir entgegen, bevor ich den Anruf annahm.

„Hi", sagte ich und öffnete die Haustür.

„Hey, stör ich dich bei irgendwas?"

„Nein, ich war gerade mit Nepomuk draußen." Bei was sollte er mich schon stören? Ich tat kaum etwas.

„Ach so. Wie geht es ihm?"

Ich zuckte mit den Schultern und ließ den kleinen Hund in den Flur.

„Gut, wie immer. Warte mal kurz, bitte."

Ohne seine Antwort abzuwarten, legte ich das Handy auf den Hocker im Flur und zog mir meine nassen Stiefel aus. Ich hasste dieses Wetter.

„Okay, Ich bin wieder da. Warum rufst du an?"

Er räusperte sich. „Na ja, wir haben uns jetzt schon eine Weile nicht mehr gesehen, es war irgendwie immer so viel los und wenn ich mal dran gedacht habe, dir zu schreiben, kam wieder irgendwas dazwischen. Aber heute habe ich gedacht, ich muss dich einfach mal anrufen und fragen, ob du mal wieder Bock hast, was zu machen? Wir könnten zum Beispiel ins Kino gehen, ich hab letzte Woche den neuen Trailer von *James Bond* gesehen, der soll richtig gut sein."

Das schlechte Gewissen überkam mich. Er war nicht der Einzige, der sich in den letzten Wochen nicht gemeldet hatte. Nur im Gegensatz zu ihm hatte ich gar nicht daran gedacht. Was für eine schlechte Freundin ich war. Ich hatte meinen besten Freund vergessen.

„Ach so, ja, das können wir machen. Mal sehen, wann der kommt und wann wir Zeit haben. Mama will im Moment ziemlich viel, dass ich im Haushalt helfe, sie ist total genervt. Und dann mit der Schule war auch viel los, sonst hätte ich mich auch schon früher gemeldet ..."

Lügnerin. „Aber ich schau mal. Da können wir sicher einen Termin finden ..." Ich merkte selbst, wie sehr ich herumdruckste und brach ab.

„Ist alles klar bei dir?", fragte mich Manu plötzlich mit sanfter Stimme.

„Was? Ja!" Ich versuchte überzeugender zu klingen. „Ich bin nur müde."

„Wenn du lieber was anderes ansehen willst, ist das kein Problem. Ich weiß, dass Sam und du gern diese Filme zusammen guckt ..."

„Nein, nein, das können wir machen. Sie war schon mit Mika im Kino, um ihn sich anzusehen."

„Wieso haben sie dich nicht mitgenommen?"

Ich stockte in meiner Bewegung. Manu wusste es nicht. Eigentlich sollte mich das nicht allzu sehr überraschen, er hatte sich noch nie für Gossip interessiert und hatte dazu noch einen anderen Freundeskreis als ich, aber das tat es trotzdem.

„Weil es ein Date war. Die beiden sind seit ein paar Wochen zusammen." Ich versuchte es so beiläufig wie möglich klingen zu lassen, aber es laut auszusprechen, tat noch mehr weh.

Bei Manu herrschte für einen kurzen Moment Schweigen. Ich wartete.

„Oh mein Gott, Kim", stieß er schließlich aus. „Das tut mir so leid! Er ist ein echter Idiot!"

Es ist nicht seine Schuld, wollte ich beinahe sagen, hatte aber keine Lust, darüber eine Diskussion zu führen.

„Es ist schon okay."

„Oh nein, Kim. Es tut mir leid, dass ich gefragt habe. Ich wusste das nicht! Er ist wirklich ein Idiot, wenn er dich einfach so eintauscht. — Das sind sie beide", fügte er mit einem Schnauben hinzu. „Glaub mir, damit hat er ganz klar bewiesen, dass er dich nicht verdient hat!"

Ein schwaches Lächeln schlich sich auf meine Lippen, während ich die Tränen herunterschluckte. Oh, mein Manu ... „Bitte, lass es gut sein. Ich hab doch gesagt, dass es okay ist. Ich will wirklich nicht weiter darüber nachdenken. Und wir können trotzdem in den neuen *James Bond* gehen. Wirklich. Ich will ihn auch sehen."

Ich hörte ihn tief Luft holen. „Wenn du dir wirklich sicher bist. Ich kaufe auch eine große Tüte Popcorn."

„Süßes Popcorn?"

Er seufzte. „Für dich sogar süßes."

Für einen kurzen Moment war es ruhig zwischen uns und ich konnte das Radio bei ihm im Hintergrund hören. Mittlerweile war ich in meinem Zimmer angekommen und lag auf dem Bett.

„Also wie würde es nächsten Freitag bei dir aussehen? Auf der Kinowebseite steht, dass es drei Vorstellungen gibt: um 15 Uhr, um 20:15 Uhr und um 22 Uhr. Mir würde die zweite, glaube ich, am besten passen."

Ich dachte kurz nach. Es würde mich einige Überredungskunst kosten, dass Mama mich gehen ließ, aber wenn ich mit Manu ginge, könnte ich das schon hinbekommen. Obwohl gestern die Halbjahreszeugnisse verteilt wurden und meine Eltern —milde gesagt — enttäuscht von dem Ergebnis waren.

„Ja, das dürfte klappen", antwortete ich. „Wollen wir vorher noch was essen gehen?"

„Ich bin am Freitag wieder arbeiten und weiß noch nicht genau, wie lang das geht. Da ist im Moment ziemlich viel los ... Aber ich versuche es in den nächsten Tagen rauszufinden und dann sag ich dir nochmal Bescheid."

„Kein Stress, wenn nicht, gehen wir einfach nur ins Kino. Das ist auch okay", versuchte ich ihn zu beruhigen.

„Alles klar, ich schaue trotzdem mal."

Leise ertönte die Melodie eines bekannten Popsongs bei Manu.

„Was bedeutet eigentlich „Levitating"?", fragte ich.

„Das ist ein Eigenwort, das von Levis erfunden wurde und beschreibt das Gefühl, wenn man sich so gut wie in seinen Levi's Jeans fühlt."

Für einen kurzen Moment der Stille schaute ich auf meine dunkelrote Bettdecke.

„Nein, tut es nicht."

„Nein, aber es wäre eine interessante Erklärung", meinte Manu und brachte mich damit tatsächlich kurz zum Lachen. Das erste Mal seit einer ganzen Weile.

„Oh Mann, hast du eigentlich mitbekommen, dass ich letzte Woche bei dir in der Schule war?"

„Nee, wieso?"

„Ma brauchte irgendwelche Papiere, die sie in der Schule vergessen hat. Dann ist sie nachmittags nochmal hingefahren und sie brauchte mich zum Tragen, also musste ich mit rein gehen. *Oh Manu, mein Schatz, könntest du noch schnell ins Sekretariat gehen und dort nach den Unterlagen fragen? Dann suche ich in der Zeit im Lehererzimmer meine Sachen zusammen*", sagte er mit gespielt hoher Stimme. „Und weil ich so ein hilfsbereiter, netter Sohn bin ..." Ich schnaubte belustigt. „... habe ich das natürlich gemacht. Frau Masson kann einem übrigens viel darüber erzählen, wie nervenaufreibend der Job einer Sekretärin an einer Schule ist." Er seufzte theatralisch. „Auf jeden Fall musste ich dann los, — auch wenn ich ihr natürlich unglaublich gern zugehört habe — und bin so schnell wie möglich zur Tür raus. Ich hatte allerdings nicht damit gerechnet, dass der Architekt eurer Schule ein so großer Fan von Glastüren war, dass er direkt eine doppelte im Sekretariat einbauen ließ ..."

Eine amüsierende Vorahnung machte sich in mir breit. „Du hast nicht etwa die geschlossene Glastür übersehen und bist dagegen gelaufen?"

„Mit so viel Schwung, dass ich rückwärts umgefallen bin und am Abend meine Wange geschwollen war", bestätigte er meine Vermutung und ließ mich laut auflachen.

„Oh mein Gott, Manu! Warum kann dir so was nicht passieren, wenn ich dabei bin? Das hätte ich so gern gesehen!"

„Vielen Dank für dein Mitgefühl", meinte er ernst, aber ich konnte aus seiner Stimme hören, dass er dabei lächelte. „Das tat echt weh. Und man hat voll den Fettfleck an der Tür gesehen."

Das brachte mich nur noch mehr zum Lachen. „Weißt du was am lustigsten an dieser Geschichte ist? Seit Montag hängt ein Schild in der Tür mit „Vorsicht Scheibe"."

„Das hätten die ruhig mal früher aufhängen können! Es kann doch nicht sein, dass ich der Erste bin, der dagegen gelaufen ist!"

„Ich hab keine Ahnung, aber das Glas muss ziemlich stabil sein, wenn du ein blaues Auge hattest und die Tür noch ganz ist."

„Das tat voll weh! Ich hab einen Moment Sterne gesehen. Aber das Schlimmste war, dass fast jeder im Gebäude es gehört hat und angelaufen kam, weil sie dachten, irgendetwas wäre eingestürzt. Das war so unglaublich peinlich!"

Ich wischte mir eine Lachträne aus dem Augenwinkel. „Das hätte ich wirklich gern gesehen."

„Das glaube ich dir." Im Hintergrund hörte ich eine Stimme. „Tut mir leid, aber ich muss los. Malte braucht mich bei seinen Hausaufgaben. Ich schreibe dir nochmal wegen Essen gehen. Wir sehen uns dann am Freitag!"

„Ja, kein Problem. Bis dann!" Mit einer leisen Vorfreude, von der ich beinahe vergessen hatte, das es sie gab, legte ich auf.

Ich wanderte durch einen langen, nicht enden wollenden Flur, der mir bekannt vorkam, aber den ich nicht ganz zuordnen konnte. Die grauen Wände verbreiteten eine dunkle Atmosphäre und die Luft war kühl und feucht, trotz der vielen Menschen um mich herum. Alle schienen es eilig zu haben und hechteten den Flur entlang.

War das eben Carina gewesen? Und der Junge da vorn mit der dunklen Jacke, war das Manu?

„Jetzt beeil dich! Wir kommen sonst zu spät!", sagte jemand hinter mir, aber als ich mich nach der Stimme umdrehte, schien es niemand gewesen zu sein. Alle um mich herum hatten einen verschlossenen und gehetzten Blick. Plötzlich liefen meine Eltern an mir vorbei.

„Mama, Papa, wo geht ihr hin?" Ich versuchte mit ihnen Schritt zu halten, fiel aber schon nach wenigen Metern zurück. „Hey! Wartet auf mich!" Ich fing an zu rennen und rempelte aus Versehen jemanden an. Es war Dori.

„Sorry", murmelte ich und wollte weiter, doch meine Eltern waren in der Masse verschwunden. Also wandte ich mich meinem Freund zu: „Dori, wo wollen denn alle hin? Was ist hier los?"

Aber er beachtete mich gar nicht, sondern lief einfach an mir vorbei. Generell schien mich niemand hier zu bemerken. Ich beschleunigte meine Schritte, meine Stimme schwoll an. „Hey! Wartet doch mal! Warum hört ihr mich denn nicht?" Nicht nur das: Ich hatte auch den Eindruck, dass alle viel schneller waren als ich.

„Das will ich mir nicht entgehen lassen!"

„Diesmal kommen wir rechtzeitig."

„Hast du dich schon angemeldet?"

Überall um mich herum ertönten Stimmen, aber ich konnte sie keinem Gesicht zuordnen. Langsam überkam mich die Panik.

„Für was anmelden? Was soll das hier?" Meine Worte bekamen einen schrillen Unterton. „Redet mit mir!"

Plötzlich legte sich eine Hand auf meine Schulter und hielt mich davon ab, den anderen weiter hinterherzujagen. Ich fuhr erschrocken herum. Eine dunkle Gestalt in schwarzen Klamotten stand vor. Das Gesicht vom Schatten einer Kapuze verdeckt.

„Lass mich!", fuhr ich sie an und wollte die Hand wegschlagen, doch sie krallte sich nur noch fester in meinen Arm. Mit aller Kraft wehrte ich mich gegen den Griff und versuchte dem Strom der anderen um mich herum zu folgen. Doch es klappte nicht.

Weg. Ich musste hier weg.

„Lass mich los!"

Die Person fasste mich an beiden Armen. Ich wand mich, trat nach ihr, versuchte, mich zu befreien. Vergebens. Egal was ich tat, nichts schien sie auch nur im Entferntesten zu beeindrucken. Mit der Kraft einer Autokralle hielt sie mich fest. Ihre Fingernägel ratschten über meine nackte Haut und hinterließen rote Striemen. Ich schrie auf.

„Hilfe! Helft mir!" Niemand reagierte. Der Flur um uns herum leerte sich, die Menschen entfernten sich, kamen ihrem Ziel immer näher und rückten damit weiter von mir ab.

Die Gestalt begann damit, mich mit sich zu ziehen. In den Teil des Gangs, aus dem wir gekommen waren, der jetzt jedoch nur noch aus einem endlosen Nichts zu bestehen schien.

„Nein!", rief ich den anderen hinterher, doch es war zwecklos. Sie hörten mich nicht. Sie ließen mich zurück.

Als ich mich zu meinem Gegner umdrehte, spürte ich, wie meine Kraft schwand und mein Widerstand mit ihr. Ich gab auf.

Ich schaute direkt auf den Schatten, hinter dem sich ein Gesicht verbarg, als sich alles um mich herum zu drehen begann und mein Körper langsam zur Seite glitt.

Mit einem dumpfen „Klong" landete ich auf dem Boden. Für einen kurzen Moment blinzelte ich gegen das Licht, das nicht wie erwartet von den Neonröhren an der Decke des Flurs kam, sondern von meinem

Handy, das neben mir auf dem Teppich lag. Ich zitterte am ganzen Körper, als ich mich aufrichtete und langsam in die Realität zurückkehrte. Ein Traum. Es war wieder nur ein Traum gewesen.

Mit dem Handrücken wischte ich mir über die tränennassen Augen. Ich hatte mich vorhin nur kurz hingelegt, weil ich nach der Schule so müde gewesen war und dabei musste ich eingeschlafen sein. Wie spät war es? Vor dem Fenster war es bereits dunkel. Mein Blick glitt zu meinem Handy. 19:29.

Scheiße. Ich würde zu spät zum Kino kommen, wenn ich mich nicht total beeilte.

Im Vorbeilaufen am Spiegel stellte ich fest, dass es nur mit Wechseln der Klamotten nicht getan war. Ich sah aus, als hätte ein Zug mich überrollt. Meine Haare standen wild vom Kopf ab und unter meinen Augen hatte ich dunkle Ringe, die sich auf meiner blassen Haut noch mehr abhoben. Und da sagte man, nach einem Nickerchen würde man jung und frisch aussehen. Wohl nicht, wenn man von Gestalten, die einen festhielten, und Angehörige, die einen zurückließen, träumte.

Ich zog eine Jeans und einen einigermaßen sauberen Pulli an, band meine Haare zu einem hohen Pferdeschwanz und trug etwas Make up auf. Wenn man bedachte, wie wenig Zeit ich dafür hatte, sah es ganz passabel aus. Im Kino würde es sowieso dunkel sein. Und ich traf mich nur mit Manu, nicht mit jemandem auf ein Date.

Während ich die Treppe hinunter rannte, schrieb ich ihm schnell eine Nachricht: „Kaufe bitte schon mal Karten. Komme etwas später. Treffen uns drinnen."

„Bis nachher!", rief ich meinen Eltern zu, bevor die Tür hinter mir ins Schloss fiel. Kalter Nieselregen wehte mir entgegen, als ich mit dem Fahrrad die Straßen entlang raste. Völlig außer Atem kam ich vorm Kino zum Stehen und sah auf mein Handy. 20:08.

Ha! So schnell war ich noch nie hier gewesen. Ich hatte keine Nachricht von Manu bekommen und konnte ihn auch nirgends sehen. Wahrscheinlich war er einfach schon rein gegangen und hatte unsere Tickets und Popcorn gekauft. Allein bei dem Gedanken an die süßen, knusprigen Körner und den beheizten Kinosaal, wurde mir sofort wärmer.

Doch auch in der vollen Eingangshalle konnte ich ihn nicht entdecken. War er etwa schon auf unsere Plätze gegangen? Ohne mir mein Ticket zu geben?

Nach einem Moment der Unsicherheit, fragte ich einen Mann am Schalter. „Hallo, haben Sie einen dunkelhaarigen Jungen gesehen, ungefähr 16, der zwei Tickets für *James Bond* gekauft hat?"

Der Mann musterte mich durch seine dunkle Brille hindurch. „Kann schon sein. Davon gibt es hier sehr viele."

Ja, klar. Wie dumm von mir zu glauben, er würde sich einfach so an Manu erinnern.

„Vielleicht hat er gesagt, dass das Mädchen, für das die zweite Karte ist, etwas später kommt?"

Er schüttelte den Kopf und sah mich nun mitleidig an. Ich wusste, was er dachte: „Die Arme, wurde von ihrem Date versetzt."

Ich zwang mir ein Lächeln ins Gesicht. „Trotzdem danke."

Und jetzt? War Manu etwa noch gar nicht hier? Ich schaute auf mein Handy. Er hatte meine Nachricht nicht einmal bekommen. Das konnte nicht sein. Er wollte doch schon vor einer Stunde nach Hause gehen, sich fertig machen und dann gleich hierherkommen. Und eigentlich hatte er sein Handy immer dabei.

Ich wählte seine Nummer. Nach nicht einmal einem Klingeln meldete sich die Mailbox. Ich machte mir nicht die Mühe draufzusprechen und legte auf, dann sah ich wieder auf die Uhr. In zwei Minuten ging der Film los. Mit der ganzen Werbung vorher, würde es sicher noch eine viertel Stunde dauern, bis die tatsächliche Vorstellung anfing, also noch etwas Zeit für ihn, rechtzeitig zu sein. Wenn er nicht schon drinnen saß und auf mich wartete. Doch diese Option erschien mir mittlerweile mehr als unwahrscheinlich. Er hätte sich hier draußen mit mir getroffen, auch wenn er die Tickets schon bezahlt hatte.

Ich versuchte es ein weiteres Mal. Wieder nur die Mailbox. Langsam ging mir die elektronische Frauenstimme auf die Nerven. Vielleicht hatte er sich mit der Zeit verschätzt so wie ich, war jetzt auf dem Weg hierher und hatte sein Handy zu Hause vergessen? Möglich. Ein paar Minuten konnte ich noch warten. Was blieb mir anderes übrig?

Ich öffnete Snapchat und tippte mich durch eine Reihe von Posts, die Hausaufgaben, Fußballturnier oder ein tolles Essen zeigten. Dann kam

Sams Story. Das erste Bild war ein Spiegelselfie mit ihr, Anya und Denise. Das zweite zeigte den Innenraum eines Autos mit der Überschrift *„Let's partyyy"*. Ich tippte weiter. Mein Magen zog sich schmerzhaft zusammen und der Kloß in meinem Hals machte mir wie so oft in letzter Zeit das Atmen schwer. Zwei Jugendliche, die sich küssten. Sie hatte ihre Arme um seinen Hals gelegt und er umschlang ihre Taille. Um sie herum die verschwommen Umrisse von Häusern und anderen Leuten. Doch der Fokus lag ganz klar auf den beiden. Niemand konnte sie in ihrer Zweisamkeit stören. Sam und Mika. Das perfekte Paar. Aber am besten war der Schriftzug am oberen Rand des Bildes in geschwungenen Buchstaben: *„True love"*.

Ich hätte es mir nicht anschauen müssen. Das wusste ich. Ich wusste auch, wie weh es mir jedes Mal tat, die beiden zu sehen. Und dennoch schaute ich es mir an und fühlte den Schmerz.

Plötzlich änderte sich mein Bildschirm und Manus Gesicht schaute mir entgegen. Na endlich.

„Wo bist du?", fragte ich ohne eine Begrüßung. „Der Film hat schon angefangen."

„Ich weiß. Es tut mir leid. Ich ... ich bin noch im Tierheim. Ich schaffe es nicht." Seine Stimme hörte sich gepresst und verlegen an.

„Was?"

„Kim, es tut mir echt so leid!" Es seufzte. „Es gab hier einen kleinen Notfall und Natalie ist krank und wir sind total unterbesetzt, da konnte ich nicht einfach gehen ... Und dann hatte mein Handy keinen Akku mehr und wir haben erst kein Ladekabel gefunden, damit ich dir absagen kann ... Bist du im Kinosaal?"

„Nein. Ich habe draußen auf dich gewartet."

„Okay, wenn du willst, kannst du allein in den Film gehen. Es tut mir wirklich leid! Ich mache es wieder gut! Morgen können wir zusammen essen gehen, wenn du magst. Ich lade dich auch ein! Dann erkläre ich dir alles und du kannst mich auch auf den neusten Stand bringen."

Ich versuchte mir meine Enttäuschung nicht anmerken zu lassen. „Morgen kann ich wahrscheinlich nicht."

„Das macht nichts, dann sag mir einfach ein Datum und wir treffen uns da!"

„Ich muss erst mal gucken, wann ich kann."

„Natürlich! Tu das! Schreib mir einfach, sobald du es weißt! Ich komm mir so doof vor."

Das glaubte ich ihm. Wirklich. Aber es änderte nichts an dem blöden Gefühl, erneut im Stich gelassen worden zu sein.

„Ja, ich sag dir Bescheid." Im Hintergrund konnte ich jemanden Manus Namen rufen hören. „Ich glaube, du musst los."

„Äh, ja. Aber Kim, wir holen das wirklich nach. Wir machen uns einen richtig schönen Tag!"

„Ja. Bis bald."

„Bis bald!" Jemand rief erneut seinen Namen und dann ertönte das stetige Piepen, das mir zeigte, dass er aufgelegt hatte.

Wieder einmal wurde mir bewiesen: Erwartungen führten zu Enttäuschungen.

Ich starrte auf mein Handy und kämpfte gegen die Tränen an. Oh nein, nicht jetzt. Nicht hier. Umringt von so viele Leuten. Ich biss mir auf die Zunge und ging schnell nach draußen. Es half nichts. Sobald ich bei den Fahrrädern angekommen war, spürte ich, wie meine Wangen feucht wurden. Frustriert kramte ich in meiner Handtasche nach dem Schlüssel, um das Fahrradschloss zu öffnen, als ich auf etwas knisterndes stieß. Ich hielt inne. Die Tabletten.

Häuserfassaden huschten an mir vorbei, als ich durch die Straßen raste. Die Musik dröhnte in meinen Kopfhörern und ließ die Geräusche der Stadt um mich herum verstummen. Meine Sicht war verschwommen durch die Tränen, die mit dem regennassen Wind auf meiner Haut zu gefrieren schienen. Aber all das hatte keine Bedeutung mehr. Ich wollte nur weg von hier, so weit und so schnell wie möglich. Und zum ersten Mal seit Monaten hatte ich das Gefühl, all meinen Emotionen freien Lauf lassen zu können. Also trat ich fester in die Pedale. Bis zu einer bestimmten Stelle.

Abrupt kam ich zum Stehen und sah auf die Kreuzung vor mir. Welche Abzweigung sollte ich nehmen? Ich konnte nicht nach Hause. Ich konnte zu niemandem, den ich kannte. Dann sah ich das kleine Schild, das in die Straße rechts von mir zeigte und wusste, dass es auf den einzigen Ort verwies, an dem ich jetzt Ruhe finden konnte.

Mein Blick streifte das Schaufenster eines Buchladens und ließ eine Erinnerung durch meinen Kopf schießen. Die Erinnerung daran, wie Oma mir mein Notizbuch geschenkt hatte.

Nach kurzer Zeit ließ ich die Schilder und die hellen Lichter der Stadt hinter mir und tauchte in die Dunkelheit der Landstraße ein. Vor mir der Lichtkegel meines kleinen Scheinwerfers und gelegentlich der eines vorbeifahrenden Autos. Die blinkenden Warnzeichen der Baustelle tauchten auf und zwangen mich, den Fahrradweg zu verlassen.

Gleich würde ich die Kurve erreichen, dann war es nicht mehr weit. Nur noch ein paar Minuten und —

Hupend fuhr ein Auto an mir vorbei. Der Luftzug haute mich beinahe um. Wieder erschienen hinter mir Scheinwerfer, noch greller als die zuvor, und tauchten die Straße in ein gleißendes Licht. Da vorn kam die Biegung. Ein Transporter bog um die Ecke, er nahm die ganze Spur ein. Meine Spur. Gleich müsste er ausweichen. Er kam näher. Jeden Moment würde er rüber lenken. Jetzt …! Ich riss den Lenker herum. Meine Reifen rutschten über den nassen Asphalt zur Seite. Der Boden kam rasend schnell näher. Und trotzdem schien alles in Zeitlupe zu passieren. Ich konnte sehen, wo ich aufschlagen würde. Mein letzter Gedanke galt dem unvermeidlichen Schmerz, bevor mein Körper den Boden berührte.

Das Rasseln des Fahrrads.

Ein dumpfer Knall.

Ein letzter Lichtkegel.

Dann völlige Dunkelheit.

DAZWISCHEN

1 4 .

Natascha sah den Regentropfen dabei zu, wie sie an der Scheibe hinunterliefen, während die dunkle Landschaft dahinter vorbeizog. Es war ein schöner Nachmittag bei ihrer Tante gewesen, aber jetzt freute sie sich auf ihr warmes Bett und eine schöne Folge der Serie, die sie gerade schaute. Oh ja, allein der Gedanke darin fühlte sich gut an.

Auf dem Beifahrersitz lachte ihre Mutter über etwas, das Nataschas älterer Bruder Noel gesagt hatte. Sie richtete ihre Aufmerksamkeit wieder auf die beiden und versuchte herauszufinden, was so lustig war.

„Schalte mal bitte auf einen Sender, auf dem Musik läuft", sagte Noel jetzt, doch seine Mutter hielt ihn davon ab, das Radio anzufassen.

„Du fährst, ich kümmere mich um die Musik. Nachrichten hören ist gar nicht schlecht."

„Das kann ich mir doch alles im Internet angucken. Und da ist es noch ausführlicher. Wenn du willst, lade ich dir eine Nachrichtenapp herunter, wenn wir zu Hause sind."

„Danke, aber das schaffe ich schon selbst. Ich bin vielleicht alt aber nicht unfähig!" Sie drohte ihrem Sohn gespielt ernst mit dem Zeigefinger.

„Das habe ich doch gar nicht gesagt!", grinste er. „Ich meinte nur ..." Er hielt inne und betrachtete die blinkenden Warnlichter, die vor ihnen auf der Straße aufgetaucht waren. „Was ist denn da los?"

Sie fuhren langsamer und konnten jetzt auch die beiden Polizeiautos und den Krankenwagen dahinter erkennen. Ein weiteres Auto stand davor, ein Polizist schien sich mit dem Fahrer zu unterhalten.

„Sieht aus wie ein Unfall ... Halte am besten an und warte, was der Polizist sagt."

„Mama", sagte Noel gedehnt. „Ich habe nicht erst seit gestern meinen Führerschein. Und da vorn kann ich wohl schlecht einfach durchfahren. Die blockieren die ganze Straße."

Eine junge Polizistin kam und zeigte ihnen, das Fenster herunter zu lassen.

„Guten Abend", begann sie und hielt ihre Kapuze fest, um sich vor dem Regen abzuschirmen. „Es tut mir leid, aber sie können hier nicht durch. Bitte wenden sie und fahren woanders lang. Wir sind gerade dabei, eine Umleitung aufzustellen."

„Ist etwas passiert?", hörte Natascha ihre Mutter fragen, während sie die Situation vor sich betrachtet und ein weiteres Rettungsfahrzeug entdeckte, aber kein demoliertes Auto.

„Es gab einen Verkehrsunfall, bitte fahren sie weiter. Wir haben alles unter Kontrolle."

Damit drehte die Polizistin sich um und lief zu einem weiteren PKW, der hinter ihnen zum Stehen gekommen war.

„So was blödes, der Umweg kostet uns bestimmt eine halbe Stunde", nörgelte Noel.

„Hoffentlich ist niemand verletzt."

„Habt ihr ein Auto gesehen? Also außer der Polizei und dem Rettungsdienst?", fragte Natascha.

„Vielleicht war es einfach verdeckt. Oder sie sind von der Straße abgekommen. Bei dem Wetter passiert das häufiger."

Natascha drehte sich um und sah, wie die Lichter um die Ecke verschwanden, als sie sich entfernten. Sie hoffte wirklich, dass es kein schlimmer Unfall war und die Leute in Ordnung waren.

Sabrina nahm einen Schluck ihres Rotweins und verfolgte weiter das Geschehen auf dem Fernseher. Sie würde wohl nie verstehen, was ihr Mann an Krimis so toll fand. Aber letzte Woche hatte sie auf eine Dokumentation bestanden, also musste sie heute wohl oder übel ihm die Wahl lassen. Nächstes Wochenende würden sie sich endlich mal wieder mit Holger und Alexandra zum Abendessen treffen. Sollte sie ihr rotes Kleid anziehen? Und dazu den dunklen Blazer?

Das Klingeln der Haustür riss sie aus ihren Gedanken. Nepomuk begann zu bellen und rannte in den Flur. Sie warf einen Blick auf die Uhr. Wer konnte das sein? Kims Film war noch lang nicht zu Ende und außerdem hatte sie doch einen Schlüssel.

Bevor es erneut klingeln konnte, war sie aufgestanden und zur Tür gelaufen. Vor dem Haus standen zwei Polizisten. Der eine war etwas jünger, wahrscheinlich gerade mit der Ausbildung fertig und schaute nervös zu ihr. Der zweite wirkte etwas erfahrener, als er zu sprechen begann. „Sind Sie Sabrina Zoller?"

„Ja", antwortete sie. „Ist etwas vorgefallen?"

„Mein Name ist Bertram. Das ist mein Kollege Müller." Sie zogen ihre Ausweise hervor und hielten sie ihr kurz hin.

„Sabrina? Wer ist denn da?", rief Michael aus dem Wohnzimmer.

„Ist das ihr Mann?", fragte Bertram nun.

„Ja, das ist er. Darf ich bitte erfahren, was Sie hier wollen?"

„Können wir einen Moment hereinkommen? Es geht um ihre Tochter Kim."

Sabrinas Augen weiteten sich. „Um Kim? Hat sie etwas angestellt? Ist ihr etwas passiert?"

„Bitte Frau Zoller, wir würden das gern mit Ihnen und Ihrem Mann drinnen besprechen."

Nervös trat die Frau zur Seite und ließ die beiden Beamten herein, als ihr Mann hinter ihr auftauchte.

„Was ist denn los? Ist etwas passiert?"

„Sie wollen über Kim reden", erklärte Sabrina und setze sich mit den drei Männern ins Esszimmer.

„Frau Zoller, Herr Zoller", begann Bertram langsam. „Wir müssen ihnen leider mitteilen, dass ihre Tochter in einen Unfall verwickelt ist und sich im Moment auf dem Weg ins Krankenhaus befindet."

Sabrina spürte, wie Michael sich neben ihr am Stuhl abstützte, bereit aufzuspringen und sofort ins Krankenhaus zu fahren. „Was? Was ist passiert?"

„Wir fürchten, sie ist mit dem Fahrrad von der Straße abgekommen und gestürzt. Vermutlich ist sie einem Auto ausgewichen. Mehr können wir zu diesem Zeitpunkt nicht sagen. Wenn sie möchten, begleiten wir sie gern -" In diesem Moment klingelte Bertrams Handy. Er warf einen kurzen Blick auf das Display, nickte seinem Kollegen zu, zu übernehmen und bewegte sich in den Flur.

„Heinrich?" Er hörte der Stimme am anderen Ende der Leitung zu und seufzte dann leise. Diese Nachricht hatte er bereits befürchtet.

Carina stellte das Wasser ab und schlang ein Handtuch um ihren Körper. Die warme Dusche hatte gut getan, nachdem der Trainer sie heute ein ausführliches Ausdauertraining hatte machen lassen. Sie konnte den Muskelkater jetzt schon in ihren Beinen spüren. Mit einem zweiten Handtuch wickelte sie ihre Haare in einem Turban zusammen und trat aus der Duschkabine.

Plötzlich klingelte im Flur das Telefon. Sie hörte Schritte und dann die Stimme ihres Papas. „Martin?"

Carina sah ihr eigenes verwundertes, und durch den Wasserdampf leicht verschwommenes Gesicht im Spiegel. Wer rief um diese Uhrzeit an?

Jemand, bei dem etwas passiert ist, raste es ihr durch den Kopf.

Ohne sich zu bewegen, lauschte sie nach den Worte ihres Vaters. Doch der war ins Wohnzimmer gegangen und deshalb nicht mehr zu verstehen.

Entspann dich! Das ist bestimmt nur wieder ein Kollege wegen der Arbeit, der es nicht geschafft hat, früher anzurufen, versuchte sie sich zu beruhigen und schüttelte über sich selbst den Kopf. Immer musste sie gleich vom Schlimmsten ausgehen.

Sie ließ ihre nassen Haare in den Nacken fallen und begann damit, sie zu bürsten. Erst vor wenigen Wochen hatte sie sie schulterlang schneiden lassen und irgendwie war sie immer noch nicht ganz daran gewöhnt, wie es aussah und wie leicht sie sich anfühlten. Aber es gefiel ihr. Die glatten Haare umrahmten ihr eher rundes Gesicht nun besser und verliehen ihr eine reiferen und selbstbewussteren Ausdruck. Es war eine gute Entscheidung gewesen.

Durch das laute Dröhnen des Föhns hörte Carina das Klopfen erst nach dem dritten Mal.

„Carina? Kann ich rein kommen?"

„Ja."

Rudolf steckte den Kopf herein und als er sah, dass seine Tochter bereits ihren Schafanzug anhatte, öffnete er die Tür einen Spalt weiter. „Mein Schatz, würdest du bitte kurz mit ins Wohnzimmer kommen? Wir müssen mit dir reden."

„Äh, okay? Habe ich etwas angestellt?" Sie versuchte lustig zu klingen, aber als das Gesicht ihres Vaters ernst blieb, verschwand ihr Lächeln. „Was ist los? Wer war das eben am Telefon?"

Sie folgte ihm direkt ins Wohnzimmer, wo bereits ihre Mutter auf dem Sofa saß, die Hände im Schoß um ein Tuch geklammert. Eigentlich würde sie um diese Zeit längst im Bett sein, morgen hatte sie doch Frühschicht.

„Mama?" Carina spürte ein ungutes Gefühl in sich aufsteigen. Bitter wie Galle legte es sich auf ihre Zunge und machte ihr das Sprechen schwer.

„Carina, gerade hat dein Onkel Bernhard angerufen. Du weißt doch, dass er als Polizist arbeitet." Ihre Mutter blickte nicht auf, ihre Stimme klang brüchig.

„Er wurde heute zu einem Unfall auf der Landstraße zum Friedhof gerufen. Ein junges Mädchen ist mit dem Fahrrad eine Böschung hinunter gestürzt. Die Rettungskräfte fahren sie gerade ins Krankenhaus und Bernhard ist jetzt noch am Unfallort, deshalb weiß er nichts genaues, aber es sieht nicht gut aus. Er hat uns nur schnell angerufen, weil er wusste, dass ihr beide befreundet seid ..." Rudolf brach ab und sah sie mitleidig an.

„Was? Wovon redet ihr? Mit wem befreundet?"

„Schatz, es geht um Kim", brachte ihre Mutter hervor und sprang auf um ihre Tochter in den Arm zu nehmen.

„Kim hatte einen Unfall?"

„Sie versuchen alles was sie können, aber es ist wohl sehr ernst ..."

„Aber ich bin mir sicher, dass alles gut werden wird", flüsterte ihre Mama ihr in das noch feuchte Haar. Doch ihre zittrige Stimme strafte sie Lügen.

Erst langsam rieselten die Informationen zu Carina durch und mit ihr die beklemmende Angst. Die Angst um das Leben ihrer Freundin.

So leise er konnte, schloss Manuel die Tür auf und zog sie hinter sich ins Schloss. Niemand im Haus sollte geweckt werden. Domino kam schwanzwedelnd auf ihn zugelaufen, bellte zum Glück aber nicht.

„Hallo, mein Junge", begrüßte Manu in müde. Es war wirklich spät und er wollte jetzt einfach nur noch ins Bett und schlafen.

In der Küche brannte noch das Licht, das seine Eltern immer anließen, wenn noch jemand unterwegs war. Er ging hinein um es auszuschalten und erstarrte.

„Mama! Hast du mich erschreckt!" Erleichtert atmete er aus. „Warum bist du noch wach?", fragte er unsicher, als er ihren besorgten Gesichtsausdruck bemerkte.

„Manu, setz dich bitte. Ich muss dir etwas sagen." Sie deutete auf den Platz neben sich am Küchentisch. Doch ihr Sohn zögerte.

„Hat Barbara angerufen? Ist doch wieder etwas mit Uwe?" Er hatte gewusst, dass es ein Fehler gewesen war, nicht im Tierheim zu übernachten. Und jetzt wo er die tiefen Sorgenfalten und die angestrengt ruhige Stimme seiner Mutter bemerkte, bereute er zutiefst, sich nicht durchgesetzt zu haben.

Doch zu seinem Erstaunen schüttelte sie jetzt den Kopf. „Bitte Manuel, setz dich."

Das mulmige Gefühl in seinem Magen wurde nicht weniger, als er tat, was sie von ihm verlangte. Erst dann seufzte sie und sah ihn direkt an. Er konnte Tränen in ihren Augen glitzern sehen. „Nachdem du Kim gesagt hast, dass du es nicht schaffst, weißt du, wo sie dann hinwollte? Hat sie irgendetwas erwähnt? Wo war sie, als du sie erreicht hast?" Es war klar, dass seine Mutter um das eigentliche Thema herumredete. Das tat sie sonst nie.

Manu schüttelte den Kopf. „Sie war schon im Kino. Mein Handy war leer, deshalb konnte ich es ihr nicht rechtzeitig sagen. Wieso? Ist sie nicht nach Hause gefahren? Warum fragst du mich das?"

Alexandra atmete tief ein. „Sabrina hat mich angerufen. Kim hatte einen Unfall mit dem Fahrrad. Sie wollten sie noch ins Krankenhaus fahren, aber es war zu spät …" Sie brach ab.

In seinem Kopf begann sich auf einmal alles zu drehen. „Was …? Nein. Nein, das kann nicht sein. Das ist doch bestimmt noch nicht sicher, wenn der Krankenwagen kam, dann sind sie bestimmt noch dabei …"

Seine Mutter stand auf und schloss beide Arme um ihn, so wie sie es früher immer getan hatte, um ihn zu trösten. Doch diesmal würde selbst das nicht helfen. Sein Körper war wie gelähmt.

„Es tut mir so leid. Aber es ist wahr."

Der Bass fuhr durch seinen ganzen Körper und ließ alles und jeden vibrieren. Im Einklang mit der Musik und mit sich selbst, spürte Mika Samanthas Körper an seinem. Bunte Lichter zuckten hin und her. Sie schlang ihre Arme noch fester um seinen Hals und drückte ihre weichen Lippen auf seine. Es klebte der Geschmack nach Bier und Lipgloss daran.

Als der letzte Klang des Songs verebte, lehnte er sich vor und flüsterte ihr ins Ohr. „Frische Luft?"

Ihr Mund verzog sich zu einem Lächeln und ihre Hand umfasste seine. Die Nachtluft vor dem Club war kühl und elektrisierend. Zusammen mit dem Schweiß auf seinen Armen ließ sie sofort eine Gänsehaut über den ganzen Körper wandern. Ein paar junge Männer standen in der Nähe und rauchten, sonst waren sie allein. Sams Lippen fanden erneut die seine und er erwiderte willig den Kuss. Mit dem Rücken an der Wand lehnend, bemerkte sie plötzlich das Vibrieren ihres Handys in der engen Jeans.

„Das sind bestimmt die anderen, die fragen, wo wir sind", meinte sie augenverdrehend und zog es hervor. Doch weder Anyas noch Denise Name erschien auf dem Display. Stattdessen mehrere ungelesene Nachrichten und entgangene Anrufe von der gleichen Nummer.

„Elisa?", meldete sich Sam. Doch anstatt einer Antwort ertönte am anderen Ende nur ein Schluchzen. Mika zog die Augenbrauen hoch und sah sie fragend an, was sie mit einem Schulterzucken quittierte.

„Elisa, ich kann dich nicht verstehen." Sie stieß sich nun vollständig von der Wand ab. Ein Murmeln klang durchs Telefon, gefolgt von einem erneuten Schluchzen. „Im ... ist ot ..."

„Elisa, ich schwöre, wenn jetzt gerade wieder jemand deiner Romanfiguren gestorben ist —"

„Alter, hier seid ihr!", ertönte Ians Stimme gefolgt von Dori, die gerade zur Tür heraus kamen.

„Was ist es dann?", hörte Mika seine Freundin fragen, während sie sich einige Schritte von ihnen entfernte.

„Mit wem telefoniert sie?", fragte Dori und nahm einen Schluck aus seiner Glasflasche.

„Elisa. Krieg ich auch 'nen Schluck?" Sein Kumpel reichte ihm das Bier. In diesem Moment sah Mika aus dem Augenwinkel, wie Sam in sich zusammensackte, wie eine losgeschnittene Marionette. Er rannte zu ihr. „Sam!"

Sie reagierte nicht. Saß nur da auf dem kalten, mit Alkohol und Zigaretten beschmutzen Boden und starrte auf ihr Handy.

„Sam! Was ist passiert? Geht's dir nicht gut? Brauchst du Wasser?"

So viel hatte sie doch gar nicht getrunken, schoss es ihm durch den Kopf. Aber seine Freundin hielt nur seine Hand umklammert und zitterte. „Kim ...", flüsterte sie. „Kim ..."

Er lehnte sich vor, um sie besser zu verstehen. „Was? Kim? Was ist mit ihr?"

„Kim ... ist weg ..."

Angezogen von der süßen Mischung aus Kaffee und Zimt betrat Helene die Küche ihrer 3er-WG.

„Guten Morgen", begrüßte sie gut gelaunt ihren Mitbewohner Maxim und schaltete die Kaffeemaschine ein, die mit einem Summen zum Leben erwachte.

„Morgen", nuschelte Maxim mit einem Löffel Porridge im Mund. „Auf dem Kühlschrank liegt ein Handy. Ich nehme mal an, das ist deins?"

„Ja, da liegst du richtig." Sie öffnete einen der Küchenschränke und nahm eine Tasse heraus. „Ich habe mal wieder einen Medien-freien-Tag gemacht. Das ist von Zeit zu Zeit echt entspannend." Sie warf einen Blick auf das Smartphone in seiner Hand.

„Das kann ich auch machen, ohne mein Handy in der Küche wegzuschließen. - Auscherdem lesche ich Nachrischten."

Helene grinste ihn an. „Ich hab doch gar nichts gesagt." Mit einer fließenden Bewegung zog sie sich einen Stuhl zurück und ließ sich darauf nieder. „Und was gibt es neues aus der Welt?"

„Das übliche. Im Zoo wurde eine Giraffe geboren, irgendeinem Präsidenten wird Korruption vorgeworfen, gestern gab es eine weitere Klimademo. Oh, und es gibt wohl einen neuen Therapieansatz gegen Aids."

„Den letzten Artikel kannst du mir gern schicken, den lese ich dann nach dem Frühstück."

„Ist dein Medien-freier-Tag etwa noch nicht zu Ende?"

„Die Außenwelt kann noch ein paar Minuten warten, bis ich gefrühstückt habe."

„Du meinst, auch Superhelden sind manchmal nicht erreichbar?" Er verzog seine vollen Lippen zu einem schelmischen Lächeln, bei dem sich kleine Grüppchen in seinen Wangen bildeten. Es waren solche Augenblicke, in denen Helene sofort verstand, wieso Maxim als Model arbeitete. Es wäre eine Verschwendung gewesen, sein ebenmäßiges Gesicht nicht mit der Welt zu teilen.

„Ja, das dürfen sie, auch wenn ich noch keine Ärztin bin", erwiderte sie und begann damit, eine Mandarine zu schälen.

„Oh Mann, Fahrrad fahren wird auch immer gefährlicher", sagte Maxim auf einmal mit dem Blick auf sein Display gerichtet.

„Wieso?"

„*Jugendliche Fahrradfahrerin stirbt nach Unfall auf L289*", las er laut vor.

„Was? Das ist eine Landstraße bei meinem Heimatort." Helene lies die Frucht in ihrer Hand sinken.

„Wirklich?" Maxim klickte auf den Artikel und begann vorzulesen. „*Gestern, Freitag, den 30. Januar, ereignete sich spätabends auf der Landstraße L289 ein schwerer Unfall, bei dem eine 16-Jährige mit dem Fahrrad eine Böschung herunterstürzte und sich lebensgefährlich verletzte. Sie verstarb auf dem Weg ins Krankenhaus. Der Grund für ihr Abkommen von der Straße sei noch ungeklärt, so die Polizei.*" Er blickte auf. „Scheiße. 16 ist noch so jung."

„So alt ist auch meine Cousine." Helene schüttelte den Kopf und stand auf, um ihr Handy zu holen. „Ich schreibe ihr mal."

„Du meinst, sie kannte das Mädchen?", fragte Maxim. Seine Mitbewohnerin zuckte mit den Schultern. „Muss nicht unbedingt sein. Die Stadt ist recht groß und es gibt auch mehrere weiterführende Schulen, aber ich frage sie trotzdem mal." Mit flinken Fingern entsperrte sie ihr Handy und hielt inne.

„Was ist?"

Helene blickte in die dunklen Augen ihres Gegenübers. „Meine Mutter hat versucht mich anzurufen. Sieben Mal."

Das war nicht gut. Irgendetwas stimmte hier nicht. Ohne zu zögern klickte sie auf die Kurzwahl und rief zurück. Nach mehrfachem Klingeln meldete sich die Mailbox. Sie sah auf die Uhr über der

Küchentür. Um diese Zeit müsste ihre Mutter eigentlich zu Hause sein. Oder war ihr Kurs im Fitnessstudio doch später?

Erst jetzt sah sie die vielen Nachrichten von ihrer Familie und für einen kurzen Moment stockte ihr der Atem. „Zeig mir mal bitte den Artikel", forderte sie, doch es war kaum mehr als ein Flüstern. Sie hielt die beiden Smartphones nebeneinander und verglich, was sie auf den Bildschirmen sah.

„Helene? Was ist los? Wer ist das Mädchen?"

Helene blickte in das wunderschöne Gesicht ihres Mitbewohners, doch konnte sie ihn nur verschwommen sehen, als die Tränen über ihre Wangen liefen.

„Das tote Mädchen ist meine Cousine Kim."

Sie schaute erneut auf den Artikel und stellte beinahe mit Ironie fest, dass er sich anders las, wenn man die Person kannte, von der er handelte. Wie grotesk das Leben doch manchmal war. Und wie schnell es enden konnte.

15.

Der Boden unter mir fühlte sich weich an, wie eine Matratze. Gegen das Licht blinzelnd öffnete ich langsam die Augen und sah mich um. Ich lag in einem weißen Raum. Alles um mich herum schien eine einzige Fläche zu sein. Keine Türen, keine Fenster. Nicht einmal Wände konnte ich erkennen. Ich blinzelte. Einmal. Zweimal. Doch der Raum schien sich nicht zu verändern. Wo war ich hier? Handelte es sich wieder um einen Traum? Das Gegenteil zu dem dunklen Flur, von dem ich das letzte Mal geträumt hatte?

Aber das hier fühlte sich anders an. Irgendwie … echter. Und angenehmer. Trotz der Leere um mich herum, war da ein Gefühl der Geborgenheit, das alles umgab. Ich stand auf und sah mich erneut um. Lief ein paar Schritte in die eine, dann in die andere Richtung.

Wenn das ein Traum war, handelte es sich um einen ziemlich seltsamen und sinnfreien. Aber warum wachte ich nicht auf, wie sonst immer, wenn ich realisierte, dass ich nur träumte?

„Hallo Kim."

Erschrocken fuhr ich herum. Ein paar Meter von mir entfernt stand eine junge Frau. Ich kniff die Augen zusammen und musterte sie. Schätzungsweise war sie mein Alter, obwohl ihre Gesichtszüge sehr reif und auf eine unerklärliche Art und Weise wissend wirkten. Braunes, gewelltes Haar fiel ihr gerade so bis auf die Schultern und umspielte ihr helles, sommersprossiges Gesicht. Ein weißes Baumwollkleid umschlang ihren Körper mit dem sie perfekt in eine Waschmittelwerbung gepasst hätte, in der die Leute im Sommer über Blumenwiesen tanzten.

Dieser Traum wurde immer seltsamer.

„Kennen wir uns?", fragte ich rundheraus, was ein sanftes Lächeln auf ihre Lippen zauberte. Sie kam mir unglaublich bekannt vor, ich kam nur nicht darauf, woher.

„Mehr oder weniger", antwortete sie. Hä?

Meine Ahnungslosigkeit musste mir förmlich ins Gesicht geschrieben stehen, denn ihr Lächeln vertiefte sich und sie schüttelte den Kopf. „Tut mir leid, diese Situation ist auch für mich sehr neu. Vielleicht sollte ich doch damit anfangen, mich vorzustellen: Mein Name ist Engel und ich bin — wie du eventuell schon an meinem Namen erkennen kannst — dein persönlicher Schutzengel."

„Mein Schutzengel?", wiederholte ich langsam. „Ah ja." Heute war mein Unterbewusstsein mal wieder sehr kreativ unterwegs.

„Ich weiß, das hört sich erst einmal etwas verrückt an. Aber es ist die Wahrheit. Jeder Mensch hat einen Schutzengel und ich bin deiner."

Ich beschloss, mitzuspielen. Wer wusste schon, wohin das Ganze führte.

„Ach so, ja. Das macht schon irgendwie Sinn. Ich hab mir Schutzengel nur immer etwas ... anders vorgestellt. Mehr mit Flügeln." Und irgendwie auch ein bisschen wie Elisa, wenn ich ehrlich war.

„Ach, wenn es daran liegt, kann ich Abhilfe schaffen." Mit einem leisen „Wusch" erschienen auf einmal blütenweiße, aus hunderten von Federn bestehende Flügel an ihrem Rücken, die jeweils mindestens eine Spannweite von 1,50 m haben mussten. Obwohl ich wusste, dass das Ganze hier nur ein Traum war, haute mich der Anblick beinahe um, sodass ich einen Schritt rückwärts taumelte. „Wow."

„Sie sind doch immer wieder beeindruckend, nicht wahr?", lächelte Engel und fuhr mit den Fingerspitzen über das helle Gefieder.

Das konnte sie laut sagen. Ich wurde immer erstaunter darüber, was mein Unterbewusstsein so alles produzierte. Und wie echt es sich doch anfühlte.

„Aber meine Flügel allein reichen nicht aus, um dir zu beweisen, wer ich wirklich bin." Sie legte den Kopf zur Seite. „Habe ich recht?"

Was war denn jetzt los? Diese Wendung kam unerwartet.

„Wie kommst du darauf?", antwortete ich so unbeeindruckt wie möglich.

Wieder dieses wissende Lächeln auf ihren Lippen, das eine Reihe weißer Zähne zeigte. „Weil ich dich lang genug kenne, um zu wissen, dass du nicht an solche übernatürlichen Dinge glaubst. Zumindest nicht mit voller Überzeugung. So wie ich deine Reaktion einschätze, hältst du das alles für einen Traum."

Verdammt. Sie war gut.

Oder doch nicht?

„Du könntest das auch wissen, wenn du von meinem Unterbewusstsein erstellt wurdest."

Wir sahen einander an, dann lachte sie auf. Es war ein helles und klares Lachen. „Tja, da hast du wohl recht. Der Punkt geht an dich. Wenn du es so siehst, kann ich wohl sagen, was ich will, und es würde dich nicht überzeugen."

In diesem Fall lag sie wieder richtig. Ich zuckte mit den Schultern. „Wahrscheinlich."

Plötzlich verschwand ihr amüsierter Gesichtsausdruck und verwandelte sich in einen ernsten. „Ich befürchte, dann ist der einzige Weg es dir zu beweisen, dir direkt zu sagen, warum ich hier bin. Oder besser: Warum *du* hier bist."

Ich zog eine Augenbraue hoch. Was auch immer hier gespielt wurde, ich fing langsam an, davon genervt zu werden. „Aha. Warum ich hier bin."

„Ja, genau. Willst du dich vielleicht setzen, bevor ich es dir sage?"

Erst jetzt bemerkte ich, dass neben mir ein Sofa stand. Allmählich wurde die Sache wirklich lächerlich. Wieso konnte ich nicht einfach aufwachen?

Ich verschränkte die Arme vor der Brust. „Nein, danke. Es geht schon."

„Wie du willst." Sie nickte ruhig und ging einen Schritt auf mich zu. Ihre Flügel wippten leicht bei der Bewegung. „Kim, du bist tot."

Ich starrte sie an. Was redete sie da für einen Schwachsinn?

„Ich bin tot?", wiederholte ich. Und dann fing ich laut an zu lachen. Ich wusste nicht warum, es brach einfach aus mir heraus. Seit Monaten verabscheute ich dieses Leben, das sich mein eigenes nannte und jetzt wollte mir mein Schutzengel erklären, es sei beendet?

„Hättest du dann nicht ein ziemlich schlechten Job gemacht, so als mein Schutzengel?", meinte ich.

„Meine Aufgabe ist es, dich zu beschützen, das stimmt. Aber dennoch hast du deinen eigenen Willen und deine eigenen Entscheidungen. Ich kann nicht alles kontrollieren und vorgeben. Ich kann dich nur leiten und manche Dinge von dir abhalten." Engels Stimme strahlte eine unglaubliche Ruhe aus, die mich nur noch mehr aufbrachte. Bevor ich ihr eine schnippische Antwort geben konnte, sprach sie jedoch weiter. „Du glaubst mir nicht. Aber es ist wahr. Erinnere dich daran, was als letztes passiert ist. Du hast das Kino verlassen und bist mit dem Fahrrad gefahren. Und dann hattest du den Unfall."

Ich wollte nicht tun, was sie mir sagte, aber mein Gehirn war schneller. Ich erinnerte mich. Wie ich die Straße lang gefahren war. Wie das Auto mir entgegen kam und ich auswich. Der Schmerz, der mich durchfuhr, als ich auf dem nassen Boden aufkam und wie danach alles dunkel wurde. Engel hatte recht. In diesem Moment hatte mein Leben ein Ende gefunden.

„Ich ... bin tot." Jetzt setzte ich mich doch auf das Sofa.

Ich legte den Kopf in den Nacken und schloss für einen Moment die Augen. Es war vorbei. Die Zeiten des Schmerzes, der Perspektivlosigkeit, des Trauerns, der Gefühllosigkeit. Die Monate, in denen ich mich so oft gefragt hatte, wozu das alles noch gut sein sollte, wozu ich überhaupt noch da war. Jetzt hatte all das ein Ende. Ich würde nie wieder schlaflose Nächte hinter mich bringen müssen, nie wieder ertragen, dass Mika mit Sam zusammen war. Nie wieder den Streit meiner Eltern ertragen. Nie wieder enttäuscht werden. Nie wieder einsam sein.

Eine Träne lief mir über die Wange. Aber es war keine Träne des Entsetzens oder der Trauer. Nein, sie war aus Erleichterung entstanden.

„Bitte sag mir, dass das hier doch kein Traum ist."

„Ja, Kim. Du träumst nicht. Das hier ist die Wirklichkeit", sagte Engel sanft.

Zum ersten Mal seit einer langen Zeit, fühlte sich die Realität nicht einengend und grausam an, sondern beruhigend. Ich blieb noch einen weiteren Moment sitzen und ließ dieses Gefühl durch mich hindurch strömen. Dann stand ich auf und stellte mich Engel gegenüber.

„Was passiert jetzt? Bleibe ich jetzt für immer hier?" Ich breitete die Arme aus und zeigte auf den weißen Raum um mich herum. Ich meinte einen kurzen Ausdruck über Engels Gesicht huschen zu sehen, der mich an ein Seufzen ohne Ton erinnerte. Doch bevor ich darüber nachdenken konnte, war er auch schon verschwunden, sodass ich mir nicht sicher war, ob ich es mir nur eingebildet hatte.

„Nicht ganz. Das hier ist nur eine Art Übergang zwischen dem, was wir Leben und Tod nennen. Nenn es eine Art Zwischenwelt, wenn du willst. Du glaubst gar nicht, wie viel erledigt werden muss, bevor eine Seele in die andere Welt übertreten kann. Das ist noch mehr Papierkram als bei einer Steuererklärung bei den Lebenden. Bis das geklärt ist, sind wir hier."

„Wie lang dauert so was?"

„Das ist unterschiedlich. Aber hier nehmen wir Zeit sowieso anders war, als man es in der lebenden Welt tut."

„Und was machen wir in dieser Zeit? Einfach hier bleiben?"

„Nein, nein. Das ist nur die Einrichtung, die ich gewählt habe, um dir alles zu erklären. Wir können jeder Zeit den Ort wechseln." Im Bruchteil einer Sekunde veränderte sich der weiße Raum um uns herum und wir standen auf einer Lichtung im Wald. Die Bäume um uns herum waren kahl und grau. Ein Bach bahnte sich in der Nähe seinen Weg durch den erdigen Boden. Man konnte das Wasser plätschern hören. Zwischen zwei Bäumen waren bunte Bretter befestigt, die eine Plattform bildeten. Ich wollte mich umdrehen und sehen, ob ich hinter dem Waldrand ein Gebäude erkennen konnte, doch da änderte sich die Landschaft wieder und wir standen im Garten vor unserem Haus.

Die beiden Autos meiner Eltern parkten in der Einfahrt und im Küchenfenster brannte Licht. Der Lavendel, der in einer geraden Linie vor der Wand entlang wuchs, war eine ausgeblichene Mischung aus grau, grün und violett. Verwelktes Laub lag hier und da vom Winde verweht auf dem Rasen. Diese Jahreszeit hatte für mich schon immer etwas trostloses gehabt.

Auf einmal fuhr ein Polizeiwagen vor und hielt vor der Einfahrt. Zwei Beamten stiegen aus und liefen, ohne mich und das Mädchen mit den gigantischen weißen Flügel zu bemerken, zur Haustür. Ein unbehagliches Gefühl breitete sich in mir aus. Was wollten sie hier? Und was wollten *wir* eigentlich hier?

Als die Tür sich öffnete und Mama sie nach kurzem Erstaunen hereinließ, folgten wir ihnen. Aus der Küche kam Papa und setzte sich mit ihnen an den Esszimmertisch. Er hatte dunkle Ringe unter den Augen und spielte nervös mit dem Ehering an seinem Finger. Auch Mama sah nicht ganz wach aus, obwohl sie wie immer perfekt gestylt war. Müssten die beiden nicht bei der Arbeit sein? Was für ein Wochentag war heute überhaupt? Wussten sie bereits, dass ich tot war? Es war seltsam, einfach so neben dem Tisch zu stehen und die vier Personen zu beobachten, ohne dass sie wussten, dass man da war.

„Frau Zoller, Herr Zoller, ich möchte Ihnen noch ein weiteres Mal mein Beileid zu ihrem Verlust aussprechen und mich dafür entschuldigen, dass wir erneut hier sind", begann der ältere der beiden Polizisten.

Mama nickte. „Danke."

„Der Grund, warum wir hier sind, ist der, dass uns das Ergebnis der Blutprobe ihrer Tochter nun vorliegt, die wir immer durchführen lassen, um auszuschließen, dass die Person unter Alkohol- oder Drogeneinfluss stand."

Ein misstrauischer Ausdruck huschte über das Gesicht meiner Mama. „Unsere Tochter hat weder Alkohol noch Drogen genommen. Sie war erst 16."

Der Polizist hob beschwichtigend die Hand. „Es war reine Routine und in diesem Fall kann ich sie auch beruhigen. Allerdings wurde eine stark erhöhte Konzentration an Schmerz- und Schlafmittel nachgewiesen."

„Was wollen sie damit sagen?" Papa schien plötzlich aus der Starre zu erwachen, in der er sich bisher befunden hatte.

„Das lässt darauf schließen, dass Kim dabei war, sich das Leben zu nehmen. Wir vermuten, dass sie die Medikamente eingenommen hat und daraufhin an einen Ort wollte, um dort zu sterben. Der Unfall mit dem Fahrrad kam ihr in diesem Fall zuvor beziehungsweise war eine Folge der Wirkung der Schlafmittel."

„Das ist doch Unsinn. So etwas hätte Kim nicht getan."

„Sie haben doch gesagt, dass sie einem Auto ausgewichen sein muss und deshalb gestürzt ist." Meinen Eltern standen die Zweifel ins Gesicht geschrieben. Was für eine gute Schauspielerin ich in den letzten Monaten gewesen sein musste.

Der Polizist nickte. „Davon sind wir zuerst auch ausgegangen. Aber mit diesem Ergebnis, ändert sich die Lage. Wir gehen nicht davon aus, dass sie die Substanzen gegen ihren Willen eingenommen hat. Deshalb würden wir sie bitten, einen Blick in ihr Zimmer werfen zu dürfen, in der Hoffnung, einen Brief oder etwas ähnliches zu finden, um Gewissheit zu schaffen."

Mama erhob sich. „Ich komme mit Ihnen."

Zu sechst liefen wir die Treppe hinauf in mein Zimmer. Es herrschte noch das gleiche Chaos, das ich hinterlassen hatte, als ich zum Kino gefahren war. Auf dem Bett und dem Boden lagen Klamotten herum, die ich in der Eile aus meinem Schrank gezogen hatte. In der Ecke lag mein Rucksack. Auf dem Schreibtisch stapelten sich Schulunterlagen und Schminkutensilien. Die beiden Beamten begannen damit, in meine Schubladen und Regale zu sehen. Auch wenn sie dabei vorsichtig und routiniert vorgingen, wollte ich sie am liebsten anschreien, sie sollten meine Sachen in Ruhe lassen. Ich hatte es schon gehasst, wenn meine Eltern dachten, sie müssten irgendetwas in meinem Zimmer einsammeln oder aufräumen. Das waren meine Dinge, mein Reich. Und niemand hatte das Recht, dort einzudringen.

Aber ich schwieg. Die einzige Person, die mich würde hören können, war Engel. Die, seit wir im Haus waren, kein Wort gesagt hatte und nur alles bedächtig beobachtete. Meinem Papa schien es ähnlich zu gehen wie mir, denn die Falten zwischen seinen Augen wurde jedes Mal ein bisschen tiefer, wenn eine neue Schublade geöffnet oder ein weiteres T-Shirt zur Seite geräumt wurde. Nur Mamas Gesicht war eine einzige Wand aus Stein. Unbewegt und undurchsichtig.

„Bertram?" Zum ersten Mal, seit die beiden zur Tür herein gekommen waren, sagte der jüngere Polizist etwas. Er hob das kleine braune Büchlein und den Brief hoch, der an der Seite heraus geschaut hatte.

„Das ist ihr Notizbuch", sagte Papa, als ob das die wichtigste Information wäre.

Bertram ging zu seinem Kollegen, nahm ihm den Zettel aus der Hand und warf einen Blick darauf. Dann sah er wieder meine Eltern an. „Es sieht so aus, als seien wir fündig geworden. Wollen wir vielleicht unten weiterreden?"

Die Antwort meiner Eltern bekam ich nicht mehr mit, da in diesem Moment die Umgebung, inklusive aller Anwesenden zu verschwimmen begann. Erst vermischten sich alle Farben miteinander, wie bei einem ausgelaufenen Malkasten, dann schienen sie zu verblassen, bis alles nur noch aus einer weißen Fläche zu bestehen schien.

Ich blinzelte und drehte mich zu Engel um. „Was sollte das denn?"

„Ich dachte, das sei erst einmal genug."

„Ach, erst entscheidest du, dass wir dort einfach auftauchen und dann gehen wir, wenn es spannend wird? Wie war das nochmal, mit meinem freien Willen?" Ich verstand einfach nicht, was Engel damit hatte bezwecken wollen. Ihr hin und her regte mich auf. „Warum hast du mir nicht direkt gesagt, dass mein Tod kein Unfall war?"

„Ich dachte, es wäre dir bewusst geworden, als du dich erinnertest."

„Zufällig wusste ich nicht mehr, dass ich die Tabletten genommen hatte", fauchte ich und verschränkte die Arme vor der Brust. „Und was war das eben? Schauen wir uns jetzt verschiedene Phasen meines Lebens an, oder was?"

„Was glaubst du denn, wo wir hier sind? Bei Mr Scrooge in einer Weihnachtsgeschichte? Ich bin kein Geist, sondern ein Engel. Und das hier ist eine Zwischenwelt, in der wir uns nur aktuelle Ereignisse ansehen können. Du hast dich dafür entschieden, dass deine Zukunft so aussieht, mache mich nicht dafür verantwortlich, dass dir nicht gefällt, was du siehst." Sie hatte nicht laut werden müssen, während sie sprach, aber ihre Stimme war bestimmt und fest. Ich merkte, dass sie ähnlich unzufrieden mit meiner Reaktion war, wie ich mit ihrer. Ihre Flügel klappten sich ein wenig zusammen, als sie meinem trotzigen Blick standhielt und dann etwas ruhiger fortfuhr. „Ich mag es nicht, dich gereizt zu sehen. Das mochte ich noch nie. Ich hielt es für eine gute Idee, dir zu zeigen, was du hinterlässt, aber wenn du das so ablehnst, können wir auch hier bleiben und ich werde solche Szenensprünge unterlassen. - Soweit ich es kontrollieren kann."

Ich dachte nach. Ja, ich hatte mich für diesen Weg entschieden. Aber durfte ich mich deshalb nicht dagegen wehren, die Reaktionen der anderen zu sehen? Nein, es war schließlich immer noch mein Leben - und mein Tod.

Was machte es für einen Unterschied, ob mein Tod ein Unfall oder ein Suizid war? Vorhin hatte es für mich noch keinen gemacht. Mein Leben war vorbei gewesen und das hatte ich erreichen wollen, wie es dazu letztendlich gekommen war, spielte keine Rolle. Doch jetzt war das anders. Man hatte meinen Brief gefunden, man würde wissen, warum ich es getan hatte. Warum ich es nicht mehr ausgehalten hatte. Wie würden die Menschen, die um mich herum gelebt hatten darauf reagieren? Würde es überhaupt jeder erfahren? Ich hatte mal gehört, dass in den Medien nicht über Selbstmorde berichtet werden durfte, weil man verhindern wollte, dass es Nachahmer gab. Aber dagegen, dass darüber geredet wurde, konnte niemand etwas tun. Und warum sollte es auch geheim gehalten werden? Ich hatte in dem Brief keine Namen verwendet, niemanden direkt angesprochen. Es war eine Nachricht gewesen, von mir an die Nachwelt. Eine Erklärung. Doch wer würde sie lesen? Wer würde sie verstehen? Oder besser: Wie würde sie verstanden werden?

Für mich war es vorbei. Es machte keinen Unterschied mehr, ob ich es sah oder nicht. Ich atmete tief ein und sah Engel an. „Nein, ich will es sehen. Ich will wissen, wie es weitergeht."

„Gut, wenn du das willst, werden wir es tun."

16.

Als Erstes bemerkte ich die kalte Luft und die gedämpften Stimmen. Nach und nach veränderte sich auch das Bild um uns herum und ich konnte erkennen, dass wir uns auf dem Schulhof befanden. Es musste Pause sein, denn die meisten Schüler standen in kleinen Gruppen hier draußen zusammen. War etwas anders als sonst? Nein. Vereinzelte Schüler rannten umher und spielten Fangen, andere unterhielten sich angeregt und aßen ihr Frühstück. Trotzdem kam es mir anders vor. Angespannter. Distanzierter.

„Warum sind wir hier? Was ist mit meinen Eltern und der Polizei?", fragte ich Engel.

Sie zuckte mit den Schultern, sodass ihre Flügel leicht wippten. „Ich habe dir doch erklärt, dass die Zeit sich bei uns etwas anders verhält. Manche Dinge sind bereits passiert und ich habe keinen Einfluss darauf, was wann geschah oder geschehen wird. Nur, wo wir sind, kann ich entscheiden. Dass die Polizei bei deinen Eltern war und den Brief gefunden hat, liegt bereits in der Vergangenheit."

Für einen kurzen Moment spürte ich wieder Wut aufsteigen, dass sie mir das nicht früher gesagt hatte. Aber dann wurde mir bewusst, dass es keinen Sinn hatte, sich weiter aufzuregen. Ich hatte bekommen, was ich wollte. Wenn ich mich jetzt darüber auslasse würde, wirkte ich nur wie ein kleines bockiges Kind, das seine Serie verpasst hatte. Und irgendwie wollte ich nicht, dass Engel mich so sah. Sie wirkte so ruhig, so überlegen. Das wollte ich auch können.

„Wie lang ist es überhaupt her, dass ich gestorben bin?", fragte ich stattdessen. Ganz erwachsen. Na ja, wenn man über den eigenen Tod zu sprechen in die Kategorie *Sachliche Themen* einordnen konnte.

„Fast 5 Tage."

Ich rechnete nach. „Dann ist heute Mittwoch." Engel nickte und ich konnte einen ihrer Mundwinkel ein wenig Zucken sehen.

„Dafür reichen meine Kopfrechenfähigkeiten noch aus."

„Du warst nun mal im Mathe-Leistungskurs." Machte sie sich gerade über mich lustig?

„Und was tun wir jetzt hier?"

„Sieh dich um. Das war deine Schule. Erkennst du jemanden?"

Ich ließ meinen Blick über den Platz schweifen. Ich wusste nicht, warum wir genau in der Schule waren, aber wenn Engel uns hierher gebrachte hatte, dann würde ich es ja wohl herausfinden können. Und zwar selbst. Außerdem, wer sagte denn, dass sie diesen Ort mit einem Grund ausgewählt hatte? Konnte sie das überhaupt alles kontrollieren?

Ich setzte mich in Bewegung. Nach wenigen Metern fiel mir eine knallrote Steppjacke ins Auge. Finn. Wie zu erwarten war, standen Dori und Ian dabei. Nur Mika fehlte.

„Die Gedenkfeier ist in der Sporthalle oder?", fragte Dori und schob mit seinem Fuß einen Stein hin und her.

„So hieß es in der Durchsage."

„Das hat man bei uns im Saal wieder nicht richtig gehört."

„Wart ihr in Physik 2?"

„Ja genau." Ian nickte.

„Da versteht man nie irgendwas. Ich glaube, die Lautsprecher haben noch nie funktioniert." Dann wurde es plötzlich still zwischen den dreien. Dori biss ein Stück von seiner Brezel ab.

„Es ist schon echt seltsam, dass sie weg ist", brach Finn das Schweigen.

„Irgendjemand geht immer zuerst", murmelte Ian.

„Ian, das ist nicht witzig."

„Ich habe auch nicht gelacht", antwortete er trocken. „Ich habe gehört …" Er räusperte sich. „…dass es kein Unfall gewesen sein soll."

„Ich auch."

„Was meint ihr damit? Dass sie jemand mit Absicht umgefahren hat?" Ein Ausdruck von Schock machte sich auf Doris Gesicht breit.

„Nicht jemand anderes. Sondern dass sie … es sich selbst angetan hat."

„Ach du Scheiße. Seid ihr euch sicher? Warum sollte sie so was tun?"

Finn schüttelte den Kopf. „Vielleicht ist es auch nur ein Gerücht. Ein richtiger Grund ist mir auch nicht eingefallen. Aber wer weiß, was in ihrem Kopf alles vorging." Der Schulgong ertönte und die drei drehten sich um.

„Kommt, lasst uns gehen." Auch einige andere Schüler machten sich direkt auf den Weg in das angrenzende Schulgebäude. Ich blieb stehen und schaute ihnen nach.

Wie hatte Finn das gemeint? Dass, wenn es wahr war, er mich für verrückt hielt? Oder dass er Verständnis dafür hatte, was in anderen vorging?

Engel stand neben mir und beobachtete meine Reaktion. Ich konnte ihren Blick auf mir spüren. Obwohl es bestimmt kaum über null Grad hatte, war sie immer noch barfuß und trug das weiße Baumwollkleid. Doch sie schien keine Kälte zu spüren. Warum auch, schließlich war sie ein übernatürliches Wesen. Und auch ich merkte in diesem Moment, dass die Temperatur mich nicht störte.

„Die Gedenkfeier ist für mich, oder?"

„Außer dir haben sie an dieser Schule im Moment keinen Verlust zu bedauern", antwortete Engel eben so trocken wie Ian es hätte tun können.

„Ich möchte sie gern sehen."

Sie zeigte mit der Handfläche in die Richtung, in die die Jungen verschwunden waren. „Nur zu."

Als wir in der Sporthalle ankamen, waren die Hälfte Sitzplätze bereits besetzt. Ich glaubte nicht daran, dass alle Schüler erscheinen würden. Schließlich kannten mich die meisten überhaupt nicht. Oder hatten mich nicht gekannt. Außerdem wusste ich nicht, ob es sich zumindest für die Leute aus meiner Stufe um eine Pflichtveranstaltung handelte. Na ja, und wenn nicht, wer ließ sich schon eine Stunde ohne Unterricht entgehen?

An der vorderen Seite der Halle war eine Leinwand und daneben ein Pult aufgebaut worden, an dem unsere Schulleiterin, Herr Senn und Frau Weiß sowie zwei weitere erwachsene Personen standen, die ich nicht kannte. In der ersten Reihe konnte ich Carina und Elisa erkennen. Daneben saß Sam mit Mika. Ihr Anblick verpasste mir abermals einen Stich. Selbst jetzt, wo ich tot war, tat es noch weh, die beiden zusammen zu sehen. Aber nun hatte ich wenigstens die Gewissheit, auch das nicht mehr lang ertragen zu müssen.

Der Klang von leisem Murmeln und vereinzeltem Schluchzen hing über allem. Es schien nicht ganz zu dem Geruch des Linoleumbodens und der von Schweiß, der sich doch nie komplett entfernen ließ, zu passen.

Wir stellten uns vorn neben das Pult und ich betrachtete die Reihen aus Schülern und Lehrern. Nach ein paar Minuten, war jeder Sitzplatz belegt und auch an der Wand entlang standen Leute. Es überraschte mich, wie viele es waren, dabei kamen mir viele Gesichter höchstens bekannt vor, geschweige denn, dass ich die Person dazu besser kannte. Ich bezweifelte, dass sie wegen mir persönlich hier waren.

„Ich werde zunächst selbst ein paar Worte sagen und dann an Sie weiterleiten, Herr Senn", hörte ich Direktorin Garrecht sagen.

Mein Lehrer nickte und faltete einen ordentlich beschrifteten Zettel auseinander. „Ich habe zusammen mit Freundinnen von Kim ein paar Sachen notiert, die ich gern sagen würde. Wie sie als Mensch war und ein paar Geschichten aus ihrer Schulzeit hier."

„Natürlich, natürlich. Nur bitte schweifen sie nicht zu weit aus. Wie Sie sich vorstellen können, ist die aktuelle Situation für uns alle recht heikel und wir wollen Herr Olfe und Frau Lasan noch genug Zeit einräumen, damit sie ihre Arbeit machen können."

„Ja, das verstehe ich. Ich dachte nur, dass dieses Treffen hier mehr für Kim selbst sein sollte, als über die Art, wie sie gestorben ist."

„Selbstverständlich. Diese Andacht hier ist hauptsächlich für sie bestimmt. Aber wir dürfen die aktuelle Lage, in der die Schule sich nun befindet, nicht außer Acht lassen. Sie haben mitbekommen, dass es nach solch einem Vorfall oft zu Nachahmern unter den Jugendlichen kommen kann. Und es liegt nun in unserer Verantwortung, dies zu verhindern."

„Frau Garrecht?" Unser Hausmeister erschien hinter dem Pult. „Die Lautsprecher sind verbunden. Wenn sie wollen, können Sie anfangen."

Mir war unsere Schulleiterin schon immer unsympathisch gewesen. Sie hatte so einen kalten Blick mit dem sie jeden zu verurteilen schien. Und da ich bisher bei keinem Wettbewerb unsere Schule vertreten hatte und auch nicht gerade die beste Schülerin war, hatten ich ihn schon öfter zu spüren bekommen, wenn ich ihr im Flur begegnete. Obwohl ich hätte schwören können, dass sie bis vor ein paar Tagen zu meinem Gesicht nicht sicher einen Namen gehabt hätte. Wenn ich sie jetzt so mit Herr Senn reden hörte, wurde mir klar, dass sie nicht nur kalt wirkte, sondern auch so war. Das Einzige, was sie hier bedauerte, war nicht mein Tod, sondern den Ruf ihrer Schule.

Das letzte, leise Flüstern verschwand, als das Licht auf der Leinwand flackerte und ein Foto von mir zeigte. Ich erinnerte mich daran, wie es aufgenommen wurde. Es war im April in einer Freistunde gewesen. Wir hatten herumgealbert und Mika wäre fast rückwärts von der Bank gefallen. Wild mit den Armen rudernd hatte er das Gleichgewicht halten können, doch es hatte so witzig ausgesehen, dass ich lachen musste. Diesen Moment hatte Elisa mit ihrem Handy eingefangen. Wie ich ehrlich und ausgelassen lachte. Wie ich Spaß hatte mit meinen Freunden. Das alles kam mir so weit entfernt vor.

„Liebe Schülerinnen und Schüler, liebe Lehrerinnen und Lehrer", begann Garrecht. „Wir sind heute hier, um dem Verlust von Kim Zoller, unserer Schülerin und Freundin, zu gedenken."

Irgendwie kam mir das alles immer noch vor wie in einem Traum. Eben stand ich noch in der Turnhalle bei meiner eigenen Gedenkfeier und sah die verweinten Gesichter meiner Freundinnen, im nächsten Moment würde das alles verschwinden und ich würde in meinem Zimmer auf dem Fußboden neben meinem Bett aufwachen und mich über mich selbst ärgern, dass ich das alles geglaubt hatte. Ohne das Engel es sah, kniff ich mir in den eigenen Handrücken. Der Schmerz war echt. So echt wie der, als mein Fuß auf den Lenker geknallt war, während ich die Böschung hinunter gefallen war. Das alles passierte wirklich. Auf einmal hatte ich wieder dieses beengende Gefühl in der Brust. Als ob mir jemand ganz langsam die Luft zum Atmen nehmen würde.

„Ich will hier weg."

Engel drehte sich zu mir.

„Lass uns gehen! Jetzt!" Sie zögerte einen Moment, also setzte ich noch schnell hinzu: „Bitte!"

Sie nickte und wieder begann alles um uns herum zu verschwimmen, bevor wir uns wieder in dem weißen Raum befanden.

Als würde ich aus einem See auftauchen, schnappte ich nach Luft.

„Ist alles in Ordnung?", fragte Engel.

„Wonach sieht es denn aus?", fuhr ich sie an.

„Es kann sehr aufwühlend sein, wenn man sieht, dass es den Menschen, die man liebt, nicht gut geht. Vor allem, wenn man selbst der Grund dafür ist."

„Du hast doch gehört, was sie gesagt haben! Hauptsache, es gibt keine Nachahmer! Trauer sieht anders aus."

„Das ist es, was Frau Garrecht gesagt hat. Aber du weißt genauso gut wie ich, dass das nicht für die anderen gilt. Du hast Herr Senn und deine Freundinnen gesehen. Du wolltest nicht dort weg, weil dich die Rede deiner Schulleiterin angeödet hat."

„Du hast doch keine Ahnung, wie es mir geht! Alles was ich mache, wird von dir verurteilt! Du bringst mich an diese Orte, damit ich mir ansehen muss, wie die Welt sich ohne mich weiterdreht. Genau die Welt, die ich nicht mehr ertragen habe! Warum kannst du nicht akzeptieren, dass ich das wollte?"

„Ich weiß, dass dein Leben für dich eine Herausforderung war. Aber es gibt so viel, wofür es sich zu leben gelohnt hätte. In deinem Alter und später ebenso."

„Woher willst du das wissen? Du bist *mein* Schutzengel und soweit ich das beurteilen kann, damit nicht wirklich älter als ich. Es ist nicht so, als hättest du dein eigenes Leben gelebt, um das zu wissen. Und wenn du immer bei mir warst, wie willst du dann vom weiteren Leben etwas verstehen? Was weiß ich denn schon vom Leben? Ich bin doch erst 16!"

Ein kaum merkliches Zucken fuhr durch ihren Körper. „Ganz genau. Und jetzt wirst du es auch nie erfahren können."

Ich spürte Tränen der Wut in mir aufsteigen und biss mir auf die Zunge. „Lass mich doch einfach in Ruhe." Ich drehte mich um und lief von ihr weg.

Da glaubte man, nach dem Leben kam die Erlösung. So ein Schwachsinn! Wenn alle so einen Schutzengel hatten wie ich, konnte einem die Menschheit echt leid tun.

Nach einer ganzen Weile blieb ich stehen und setzte mich auf den Boden. Um mein Handgelenk hing ein Haargummi, das ich immer für den Notfall dabei hatte. Ich fing an, es wieder und wieder um mein Handgelenk zu drehen und kämpfte weiter gegen die Tränen an. Auch wenn es diesmal sowieso niemand sehen konnte, wollte ich mir diese Blöße nicht geben. Ein leichter Lufthauch fuhr mir durch die Haare.

„Es tut mir leid", ertönte Engels Stimme leise hinter mir. „Das hätte ich nicht sagen sollen. Ich wollte dich nicht verletzten. Ich habe für einen Moment vergessen, wie viel du gerade zu verarbeiten hast." Ich antwortete nicht, sondern starrte weiter auf das Haargummi zwischen meinen Fingern. Aus dem Augenwinkel nahm ich wahr, wie sie sich neben mich setzte und den Rücken gegen eine aus dem Nichts aufgetauchte Wand lehnte.

„Weißt du, ich habe es immer sehr genossen, dein Schutzengel zu sein. Du hattest eine so blühende Fantasie und selbst nach all der Zeit, die ich bei dir verbrachte, hast du mich doch immer wieder mit deinen Ideen überrascht." Sie sah mich kurz an und blickte dann vor sich in die Ferne. „Weißt du noch, als du mit Manu und Carina im Wald gegen die Brennesselarmee gekämpft hast? Oder als ihr unbedingt ein Eichhörnchen fangen wolltet, um es zu zähmen, damit es immer mit euch zur Schule kommen kann? Gott sei Dank waren sie schneller als ihr!" Engel lachte auf. Es war so ein schönes Lachen, dass ich von meinem Haargummi abließ und sie von der Seite anschaute, als sie weitersprach. „Du kannst dir nicht vorstellen, wie sehr ich mich gefreut habe, als du anfingst, deine Gedanken aufzuschreiben. Ich kenne dich zwar ziemlich gut und kann meistens nachvollziehen, was in dir vorgeht, aber deine Gedanken zu lesen war, wie gesagt, noch nie möglich. Es war schön, einen neuen Eindruck davon zu bekommen, wie die Welt in deinen Augen aussieht. Sowohl die hübschen Momente, als auch die unschönen."

Sie strich sich eine Haarsträhne hinter das Ohr und zeigte damit einen kleinen silbernen Ohrring. Sie war ungeschminkt. Ihre Ober- und Unterlippe waren fast gleich voll und beim Lächeln zog sich zuerst der linke und dann der rechte Mundwinkel nach oben. Das war mir vorhin schon aufgefallen. Ihre Nase war recht gerade, bis auf eine kleine Wölbung, die die Nasenspitze ein wenig zu hoch gestellt aussehen ließ. Es war die gleiche Wölbung die mir vor ungefähr drei Jahren beim Selfie machen mit Sam aufgefallen war und mich seitdem störte.

„Du siehst aus wie ich", sagte ich leise.

Engel drehte sich zu mir. „Hm?"

Schon die ganze Zeit kam sie mir bekannt vor, ich war nur nicht darauf gekommen, woher. Doch jetzt wusste ich es: Sie sah aus wie ich. Na gut, ihre Haare waren vielleicht etwas kürzer als meine und sie war ein wenig schmaler gebaut als ich, aber im Großen und Ganzen, hätte ich auch mit meinem Spiegelbild sprechen können.

„Warum sehen wir uns so ähnlich?"

Sie lächelte. Erst wieder der linke Mundwinkel, dann der rechte. „Ich bin dein Schutzengel. Und damit stark mit dir verbunden."

„Aber was ist mit den Punkten, in denen wir nicht übereinstimmen?"

„Na ja, die Flügel sollten sich, denke ich, von selbst erklären. Ansonsten ... vielleicht kreative Freiheit? Die genauen Gründe dafür kann ich dir genauso wenig erklären wie alles, bei dem ich es bereits versucht habe. Es gibt sogar Dinge, die ich nicht weiß. Ich bin schließlich kein allwissender Geist."

„So etwas gibt es?", hakte ich nach.

„Wer kann das schon mit Sicherheit sagen?" Sie zwinkerte mir zu, dann wurde sie wieder ernst. „Es tut mir leid, dass ich vorhin so grob war."

„Ist schon gut. Ich war ja auch nicht gerade besonders nett zu dir. Es ist einfach alles ein bisschen ... verwirrend."

„Das verstehe ich. Und ich kann dir versichern, dass es auch für mich seltsam ist, nicht nur bei dir zu sein, sondern tatsächlich direkt mit dir zu reden."

Ich winkelte meine Beine an und setzte mich in den Schneidersitz. „Wie funktioniert das eigentlich so, wenn man ein Schutzengel ist?"

„Wie meinst du das?"

„Na ja, kannst du in die Zukunft sehen, um zu wissen, wann du mich beschützen musst? Und in welchen Situationen darfst du helfen und in welchen nicht?"

„Ach so. Also in die Zukunft sehen kann ich leider nicht, aber ich habe einen Verstand, mit dem ich mir denken kann, was als Nächstes passiert, so wie du auch. Inwiefern ich ihn benutze, entscheide ich teilweise selbst, teilweise habe ich keinen Einfluss darauf. Zum Beispiel, wenn du selbst etwas bewusst tust, wie einen Sprung vom 10 Meter Turm oder irgendwelche Pillen zu nehmen, kann ich nur sehr, sehr begrenzt eingreifen. Auch das direkte Handeln von anderen Menschen kann ich nicht beeinflussen."

„Fällt dir eine Situation ein, in der du mir aktiv geholfen hast?"

„Oh ja, natürlich. Du glaubst es vielleicht nicht, aber da gibt es einige." Sie dachte kurz nach. „Weißt du noch, in der 3. Klasse, als du bei Kristian und Eva im Garten gestürzt bist?"

„Du meinst, als wir Fangen gespielt haben?"

Sie nickte. „Du bist ausgerutscht und es hätte nicht viel gefehlt, dann wärst du mit dem Hals direkt auf eine der Zaunspitzen gefallen."

Ich schluckte. Ja, daran erinnerte ich mich. „Das warst du?"

„Ja." Sie atmete tief ein. „Ich habe immer mein Bestes gegeben, damit es dir gut geht. Es tut mir leid, wenn das nicht immer geklappt hat."

„Es ist nicht deine Schuld." Ich wusste nicht, was ich dazu noch sagen sollte, deshalb blieb ich still und betrachtete die weiße Fläche vor uns.

„Was willst du jetzt machen?", fragte Engel.

„Was habe ich denn für eine Wahl?"

„Man hat immer eine Wahl. Nur alles kontrollieren kann ich nicht, das muss dir bewusst sein."

Ich nickte langsam. „Okay. Für das ein oder andere bin ich bereit. Denke ich."

Engel stand auf und reichte mir die Hand. Ich nahm sie und ließ mir aufhelfen. Ihr Griff war stark und sanft zugleich. Sie gab einem eine besondere Sicherheit.

„Dann lass uns gehen."

„Ich gehe einkaufen. Wenn etwas sein sollte, ruf mich ruhig an", sagte eine Frau.

„Ja, danke, Mam", antwortete jemand. Ich erkannte die Stimme sofort, auch wenn ich noch nichts sehen konnte. Mika. Langsam ergab sich auch wieder ein scharfes Bild aus den farbigen Umrissen um uns herum und ich konnte erkennen, dass wir in Mikas Zimmer standen.

Ich war nicht oft hier gewesen. Und doch hatte ich mir so viele Male vorgestellt, wie es wohl sein würde, allein mit ihm hier zu sein. Nicht für ein Schulprojekt, sondern als seine feste Freundin. Als der Mensch, über dessen Anwesenheit er sich am meisten freute. Jetzt nahm jemand anderes diese Rolle ein, denn in diesem Moment hörte ich seine Mutter an der Haustür mit jemandem sprechen, bevor sich die Tür öffnete und Sam das Zimmer betrat.

„Hi Honey", sagte sie und küsste Mika auf den Mund.

„Hey." Er schloss die Tür und setzte sich neben ihr aufs Bett. „Schön, dass du jetzt schon kommen konntest."

„Ach, weißt du, im Moment ist es leicht, meine Eltern davon zu überzeugen, mich zu dir zu fahren." Sie zog ihr Handy hervor. „Hier guck mal, das wollte ich dir noch zeigen. Beim Hauptbahnhof hat ein neuer Club aufgemacht und am Wochenende ist die Eröffnungsparty. Meine Schwester kennt jemanden, der dort arbeitet. Sie kann uns noch Tickets besorgen, obwohl die eigentlich schon ausverkauft sind!" Stolz lächelte Sam ihn an. Doch Mikas Begeisterung hielt sich in Grenzen.

„Also ich hatte hier jetzt ein bisschen mehr Enthusiasmus von dir erwartet", meinte sie mit vorgeschobener Unterlippe.

Er nahm eine ihrer Haarsträhnen zwischen seine Finger und drehte sie hin und her. „Der Termin für die Beerdigung wurde festgelegt. Er ist nächste Woche Samstag. Hast du das mitbekommen?"

„Ja, Elisa hat es mir erzählt." Mit einer schnellen Bewegung zog sie ihre Beine auf das Bett und setzte sich damit Mika gegenüber. „Aber das ist erst nächste Woche. Und die Party ist schon dieses Wochenende."

Mika schwieg und sah sie einfach nur nachdenklich an.

„Jetzt komm schon. Es ist gut, wenn wir mal etwas anderes machen und nicht nur hier rumsitzen und trauern. Das bringt doch nichts!"

„Ja, aber einfach weitermachen, als wäre nichts gewesen, geht auch nicht. Du hast ihren Abschiedsbrief doch auch gelesen."

Seufzend legte Sam ihr Handy beiseite. „Ja, ich habe ihn dir doch gezeigt."

„Überlegst du nicht manchmal, ob wir sie vielleicht daran hätten hindern können?"

„Ich weiß es nicht. Daran will ich nicht denken, wir können es doch eh nicht mehr ändern. Das macht es für uns doch nur noch schwerer."

„Da hast du wahrscheinlich recht. Aber ich verstehe einfach nicht, wie es soweit kommen konnte. Damals auf der einen Party bei Ian hat sie zu mir gesagt, dass sie viel um die Ohren hat, aber ich hätte doch niemals erwartet, dass so etwas passiert! Und warum hat sie nicht mit jemandem von uns darüber gesprochen? Hat sie nie etwas zu dir gesagt?"

Sam kniff die Augen zusammen. „Willst du mir gerade vorhalten, ich hätte ihr nicht zugehört?"

„Nein! Ich versuche doch nur zu verstehen, was mit ihr passiert ist. Und irgendwie habe ich das Gefühl," Er hielt kurz inne. „dass du mir etwas verheimlichst."

Sam sah ihn entgeistert an. „Willst du mich eigentlich verarschen? So vertraust du mir also? Ich lüge dich nicht an!"

Mika sah aus, als hätte man ihn geschlagen. „Nein, so meine ich das nicht! Aber du redest einfach kaum darüber. Du hast mir nicht mal erzählt, dass ihre Mutter euch darum gebeten hat, ihr beim Aussuchen von Texten aus ihrem Notizbuch zu helfen, um sie bei der Beerdigung einzubringen."

„Woher weißt du das?"

„Die anderen haben es mir gesagt. Warum du nicht? Wolltest du nicht, dass ich von ihrem Notizbuch weiß?"

„Was? Nein! Ich wusste doch selbst nicht mal, dass sie noch Gedichte schreibt. Das hat sie früher gemacht, aber ich wusste nicht, dass sie es heute auch noch tut." Sam schaute zur Seite und fuhr mit etwas leiserer Stimme fort. „Es ist einfach unangenehm, darüber zu reden."

Mika nahm ihre Hände zwischen seine. „Ich weiß, das ist alles sehr hart im Moment. Vor allem für dich, ihr wart solang befreundet … Aber warum willst du nicht, dass ich dir dabei helfe? Gibt es einen Grund dafür, dass ich das Notizbuch nicht lesen darf? Und jetzt sag mir nicht, dass es daran liegt, dass du es zu persönlich findest."

„Ich wollte es einfach nicht, okay? Es ist einfach seltsam."

„Sam, Finn hat heute etwas zu mir gesagt, dass ich ihm erst nicht glauben wollte. Ich habe gedacht, er hat da etwas falsch verstanden, aber so wie du dich verhältst, muss ich dich doch danach fragen." Er holte tief Luft und sah sie direkt an. „War Kim in mich verliebt?"

Sam wich seinem Blick aus.

„Du wusstest es", stellte Mika überflüssigerweise fest. „Warum hast du mir das nicht gesagt?"

Sam lachte auf. „Ist das dein Ernst? Vielleicht, weil ich dachte, dass du es wüsstest? Es war ja wohl kaum zu übersehen, dass Kim was von dir wollte! So wie sie dir geschrieben hat, immer neben dir sitzen und was mit dir machen wollte."

„Deshalb hat sie mir in den letzten Wochen nicht mehr geschrieben. Es muss ein Schock für sie gewesen sein, uns beide als Paar zu sehen!"

„Jetzt übertreib mal nicht. Sie hat gewusst, dass wir uns vorher geküsst haben, also kann es keine zu große Überraschung gewesen sein. Außerdem gibt es noch so viel andere Jungs, in die sie sich verlieben kann. So einen Crush, den man mit 16 hat, kann sich doch schnell wieder ändern."

„Nicht, wenn er mit der besten Freundin zusammenkommt. Und ich Idiot hatte noch zu ihr gesagt, sie kann immer mit mir reden, wenn sie will. Sie muss sich total verarscht vorgekommen sein!"

„Sie hätte doch immer noch mit dir befreundet sein können." Sam schien die Situation sichtlich unangenehmer zu werden.

„Verdammt Sam, Kim hat sich umgebracht wegen uns!" Er war vom Bett aufgesprungen. So aufgebracht hatte ich ihn noch nie gesehen.

„Nein, das stimmt nicht. Wir sind nicht Schuld an ihrem Tod! Kim hat sich ihr Leben selbst genommen und wir dürfen uns unseres jetzt nicht auch noch wegnehmen lassen! Denkst du, dass lässt mich alles kalt? Sie war mal meine beste Freundin! Wir kannten uns seit der

Grundschule und jetzt ist sie einfach nicht mehr da! Ich kann genauso wenig etwas dafür, dass wir uns ineinander verliebt haben, wie du!"

„Warum hast du nie mit mir darüber gesprochen, was Kim vielleicht zu unserer Beziehung sagen würde?"

„Weil ich verdammt nochmal nicht dachte, dass es so ein großes Ding werden würde! Und wenn schon, was hätte das geändert? Wärst du dann nicht mit mir zusammen gekommen? Hättest du aufgehört, Gefühle für mich zu haben? Wären wir einfach nur Freunde geblieben, nur damit jemand anderes nicht verletzt wird?" Sams Augen schimmerten feucht. Ob aus Wut oder Trauer konnte ich nicht sagen.

Mika wischte sich mit der Hand über das Gesicht. „Wahrscheinlich nicht. Nein. Vielleicht. Ich weiß es nicht." Er schaute zu Boden.

„Wenn das so ist, bin ich hier wohl nicht mehr erwünscht." Tränen bahnten sich nun einen Weg über ihre Wangen und hinterließen leichten Schatten von ihrer Mascara. Sie nahm ihre Jacke und ihr Handy vom Bett und wollte an Mika vorbei aus dem Zimmer. Doch an der Tür hielt er sie auf.

„Sam, warte. Bitte."

„Lass mich!", fauchte sie ihn an, riss sich aber nicht aus seinem Griff los. Er umfasste sie mit beiden Händen und zog sie an sich.

„Es tut mir leid."

Wie als sei alle Luft aus ihrem Körper gewichen, ließ sie sich gegen ihn sinken und begann zu weinen. Da standen die beiden nun. Die Köpfe aneinander gelehnt, ihre Schultern vor Schluchzern zuckend und sein Körper in einer stoischen, tröstenden Ruhe.

In meinem Inneren überschlugen sich die Gedanken. Da war Eifersucht, kombiniert mit Schmerz und dazwischen … ein schlechtes Gewissen. Ich wollte etwas fragen, traute mich aber nicht. Wer gab Engel und mir das Recht, überhaupt hier zu sein?

„Es tut mir leid,", fing Mika nach einer Weile an. „dass ich das gesagt habe. Ich habe es so nicht gemeint. Natürlich will ich mit dir zusammen sein. Es ist einfach gerade alles so schwierig und ich weiß nicht, wie ich damit umgehen soll. Ich wünschte, ich hätte ihr helfen können."

„Ich doch auch. Ich hätte doch nie gedacht, dass Kim so etwas macht!"

„Ich weiß. Das hat niemand von uns. Ich habe überlegt, vielleicht sollten wir zu dieser Psychologin gehen, die an der Schule war, um mit uns darüber zu reden. Ich will mich nicht schuldig fühlen und dass das unsere Beziehung belastet. Und wenn du willst, können wir auch auf diese Party gehen."

Sam blickte auf. „Bist du dir sicher?"

Mika nickte und strich ihr eine Haarsträhne aus dem Gesicht, die an ihrer feuchten Wange klebte. „Natürlich. Ich liebe dich, Sam."

Ein kleines Lächeln breitete sich auf ihrem Gesicht aus. „Ich dich auch."

Erneut nahm er sie in den Arm und schloss die Augen. „Wir schaffen das."

In diesem Moment begann meine Sicht zu verschwimmen und in das allbekannte Weiß überzugehen, das Engel und mich aus einer Szene nahm und in den unendlichen Raum brachte.

Doch anstatt uns dort wiederzufinden, veränderte sich direkt die Struktur unserer Umgebung, bis wir plötzlich an einer Bushaltestelle standen. Um uns herum ragten einige Mehrfamilienhäuser im Stil der 60er-Jahre in den bewölkten Himmel, umringt von einfachen Grünflächen und Parkplätzen. An den Autokennzeichen erkannte ich, dass wir immer noch in unserer Stadt waren, doch ich konnte mich nicht erinnern, schon jemals in dieser Gegend gewesen zu sein.

„Wo sind wir hier? Warum hat der Ort gerade so schnell gewechselt?"

Engel zuckte nur mit den Schultern. „Wenn Ereignisse kurz hintereinander stattfinden, kann es schon mal sein, dass für uns zwischen drin keine Zeit vergeht. Wie gesagt, bei uns ist das alles ein wenig anders, als in der lebenden Welt. Lass uns einfach abwarten und dann werden wir sehen, warum wir hier sind."

Neben uns kam ein Bus zum Stehen und öffnete seufzend seine Türen. Ein älteres Pärchen mit den Tüten voller Einkäufen stieg aus, dahinter ein kleiner Junge mit einem bunten Schulrucksack und als letztes ein junges Mädchen. Ihr Gesicht war zur Hälfte in dem Kragen ihrer hellblauen Winterjacke verborgen, deren Kapuze mit künstlichem Fell ausgekleidet war. Hellblonde Locken schauten unter der farblich zur Jacke passenden Mütze hervor.

„Elisa?"

Auf dem Bürgersteig blieb sie kurz stehen und sah sich um, dann lief sie zielstrebig nach rechts.

„Was macht sie hier?"

Im Kopf ging ich Elisas Bekanntenkreis durch. Sie selbst wohnte in der Altstadt, kaum zehn Minuten vom Zentrum entfernt. Der Großteil ihrer Familie lebte in Polen, der andere irgendwo in Brandenburg. Unsere Freunde waren alle woanders zu Hause, als in diesem Viertel.

Aber Elisa hat auch noch andere Freunde als euch. Welche, von denen du keine Ahnung hast und mit denen sie sich besser versteht, flüsterte eine gehässige Stimme in mein Ohr. Was bildete ich mir eigentlich ein, alles über meine Freunde zu wissen? Ich hatte doch schon längst bemerkt, dass sie auch ein Leben ohne mich hatten, mit dem ich nicht mithalten konnte.

„Vielleicht besucht sie einfach einen Freund", mutmaßte Engel. „Man muss nicht immer jedes Detail über einander kennen, um befreundet zu sein."

Ich warf ihr einen genervten Seitenblick zu. Manchmal bekam ich wirklich den Eindruck, dass sie doch meine Gedanken lesen konnte.

Elisa hielt vor einer Haustür an und klingelte. Ich sah auf das Namensschild. *Biel.* Noch nie gehört.

Mit einem leisen Summen ließ sich die Tür aufdrücken und Elisa trat mit Engel und mir im Schlepptau ein. Im zweiten Stock stand jemand abwartend im Wohnungseingang.

„Hi!", sagte die junge Frau und winkte meine Freundin mit einer ausladenden Geste herein.

Es roch nach Vanillearoma-Duftkerzen und neuen Möbeln. Die Wände waren weiß gestrichen und nur spärlich mit einer Garderobe ausgestattet. Wir folgten den beiden in ein Zimmer, das sich am Ende vom Flur befand. Es war etwas kleiner als meins und wie der Flur eher sparsam eingerichtet. Vor dem Fenster stand ein breites Bett, neben dem sich einige Umzugskartons stapelten. Auf dem Fußboden lagen ein paar Sportschuhe herum, die die Frau jetzt in Richtung der Kartons kickte. Das Einzige, was in diesem Raum schon fertig eingerichtet schien, war der Bereich über dem Schreibtisch. Es handelte sich dabei um eine Pinnwand, die bestimmt einen Durchmesser von einem Meter hatte und ein Regal, auf dem neben einem runden Kaktus, mehrere Pokale standen. Ich trat einen Schritt näher und betrachtete die Bilder und Zettel an der Pinnwand genauer. Bei manchen handelte es sich einfach um Notizen, die mich an ein Sportprogramm erinnerten, was auch zu den verschiedenen Fotos von Fußballspielen und -mannschaften passte. Die dunkelgrünen Trikots, die die meisten Spielerinnen trugen, kamen mir stark bekannt vor und als ich mich wieder umdrehte, und die Besitzerin des Zimmers genauer musterte, wusste ich auch, woher. Sie war eine Mitspielerin aus Carinas Team und war auch auf Ians Party im November gewesen. Wie hieß sie nochmal?

Wenn ich sie jetzt genauer ansah, kam sie mir auch viel jünger vor, als ich zuerst dachte. Ihre dunklen Haare waren im Nacken zu einem Dutt geknotet und ihre Augen mit schwarzem Eyeliner umrandet.

Mittlerweile hatte sie sich auf ihren Schreibtischstuhl und Elisa auf das Bett gesetzt.

„Danke, dass wir uns wieder hier treffen können. Ich zeige dir bald auch mal mein Haus, aber im Moment ist das alles ein wenig schwieriger."

„Kein Problem. Ich verstehe das." Die Fußballerin nickte etwas heftiger als nötig. Begann ihr Name mit einem J? Jasmin? Julia? Nein, das war es nicht.

„Tut mir leid, wegen der Unordnung, ich kam noch nicht dazu, alles auszupacken und wegzuräumen." Das nannte sie Unordnung? Im Gegensatz zu meinem Zimmer war das hier eine leere Wüste.

„Ist schon okay", wehrte Elisa ab.

„Möchtest du was trinken? Wir haben auch Himbeersirup."

„Vielleicht später, danke."

Stille breitete sich aus, die sogar mir unangenehm wurde und die Fragen in meinem Kopf immer lauter werden ließen: Was machten wir hier? Seit wann waren die beiden befreundet? Und warum herrschte so eine Anspannung? Was entging mir hier?

„Wie geht es dir?", brach die Fußballspielern auf einmal das Schweigen.

Elisa zuckte mit den Schultern. Ich konnte sehen, wie sie sich um ein Lächeln bemühte, aber weder ihr Mund noch ihre Augen wollten dabei so recht mitspielen. „Es geht so, denke ich."

„Am Samstag ist die Beerdigung, oder?"

Meine Freundin nickte und wandte den Blick ab. Mit der einen Hand strich sie eine unsichtbare Falte auf dem Bett glatt. „Wir haben jetzt ausgesucht, welche Sprüche wir in der Trauerhalle zeigen wollen. Sie wurde eingeäschert und Sabrina hat uns die Urne gezeigt. Sie ist weiß." Ihre Stimme hatte zunehmend an Lautstärke verloren. Der letzte Satz war nicht mehr als ein Flüstern gewesen. Als ich die erste Träne über ihre Wange laufen sah, spürte ich, wie sich mein Körper von selbst in ihre Richtung bewegte. Ich wollte ihr ein Taschentuch reichen, sie in den Arm nehmen und ihr sagen, dass alles gut war. Doch das konnte ich nicht. Deshalb bremste ich mich selbst. Immerhin schien ihre neue Freundin — Jana? — einen ähnlichen Gedanken gehabt zu haben, denn sie stand auf und setzte sich neben sie.

Verdammt, warum fiel mir nicht mal mehr ihr Name ein?

„Es tut mir leid. Das muss so schwer für dich sein ..."

„Es ist einfach so ein komisches Gefühl. Nachdem meine Großeltern gestorben sind, dachte ich, ich weiß wie sich der Tod anfühlt, aber das hier ist so anders. Es fühlt sich so unecht an."

„Ich glaube, es ist nicht nur der Fakt, dass sie nicht mehr da ist. Die Art, wie sie gestorben ist, hinterlässt noch ein weiteres Gewicht, und zwar, dass man immer darüber nachdenkt, ob man es hätte verhindern können. Dass man vielleicht etwas hätte ändern können, wenn man von ihren Problemen gewusst hätte. Ich habe gehört, dass die Schuldfrage einen am meisten verfolgt, wenn sich jemand, der einem nahestand, das Leben genommen hat."

Jenna! Ihr Name war Jenna. Das Mädchen, das eine so überraschend tiefe, aber dafür angenehme Stimme hatte.

Elisa sah sie verwirrt an und schüttelte den Kopf. „Was redest du da? Wir hätten doch kaum verhindern können, dass sie dort lang fährt und stürzt. Es ist einfach nur ein großes Unglück, dass der Fahrradweg gesperrt war und es dann auch noch geregnet hat."

Jenna legte ihre Hand auf Elisas und redete noch etwas sanfter als vorher. „Elisa, du weißt doch, dass es kein Unfall war, was Kim passiert ist. Man hat zu Hause ihren Abschiedsbrief gefunden und Carina hat mir erzählt, dass sie vorher ziemlich viele Tabletten genommen haben muss."

Diesmal war ihre Ablehnung noch bestimmter. „Das stimmt nicht. Vielleicht ging es ihr nicht so gut, wie es sollte und sie hat diesen Brief geschrieben, weil sie nicht wusste, wie sie es jemandem erzählen sollte, aber so etwas hätte Kim niemals getan! Da bin ich mir zu 100% sicher."

„Elisa, bitte ..." Jenna schien nicht zu wissen, wie sie mit dieser Reaktion umgehen sollte.

„Ich verstehe nicht, warum ihr alle so darauf beharrt, dass sie es mit Absicht getan hat! Kim hat sich nicht umgebracht!" Erschüttert zog sie die Nase hoch und wischte sich mit dem Handrücken über die verweinten Augen.

„Es tut mir leid, ich will nicht mit dir darüber streiten."

„Warum erkennt sie nicht an, dass es kein Unfall war?", fragte ich Engel, während die andern beiden still dasaßen.

„Jeder Mensch trauert auf eine andere Art und Weise. Manche durch Wut, manche verflüchtigen sich in Arbeit und andere leugnen das Geschehene. Vor allem bei Suizid kann es besonders schwer sein, den Tod und dessen Umstände zu akzeptieren."

„Kommst du mit am Samstag?", fragte Elisa unvermittelt.

Jenna verzog unbehaglich das Gesicht. „Ich weiß nicht. Ich kannte sie doch kaum. Wir haben uns nur ein paar Mal gesehen und ich weiß nicht mal, ob sie hätte sagen können, wer ich bin." Voll ins Schwarze. Sofort meldete sich mein schlechtes Gewissen.

„Sie hätte sich trotzdem bestimmt gefreut, wenn sie wüsste, dass du kommst." Elisa sah wieder auf ihre Finger, mit denen sie die Linien auf Jennas Hand nachfuhr. „Bitte, ich will nicht allein dort sein."

„Du bist nicht allein. Carina wird da sein. Deine anderen Freunde auch. Und deine Eltern."

„Ich weiß, aber das ist nicht dasselbe ..." Plötzlich blickte sie auf, lehnte sich nach vorn und presste ihre Lippen sanft auf Jennas Mund. Diese schien kaum überrascht, legte ihre Hand in Elisas Nacken und erwiderte den Kuss.

„Mach den Mund zu, sonst fliegt noch was rein", ermahnte Engel mich.

„Bitte, komm für mich mit", flüsterte Elisa, als sie sich wieder voneinander lösten.

Ihre Freundin schien immer noch nicht ganz überzeugt. „Aber dann werden sie uns zusammen sehen. Für mich ist das okay und ich glaube, dass Carina sowieso schon einen Verdacht hat, aber im Moment treffen wir uns doch nicht mal offiziell bei dir zu Hause. Bist du dir sicher, dass du das willst?"

Elisa presste ihre Lippen zu einer Linie zusammen, bevor sie antwortete. „Ja, dann ist es halt so. Ich habe eine Freundin verloren und wenn sie nicht bereit sind, uns zu akzeptieren, dann sei es drum. Irgendwann werden sie es verstehen. Und vielleicht irre ich mich auch, und meine Eltern haben überhaupt kein Problem damit." Ihre großen Augen schauten Jenna flehend an. „Aber so oder so will ich das Ganze nicht ohne dich durchstehen."

„Na gut, wenn du dir sicher bist, komme ich mit." Diesmal war Elisas Lächeln zwar immer noch klein, dafür aber echt. „Danke."

„Aber ich hätte trotzdem noch eine Bitte an dich - du musst sie nicht unbedingt erfüllen, aber ich fände es einfacher."

„Ja, natürlich."

„Willst du mir ein bisschen was über Kim erzählen?"

Elisas hoffnungsvolle Miene wich erneut einer sorgenvollen, doch sie nickte. „Ja, sehr gern."

Mit dem Klicken der sich schließenden Zimmertür verabschiedeten wir uns und als ich das nächste Mal blinzelte, befanden wir uns wieder in dem vertrauten, weißen Raum.

„Elisa und Jenna sind ein Paar!", platzte es aus mir heraus, bevor ich es stoppen konnte. „Wieso habe ich das nicht früher gewusst?"

„Dafür, dass du so neugierig und sagen wir mal, ein bisschen kontrollsüchtig bist, hast du in den letzten Monaten ziemlich wenig darauf geachtet, was bei den Menschen um dich herum passiert."

„Dafür, dass du mein Schutzengel bist, sagst du ganz schön gemeine Sachen."

„Ich bin nur ehrlich. Wenn ich dir jetzt nicht die ungeschminkte Wahrheit sagen kann, wann dann?"

„Wie hätte ich das den bemerken sollen? Und seit wann ist das überhaupt so?"

Engel wiegte ihren Kopf leicht hin und her. „Ich glaube, das erste Mal richtig bemerkt haben die beiden sich auf einem der Fußballspiele im September." *Bei dem ich nicht mit war, weil ich lieber allein in meinem Bett lag.* „Und von da an haben sie sich immer wieder getroffen. Einmal hast du sie sogar quasi gesehen. Erinnerst du dich? Als du vor Weihnachten mit deiner Mama shoppen warst?"

Natürlich! Ich hatte nicht mehr darüber nachgedacht gehabt, aber jetzt, wo sie es sagte, fiel es mir wieder ein. „Das war wirklich sie, die da am Hauseingang gewartet hat?"

Engel nickte.

„Aber warum hat sie denn nie etwas gesagt? Wir haben doch ständig davon gesprochen, wen wir mögen und wen nicht!" *Außer Sam natürlich,* fügte ich in Gedanken hinzu.

„Vielleicht wusste sie nicht, wie sie es euch sagen sollte und wie ihr darauf reagieren würdet. Ob ihr es verstehen würdet."

„Ich hätte doch niemals ein Problem damit gehabt, wenn sie auf Frauen steht! Und das weiß Elisa eigentlich auch!"

„Aber das ist nicht bei allen so und wenn sie jemandem davon erzählt hätte, wäre es nur eine Frage der Zeit gewesen, bis auch die anderen davon erfuhren. Du weißt, wie sensibel Elisa ist, selbst wenn niemand etwas dagegen hätte, dem ein oder anderen Spott würde sie nicht entgehen können. Und du hast gehört, was sie über ihre Familie gesagt hat."

Ich schnaubte. „Das ist einfach so lächerlich, wie manche Leute sich heute verhalten! Man sollte die eigene Liebe nicht von anderen abhängig machen oder bestimmen lassen. Schließlich sucht man sich nicht aus, in wen man sich verliebt!"

Engel hob eine Augenbraue. „Ist das so, ja?"

Ich unterbrach mein aufgeregtes Hin-und-Her-Laufen und warf ihr einen Blick zu. „Das ist nicht fair."

„Ist das Leben denn fair?"

„Ich weiß, was du gerade versuchst." Ich verschränkte die Arme vor der Brust. „Also los, verurteile mich. Oder nein, warte, ich komme dir zuvor: Ich darf nicht sauer auf Sam und Mika sein, weil die beiden sich lieben und es selbstsüchtig und ungerecht von mir ist, den beiden ihr Glück nicht zu gönnen. Und wie dreist von mir, sich danach noch umzubringen und ihnen damit ein schlechtes Gewissen zu machen. Aber das Beste ist: Damit bestrafe ich Mika noch mehr als Sam, weil er anscheinend gar nichts von meinen Gefühlen für ihn wusste. Ich hätte den beiden einfach direkt vergeben und niemals auch nur irgendwo den Anschein aufkommen lassen sollen, ich käme damit nicht klar." Ich holte tief Luft. „Bist du jetzt zufrieden?"

„Schöne Rede, aber nein, das ist es nicht ganz, was ich von dir hören wollte. Und -" Sie hob die Hand und unterbrach damit meinen Einwand. „- ich meine nicht, dass du noch härter mit dir ins Gericht gehen sollst. Sam hat sich dir gegenüber nicht richtig verhalten. Sicher kann sie für ihre Gefühle gegenüber Mika nichts, aber auch sonst, war sie keine gute Freundin für dich. Wie man die Tatsache nennt, dass Mika nicht realisiert hat, wie du für ihn empfindest, weiß ich nicht. Du darfst vielleicht nicht der Grund dafür sein, dass andere Leute sich nicht lieben, aber du hast trotzdem das Recht dazu, nicht damit einverstanden zu sein und deshalb damit nicht leben zu müssen. Man darf auch mal wütend auf andere sein, ganz besonders, wenn sie einen verletzt haben. Und vor allem darf man Freundschaften auch beenden, wenn sie nicht gut für einen sind." Sie machte einen Schritt auf mich zu und legte mir eine Hand auf die Schulter. „Manchmal hilft uns eine Maske dabei, unseren Stolz zu bewahren, aber manchmal tun wir uns damit nur noch mehr weh, weil wir dadurch nicht erkennen, was zu ändern ist."

Ich spürte, wie sich mein Trotz gegen meinen Willen verflüchtigte. Konnte Engel recht haben? Wäre es für mich leichter gewesen, den Kontakt zu Sam abzubrechen? Ich hatte mit aller Kraft versucht, an ihr festzuhalten, unsere Freundschaft zu bewahren, mein Bild von ihr als einen Menschen, der nur Gutes für mich wollte, aufrechtzuerhalten. Wäre ohne das alles der Verlust von Mika weniger schmerzlich gewesen?

„Ich weiß nicht ..." Ich schüttelte den Kopf. „Für „Was wäre, wenn" ist es doch jetzt sowieso zu spät, oder nicht?"

Engel nahm ihre Hand von meiner Schulter. „Für manche Einsichten ist es nie zu spät. Nicht einmal nach dem Tod." Plötzlich ging ihr Blick an mir vorbei und schien für einen Moment abzuschweifen, bevor sie sich wieder fing. „Es wird Zeit für ein anderes Ereignis."

Erst konnte ich ihr nicht ganz folgen, doch als ich sah, wie sie noch einen Tick ernsthafter schaute und die Ränder meines Blickfeldes zu flackern begannen, wusste ich, was sie meinte.

Es war soweit.

Der Tag meiner Beerdigung.

18.

Als ich ein kleines Kind war, dachte ich immer, dass wir nach unserem Tod alle in ein großes, buntes Haus ziehen würden, in dem wir dann zusammen lebten und uns wiedersahen. In diesem Haus musste man weder arbeiten, noch Zähne putzen — was für mich damals zu den nervtötendstes Sachen überhaupt gehörte. Man konnte den ganzen Tag spielen und tun, was man wollte. Auch früh ins Bett gehen oder limitierte Fernsehzeit gab es nicht. Zu essen gab es immer das, worauf man gerade Lust hatte. Die Wörter *müssen* und *dürfen* existierten dort nicht.

Aus heutiger Sicht erschien mir das natürlich als naives Wunschdenken eines Kindes, doch vor allem im letzten halben Jahr, habe ich immer wieder an diese Vorstellung gedacht und mir gewünscht, ich könnte sie immer noch glauben. Wahrscheinlich wäre ich ziemlich enttäuscht gewesen, hätte ich gewusst, wie es danach wirklich aussah. Ein weißer Raum, den man sich mit seinem leicht spöttischen Schutzengel teilte und der zwischendrin immer mal wieder von Sequenzen aus der Nachwelt unterbrochen wurde. Die Realität sah deutlich weniger bunt und zuckerwattig aus. Nicht nur nach dem Tod, sondern auch davor.

Nun war ich hier, auf meiner Beerdigung, die ich selbst herbeigeführt hatte.

Zuerst fielen mir die vielen Autos auf dem Vorplatz der Kapelle am Friedhof auf. Dann der Schein der Sonne, der sich auf den Dächern und in den Fenstern spiegelte und die Luft wärmer aussehen ließ, als sie war. Das Gras am Wegesrand glänzte silbrig vom gefrorenen Morgentau und knirschte genauso leise unter den Schritten der Besucher, wie der Schotter auf den Wegen, die sich zwischen den Gräbern hindurch schlängelten. Jemand schlug eine Autotür zu und lief an uns vorbei. Erst beim näheren Hinsehen wurde mir klar, dass es sich um meinen Onkel Olaf handelte, Papas jüngeren Bruder. Wie lang hatte ich ihn schon nicht mehr gesehen? Drei Jahre? Er sah so anders aus mit dem vollen Bart und dem schwarzen Anzug. Die beiden hatten noch nie einen besonders engen Kontakt gehabt und noch dazu wohnte er fast 600 Kilometer von uns entfernt. Aber jetzt war er hier.

Erstaunt schaute ich ihm hinterher bis wir uns ebenfalls in Bewegung setzten und das alte, steinerne Gebäude betraten. Ich war erst zweimal hier gewesen: bei den Beerdigungen meiner Großeltern. Aber heute wirkte es anders, als würde es sich um einen komplett anderen Ort handeln. Dabei war es noch nicht einmal ein Jahr her, dass wir uns von Oma verabschiedet hatten.

Ein Teil der großen Doppelflügeltüren war geöffnet und hieß uns in dem beheizten Saal willkommen. Vor Erstaunen blieb ich einen Moment stehen. Der Raum war bis auf den letzten Platz gefüllt. Ich wusste nicht genau, mit was ich gerechnet hatte, aber sicherlich nicht damit, dass so viele Leute kommen würden. Langsam ging ich durch den Mittelgang nach vorn.

Im hinteren Bereich saßen auf mehrere Reihen verteilt einige meiner Mitschüler, dazwischen konnte ich sogar vereinzelt ein paar meiner Lehrer entdecken. Bei einem Mädchen in meinem Alter wusste ich zunächst nicht, um wen es sich handelte, bis sie etwas zu ihrem Sitznachbar sagte und ich dadurch eine auffällige Zahnlücke zwischen den oberen Schneidezähnen sah. Aya. Eine meiner Freundinnen aus der Grundschule mit der sich der Kontakt nach einem Schulwechsel ihrerseits, langsam im Sand verlaufen hatte.

Auf der rechten Seite saß bis auf den letzten Mann — und Frau — die Familie von Mamas Seite. Obwohl, das stimmte nicht ganz, mein Cousin Ilias, der das Auslandsjahr in den USA verbrachte, fehlte. Als ich das sich aneinander lehnende Paar in einer der hinteren Reihen als Sam und Mika erkannte, versuchte ich so gut es ging mein immer noch schmerzendes Herz zu ignorieren und ließ den Blick weiter schweifen. Nahe am Podium konnte ich Manu mit seinen Eltern und seinem Bruder erkennen, die hinter Elisa, Jenna und Carina Platz genommen hatten. Und war das dort neben dem Seiteneingang etwa Melina, meine Trainerin aus dem Badmintonkurs, den ich mit elf besucht hatte? In der ersten Reihe am Gang saßen meine Eltern und zu ihre Füßen ein alles aufmerksam beobachtender Nepomuk. Mein Blick huschte hin und her, erfasste Personen und erkannte Gesichter. Dabei war mir durchaus bewusst, dass ich es vermied, ihre Reaktionen genauer zu betrachten.

So viele Leute waren wegen mir hier. Diese Erkenntnis konnte mir nicht einmal die böse und giftige Stimme in meinem Kopf ausreden.

Der vordere Teil der Kapelle war mit Blumenkränzen und Kerzen ausgelegt. Weiße Lilien und Rosen verströmten ihren Duft im ganzen Raum. Dazwischen standen in goldenen Rahmen gefasste Fotos von mir in verschiedenen Situationen meines Lebens. Das älteste zeigte mich im Arm meiner Mama bei der Taufe. Auf einem anderen konnte ich nicht älter als sieben sein und hielt stolz eine Pusteblume in der Hand. Bei einem handelte es sich um eines der wenigen Selfies die es von mir gab, vor meinem Spiegel in T-Shirt und kurzen Hosen. Aber es gab nicht nur Bilder, sondern auch DIN A4-große Plakattafeln, auf denen Sprüche und Zitate standen. Worte, die ich in mein Notizbuch geschrieben hatte. Das erste, das mir ins Auge fiel, war gleichzeitig das traurigste von denen, die sie ausgewählt hatten.

Die Sonne ist allein

Der Mond hat die Sterne

Sie wird nicht angesehen

Ihre Einsamkeit wird nicht gesehen, weil das Jammern des Mondes lauter ist, weil wir denken, er würde uns Menschen brauchen, um nicht allein zu sein.

Aber auch fröhlichere waren dabei.

Die Schneeflocken tanzen zur Musik der lachenden Kinderherzen.

Bei einigen konnte ich mich nicht erinnern, wann oder warum ich sie geschrieben hatte, aber eins hatten sie alle gemeinsam: Sie entstammten meiner Vorstellung. Und dann sah ich sie. Sie stand in der Mitte, aufgebahrt auf einem kleinen Hocker, umringt von einzelnen Blütenblättern.

Meine Urne. Sie bestand aus mattem, weißen Keramik und bis auf eine dünn gezeichnete Lilie war sie schlicht gehalten.

Minutenlang stand ich einfach nur da und betrachtete das Bild, das sich mir bot.

„Es ist wunderschön, nicht wahr?", sagte Engel neben mir mit leiser Stimme.

„Atemberaubend", flüsterte ich. Trotz der andächtigen Stimmung konnte ich spüren, wie sie sich ein „In deinem Fall sogar wortwörtlich." verkniff.

Die klassische Musik, die bis zu diesem Zeitpunkt leise im Hintergrund zu hören gewesen war, verstummte und ein Mann in einem schwarzen Gewand trat mit vor dem Bauch gefalteten Händen hinter das Rednerpult. Ohne darüber nachzudenken, ging ich durch den Saal und setzte mich auf eine der beiden Stühle, die Engel soeben hatte erscheinen lassen, als sie sah, wo ich hinwollte. Ganz vorn konnte ich nicht bleiben. Von hier hinten hatte ich einen guten Überblick, ohne direkt die Gesichter der Menschen zu sehen, die mich vielleicht so belasten könnten, wie bei der Trauerfeier in der Schule. Ich wollte dabei sein und gleichzeitig Abstand halten.

„Liebe Trauergemeinschaft, liebe Familie, liebe Freunde. Wir haben uns heute hier zusammen gefunden, um den Verlust einer von Gottes geliebten Tochter, Kim Dorothea Zoller, zu betrauern. Zum Paradies mögen Engel dich geleiten, die heiligen Märtyrer dich begrüßen und dich führen in die heilige Stadt Jerusalem. Die Chöre der Engel mögen dich empfangen, und mit Christus, der für dich gestorben, soll ewiges Leben Dich erfreuen. Amen."

Ich warf Engel einen Seitenblick zu. Davon hatte ich bisher aber noch nichts mitbekommen. Würde das dann passieren, wenn der ganze Papierkram erledigt war?

„Vor nicht einmal 17 Jahren wurde sie am 29. Mai als Tochter von Michael und Sabrina geboren. Sie haben mir erzählt, dass es die Wochen davor viel geregnet hatte. Der niederschlagsreichste Mai seit Beginn der Wetteraufzeichnungen. Doch an diesem Tag, sagten sie, schien die Sonne und der Sommer begann. An dem Tag, an dem sie mit einem wundervollen Mädchen gesegnet wurden. Eine Träumerin, eine Kaffeeliebhaberin, eine Freundin, mit der man alles erleben konnte, eine Geschichtenerzählerin, ein Mensch, den man in sein Herz schloss. Und auch wenn sie heute nicht mehr hier sein kann, wird sie doch genau dort für immer weiterleben, in unseren Herzen."

Mit diesen Worten hatte ich noch nie jemanden mich beschreiben hören. So hätte ich selbst es wahrscheinlich am wenigsten ausgedrückt.

„Sie wuchs in einem großen Familienkreis auf, der sich nicht nur auf die Blutsverwandtschaft bezog, sondern auch auf das Band der Freundschaft. So verbrachte sie viel Zeit mit der Familie Kempe und später mit Freunden und Freundinnen, die Kim in der Schule und in der

Freizeit mit ihrem fröhlichen Naturell von sich überzeugen konnte. Viele Dinge hat sie in den letzten Jahren ausprobiert: Von Badminton bis hin zu Schach. Doch eine Tätigkeit hatte es ihr langfristig angetan: Die Leidenschaft mit Worten das Leben auszudrücken. Ein paar ihrer daraus entstanden Werke können wir hier vorn bewundern."

Er machte eine Kunstpause und deutete mit einer fließenden Geste auf die Bilder und Sprüche.

„Ihr Tod hinterlässt viele Fragen und einen Schmerz, von dem man glaubt, ihn nicht bewältigen zu können, denn er kam überraschend und unverhofft. Doch auch wenn sie sich selbst dazu entschlossen hat, diesen Weg einzuschlagen, können wir lernen, dies zu akzeptieren und nicht wütend zu sein auf das, was geschehen ist. Denn Gott hat ihr dafür vergeben und ihr ihre Sünden erlassen. Nun gibt er uns die Kraft, dies ebenfalls zu tun und das Leben zu achten, wie es uns geschenkt wurde. Selig sind, die reinen Herzens sind; denn sie werden Gott schauen." Er faltete seine Hände, bevor er in die erste Reihe sah und nickte. „An dieser Stelle, möchte Kims Vater, Michael, selbst noch ein paar Worte über seine Kim sagen." Papa erhob sich und trat hinter das Pult. Sein Gang war aufrecht, seine Gesichtszüge ruhig. Und trotzdem konnte ich ihm ansehen, wie viel Kraft ihn das alles kostete.

„Kim hat schon seit sie klein war gern Geschichten erzählt. Sie hatte immer eine blühende Fantasie und hat diese immer mit jedem teilen wollen. Einmal, da war sie vielleicht vier oder 5, wir waren zusammen im Urlaub, kam sie ganz aufgeregt zu mir. Mit leuchtenden Augen und komplett von sich selbst überzeugt, erzählte sie mir, dass wir ein Einhorn in dem kleinen Garten hinter unserem Ferienhaus hätten. Ich habe gedacht, dass sie sich das ausgedacht hätte und vielleicht gerade irgendein Spiel spielte, in dem sie ein Einhorn besaß, aber sie ließ mir keine Ruhe, bis ich mitkam und es mir ansah. Ihr könnt euch gar nicht vorstellen, wie überrascht Sabrina und ich waren, als tatsächlich ein weißes Pony im Garten stand! Zwar ohne Horn auf der Stirn, aber echt war es trotzdem. Kim war ganz und gar nicht überrascht, nur mächtig stolz darüber, dass sie recht behalten hatte. Als sie älter wurde, begann sie damit, ihre Gedanken und Geschichten aufzuschreiben, als Gedichte, Sprüche oder Zitate. Dazu bekam sie von ihrer Oma Dorothea ein Notizbuch geschenkt, das sie bis heute immer wieder nutzte. Ein paar dieser Texte haben meine Frau und ich, zusammen mit ein paar von Kims Freunden herausgesucht und einen möchte ich jetzt gern vorlesen." Er griff nach dem ordentlich gefalteten Zettel vor sich und räusperte sich. „*All diese Lichter*

Es war einmal die Dunkelheit.

Sie wurde durchzogen von Lichtern.

Große und Kleine

Helle und Dunkle

Manchmal hier, manchmal dort.

Still oder in Bewegung

Doch was sind diese Lichter? Wer sind diese Lichter?

Was seht er in ihnen? Was sieht sie in ihnen? Was siehst du in ihnen?

Ein jeder sieht etwas anderes. Denn sie sind einzigartig. Sie sind besonders.

Diese Lichter sind wir.

Jeder sieht etwas anderes. Niemand sieht etwas falsch.

Hell und Dunkel

Schnell und Langsam

Linien und Punkte

Das alles kommt und geht

Es ist schön

Es ist unheimlich

Es ist beruhigend

Es ist inspirierend

Es ist wahr."

Ich erinnerte mich daran, wie ich dieses Gedicht geschrieben hatte. Als wir in der 9. Klasse waren, machten wir für ein paar Tage eine Fahrt zu einer Hütte mitten im Nirgendwo. Erst dachten wir alle, dass es mega langweilig werden würde, doch es waren ein paar der besten Tage meiner Schulzeit. Am letzten Abend unternahmen wir eine Nachtwanderung zu einer Aussichtsplattform auf einem Hügel im Wald. Wir waren in Gruppen eingeteilt und sollten bei einer Art Schatzsuche selbst zur Plattform finden. Obwohl wir das einzige Team mit acht statt nur sieben Personen waren, brauchten wir über eine Stunde länger um ans Ziel zu kommen, als die anderen. Ian und Sam hatten wild diskutiert, wie man die Karte, die wir bekommen hatten, richtig deuten sollte, was dazu führte, dass wir drei Mal zur selben

Kreuzung zurück gelaufen waren. Mika hatte immer wieder versucht, die beiden zu beruhigen und ohne ihn wären wir wahrscheinlich niemals angekommen. Finn und Dori erzählten abwechselnd eine Gruselgeschichte von einem Serienmörder, der aus einer Anstalt ausgebrochen sei und der seitdem immer wieder für das Verschwinden von Wanderern verantwortlich war - oder auch von Teenagern auf einer Klassenfahrt. Elisa war absolut fasziniert und gleichzeitig beängstigt gewesen und konnte mindestens vier Romane nennen, bei denen sie Parallelen feststellte. Nachdem wir mehrmals ausversehen falsch abgebogen waren, kamen wir auf eine Lichtung, von der aus man einen unglaublichen Blick auf den Nachthimmel hatte. Noch nie zuvor hatte ich so viele Sterne gesehen. Für ein paar Minuten standen wir einfach nur da und schauten nach oben. Acht Freunde mit unterschiedlichen Eigenschaften, Hobbys und Gedanken, gefesselt von der Schönheit des Universums. Noch in der selben Nacht, als wir endlich im Bett lagen und alle außer mir schliefen, hatte ich unter dem Schein meiner Handytaschenlampe versucht, die Gefühle des Abends in Worte zu fassen. So lang hatte ich schon nicht mehr daran gedacht.

Mein Papa legte das Blatt beiseite und sammelte sich für einen Moment, in dem er tief durchatmete und sich mit der Hand über das Gesicht fuhr. Dann sah er durch die Reihen. Für einen Moment meinte ich, sein Blick würde kurz an mir haften bleiben — was absolut absurd war — , als ein leichtes Flackern über sein Gesicht huschte und er mit der gleichen ruhigen und gefassten Stimme weitersprach. „Wir konnten ihren Gedanken und Gefühlen nie gerecht werden, das ist mir am heutigen Tag noch klarer als je zuvor. Aber egal was war und egal was kommen wird, Kim wird immer mein kleines Mädchen sein. In den letzten Worten, die sie an uns gerichtete hat, stand nicht viel dazu, was sie sich nach ihrem Tod noch wünscht. Bis auf ein Lied, von dem sie wollte, das wir es heute hier spielen. Und wer bin ich, ihr diesen Wunsch abzuschlagen?" Ein trauriges Lächeln schlich sich auf seine Lippen. „Das hier ist für dich, Kim."

Er kam hinter dem Rednerpult hervor und stellte sich neben Mama, die ihre Hand in seine nahm und aufmunternd drückte. Er hielt tapfer die Tränen zurück, die in seinen Augen schimmerten. Verstanden die beiden sich jetzt wieder besser? Konnte es etwa sein, dass mein Tod ihre

Ehe vor dem Zerbrechen bewahrte? Wenigstens das wäre ein Gewinn daraus gewesen. Ich schluckte und konnte spüren, wie meine linke Hand anfing zu zittern. Schnell verschränkte ich die Arme vor der Brust.

Und dann erklangen die ersten Töne des Liedes, das wahrscheinlich schon auf unzähligen Beerdigungen gespielt wurde und von dem ich einmal gehört hatte, dass es überhaupt nicht vom Tod oder Trauer handelte, aber das war mir egal. Es traf mich immer wieder mitten ins Herz. Dieses Mal vielleicht sogar noch tiefer, als ich es jemals für möglich gehalten hätte.

Bei Papas letzten Worten war ich doch aufgestanden und ein paar Schritte nach vorn gelaufen. Ich sah zu, wie die Menschen, die ich kannte und die mir etwas bedeuteten, dem Lied zuhörten und es in sich aufnahmen. Carina schloss die Augen und legte den Kopf leicht in den Nacken. Frau Weiß blickte starr geradeaus. Eine Reihe vor mir kuschelte Leander sich tröstend an seine Mama, verwirrt von den Tränen, die ihr über die Wangen liefen. Bei Onkel Kristian konnte ich sehen wie er, ohne einen Laut von sich zu geben, die Lippen zu „Hallelujah" bewegte. Irgendwo in mir drin, zwischen Magen und Herz, krampfte sich etwas zusammen und ließ mich meine Arme fester um meinen Körper schlingen.

Mit dem Klang der letzten Klaviernoten, standen die ersten Gäste auf und folgten dem Bestatter, der damit begonnen hatte, die Urne aus der Kapelle zu tragen. Unser Familiengrab lag in der Nähe des Eingangs unter einer der großen Kiefern, die den Friedhof säumten.

Dann ließen sie die weiße Urne langsam zu Boden. Stück für Stück verschwand sie unter der Erde bis sie nicht mehr zu sehen war. Diese Urne in der mein Körper, meine Asche war. In der ich war. Und trotzdem stand ich daneben und sah zu. Sah zu, wie die Menschen um mich herum Abschied nahmen von etwas, das einmal mein Leben gewesen war. Das ich war.

Nacheinander traten die Gäste nach vorn und streuten Blütenblätter oder ein wenig Erde in das Grab. Die meisten sprachen kurz mit meinen Eltern, die daneben standen. Ich schaute weiter in das Loch zwischen der grünen Kunstrasendecke, die außen herum gelegt wurde, und wie es sich langsam füllte. Bis Herr Senn als eine der letzten vortrat und die Hand meiner Eltern schüttelte.

„Frau Zoller, Herr Zoller, mein aufrichtiges Beileid." Er nickte den beiden zu und machte Anstalten weiterzugehen, dann blieb er doch stehen. „Sie können sich nicht vorstellen, wie leid mir ihr Verlust tut und wie oft ich darüber nachdenke, was ich hätte anders machen, wie ich ihrer Tochter hätte helfen können. Sie war in den letzten Monaten so ruhig in meinem Unterricht. Ich ... ich dachte, sie hätte einfach ein paar Startschwierigkeiten in der Oberstufe, so wie viele in ihrem Alter. Wenn ich gewusst hätte, was wirklich in ihr vorging, glauben sie mir, ich hätte ihr so gern geholfen." Er sah betreten zu Boden. Es war das erste Mal, dass ich ihn in einigermaßen normalen, schwarzen Lackschuhen sah, wenn man von den weißen Kringeln an der äußeren Seite einmal absah.

Papa legte ihm eine Hand auf die Schulter, wie ein Vater seinem traurigen Sohn. „Sie müssen sich keine Vorwürfe machen. Kim hat sie als Lehrer sehr gemocht, wenn sie darüber hätte reden wollen, hätte sie es getan. Es ist jetzt nun mal so, wie es ist. Bitte passen sie einfach weiterhin auf ihre Schüler auf und fordern sie so, wie bisher. Das hätte sie bestimmt so gewollt."

Herr Senn brachte ein schwaches Lächeln zustande. „Danke. Ich hatte sie auch gern als Schülerin."

„Kommen sie noch mit zum Trauerkaffee?"

Mein Deutschlehrer schüttelte den Kopf. „Vielen Dank für das Angebot, aber meine Frau muss heute arbeiten und ich kann die Kinder nicht so lang allein lassen." Sein Gesicht verzog sich kurz bei dem Gedanken an seine eigene, noch bestehende Familie. „Aber Ihnen wünsche ich trotzdem alles Gute."

Ich zog mich zurück, stellte mich ein paar Meter entfernt auf den geschotterten Weg und blickte die Reihe von Gräbern entlang. So viele Marmorplatten und Blumengestecke. So viele Engelsfiguren und Grabkerzen. So viele Leben, die beendet waren. Und noch mehr, die zurückblieben.

„Du hast es wirklich nie bemerkt, oder?"

Ich schnaubte. „Natürlich wusste ich, dass sie um mich trauern würden! Das ..."

„Nein", unterbrach Engel mich. „Das meine ich nicht. Du hast nie gemerkt, wie viel du den Leuten um dich herum bedeutest. Deinen

Eltern, Manuel, Carina, ja sogar Mika hat dich lieb. Vielleicht nicht die Art von Liebe, die du für ihn empfindest, aber er mag dich."

„Wo findet die Trauerfeier statt?", fragte ich, ohne auf ihre Aussage einzugehen.

„Im Haus des Tennisvereins. Soweit ich das vorhin mitbekommen habe, gehen noch einige Leute dorthin. Es soll Kaffee und Kuchen von der Bäckerei Schwarz geben."

„Worauf warten wir dann noch?"

„Ich wollte nur sicher gehen, dass du auch wirklich dorthin willst", antwortete sie schulterzuckend, während unsere Umgebung bereits zu verschwimmen begann.

Früher, als ich noch im Kindergarten war, waren wir öfter hier im Vereinshaus gewesen. Mama und Papa hatten sich durch das Tennisspielen kennen gelernt, doch schon ein paar Jahre nach meiner Geburt, war es dann neben ihrer gerade im Aufbau stehenden Firma und mir zu viel gewesen. Trotz der Zeit hatte sich hier nichts geändert. Die langen Holztische mit den roten Tischdecken, die Garderobe am Eingang und die Bar mit der dahinter liegenden Küche sahen noch genauso aus wie früher, nur hatte ich diesen Raum noch nie mit so vielen Leuten in schwarzer Kleidung gefüllt gesehen. Der Einzige, der gut drauf zu sein schien, war Nepomuk. Er lief aufgeregt mit dem Schwanz wedelnd zwischen den Tischen hin und her und versuchte, Streicheleinheiten und etwas zu futtern abzubekommen. Der Geruch von frisch gekochtem Kaffee lag in er Luft und ließ mich leise seufzen. Wie lang hatte ich schon keinen mehr getrunken? Ob ich das dort, wo ich hinkam wieder tun konnte? Würde es überhaupt gleich schmecken? Bestimmt nicht so, wie er bei Manu zu Hause geschmeckt hatte. Oder wenn ich mir mit Sam einen vom Café, in dem ihr Cousin arbeitete, holte. Wenn er da war, bekamen wir immer noch den ein oder anderen Schokomuffin gratis. All das war jetzt auch vorbei.

Ich stand unschlüssig am Eingang herum und betrachtete das kleine Kuchenbüfett. Vom Nusszopf war noch kaum etwas übrig, doch der Käsekuchen sah noch besser aus, fand ich. Oma hatte so einen auch immer gebacken, mit einem dünnen Boden und Mandarinen. Konnten Engel und ich eigentlich auch essen?

„Hey, Jungs, ihr könnt euch noch zu uns setzen, wenn ihr wollt." Ich drehte mich um und sah, wie Carina ein paar Meter entfernt Ian, Finn und Dori zuwinkte.

„Ihr seid ja doch noch gekommen", stellte Elisa fest, als die drei sich zu ihnen setzten, wie selbstverständlich hielt sie dabei unter dem Tisch Jennas Hand.

„Finn lässt sich nun mal keinen kostenlosen Kuchen entgehen", erklärte Ian trocken und erntete damit einen vorwurfsvollen Blick von seinem Kumpel, der unbewusst seinen - zugegeben ziemlich vollen - Teller auf den Tisch stellte. „Gar nicht wahr!"

„Wir waren auch mit ihr befreundet", sagte Dori. „Auch wenn ich mich in der letzten Zeit öfter frage, ob sie das überhaupt wusste."

„Das hat sie bestimmt." Elisa nickte heftig.

„Warum hat sie dann nie etwas gesagt?"

„Können wir bitte nicht darüber reden?", schaltete sich zum ersten Mal Mika ein. „Wir machen uns doch schon genug Vorwürfe."

„Was meint ihr eigentlich zu der Rede von diesem Pfarrer? War es die schlechtes Grabrede, die ihr je gehört habt oder könnt ihr es toppen?"

„Ich war noch nie auf einer Beerdigung", erwiderte Finn.

„So schlecht war die doch gar nicht. Er hat sie sehr positiv dargestellt." Mika legte Sam einen Arm um die Schulter.

„Er hat sie als *Kaffeeliebhaberin* beschrieben. Als ob das eines der wichtigsten Dinge wäre, die sie ausgemacht haben."

„Aber sie hat doch wirklich sehr gern Kaffee getrunken", überlegte Elisa laut.

„Trotzdem hat er sie nicht gekannt und keine Ahnung davon, wie sie wirklich war", warf Dori ein.

„So eine Rede zu halten ist einfach schwierig."

„Spürst du nicht Gottes Kraft in dir?", fragte Ian.

„Das Einzige, was ich spüre, sind offene Fragen. Ich würde es einfach gern verstehen."

„Wer weiß, ob das überhaupt möglich ist." Finn wischte einen Krümmel von seinem Oberteil. „Irgendwie habe ich noch nicht mal richtig realisiert, dass sie tot ist. Also ich meine, ich verstehe, dass sie nicht mehr da ist. Aber dieses Nicht-mehr-da-sein will einfach nicht in meinen Kopf rein."

„Was bedeutet das überhaupt? Nicht mehr da?", fragte Dori. „Wie soll man es verstehen, wenn man nicht mal genau weiß, was das jetzt heißt."

„Es heißt", begann Elisa. „dass sie weg ist. Dass wir nie wieder mit ihr reden können. Nie wieder ihr Lachen hören werden. Nie wieder aufwachen und denken, *komm, lasst uns alle zusammen zum See fahren*, weil wir nicht mehr alle zusammen sind. DAS bedeutet nicht-mehr-da-sein." Nach dem letzten Wort begann ihre Unterlippe zu zittern und Jenna reichte ihr schnell ein Taschentuch, damit sie sich die Tränen wegwischen konnte.

„Treffend gesagt." Ian trank sein Glas in einem Zug leer, als handelte es sich um einen Shot anstelle von Wasser.

„Wisst ihr noch, als ihr euch auf der Klassenfahrt in unser Zimmer geschlichen habt und Kim sich ausgesperrt hat?", fragte Finn.

„Wie könnten wir das jemals vergessen? Das war wahrscheinlich das witzigste, was in dem ganzen Schuljahr passiert ist."

„Na, also *so* krass war es dann doch nicht. Sie hat es ja doch geschafft, ohne dass sie erwischt wurde", meinte Ian.

„Aber nur, weil sie Herr Mikolski erzählt hat, dass sie ihre Tage hätte und ihr so schlecht geworden sei, dass sie rausgehen musste, um frische Luft zu schnappen." Sam verschränkte die Arme vor der Brust.

„Was? Daran erinnere ich mich gar nicht!" Dori lachte etwas lauter, als vielleicht angemessen, denn meine Tante am Nebentisch warf ihm einen komischen Blick zu

„Weil es ihr teilweise, glaube ich, echt peinlich war", sagte Carina mit einer hochgezogenen Augenbraue in Sams Richtung.

„Wieso wurdet ihr deshalb nicht erwischt?", meldete sich zum ersten Mal Jenna zu Wort.

„Eigentlich", fing Carina an zu erzählen. „hatten wir ab 9 Uhr Nachtruhe und sollten dann in unseren Zimmern sein, aber wir wollten halt noch ein bisschen Zeit mit den anderen verbringen."

„Ganz gesittet natürlich", warf Finn ein.

„Genau. Wir hatten uns also verabredet, um 10, wenn die Lehrer die Zimmer kontrolliert hatten, zu den Jungs zu gehen. Nur mussten wir dafür über den Hof laufen. Wir wollten nacheinander gehen, dass man uns nicht zusammen erwischte und Kim war die letzte, bei der leider dann die Tür ins Schloss fiel und sie so nicht mehr rein kam. Leider kam genau in dem Moment, als sie draußen stand und uns geschrieben hatte, jemand solle zurückkommen, um ihr aufzumachen, unser Lehrer und hat sie gefragt, was sie dort mache. Und dann hat sie eben gesagt, sie hätte ihre Tage bekommen und ihr sei so schlecht. Das war in dem Moment echt schlau, weil keine Lehrerin dabei war und es Herr Mikolski anscheinend so unangenehm war, dass er sie einfach in Ruhe gelassen hat, unter der Bedingung, dass sie, wenn sie sich besser fühlt, direkt ins Zimmer geht."

„Er hat so perplex geguckt, als du ihm mit der Ausrede kamst", bemerkte Engel belustigt.

„Sie muss das aber auch echt gut verkauft haben." Mika lachte leise.

„Wir haben sie ja auch gebürtig gefeiert, als sie endlich bei uns war."

„Wir haben schon echt lustige Sachen mit ihr erlebt", sagte Elisa und presste die Lippen aufeinander.

„Heute vor drei Jahren waren wir zusammen Schlittschuh fahren und danach Pizza essen. Erinnert ihr euch?", fragte Carina. Elisa und Sam nickten. „1916 begann heute die Schlacht um Verdun im ersten Weltkrieg."

„Was hat das denn jetzt damit zu tun?", fragte Sam verständnislos.

„Es ist wahrscheinlich das letzte Mal, dass ich mich an das Ereignis erinnern kann. Ab heute wird der 21. Februar für mich nur der Tag sein, an dem meine Freundin beerdigt wurde."

Mika hob sein Glas. „Auf Kim", sagte er leise.

„Auf Kim", antworteten die anderen einstimmig. Ich schluckte schwer, während meine Sicht erneut verschwamm. Ich legte keinen Protest ein, dass Engel und ich der Trauerfeier den Rücken kehrten. Doch anstatt in dem weißen Raum, standen wir auf einmal in meinem Zimmer.

„Warum sind wir hier?"

„Ein gewohntes Umfeld ist oft entspannender als ein fremdes. Und was könnte vertrauter sein, als dein Zimmer?"

„Du redest manchmal ganz schön in Rätseln, weißt du das?" Ich setzte mich auf meinen Schreibtischstuhl.

„Gut möglich, dass dein Gesichtsausdruck, das schon das ein oder andere Mal angedeutet hat."

Ich sah mich um. „Es sieht noch genauso aus, wie ich es verlassen habe."

„Soweit ich weiß, haben deine Eltern nichts verändert — außer als nach dem Brief gesucht wurde. Aber auch danach haben sie alles wieder hergerichtet, wie es war." Engel faltete die Hände in ihrem Schoß und ließ sich auf dem Bett nieder.

„Ob sie das Zimmer je anders nutzen werden?"

Sie zuckte mit den Schultern. „Ich weiß es nicht. So etwas zu verarbeiten kann sehr lang dauern."

Ich stand auf und lief zum Fenster, sah auf die menschenleere Straße hinaus. Dann fiel mein Blick auf das Regal mit den Fotos. Eines davon nahm ich herunter und betrachtete es genauer. Manu, Carina, Elisa, Sam, die Jungs und ich, in Bikinis und Badehosen, lachend und unbeschwert am See. Das Wasser glitzerte im Hintergrund, halb verdeckt von den wenigen Bäumen, die in einem satten Grün mit dem Gras um die Wette erstrahlten.

„Das war an meinem 16.Geburtstag", sagte ich in den Raum hinein. „Es war schon richtig warm und wir haben fast den ganzen Tag am See verbracht. Ich hatte so viel Spaß und habe an nichts schlechtes gedacht. Sogar mein Körper kam mir in dem Bikini sexy vor." Bei dem Gedanken daran, wie ich mich davor im Spiegel betrachtet hatte, musste ich grinsen. „Es war einfach toll. Es war das letzte Mal, dass es mir so richtig gut ging. Und dann ... hat sich alles so schnell geändert. Es war so viel." Ich schluckte, meine Stimme klang dünn. „Dabei wollte ich doch nur glücklich sein."

„Und ich wollte nur, dass du glücklich bist."

Ich versuchte etwas zu sagen, doch meine Kehle war wie zugeschnürt. Stattdessen stellte ich das Bild wieder auf seinen Platz und setzte mich auf den Teppich, den Rücken an mein Bett gelehnt.

„Was war es?", fragte Engel.

Ich blickte zu ihr auf. „Was war was?"

„Was war es, dass alles für dich so verändert hat?"

1 9 .

Ich dachte über ihre Frage nach. Unter meiner Heizung konnte ich eine Socke liegen sehen. Eine Schicht aus Staub und Fusseln klebte daran. Ich musste sie beim Staubsaugen ausversehen weggeschoben haben. Sie lag so weit hinten, dass nicht einmal Nepomuk sie hatte klauen können, um darauf herumzubeißen. So viele waren schon seinen kleinen, spitzen Zähnen zum Opfer gefallen.

Engel drängte mich nicht mit meiner Antwort. Sie ließ mir Zeit, bis ich anfing zu sprechen.

„Ich weiß es nicht. Ich dachte immer, es wäre Omas Tod gewesen, der das alles ausgelöst hat. Von da an ging alles so viel schwerer und alles was auch nur im entferntesten mit ihr in Verbindung stand, schien unglaublich schmerzhaft zu sein. Aber wenn ich so darüber nachdenke, hatte es schon vorher angefangen, ich hatte es nur nie bemerkt. Erst, als es schon zu spät war, als die bösen Gedanken sich schon in meinem Kopf eingenistet hatten. Sie haben mich eingenommen wie Piraten ein Schiff, ich hatte keine Chance, mich zu wehren. Und Hilfe war keine in Sicht."

„Schlechte Gedanken sind kleine Biester."

„Schreib sie auf und lass sie los", vollendete ich Engels Satz. „Wenn es so einfach wäre. Ich kann mich noch ganz genau daran erinnern, wie Mama mir gesagt hat, dass Oma gestorben ist. Wir hatten an dem Tag unsere letzte Arbeit geschrieben und ich habe mich so darauf gefreut nach Hause zu kommen und nicht lernen zu müssen und dann stand sie schon in der Tür. Sie hat mich kommen sehen und im Eingang gewartet. Ihr Gesichtsausdruck war so ernst und auch wenn sie so ein gutes Pokerface hat, hatte ich gewusst, dass etwas passiert war." Ich atmete zitternd ein und merkte, wie Engel neben mir auf den Boden rutschte. „Es war ein Hirnschlag. Es ging so schnell, dass sie keine Schmerzen hatte. Beinahe so, wie man es sich wünschen könnte, nicht wahr? Ich kann mich genau an das Gefühl erinnern, das ich hatte. Wie sich alles anfühlt, als wäre es unglaublich schwer und würde sich gleichzeitig in Luft auflösen. Wie ein Teil von mir immer wieder sagte, dass es nicht wahr sein konnte. Klar, der Tod lässt niemanden aus und erreicht uns alle irgendwann aber doch nicht sie, nicht heute, nicht zwei Tage nachdem sie mit ihrer Enkelin noch deren 16 Geburtstag gefeiert hat, an dem sie gelacht und geredet hatte, als sei sie 20 Jahre jünger. Ich war einfach so geschockt." Eine einzelne Träne rollte mir über die Wange, ich wischte sie weg. Dann spürte ich, wie Engel meine Hand nahm und sie leicht drückte.

„Sie hat dich sehr geliebt, deine Oma. Und es tut ihr unglaublich leid, dass sie nicht länger für dich da sein konnte."

Ein Laut löste sich aus meiner Kehle. Eine Mischung aus Schluchzen und Lachen. Leise tickte der Zeiger meines Weckers. Draußen bellte irgendwo ein Hund.

„Ich wollte nicht, dass jemand verletzt wird", begann ich nach einer ganzen Weile. „Vielleicht habe ich mir manchmal vorgestellt, wie sie wären, wenn sie auch einmal spüren würden, was ich spüre, aber das wollte ich doch nicht wirklich. Ich habe nur nie richtig daran gedacht, wie es für sie sein wird, wenn ich nicht mehr da bin. Es ist absurd. Zwischen all den tausenden Gedanken in meinem Kopf tauchte dieser nicht auf. Das Einzige woran ich dachte, war, dass sie alle schon neue Freunde hatten und mich nicht mehr brauchten. Ich blieb zurück."

„Nur weil sie neue Leute kennen gelernt haben, heißt das nicht, dass sie dich ersetzen. Und auch du hättest deinen Horizont erweitern können. Wie viele Freunde man hat und wie gut man diese kennt, ist kein Wettbewerb, auch wenn man manchmal das Gefühl hat, es sei einer."

„Es war ja nicht nur das, sondern einfach … alles. Ich hatte das Gefühl, je mehr ich mich anstrengte, desto schlimmer wurde es. Egal, wie schnell ich rannte, ich konnte nie aufholen. Und wenn ich jetzt sehe, wie ich die anderen so zurücklasse, tut mir das unglaublich leid, aber was ich mich frage, ist: Wenn es für dich keine Gründe mehr gibt zum Leben, sind dann die Menschen um dich herum Grund genug, es trotzdem weiterzuleben?"

„Nicht unbedingt." Engel sah mich sanft aus ihren blauen Augen an. „Ja, man fühlt sich manchmal nutzlos und einsam. Das Leben kann ziemlich hart sein. Und es wird immer noch größere Hürden geben, die es zu meistern gibt. Aber das, was das hier so lebenswert macht, ist, dass die schönen Momente die schlechten überwiegen. Das lässt es alles wert sein."

„Und wenn das nicht der Fall ist?" Ich sah sie prüfend an, wartete gespannt auf ihre Antwort.

„Dann hast du für dich vielleicht die richtige Entscheidung getroffen."

Wow. Ich hatte mit allem gerechnet, aber nicht damit.

„Ich sage damit nicht, dass ich gut und notwendig finde, was du getan hast. Ob etwas richtig oder falsch ist, liegt in vielen Fällen nunmal doch im Auge des Betrachters. Aber dir ging es sehr schlecht und in deinem Zustand konntest du das Gute in alldem nicht wahrnehmen. Also kam es dir in diesem Moment wie die einzig richtige Möglichkeit vor."

Ich schwieg, wusste nicht, was ich dazu sagen sollte. Sie hatte recht. In irgendeiner Weise. Aber gleichzeitig regte sich etwas in mir, das ihr widersprach. Ich konnte nur nicht genau sagen, was es war.

Der Schulgong ertönte. Die Türen zu den Sälen öffneten sich und entließen hunderte von Schülern in die Pause. Ein Fluss aus Rucksäcken und Taschen, Ordnern und Jacken in allen erdenklichen Farben und Stilen bahnte sich seinen Weg durch die Flure und auf den Pausenhof. Es wurde gerannt, gelacht, geschubst, geredet. Mittendrin standen ein Engel mit weißen Flügeln und ein Mädchen mit nachdenklichem Gesicht, die niemand bemerkte, weil niemand sie sah - niemand sie sehen konnte.

Anders als sonst übernahm nicht ich die Führung, sondern Engel. Sie folgte dem Strom aus Schülern und ging zielsicher zu den Tischen bei der Turnhalle. Erst als wir dort ankamen, bemerkte ich, dass wir die ganze Zeit Elisa nachgelaufen waren. Sie steuerte einen Tisch an, an dem Carina und Samuel, der Junge, mit dem ich sie vor ein paar Wochen im Flur gesehen hatte, saßen. Sie setzte sich zu den beiden und betrachtete das mit Post-it-Zetteln beklebte Buch vor ihnen. „Hi, was macht ihr da?"

„Wir müssen in Gruppen Vorträge halten, um die Themen für die Kursarbeit zusammenzufassen", erklärte Samuel.

„Aber die wurde doch um eine Woche nach hinten verschoben."

„Trotzdem müssen wir uns vorbereiten. Sie wollen mit uns auf das Abi hinarbeiten, egal, was passiert ist." Carina zuckte mit den Schultern.

„Ich finde das echt total bescheuert", drang eine genervte Stimme von der Seite zu uns herüber. Meret. „Jetzt machen sie so ein riesiges Ding draus. Davor hat die mentale Gesundheit der Schüler auf dieser Schule doch auch keinen interessiert."

„Auf jeden Fall ist unser Thema ganz gut", redete Samuel weiter, doch man konnte sehen, dass er durch den Kommentar abgelenkt war.

„Aber so hast du doch wenigstens von Frau Weiß ein bisschen mehr Zeit für deine Hausaufgaben bekommen." Das war Lucy, das einzige Mädchen aus unserer Stufe, die man als Merets Freundin bezeichnen konnte. Wahrscheinlich weil sie den IQ einer Cocktailtomate besaß. Was sich gemein anhörte, wenn man sie nicht kannte, aber ziemlich schnell zur nicht abstreitbaren Wahrheit wurde, wenn man auch nur ein kurzes Gespräch mit ihr führte.

„Es geht doch nicht darum, wie viel Zeit ich für meine Hausaufgaben oder Tests bekomme, Lucy!"

„Aber du hast doch gerade gesagt …"

„Ich weiß, was ich gesagt habe!" Sie schmiss theatralisch ihre Haare über die Schulter, wodurch ich den genervten Ausdruck auf ihrem Gesicht sehen konnte. „Es geht darum, dass alle jetzt nur noch über sie reden, als wäre ihr Tod eine absolute Tragödie, die man jetzt unbedingt wieder gut machen müsste. Einfach nur, weil sie ein schlechtes Gewissen haben."

„Ach so." Lucy nickte.

„Wollen wir mit der Power Point eigentlich schon anfangen? Ich könnte sie auf meinem Tablet machen", startete Samuel einen letzten Versuch, Carinas Aufmerksamkeit wieder zu gewinnen. Vergebens.

„Ich habe letztens sogar einen Jungen aus der 12. sagen hören, dass er sie eigentlich ganz hübsch fand, sie ihm vorher nur nie aufgefallen wäre. Als ob man erst sterben muss, um Aufmerksamkeit zu bekommen!"

„Carina, bitte nicht." Elisa griff nach ihrer Hand, doch es war zu spät. Unsere Freundin war bereits aufgestanden und baute sich mit verschränkten Armen vor Meret und ihrem Anhängsel auf. Lucy schien direkt einen Kopf kleiner zu werden, doch Meret musterte Carina nur abschätzig, als hätte sie nicht gewusst, dass sie in der Nähe war.

„Sag mal, hast du irgendein Problem?"

„Was?", stellte Meret sich dumm.

„Du weißt genau, wovon ich rede. Also was genau ist dein Problem?" Ihre Stimme war nicht übermäßig laut oder angestrengt, trotzdem konnte ich die Muskeln in ihrem Kiefer zucken sehen. Leute, die dem Spektakel um Meret nicht schon vorher zugehört hatten, taten es spätestens jetzt. Alle Augen und Ohren schienen auf die drei Mädchen gerichtet zu sein, manche etwas unauffälliger als andere, aber trotzdem nicht weniger interessiert.

„Ich habe kein Problem mit dir. *Du* machst *mich* doch blöd an."

„Genau", stimmte Lucy ihr zu, zog sich unter Carinas Blick aber direkt wieder zurück.

Diese holte einmal tief Luft. „Meret, ich verstehe ja, dass du es selbst nicht ganz einfach in deinem Leben hast. Und es geht mich ganz ehrlich auch nichts an, was genau es ist und wie du damit umgehst. Aber wenn du schlecht über meine Freundin redest, die sich nicht getraut hat, jemandem von ihren Problemen zu erzählen, weil andere über sie reden könnten und es ins Lächerliche ziehen, dann nehme ich das persönlich."

Merets Augen verengten sich zu messerscharfen Schlitzen. „Du hörst doch selbst, wie heuchlerisch sich das anhört. Nur weil du nicht damit klar kommst, was für eine miese Freundin du warst, versuchst du das jetzt auf mich zu schieben."

Jemand in den hinteren Reihen sog hörbar die Luft ein.

„Jetzt fliegen gleich die Fetzen", flüsterte ein Schüler. Die Atmosphäre schien zum Zerreißen gespannt.

„Pass auf, was du sagst." Carinas Geduld, die normalerweise ziemlich groß war, schien langsam am Ende zu sein.

„Hast du mir gerade gedroht?" Merets Blick bekam etwas Überhebliches. „Ich bin schon mental instabil. Wenn das einer der Lehrer erfährt, würde ich an deiner Stelle besser aufpassen."

„Lass es gut sein, Meret", mischte sich Natascha ein, die auf einmal neben Carina stand.

„Was willst du denn jetzt? Du warst doch nicht mal mit ihr befreundet!"

„Das tut hier nichts zur Sache. Du hast Scheiße über Kim geredet und das kann jeder hier bestätigen."

Ein paar nickten. Andere schauten demonstrativ weg, als hätten sie nie etwas von dem Gespräch mitbekommen.

„Also wenn du wirklich zu den Lehrern gehen und dich beschweren willst. Nur zu. Wir werden ja sehen, wer recht behält."

Das nahm Meret ganz klar den Wind aus den Segeln, auch wenn sie es nie zugeben würde. Doch das nervöse Zucken ihrer Augen verriet sie. Zu ihrem Glück klingelte es in diesem Moment zum Ende der Pause und sie konnte sich mit der Ausrede, sie müsste zum Unterricht, zurückziehen. Auch die anderen Schüler machten sich langsam auf den Weg. Carina sah ihr noch einen Moment mit verschränkten Armen hinterher und wandte sich dann Natascha zu.

„Danke für die Hilfe."

Sie winkte ab. „Kein Problem. Es war an der Zeit, dass sie mal in die Schranken gewiesen wird. Und sie hat echt übel mit dir geredet. Ich weiß nicht, ob ich so lang ruhig geblieben wäre."

„Solches Verhalten ist es eigentlich nicht wert, sich aufzuregen. Ich habe es einfach nicht mehr ausgehalten, dass sie so gemeine Sachen sagt, die dazu noch nicht mal stimmen."

„In gewisser Weise hat Meret schon recht: Ich kannte Kim kaum. Wir hatten ja gerade erst angefangen uns besser kennen zu lernen."

„Das ist kein Grund, nicht trauern zu dürfen."

Natascha lächelte dünn. „Das sehen nicht immer alle so."

„Die Meinung aller geht mir im Moment ehrlich gesagt ziemlich auf die Nerven. Es sollte niemand anderes festlegen, was wir fühlen und wie wir damit umgehen. Ich wünschte, das hätten wir eher erkannt."

„Da hast du wohl recht." Sie sah sich in der fast leeren Pausenhalle um. „Vielleicht sollten wir auch gehen. Ich habe jetzt Bio. Und du?"

„Dann müssen wir in dieselbe Richtung. Ich habe Chemie." Sie sah zu Samuel, der immer noch an seinem Platz saß und damit beschäftigt war, Elisa etwas zu erklären.

„Wir sehen uns morgen bei mir für den Vortrag. Bis dann!", verabschiedete sie sich, was die beiden mit einem kurzen Winken zur Kenntnis nahmen.

„Warst du nicht diejenige, die Kims Text in Deutsch vorgeschlagen hatte?"

Natascha nickte. „Ja, ich fand den echt gut. Ich wusste gar nicht, dass sie auch zu Hause Gedichte geschrieben hat. Es war übrigens sehr schön, dass ihr auf der Beerdigung ein paar davon ausgestellt habt."

Carinas Gesichtszüge waren mittlerweile wieder deutlich weicher. „Ja, das war eine gute Idee von ihrer Mutter gewesen. Ich wusste, dass Kim früher viel aufgeschrieben hatte. Manchmal hat sie es uns vorgelesen, aber irgendwann nicht mehr. Ich glaube, es kam ihr nicht gut genug vor und sie hat sich ein bisschen vor uns geschämt."

„Aber warum denn? Es hat doch niemand verlangt, dass sie ein Profi ist! Und abgesehen davon, waren ihre Sachen doch echt gut!"

„Nicht alle Freundinnen von Kim sehen das Schreiben von Gedichten als etwas so cooles, fürchte ich." Mehr sagte sie nicht dazu. Aber ich wusste sofort, auf wen sie anspielte.

„Ich wollte sie auf einen Poetry Slam mitnehmen. Ein paar Freunde von mir machen da manchmal mit und wir freuen uns immer, wenn neue Leute kommen. Wir hatten gerade einen neuen Termin dafür gefunden und ich wollte sie in der Schule damit überraschen und fragen, ob sie mitkommen will, aber … da war sie schon nicht mehr da."

„Sie hätte sich bestimmt sehr gefreut. In letzter Zeit war es schwieriger mit ihr etwas zu unternehmen, weil sie quasi nie konnte. Heute weiß ich auch warum. Aber da wäre sie bestimmt mitgekommen."

„Ich hätte mich auch gefreut. Ich finde es wirklich schade, dass wir nicht mehr miteinander befreundet waren."

Manchmal erkennen wir erst, was uns wirklich wichtig ist, wenn wir es verloren haben, schoss es mir durch den Kopf und im selben Moment fragte ich mich, auf wen genau ich diesen Gedanken bezog. Auf sie, oder auf mich?

Der zweite Gong ertönte und Natascha blieb vor einer der geöffneten Türen zum Biologiesaal stehen. Laute Stimmen waren darin zu hören. Ihr Lehrer war wohl noch nicht da.

„Wenn du willst, kannst du gern mal mit uns essen gehen. Mit Elisa, mir und noch ein paar anderen", bot Carina ihr an.

Ein aufrichtiges Lächeln erschien auf Nataschas Gesicht. „Danke. Wenn ihr wollt könnt ihr gern auch mal zu einem der Poetry Slams kommen. Natürlich nur, wenn ihr Lust dazu habt."

„Gern. Wer keine Lust hat, kann einfach zu Hause bleiben."

„So geht's natürlich auch. Also dann, wir sehen uns."

Natascha verschwand in der Tür und auch Carina ging zu ihrem Saal, während mein Blickfeld bereits wieder verschwamm.

Die Wohnung in der wir uns als nächstes wiederfanden, war mir vollkommen unbekannt. Es handelte sich um einen Altbau. Wir standen in einem Flur in sechseckiger Form. Bis auf eine Wand waren alle mit einer Tür versehen, eine davon halb offen, hinter der man das Badezimmer erkennen konnte. Die freie Seite wurde von einer hölzernen Kommode ausgefüllt, auf der sich eine Aloe-Vera-Pflanze in Nepomuks Größe befand. Daneben eine Schale mit Schlüsseln und allerlei Krimskrams.

Ein gut aussehender, junger Mann trat aus einer der Türen zu unserer Linken und lief beinahe durch mich hindurch, wenn ich nicht zur Seite gesprungen wäre. Er trug eine dunkle Hose und dazu ein auffallend weites, offenes Hemd, sodass man seinen sportlich geformten Oberkörper sehen konnte.

Engel bedachte mich mit einer hochgezogenen Augenbraue. Ich ignorierte sie, bemerkte aber, wie meine Wangen verräterisch rot anliefen. Was sich allerdings schnell wieder legte, als er an die gegenüberliegende Tür klopfte und sie ohne auf eine Antwort zu warten öffnete. Auf dem Bett saß im Schneidersitz eine junge Frau, die ihn ertappt ansah. Es war Helene.

„Hey, störe ich dich?", fragte der Mann und knöpfte sich das Hemd zu.

„Mich? Nein, bei was denn?"

Er zuckte die Schultern, sogar das sah bei ihm elegant und gleichzeitig lässig aus. „Weiß nicht. Du guckst nur so geschockt."

„Vielleicht weil du hier halbnackt einfach reinplatzt?" Helene zeigte mit der ausgestreckten Hand auf die Tür. „Normalerweise wartet man bis jemand *herein* sagt, nachdem man geklopft hat."

„Ach so, ja. Ich lerne noch." Er grinste. „Ich wollte dir nur sagen, dass ich mich jetzt auf den Weg zur Arbeit mache."

„Ach, Maxim. Du musst dich doch nicht bei mir abmelden, wenn du gehst."

„Ja, ich weiß ..." Auf einmal schien er etwas verlegen. „Aber ich will dich im Moment nicht immer so allein lassen."

„Ist doch okay. Mir geht es gut. Ich muss jetzt eh noch ein bisschen lernen. Anatomie des Schädels. Und heute Abend habe ich noch die Reispfanne, die ich mir machen wollte."

„Okay, wie du meinst. Kayce müsste heute Abend ja auch irgendwann aufkreuzen."

„Ja, das wird eher morgen früh. Ich glaube, sie ist mit ihrem Freund wieder zusammen."

Maxim, den ich mittlerweile als Helenes neuen Mitbewohner und Model identifiziert hatte, verzog das Gesicht. „Uh, na ob das gut geht."

Helene wiegte den Kopf zur Seite. „Wir werden sehen. - Aber jetzt raus mit dir, sonst kommst du noch zu spät!"

„Ja, Mami, ich geh ja schon", neckte Maxim sie und ging in den Flur.

„Manchmal fühle ich mich, als wäre ich das!", rief sie ihm hinterher.

„Ich dich auch! Bis nachher!" Kurz darauf fiel die Tür ins Schloss und es wurde wieder ruhig in der Wohnung. Einen Moment wartete Helene noch, dann zog sie ihr Handy unter der Bettdecke hervor.

Aha, war sie also doch nicht ganz ehrlich zu ihm gewesen. Ich trat einen Schritt näher an sie heran, um den Bildschirm genauer zu sehen. Es war ein Chatverlauf. Am oberen Rand des Displays stand neben einem kleinen Bild ein Name: *Kim Zoller*. Die sichtbaren Nachrichten begannen mit einem Bild, das sie geschickt hatte. Es war ein Foto von Nepomuk, der von Oskar und Leander mit einer Geschenkschleife versehen worden war und mitleidig in die Kamera guckte, während die beiden Jungs quietschvergnügt in ihren kleinen Weihnachtsanzügen neben ihm auf dem Boden saßen.

„Ruft den Tierschutz!" hatte ich geantwortet.

„Einfach zu lieb, wie er alles mit sich machen lässt. Den habt ihr gut erzogen." Dazu einen Smiley mit Herzen anstatt Augen.

„Was man von den anderen beiden nicht behaupten kann"

Als Antwort hatte sie zwei tränenlachende Smileys geschickt und geschrieben: „Nicole muss mit beiden gleichzeitig fertig werden, ihr nur mit einem."

„Stimmt." Das war die letzte Nachricht, die wir miteinander geschrieben hatten. Danach endete der Chat. Es war kurz nach Weihnachten gewesen und Helene hatte einige Fotos von uns allen gemacht, die sie gesichtet und uns dann geschickt hatte. Seitdem hatten wir keinen Kontakt mehr gehabt, bis auf ein paar Kommentare in der Familiengruppe. Jetzt saß sie vor ihrem Smartphone und betrachtete diese Nachrichten, das Letzte, was uns miteinander verbunden hatte, wie fröhlich und belanglos sie doch waren.

Ich wollte schon einen Schritt zurückgehen und Engel fragen, was wir hier machten, doch dann begann Helene, nach unten zu scrollen und weitere Nachrichten erschienen. Alle von ihr verfasst und abgesendet. Alle nach meinem Tod.

Die erste stammte vom 9. Februar: „Liebe Kim, heute wurde das Datum für deine Beerdigung festgelegt. Es ist ein Samstag. Ich kann immer noch nicht glauben, dass du tot bist und dass du es selbst so gewählt hast. Ich wünschte, du wärst hier, um es mir zu erklären. Natürlich weiß ich, dass du diese Nachrichten nicht mehr lesen oder beantworten kannst, aber irgendwie wollte ich nochmal mit dir reden. Deine Helene."

Danach vergingen fast zwei Wochen bis zur nächsten: „Hallo Kim, heute war deine Beerdigung. Es waren sehr viele Leute da und Michael hat eine sehr schöne Rede gehalten. Ich frage mich, was du wohl dazu gesagt hättest. Du liegst jetzt im Urnengrab bei Oma und Opa. In der Trauerhalle standen ein paar Bilder von dir und Zitate aus deinem Notizbuch. Deine Gedichte waren sehr schön, ich hätte sie so gern von dir gehört. Ich hoffe, es geht dir jetzt gut, dort, wo du bist. Leb wohl, deine Helene."

Ich fühlte mich etwas schäbig, wie ich so neben ihr saß und über ihre Schulter mitlas. Obwohl ich wusste, dass das total lächerlich war, weil 1. die Nachrichten eh für mich bestimmt waren und 2. ich tot war. Das schlechte Gewissen vertiefte sich mit ihren weiteren Antworten noch mehr. Sie folgten zwei Tagen später und in immer kürzeren Abständen: „Liebe Kim, ich dachte mit der Beerdigung und meiner letzten

Nachricht könnte ich einen Schlussstrich ziehen, aber da lag ich falsch. Ich muss ständig an dich denken und habe noch so viele Fragen. Warum Kim? Warum hast du es getan?"

„Du hast geschrieben, dass du es nicht mehr ausgehalten hast. Aber warum hast du niemandem davon erzählt? Wir waren doch eine Familie! Hast du wirklich so einen schlechten Eindruck von uns gehabt? Haben wir dich so enttäuscht?"

„Weißt du eigentlich, was du uns damit angetan hast? Wie sehr wir verletzt sind? Leander hat mich gefragt, wann du denn wiederkommst, um ihm vorzulesen. Er hat darauf bestanden, dass du es machst. Wie sollte ich ihm erklären, dass du es nie wieder tun wirst, weil du nicht mehr leben wolltest?"

„Hast du einmal daran gedacht, wie wir uns damit fühlen? Wie es Michael und Sabrina damit geht, ihre einzige Tochter an Suizid zu verlieren?"

„Im Krankenhaus sehe ich immer wieder Menschen sterben. So viele von ihnen würden alles dafür geben, ihre Krankheit zu besiegen und noch weiterzuleben. Nicht jeder hat das eigene Leben und den Tod in der Hand. Du hast diese Entscheidung für dich selbst getroffen, ohne darüber nachzudenken, was zurückbleibt. Du hast dein Leben weggeworfen."

Das war ihre letzte Nachricht gewesen. Die kleinen Haken darunter waren grau. Sie würden sich niemals verfärben, um anzuzeigen, dass ich sie gelesen hatte. Weil das eigentlich nie der Fall gewesen wäre. Doch jetzt saß ich hier und sah meine Cousine an, die so verletzt und wütend war, dass sie einer Toten schrieb. Auch sie hatte die Mitteilung gerade gelesen und auf den Bildschirm gestarrt. Jetzt schwebte ihr Finger über der Tastatur, das kleine Freizeichen blinkte abwartend. Doch sie wartete, dachte nach. Man konnte deutlich sehen, wie es hinter ihrer Stirn arbeitete. Was überlegte sie? Wie sie sich weiter über mich aufregen konnte? Vielleicht darüber, wie unverantwortlich es von mir war, auch noch Fahrrad zu fahren und damit fahrlässig noch mehr Leute zu involvieren, indem ich zum Beispiel in ein Auto gefahren wäre? Mit einer Hand fuhr sie sich durch das glänzende Haar und kaute auf ihrer Lippe herum. Dann begann sie zu tippen.

„Liebe Kim, es tut mir leid, was ich dir zuletzt an den Kopf geworfen habe. Ich weiß auch nicht genau, was in mich gefahren ist. Ich bin einfach erschöpft von meinen Prüfungen und von dem ganzen Drama, das dein Tod ausgelöst hat und frage mich so sehr, warum es so weit gekommen ist. Ich weiß, dass das Leben manchmal hart ist und ich habe keine Ahnung, was alles vorgefallen ist und wer dich so sehr enttäuscht hat, dass du dachtest, du könntest mit niemandem darüber reden und dass das der einzige Weg ist, damit klarzukommen. Und zum Glück, muss ich sagen, kann ich mir auch nicht genau vorstellen, wie es ist, Depressionen zu haben, denn genau danach hört sich das an, was du in den letzten Monaten gefühlt hast." Den letzten Satz löschte sie kopfschüttelnd wieder und fuhr dann fort: „Wenn ich ganz ehrlich bin, kann ich es wirklich nicht alles verstehen und es gibt Momente, in denen ich tatsächlich wütend bin, aber ich habe trotzdem nicht das Recht, es dir vorzuwerfen. Es war dein Leben und ich glaube, was mich am traurigsten macht, ist, dass du so viel nicht mehr erleben wirst, weil du vorher gegangen bist. Wir vermissen dich. Wir vermissen dich alle sehr. Das Einzige, was uns ein bisschen Trost spendet, ist der Gedanke daran, dass es dir jetzt vielleicht besser geht. Und auch wenn ich nicht wirklich daran glaube, hoffe ich, dass wir uns irgendwann wiedersehen werden. Bis dahin, alles Gute. Deine Helene." Ohne zu Zögern klickte sie auf Senden und die Worte erschienen als fertige Nachricht auf dem Display. Dann schloss sie den Chat, sprang von ihrem Bett auf und stellte sich ans Fenster. Ich blieb sitzen und schaute zu ihr.

„Stimmt ihr Gedanke?", fragte Engel. „Geht es dir besser?"

Ich wollte ihr nicht antworten. Konnte es nicht. Stattdessen sah ich Helene dabei zu, wie sie zu ihrem Schreibtisch ging, eines der Bücher aufklappte und anfing, sich auf einem Blockblatt Notizen zu machen.

„Manchmal wäre es leichter für uns, wenn wir ein paar Dinge eher verstehen und uns daran gewöhnen würden. Menschen sind nun mal so. Früher oder später enttäuschen sie einander. Vor allem die, die einem nahe stehen. Auch ich habe das getan. Anscheinend sogar mehr als mir bewusst war."

„Mitgefühl ist nie verschwendet, solang man kein Mitleid mit sich selbst hat."

Ich verzog den Mund. „Was hat das hiermit zu tun?"

„Sag du es mir."

Ich vergrub das Gesicht in den Händen und schloss die Augen. Zu viele Gedanken brachen über mich herein. Fingen an sich zu duellieren und verknoteten sich schließlich zu einem großen Knäuel, das weder Anfang noch Ende zu haben schien. Es war, als wäre da eine Tür, die etwas verborgen hielt. Etwas, das mir nicht gefallen würde, das mir weh tun könnte. Sie blieb verschlossen, um mich selbst vor der schmerzlichen Erkenntnis zu bewahren.

„Ich weiß es nicht."

Engel setzte sich neben mich. Die weißen Flügel über dem Bett ausgebreitet, nahmen sie beinahe das halbe Zimmer ein. Das Einzige was man hörte, war das Kratzen des Stifts auf dem Papier und das gelegentliche Rascheln beim Umblättern einer Seite.

„Engel?"

„Hm?"

„Komme ich in den Himmel oder in die Hölle?" Diese Frage stellte ich mir schon eine ganze Weile, war bisher aber noch nicht mutig genug gewesen, sie laut auszusprechen.

„Ach Kim, es gibt so viel mehr zwischen Himmel und Erde, als wir uns vorstellen können. Mach dir darum keine Sorgen. Es wird so oder so alles gut gehen."

„Bist du dir sicher?"

„Bombensicher." Aus ihrem Mund hörte sich dieses Wort fremd und lustig an. Sogar so sehr, dass ich kurz lachen musste.

„Du bist schon echt komisch. Weißt du das?"

Sie zuckte mit den Schultern. „Ich bin dein Schutzengel. Was erwartest du?"

„Nichts anderes", erwiderte ich ehrlich lächelnd, bevor ich wieder ernst wurde. „Wie lang dauert es noch, bis der Papierkram erledigt ist?"

„Kann nicht mehr allzu lang sein. Willst du bis dahin hier bleiben oder wollen wir weitergehen?"

„Ist es woanders denn leichter?"

„Das kann man so genau nie wissen", sprach sie schon wieder in Rätseln. Allmählich gewöhnte ich mich daran.

„Worauf warten wir dann noch?"

20.

Kalter Wind wehte uns entgegen und verbreitete den Geruch von Abgasen, Zigarettenrauch und Fast Food. Schneeregen fiel auf den Asphalt und verlieh der kühlen Luft eine unangenehme Feuchtigkeit. Autoscheinwerfer krochen an uns vorbei und vermischte sich mit dem Licht der Straßenlaternen. Lautsprecherdurchsagen warnten vor einfahrenden Zügen.

Als erstes fielen mir die braunen Haare mit dem dunklen Stirnband auf. Carina hatte es letzten Winter mit mir beim Schlussverkauf gefunden. Ein Tag um nach der Schule in die Stadt zu fahren. Hat sie etwas besonderes vorgehabt? Sie stand an einem der Bahngleise, auf denen normalerweise die Züge in den Stadtteil, in dem sie wohnte, abgingen, und schrieb etwas auf ihrem Handy. Zwischendrin sah sie auf die Anzeige über ihr. Auch die Menschen um sie herum, schienen langsam unruhiger zu werden und schauten sich immer wieder suchend um.

„Carina?", ertönte plötzlich eine Stimme hinter uns und wir drehten uns gleichzeitig danach um. „Oh, hi Manu!"

Er lächelte. „Na, wartest du auch auf den Zug?"

„Ja, sieht so aus als hätte er Verspätung. Ich habe schon im Internet geguckt, aber da steht noch nichts dazu."

„Na ja, wir kennen es doch, die Bahn halt." Er strich sich eine seiner wirren Haarsträhnen aus der Stirn. „Was hast du hier gemacht?"

Ein kaum merklicher Schatten huschte über Carinas Gesicht, bevor sie mit den Schultern zuckte. „Arzttermin. Du?"

„Es ist gut möglich, dass ich vergessen habe, dass wir morgen mit einem neuen Buch in Deutsch anfangen und ich es noch nicht gekauft hatte. Ein Buchladen hier hatte es zum Glück da."

Carinas Mundwinkel verzogen sich zu einem Grinsen. „Müsst ihr es auch bis morgen gelesen haben?"

„Zum Glück nur die ersten beiden Kapitel, sonst müsste ich heute eine Nachtschicht einlegen — "

Ein glockenartiger Signalton und darauf eine Männerstimme unterbrachen ihn. „Liebe Fahrgäste, aufgrund der aktuellen Wetterlage muss der Schienenverkehr für einige Stunden eingestellt werden. Für weitere Informationen zum Schienenersatzverkehr schauen sie bitte an die Anzeigetafeln oder wenden sie sich an unser Personal. Wir entschuldigen uns für die Unannehmlichkeiten und hoffen, Sie kommen gut und sicher an."

Genervt stöhnten die Leute auf.

„Das kann doch nicht sein!"

„Wegen so ein paar Flocken Schnee!"

„So ein Mist! Und dafür zahle ich Steuern!"

Auch Carina und Manu schienen wenig begeistert. „Na toll. Wenn die Züge nicht fahren, wird es mit den Bussen auch nicht viel besser sein. Meine Eltern sind beide unterwegs, die können mich frühestens in zwei Stunden abholen."

„Sieht bei mir ähnlich aus." Manu holte sein Handy aus der Jackentasche. „Ich kann mal meinem Papa fragen, aber ich glaube, sein Auto ist noch in der Werkstatt. Na super und meine Mutter hat heute Elternsprechtag. Ich schreib ihr mal. Vielleicht kann sie uns wenigstens danach abholen."

„So oder so dauert es dann wohl noch." Sie schlang ihren Schal etwas enger um sich. „Wollen wir etwas trinken gehen, während wir warten? Hier draußen ist es echt kalt."

„Ja, hört sich gut an. Bis dahin müssten wir dann wissen, wie wir nach Hause kommen."

Die beiden verließen den Bahnhof, vorbei an ein paar schimpfenden Fahrgästen und betraten zwei Straßen weiter ein kleines Café.

Ich blieb für einen kurzen Moment erstaunt im Eingang stehen. Die Wände waren mit einer altrosanen Blümchentapeten und Schirmlampen versehen. Die Holztische wurden von großflächigen, bestickten Tischdecken verdeckt, auf denen kleine — ebenfalls mit Blumen verzierte — Vasen standen. Mit Teddys, Rosen und Tulpen bestickten Kissen zierten die verschiedenen Sofas und Sessel, die alle aus einem vorherigen Jahrhundert zu stammen schienen. Auf einem mit der gleichen Tapete beklebten Theke standen mehrere Kuchen und auf einem Regal dahinter Puppen und Kuscheltiere. Alles in allem ließ sich das Konzept das Cafés mit einem Wort beschreiben: blumig.

Die beiden setzten sich an einen kleinen Tisch mit zwei Ohrensesseln, in denen Manu in seiner Jeansjacke mit Lammfell und Carina in ihrer dunklen Seidenbluse aussahen wie Zeitreisende, die keine Zeit gehabt hatten, sich auf ihr Ziel vorzubereiten. Eine junge Kellnerin mit lockigen Haaren und einer (Überraschung!) geblümten Schürze kam zu ihnen und nahm ihre Bestellung auf.

Manu sah sich interessiert um. „Ich glaube, hier war ich noch nie. Hat sehr viel … Plüsch."

Carinas Nase verzog sich amüsiert. „Ich weiß, es ist schon sehr kitschig. Besonders schlimm finde ich die kleinen Porzellanpuppen über der Theke. Als ich das erste Mal hier war, befürchtete ich, Albträume von ihnen zu bekommen."

„Die kleinen Knopfaugen scheinen einem aber auch direkt in die Seele zu starren."

„Und die verschiedenen Kleider, die sie anhaben - echt gruselig. Wer sammelt denn so was?" Sie schüttelte den Kopf. „Eigentlich sind solche Läden gar nicht mein Ding, aber dieser hier … keine Ahnung, der hat irgendwie Charme. Vielleicht gerade weil er so Oma-mäßig eingerichtet ist. Und sie haben echt guten Tee."

„Ich muss sagen, ich hab noch nie in meinem Leben *so einen* Laden gesehen. Ich glaube, nicht mal die Tulpenhändler in den Niederlanden haben schon jemals so viele Blumen auf einmal gesehen."

„Hast du nicht in der Grundschule mal erzählt, dass du nach Holland ziehen willst oder in die Schweiz, weil du Käse so toll fandest?"

„Uh, äh, ich glaube, da verwechselst du mich mit jemandem", erwiderte Manu ausweichend, kratzte sich dabei aber verräterisch am Nacken.

„Oh mein Gott, hast du nicht sogar angefangen Niederländisch zu lernen? Und dann gesagt, du würdest kein Deutsch mehr sprechen?"

„Oh nein, bitte erinnere mich nicht daran …"

„*Ik ben Manuel. Ik spreek Nederland.* Sagt man das so?" Carina kam aus dem Grinsen gar nicht mehr heraus und auch ich musste bei der Erinnerung daran lachen.

„Kann sein. Ich habe das schon ewig nicht mehr geübt." Er schüttelte über sich selbst den Kopf. „Was man nicht alles aus der Liebe zu Käse macht."

„Fang doch wieder damit an. Sprachen kommen im Lebenslauf immer gut. Und die Geschichte der Niederlande ist echt sehr interessant."

„Warst du nicht diejenige, die zu jedem Tag die historischen Ereignisse kennt?"

„Na ja, es sind nicht immer mehrere und manche Tage sind ein bisschen schwieriger, aber meistens schon, ja." Sie fuhr mit den Fingern das Muster einer Rosenranke auf der Tischdecke nach. „Heute zum Beispiel wurde 1882 ein Attentat auf Königin Victoria verübt, das sie aber überlebte. Wenn ich solche Sachen lese und interessant finde, kann ich sie mir gut merken. Und das ein oder andere schreibe ich mir auch auf, um nachzugucken."

„Das ist trotzdem echt krass. Ich würde das meiste schon während des Lesens wieder vergessen. Mein Gehirn sortiert einfach gern aus, glaube ich."

„So, hier, bitte sehr." Die Kellnerin stellte die Getränke in weißen, mit Blumenmuster verzierten Porzellantassen vor den beiden auf den Tisch. „Einmal die heiße Schokolade mit Haselnuss und der Schmetterlingserbsenblumen-Tee. Darf es sonst noch etwas sein?"

„Nein, danke, das war es fürs Erste", lächelte Carina höflich.

„Wie ihr wünscht." Die Frau deutete einen Knicks an und widmete sich anderen Gästen zu. Dieser Laden wurde ja immer seltsamer. Das dachte wohl auch Manu, der misstrauisch Carinas blauen Tee beäugte. „Sicher, dass man das trinken kann, ohne sich danach in einen Schlumpf zu verwandeln?"

„Das werden wir gleich sehen. Dann wärst du auf jeden Fall der Erste, der sich mit einem Schlumpf in einem Café trifft. Nach viel riechen tut der Tee auf jeden Fall mal nicht." Sie nahm sich den kleinen Keks, der auf der Untertasse lag und biss ein Stück ab.

„Ich weiß gar nicht mehr, wann wir beide uns das letzte Mal richtig unterhalten haben. Das muss schon ewig her sein. Irgendwie treffen wir uns nie einfach so, immer nur, wenn wir uns auch mit Kim getroffen haben."

Carina nickte. „Ohne sie würden wir uns wahrscheinlich auch gar nicht kennen."

Kurze Stille breitete sich aus, in der beide an ihrem Getränk nippten.

„Es ist seltsam", begann Manu. „Ich weiß, dass sie tot ist. Ich weiß es. Und trotzdem ... auch nicht. Ich stelle mir vor, wie sie durch diese Tür da läuft in ihren engen Jeans und ihrem roten Pulli. Mit einer Tasse Kaffee in der Hand, diese dunkelblaue mit den Sternen drauf. Und dann würde sie mich fragen: „Willst du auch einen?" Obwohl sie genau weiß, dass ich keinen trinke. - Genau wusste", verbesserte er sich und verzog dabei das Gesicht, als hätte er auf ein Stück Zitrone gebissen.

„Ich weiß, was du meinst. Ich habe zwischendrin immer wieder Angst, dass ich irgendetwas von ihr vergessen werde. Wie sich ihre Stimme angehört hat oder wie sie geguckt hat, wenn sie eine neue Idee zu irgendetwas hatte, die sie uns unbedingt erzählen wollte. Kleinigkeiten, die man durch Bilder nicht festhalten kann."

„Die Dinge, die wir vergessen und die, an die wir uns erinnern, machen uns zu dem, was wir sind", murmelte Manu leise.

„Das ist aus ihrem Notizbuch, oder?"

Er nickte. „Eines der wenigen Zitate, das ich mir merken kann. Ich glaube der Eintrag war schon ein bisschen älter. Aus der Zeit, als sie probiert hat, ihre Schönschrift zu verbessern und ihr G immer so geschwungen hat, dass es aussah wie ein Q."

„Ja, ich erinnere mich." Carina lachte, wobei sich kleine Fältchen um ihre Augen bildeten, bevor sie wieder ernst wurde. So plötzlich, als sei ihr auf einmal eingefallen, dass ja eine Freundin gestorben war und man dann nicht lachen durfte. „Kaum zu glauben, dass man denkt, einen Menschen so gut zu kennen und in Wahrheit doch nichts über ihn weiß."

„Wie schlecht muss es ihr gegangen sein, dass sie sterben wollte?"

„Ich wollte nicht sterben. Ich habe nur keinen Weg gesehen, so weiterzuleben", antwortete ich, obwohl sie es natürlich nicht hören konnten. Trotzdem hatte ich auf einmal das unglaubliche Verlangen gespürt, es ihnen zu sagen.

„Ziemlich schlecht, denke ich." Carina rührte gedankenverloren in ihrer Tasse. Leise klirrte der Löffel gegen das Porzellan. „Es muss schrecklich sein, keinen anderen Ausweg zu sehen, als den, alles zu beenden. Zu denken, dass nichts anderes mehr helfen kann."

„Ich denke jeden Tag daran, was ich hätte anders machen müssen. Ich weiß, dass wahrscheinlich fast jeder von uns solche Gedanken hat, aber …" Er atmete hörbar durch die Nase ein und wich Carinas Blick aus. „Ich habe besonders viel Schuld daran."

„Was redest du denn da?" Sie sah ihn alarmiert an.

Manu schüttelte bestimmt den Kopf. „Ich hätte es einfach merken müssen. Wir haben uns doch früher alles erzählt. Sie war in letzter Zeit so ruhig. Ich wusste, dass ihre Eltern sich stritten und vielleicht über eine Scheidung nachdachten, auch wenn sie nie etwas davon erzählt hat. Ich habe nichts gesagt, weil ich sie zu nichts drängen wollte. Spätestens, als sie mir nichts davon gesagt hat, dass Mika und Sam jetzt zusammen sind, hätte ich merken sollen, dass etwas mit ihr nicht stimmt. Wahrscheinlich dachte sie, ich würde es nicht verstehen. Aber das Schlimmste ist, wenn ich an diesem Tag nicht so Stress gehabt hätte und einfach mit ihr ins Kino gegangen wäre, würde sie heute noch leben." Unter dem Tisch ballte er die Hände zu Fäusten, so fest, das die Knöchel weiß hervorstanden.

Carina schüttelte den Kopf. „Sie hatte die Tabletten dabei, die sie geschluckt hat und ihr Abschiedsbrief lag zu Hause. Wenn du gekommen wärst, hätte sie eine andere Möglichkeit gefunden, vielleicht schon am nächsten Tag. Manchmal sind es kleine Dinge, die das Fass zum Überlaufen bringen. Oder es davon abhalten. Und außerdem hattest du doch bestimmt einen Grund, nicht ins Kino zu gehen, oder nicht? Nur weil du keine Lust hattest, hättest du das doch nie abgesagt."

„Natürlich nicht. Du weißt doch, dass ich im Tierheim arbeite und da gibt es einen Hund, Uwe, der mir wirklich sehr wichtig ist. Er ist schon älter und wurde vor ein paar Wochen angefahren. Er hatte sich ein paar Rippen gebrochen und erst dachten wir, es würde gut verheilen, aber dann muss er sich falsch bewegt haben und der Bruch hat innere Verletzungen verursacht. Wir mussten ihn zum Tierarzt fahren und notoperieren lassen. Deshalb habe ich Kim nicht rechtzeitig Bescheid gegeben, dass ich nicht kommen konnte. Ich hatte ihr davor schon nichts von Uwes Problemen erzählt, weil ich ja wusste, dass sie mit ihren Eltern und der Sache mit Mika genug zu tun hatte, da wollte ich sie nicht auch noch mit meinem Mist belasten. Aber wenn ich es einfach getan hätte, hätte sie es bestimmt verstanden und nicht gedacht, ich wäre nicht für sie da und würde sie im Stich lassen."

„Ich verstehe, was du meinst. Das mit Uwe tut mir leid. Wie geht es ihm jetzt? Hat er es geschafft?"

Manu nickte. „Ja, es geht ihm deutlich besser. Er ist zwar noch nicht so fit wie vor dem Unfall, aber es dauert halt."

Seine Worte versetzten mir einen Stich. Auch ich hätte für ihn da sein sollen. Ich wusste, wie sehr er diesen Hund liebte und wenn er jetzt gestorben wäre … Mitleid überflutete mich.

„Das ist gut. Aber du bist trotzdem nicht Schuld an ihrem Tod." Carina lehnte sich in ihrem Sessel ein Stückchen zurück, sodass sie aufrechter saß. „Wenn es jemand hätte merken müssen, dann bin ich es."

Manu hob den Blick, nicht überzeugt von ihrer Aussage. „Du musst nicht versuchen, meine Schuldgefühle zu ändern, indem du dich schlecht redest."

„Das will ich auch nicht. Es ist nur …" Für einen Moment schien sie mit sich zu kämpfen. Sie biss sich auf die Unterlippe und spielte mit dem Ring an ihrem Finger. Dann kam sie zu einer Entscheidung. „Ich war vorhin nicht ganz ehrlich zu dir. Ich war nicht beim Arzt, zumindest nicht so wie du denkst. Ich war bei meiner Psychotherapeutin. Aber nicht nur wegen Kim, sondern wegen mir."

„Oh, okay", antwortete Manu überrascht und sichtlich ahnungslos, was er sonst hätte sagen sollen.

Ein mitfühlendes Lächeln erschien für einen Moment auf ihrem Gesicht. „Ja, das ist meistens die Reaktion, die ich bekomme, zumindest, wenn ich es erzähle. Ich bin jetzt seit fast einem Jahr in Behandlung bei ihr. Zum Glück kann ich nicht sagen, wie es sich anfühlt, über Suizid nachzudenken, aber ich weiß, wie es ist, Depressionen zu haben und wie schwer das sein kann. Ich hätte erkennen müssen, dass es ihr ähnlich geht, dass sie sich immer mehr zurückzieht."

„Wie geht es dir jetzt?", fragte Manu.

„Bevor Kim gestorben ist, deutlich besser. Ich habe so viel gelernt und einiges verändert in meinem Leben, dass mir geholfen hat, mit der Krankheit zurechtzukommen. Es ist zwar manchmal schwer, aber es funktioniert. Jetzt, wo Kim nicht mehr da ist … ist es wieder schwieriger geworden. Wie du sagst, es ist nicht nur der Verlust, es sind auch die Schuldgefühle. Aber es hilft darüber zu reden." Sie atmete tief durch. „Kim, Elisa und Sam wussten es nicht. Ich habe ihnen nie davon erzählt, wie schlecht es mir wirklich ging und dass ich mir Hilfe geholt habe. Wenn ich jetzt so darüber nachdenke, weiß ich gar nicht mehr, warum ich es nicht getan habe. Bei Sam wahrscheinlich, weil ich keine Lust auf ihre Kommentare hatte. Unsere Freundschaft ist schon lang nicht mehr so, wie sie sein sollte und ich bin froh, dass wir uns langsam voneinander lösen. Aber bei Elisa und Kim … Vielleicht sind es ähnliche Gründe wie bei Elisa, uns nicht von ihrer Freundin zu erzählen. Aber wenn ich ganz ehrlich bin, ich weiß es wirklich nicht genau."

Manu nickte zustimmend. „Manchmal ist es besonders schwierig, Leuten, die man gut kennt, solche Sachen zu erzählen. Als ob sie einen dann mit ganz anderen Augen sehen und uns anders behandeln würden."

„Genau. Meine Therapeutin sagt immer, dass der Anfang, also der erste Schritt, immer am schwierigsten ist, danach geht es meistes von ganz allein, sobald man gemerkt hat, dass die Angst größer war, als das tatsächliche Ereignis."

„Hört sich ein bisschen an, wie ein Spruch aus Kims Tagebuch."

„Gut möglich. Solche Sachen sagt sie gern." Carina trank ihren letzten Schluck Tee. „Was ich damit eigentlich sagen will, ist, dass es wirklich am besten wäre, wenn man seine Sorgen teilt und miteinander spricht. Es ist keine Schande, sich Probleme einzugestehen und Hilfe zu holen. Bei uns ist die Schwierigkeit, zu lernen mit unseren Schuldgefühle zu leben und sie zu überwinden. Darüber haben wir gerade heute gesprochen."

„Darf es bei euch noch etwas sein?", fragte die Kellnerin.

„Danke, alles gut. Wir würden gern zahlen", antwortete Manu. Als sie weg war, wandte er sich wieder an Carina. „Danke, dass du es mir gesagt hast."

„Danke, dass du es angesprochen hast. Wir sollten wirklich offener miteinander reden."

„Ich wünschte, Kim wäre noch hier, um diese Erkenntnis zu teilen."

„Ich auch. Eigentlich würde ich jetzt gern noch einen Spruch aus ihrem Notizbuch zitieren, aber mir fällt leider gerade kein passender ein", gab Carina zu und brachte damit wieder etwas Leichtigkeit in das Gespräch.

Manu errötete leicht. „Ich mochte schon immer ihre Gedichte, aber manchmal hatte ich das Gefühl, ich bin ein bisschen zu blöd, um sie zu verstehen."

Sie lachte leise. „Das kenne ich. Ihre Moral hat halt schon etwas von einer echten Künstlerin."

Ich wusste nicht, ob ich mich davon geschmeichelt oder beleidigt fühlen sollte. Nach kurzem Nachdenken, entschied ich mich für das Erste. Engel kommentierte das Ganze mit einem Lächeln.

Carinas Handy vibrierte und sie warf einen Blick auf das Display. „Mein Vater hat mir geschrieben. Er macht sich auf den Weg und könnte uns in circa zehn Minuten am Parkplatz beim Theater abholen. Du wohnst doch noch in dem Haus am Wald, oder?"

„Ja. Danke, dass ihr mich mitnehmt." Die beiden zogen ihre Jacken an und verließen das Café. Draußen hatte es mittlerweile aufgehört zu schneien, aber es war immer noch klirrend kalt.

„Es ist wirklich an der Zeit, dass es Frühling wird", meinte Carina, als ob sie meine Gedanken hören konnte.

Wir kamen an einem italienischem Restaurant vorbei, aus dem der Duft von frischem Oregano und geschmolzenem Käse drang. Gierig atmete ich ihn ein und bekam unglaubliche Lust auf Lasagne. Oder Spaghetti mit dem Pesto, das Mama manchmal machte. Oder Gnocchi. Wie sehr ich doch leckeres Essen vermisste. Nach einem langen Schultag nach Hause kommen und zu wissen, dass es gleich etwas warmes zu essen geben würde, auf das man sich schon den ganze Tag gefreut hatte. Oder mit meinen Freunden ein neues Rezept oder Restaurant ausprobieren, in dem wir alle verschiedene Gerichte bestellten, um sie nacheinander zu probieren. Das hatte so oft schon meine Laune auf das Höchste steigen lassen.

„Für März ist es echt ganz schön kalt. Wenigstens sind wir bald zu Hause." Manu verzog das Gesicht. „Oh nein, ich muss das Buch noch anfangen."

„Ich will ja kein schlechter Einfluss sein, aber du könntest dir doch einfach eine Zusammenfassung durchlesen."

„Du kennst meine Ma nicht. So etwas würde sie mir nie durchgehen lassen. Wahrscheinlich hat sie die sich schon durchgelesen, damit sie mich morgen beim Frühstück mit Fragen bombardieren kann, um zu sehen, ob ich es tatsächlich gelesen habe."

„Oh je, das hört sich echt nervig an. Aber eine Lehrerin als Mutter zu haben, hat doch auch Vorteile", versuchte Carina ihn aufzuheitern.

„Ja, ich weiß, was ich beruflich *nicht* machen will. Allein schon, um meine Kinder nicht zu nerven."

Das entlockte Carina ein Lachen. Diesmal ohne abrupt abzubrechen. Sie waren am Theater angekommen und stellten sich an die windgeschützte Hauswand. Sie warf ein Blick auf ihr Handy. „Er müsste gleich hier sein. Ist ein dunkelblauer VW." Dann drehte sie sich um und umarmte Manu. Nach kurzem Zögern legte er ebenfalls einen Arm um ihre Schulter.

„Danke für heute. Es tut gut, mal wieder etwas anderes zu tun. Ich vermisse Kim wirklich sehr", murmelte sie.

Er schluckte. „Kein Problem. Ich auch." Sie lösten sich wieder voneinander und hielten nach dem Auto Ausschau.

„Das ist er." Carina winkte dem dunklen Wagen zu, bevor er bei ihnen hielt und sie einstiegen. Für einen Moment überlegte ich, ebenfalls auf den Rücksitz zu klettern, doch dann ließ ich es bleiben. Ich hatte für heute genug beobachtet und gehört und brauchte Zeit zum Nachdenken. Engel blieb zur Abwechslung mal länger still und ließ auch nicht direkt wieder alles verschwimmen bis wir zum nächsten Ort oder in den weißen Raum kamen. Stattdessen standen wir unter einer Laterne und beobachteten die vorbeifahrenden Autos. An einem der Bäume, die den Straßenrand säumten sah ich etwas kleines, weißes aufblitzen, das sich seinen Weg durch Laub und Erde erkämpft hatte. Ein Schneeglöckchen.

Nach einer Weile, die sich wie einigen Stunden anfühlte, fand ich mich in meinem Zimmer wieder. Ich fühlte mich, als würde ich nach einem langen Schlaf erwachen, dabei hatte ich seit ich das erste Mal in dem weißen Raum aufgewacht war, nicht mehr geschlafen. Aber Engel hatte recht, was die Zeit anging. Was sich für mich wie ein paar Minuten anfühlte, war in der lebenden Welt ein paar Tage oder sogar Wochen. Über einen Monat war mein Tod nun schon her. So viel hatte sich verändert und gleichzeitig so wenig. Eine Frage beschäftigte mich schon eine ganze Weile: Was bedeutete das alles für mich? Ich war tot und nach dem ich in die andere Welt — wie auch immer diese aussehen würde — übertrat, blieb das alles hier endgültig hinter mir. Würde ich mich daran erinnern? Würde ich die Menschen, die mir wichtig waren, jemals wiedersehen? Engel würde mir darauf keine Antwort geben, zumindest keine, mit der ich etwas anfangen konnte. Vielleicht, weil sie sie mir nicht geben wollte, vielleicht, weil sie sie selbst nicht kannte. Das große Ungewisse lag noch immer vor mir.

Ich sah zu Engel, die vor meinem Regal stand und die wenigen Bücher betrachtete, die dort unter den Bildern standen. Waren wir wieder in meinem Zimmer, damit sie mit mir über etwas bestimmtes reden konnte? Über Helenes Reaktion und die Nachrichten, die sie mir geschrieben hatte? Über Carinas und Manus Geheimnisse und dass ich sie nicht einmal erahnt hatte? Doch Engel schien es, mit was auch immer sie hier wollte, nicht besonders eilig zu haben. Sie nahm eines der Bücher, einen Thriller, den Elisa mir einmal geschenkt hatte, und las den Klappentext.

Dann hörte ich die Stimmen von unten. Meine Eltern. Ich konnte nicht verstehen, was sie sagten, dafür waren sie zu leise. Ein paar Sekunden zögerte ich, dann öffnete ich die Tür und ging in die Küche. Mama saß am Esstisch, eine Akte und das Tablet vor sich liegend, einen Stift in der Hand. Papa stand mit dem Rücken an die Spüle gelehnt, die Hände auf der Anrichte abgestützt und sah sie eindringlich an. „Ich meine doch nicht, dass du mir alles überlässt, sondern, dass du einen Gang runterfahren solltest. Du machst ja kaum noch etwas anderes, als arbeiten und schlafen. Hast du heute überhaupt schon etwas gegessen?"

„Michael, ich bin sehr wohl in der Lage, für mich selbst zu sorgen."
Ohne Aufzublicken tippte sie etwas auf dem Tablet ein.

„Ich sehe doch, wie du dich kaputt machst. Das kann ich nicht zulassen." Er setzte sich ihr gegenüber und legte eine Hand auf ihre, doch sie schob sie zur Seite. War mein Eindruck auf der Beerdigung etwa völlig falsch gewesen? Hatten sie sich nicht wieder angenähert, sondern nur noch weiter voneinander distanziert?

Jetzt sah sie ihn doch an. „Ich mache mich nicht kaputt. Das was ich hier tue, ist gut für die Firma. Zu der du auch gehörst, falls du dich erinnerst."

Papa seufzte, wich ihrem Blick aber nicht eine Sekunde aus. „Ja, das ist mir bewusst. Und das weiß ich auch zu schätzen. Aber findest du nicht, dass du es etwas übertreibst?"

„Was soll ich denn deiner Meinung nach sonst tun? Mich vor den Fernseher setzen, ins Fitnessstudio gehen? Außerdem mache ich noch andere Dinge. Heute morgen war ich mit Nepomuk spazieren und Ingrid will vorbeikommen, sobald sie aus dem Urlaub zurück ist."

„Das ist es nicht, was ich meine. Und das weißt du."

Genervt verdrehte sie die Augen. Einen Ausdruck, den ich von Mama bisher nur sehr selten gesehen hatte. „Wenn es dich dazu bringt, mich in Ruhe weiterarbeiten zu lassen, dann rufe ich Alexandra an und verabrede mich mit ihr."

„Aber nur, wenn du es auch wirklich machst."

„Herr Gott nochmal, Michael. Ich bin eine erwachsene Frau, behandle mich nicht wie ein kleines Kind." Er hätte sicher, zu einem „Dann verhalte dich nicht wie eines", angesetzt, wenn es in diesem Moment nicht an der Tür geklingelt hätte.

Mama stand in einer schnellen Bewegung auf und ging in den Flur, wo Nepomuk aufgeregt bellte.

„Hallo Bini, mein Schatz!", hallte es in Bühnenlautstärke durch das Haus.

„Hallo Ingrid. Schön, dass du schon kommen konntest." Sie küssten sich links und rechts auf die Wangen, dann zog Ingrid einen Umschlag aus ihrer Handtasche.

„Ich habe hier eine Kleinigkeit für dich. Von Hermann und mir, als Beileidsbekundung."

Mama nahm ihn in die Hand und schüttelte den Kopf. „Nein, Ingrid, das wäre doch nicht nötig gewesen."

„Ach, das ist doch das Mindeste." Sie winkte ab.

„Wäre mal interessant, ob in dem Umschlag Geld drin ist, und wenn ja, wie viel", bemerkte Engel. Ich zuckte zusammen. Seit wann war sie auch hier?

„Bestimmt nicht viel, sonst hätte sie mehr darauf bestanden, dass Mama reinguckt", meinte ich dann.

„Stimmt. Ich habe sie noch nie leiden können. Wusstest du, dass der Kragen von einem ihrer Mäntel aus echtem Nerz ist?"

„Ich dachte, die wären vom Aussterben bedroht?", fragte ich zurück, wurde aber von Mama unterbrochen: „Möchtest du einen Kaffee?"

„Oh, ja gern, das wäre toll." Die beiden betraten die Küche, wo Papa gerade das Tablet und den Ordner zur Seite räumte. „Hallo Ingrid. Wie geht es dir?"

„Sehr gut, Michi, danke der Nachfrage. Der Urlaub war wirklich herrlich entspannend. Aber ich wollte auch dir noch mein Beileid aussprechen. Natürlich auch von Hermann."

Er presste die Lippen zu einer dünnen Linie zusammen. „Danke. Ich gehe dann mal hoch, eine der Kunden hat mir etwas zugeschickt, dass ich sortieren muss."

„Wo genau wart ihr nochmal?", fragte Mama laut gegen die dröhnende Kaffeemaschine an.

„Auf den Seychellen", antwortete Ingrid ohne Umschweife und schien begeistert davon, von ihrem Urlaub zu berichten. „Ich sage es dir, das Hotel war wirklich ein Geheimtipp. Dort arbeiteten noch wirkliche Profis. Und diese Strände!"

Gelangweilt zoomte ich aus dem Gespräch heraus und überlegte, ob für ihre Stiefel echte Schlangen ihr Leben hatten lassen müssen. Wo bekam man so was überhaupt her?

„Auf jeden Fall sollten du und Michael auch mal dort hingehen, es würde euch sicherlich gefallen. Und vor allem im Moment habt ihr es euch wirklich mal verdient, euch eine Auszeit von allem zu nehmen."

„Na ja, grundsätzlich gern, aber es ist wirklich alles gerade etwas schwierig." Sie nippte an ihrem Kaffee. „Durch die ganze Organisation der Beerdigung und alles drumherum kam die Arbeit ein wenig zu kurz und das will ich jetzt nachholen. Und es gibt mir etwas zu tun."

„Natürlich, natürlich. Ihr wollt nicht, dass eure Kunden unter solchen Umständen ebenfalls leiden müssen. Es tut mir wirklich wahnsinnig leid, dass wir nicht auf der Beerdigung waren."

„Mir nicht", murmelte ich, weshalb ich von Engel ein tadelndes Räuspern erntete, dass seine Wirkung aber durch ihre zuckenden Mundwinkel verlor.

„Ich wäre ja so gern gekommen, einfach um für dich da zu sein, wenn es nicht so schwierig wäre, spontan einen Rückflug zu buchen ..."

„Nein, mach dir doch deshalb keine Vorwürfe. Jetzt bist du ja hier."

„Ja, wir wollen doch die arme Ingrid nicht noch mehr belasten." Irgendwie machte es Spaß, so über sie reden zu können, ohne dass sie es hörte, und dabei auch noch von Engel unterstützt zu werden. Ich wusste zwar, dass Papa auch kein großer Fan von Ingrid war, doch er würde wegen Mama nie schlecht über sie reden.

Bestätigend nickte Ingrid. „Es ist wirklich eine Tragödie. Wie schnell heutzutage Unfälle passieren können. Und dann kommen auch noch diese Gerüchte auf. Die Frau von einem Kollegen von Hermann hat ein Kind auf der Schule, auf die Kim gegangen ist. Sie hat doch tatsächlich behauptet, es sei kein Unfall, sondern ein Selbstmord gewesen!"

Bei ihr klang es absolut skandalös, was die Leute darüber sagten und gleichzeitig hatte ihre Stimmen einen so beiläufigen Klang als würde sie von einem Ausflug in die Oper erzählen.

„Ich dachte, dass hätte ich dir erzählt." Mama stellte die Tasse ab. „Sie hatte Tabletten genommen und wir haben einen Brief von ihr gefunden."

Wie ruhig sie das sagte. Man sollte meinen, nach dem Tod der eigenen Tochter fiele es einem schwer, so etwas laut auszusprechen, da hatte man noch nicht meine Mutter kennen gelernt. Professionalität war ihr zweiter Vorname.

Ingrid hingegen entgleisten für einen Moment die Gesichtszüge. „Oh Gott, Sabrina, das ... ist ja schrecklich! Was, also, wieso denn?"

„Die Psychologin, die danach mit uns gesprochen hat, meinte, dass das, was sie in ihrem Brief und in ihrem Notizbuch geschrieben hat, stark auf Depressionen hinweist."

„Aber das ist doch kein Grund, sich das Leben zu nehmen!"

Mama seufzte leise. „Auch für uns ist es schwer zu verstehen, wie es soweit kommen konnte. Wir hätten alles getan, um ihr zu helfen. Ingrid, es ist wirklich ... nicht leicht."

„Aber ich verstehe nicht, wie man so etwas tun kann."

„Wie meinst du das?"

„Na ja, verstehe mich nicht falsch, aber man kann doch nicht einfach so entscheiden, dass es jetzt vorbei sein soll. Unser Leben ist uns geschenkt worden, wir können es doch nicht einfach selbst beenden."

„Wie du siehst, geht das leichter, als wir uns vielleicht vorstellen können."

„Aber was ist denn das für eine Einstellung? Wo würden wir denn da hinkommen, wenn jeder Selbstmord beginge, sobald es einem mal schlecht geht? Und dann auch noch in so einem Alter! Sie hatte doch noch gar keine Ahnung vom Leben."

„Du kannst mir glauben, dass ich mir das auch nicht wünsche." Mamas Stimme wurde mit einem Mal auffallend kühl.

„Was ich meine, ist, was würde denn aus unserer Gesellschaft werden, wenn die jungen Leute sich ihr Leben nehmen, bevor sie überhaupt gearbeitet haben, zum Beispiel. Da würde ja alles zugrunde gehen!"

Weil sie so viel gearbeitet und geholfen hatte in ihrem Leben? Wie falsch kapitalistisch war diese Frau eigentlich?

Als sie den verständnislosen Blick von Mama bemerkte, setzte sie hinzu: „Ich mache Kim damit ja keinen Vorwurf. Oder euch. Ich sehe das nur auch aus wirtschaftlicher Sicht. Und du musst einmal bedenken, früher wurden solche Leute wie Verbrecher behandelt und zur Schau gestellt, das ist heute zum Glück ja anders."

„Ich glaube, ich sollte jetzt weiterarbeiten."

„Es tut mir leid, es ist aber auch ein schwieriges Thema." Ingrid nahm einen Schluck von ihrem Kaffee. „Lass uns doch über etwas anderes sprechen."

„Vielleicht ist besser, wenn du jetzt gehst."

„Wie bitte?" Empört starrte Ingrid sie an. „Ich bin doch gerade erst gekommen!"

Mama erhob sich von ihrem Stuhl. „Ich kann mir nicht weiter anhören, was meine Tochter für einen wirtschaftlichen Schaden darstellt."

„Ach Bini, jetzt komm schon. So habe ich das doch nicht gemeint! Es ist nur sehr schwierig für mich, solche Leute zu verstehen."

„*Niemand* von uns versteht voll und ganz, warum sie es getan hat. Und trotzdem macht sie das zu keinem schlechten Menschen. Weißt du, was sie in ihrem Leben wirklich verpasst, anstatt zu arbeiten und Steuern zu bezahlen? An ihrem Abschluss ein tolles Kleid anzuziehen und mit ihren Freunden zu feiern, zum Beispiel! Oder das erste Mal allein Auto zu fahren! Oder sich das erste Mal verlieben und merken, wie glücklich ein anderer Mensch einen selbst machen kann. *Das* alles wird sie nie erleben und wir werden ihr nie mehr beim älter werden zusehen können, weil sie es nicht mehr ertragen hat, länger in dieser Welt zu leben. Aber das Einzige was du hieran siehst, ist der materielle Wert hinter allem!"

„Also, jetzt legst du mir aber Sachen in den Mund, die ich so nicht gesagt habe!" Beleidigt verzog sie den Mund und stand ebenfalls auf. „Ich weiß ja, dass du es im Moment schwer hast, aber ich werde ja wohl noch meine Meinung sagen dürfen, ohne mich beleidigen zu lassen!"

„Die habe ich gehört, klar und deutlich. Und jetzt bitte ich dich zu gehen."

Ingrid gab einen Ton von sich, der mich an unseren alten, kaputten Staubsauger erinnerte. „Bitte, wie du willst. Du kannst dich ja melden, wenn du nicht mehr beleidigt bist."

„Wer ist hier beleidigt?", stellte Engel fest und sah zu, wie die beiden Frauen zur Tür gingen und Ingrid erhobenen Hauptes verschwand.

Mama blieb allein im Flur zurück. Sie starrte auf die Schuhe aus Boden und spielte mit einem Finger an ihrem Ehering. Ihre Miene war wie so oft undurchsichtig. Was sie wohl dachte? Niemals hätte ich erwartet, dass sie Ingrid einfach so rausschmiss, nicht nach allem, wie sie sie in der Vergangenheit schon verteidigt hatte und nach der langen Zeit, die die beiden sich schon kannten. Aber anscheinend hatten wir beide Freundschaften, die uns nicht gut taten und für die es irgendwann an der Zeit war, beendet zu werden.

Irgendwo aus dem Haus hörte man ein leises Niesen. Sie wandte den Kopf. „Nepomuk?"

Jetzt sah auch ich mich um. Ja, wo war er eigentlich? Seit Ingrid gekommen war, hatte ich ihn nicht mehr gesehen. Es rührte sich nichts.

„Nepomuk?", wiederholte sie diesmal lauter und ging ins Wohnzimmer. Auf einmal kam unter dem Sofa ein kleiner brauner Schatten hervor und raste an ihr vorbei. Gerade so schnell, dass wir noch erkennen konnte, dass er etwas im Maul trug. Nach kaum einer Sekunde hechtete Mama ihm hinterher und die Treppe hinauf.

„Nepomuk, hier!"

Als sie im ersten Stock ankam, war er bereits nirgends mehr zu sehen. Doch die Tür zu meinem Zimmer war einen Spalt geöffnet. Ich konnte mich nicht daran erinnern, ob ich sie geschlossen hatte oder nicht. Gleichzeitig kam mir der Gedanke, dass wahrscheinlich weder Engel noch ich wirklich Einfluss darauf hatten.

Sie öffnete die Tür und betrat den Raum. Auf den ersten Blick schien alles ruhig und unverändert, dann bemerkte ich in der Ecke neben dem Schrank eine Bewegung. Auch Mama hatte sie gesehen und ging darauf zu. Auf dem Boden lag eine angesabberte, schwarze Socke. Es war eine von meinen. Vermutlich der Gegenstand, den Nepomuk eben an uns vorbeigeschmuggelt hat.

„Nepomuk?" In der Ecke lag ein Haufen Klamotten, auf den ich meine Wäsche geworfen hatte, wenn ich zu faul gewesen war, sie in den Wäschekorb im Bad zu bringen. Ein Rascheln durchfuhr ihn und auf einmal schaute unter einem der Kleidungsstücke ein brauner, befellter Kopf mit einer schwarzen Stupsnase und dunklen Knopfaugen hervor. Er kuschelte sich in den bunten Stoff wie ein kleines Kind in seine Decke.

„Nepomuk, nein! Sieh dir an, was du getan hast! Jetzt ist alles voller Haare!" Aufgebracht kniete sie nieder und versuchte, Hund und Kleidung zu trennen. Doch unser Mischling war nicht bereit, sein Nest aufzugeben: Mit seinem ganzen Körper machte er sich so breit und schwer, wie er konnte. Zusätzlich vergrub er die Zähne in den roten Hoodie.

„Aus! Böser Hund!", schimpfte sie jetzt und zog daran. Es entstand ein Tauziehen, das so absurd aussah, dass ich nicht anders konnte, als zu kichern. Wahrscheinlich aus Angst, der Pullover könnte reißen, ließ

Mama schließlich los. Doch anstatt darauf herumzukauen, wie er es normalerweise machte, legte Nepomuk den Pullover auf den Boden, schnupperte daran und kuschelte sich dann in den weichen Stoff. Mama saß da und beobachtete ihn, nahm die restlichen Kleidungsstücke, zwischen denen er sich gerade versteckt hatte, und legte sie, immer noch auf dem Boden kniend, sorgfältig zusammen. Nun hielt sie den dunkelgrünen Vintagepullover in der Hand, den wir zusammen kurz vor Weihnachten gekauft hatten. Sie stoppte mitten in der Bewegung und betrachtete ihn. Plötzlich vergrub sie ebenfalls ihr Gesicht darin und begann zu schluchzen. Ich konnte es kaum fassen.

Nepomuk ging auf sie zu, legte seinen Kopf auf ihr Knie und winselte. In regelmäßigen Abständen bebte ihr Körper. Als sie ihren Kopf hob, war der Stoff ganz feucht und ihre Wimperntusche hinterließ Striemen auf ihren Wangen. Mit beiden Händen griff sie nach unserem Hund und drückte ihn an sich, vergrub ihr Gesicht jetzt in seinem Fell.

Ich stand da wie erstarrt. Noch nie in meinem Leben hatte ich Mama weinen sehen. Nicht, wenn sie wütend oder traurig war. Bei keiner emotionalen Filmszenen. Nicht einmal als ihre Eltern gestorben waren und auch nicht auf meiner Beerdigung. Doch jetzt saß sie hier und weinte so heftig, dass sie sich krümmte und laute Schluchzer ausstieß.

„Sabrina?" Auf einmal stand Papa in der Tür. Als er sie mit Nepomuk im Arm auf dem Boden sitzen sah, kniete er sich neben die beiden. „Hey …" Nepomuks Versuch sein Gesicht abzulecken, wich er aus und legte Mama einen Arm um die Schulter.

„Sie ist weg. Mein kleines Mädchen ist tot", schluchzte sie. „Wir haben keine Tochter mehr."

„Sch, sch … Ich weiß. Ich weiß …"

„Wieso, Michael, wieso? Warum unsere Kim?" Sie brach ab, bekam kein weiteres Wort heraus.

„Ist es okay, ich bin ja da."

Mein Herz zog sich schmerzhaft zusammen. Ohne darüber nachzudenken, setzte ich mich ebenfalls dazu und legte meine Hand auf ihre. Ich konnte die Wärme ihrer Haut spüren.

„Mama, ich bin hier. Es geht mir gut. Bitte hör auf zu weinen." Doch sie konnte mich nicht hören. Und sie würde es auch nie wieder tun. Niemand konnte das, außer Engel.

„Sie war noch so jung! Wir werden niemals wieder sehen …" Erneut stockte sie. Dann sah sie Papa ganz ernst an. „Sag es mir ehrlich, Michael, habe ich sie nicht genug geliebt?"

„Nein! Was redest du denn da?" Er schloss sie fester in seine Arme. „Du hast sie so sehr geliebt, wie eine Mutter ihre Tochter nur lieben kann."

Auch in seinen Augen glitzerten Tränen.

„Ich weiß einfach nicht, was ich machen soll."

„Das ist okay. Das musst du nicht. Wir werden einen Weg finden. Ich bin da. Zusammen schaffen wir das."

Dann saßen sie einfach nur da, hielten sich aneinander fest. Auf dem Teppich in meinem Zimmer, die Arme um den anderen geschlungen, ihren Kopf an seiner Brust, Nepomuk und mein Pullover in ihrem Schoß. Und ich hockte daneben, nutzlos und unsichtbar.

„Komm", unterbrach Engel sanft die stille Blase, in der wir uns befanden, und hielt mir ihre Hand hin. „Lass uns gehen."

Ich zögerte, warf einen letzten Blick auf meine Eltern und nahm dann ihre Hilfe an, um aufzustehen.

Warmer Wind strich mir über das Gesicht und durch die Haare und brachte den Geruch nach Sand, Salz und Fisch mit sich. Ein Duft, der rau, gleichzeitig jedoch angenehm vertraut und faszinierend war. Ich nahm das Rauschen der Wellen, die auf den Sandbänken brachen und sich wieder zurückzogen, wahr. Ein gleichmäßiges Geräusch. Vor und zurück. Nah und fern. Den Kontrast dazu bildete das willkürliche Kreischen der Möwen und das leise Rascheln der Nadelbäume. Meine Augen gewöhnten sich langsam an das Licht der Sonne, das vom Meer reflektiert wurde und deren Strahlen sanft meine Haut streichelten. Wir standen an einem weiten Sandstrand, der an einer Seite von sich immer höher auftürmenden Felsen begrenzt wurde, wie von einem Schutzwall. Der Sand war weich und fein, ich vergrub meine nackten Zehen darin. Die Dünen hinter uns waren von Gräsern und Nadelbäumen gesäumt. Doch den schönsten Anblick lieferte das weitläufige, sich bis zum Horizont erstreckende Wasser, das sich aus einer Farbpalette unterschiedlichster Blautöne mit hier und da einem Klecks Weiß, wo eine der Wellen brach, zusammensetzte.

Ich liebte das Meer. Egal, wie oft ich es sah, selbst, wenn ich am Strand wohnen würde, würde es niemals seinen Zauber verlieren.

„Wow", flüsterte ich. „Wo sind wir hier?"

„Du warst schon einmal hier. Erinnerst du dich nicht?"

Aber natürlich! Wie hatte ich so einen schönen Strand nicht sofort erkennen können?

„Südfrankreich. Unser Sommerurlaub vor sechs Jahren."

Engel nickte anerkennend. „Genau."

„Und warum sind wir hier?"

„Ich dachte, du willst mal etwas schönes sehen."

Tja, dafür hatte sie wirklich den perfekten Ort ausgesucht. Tief inhalierte ich die salzige Luft. Ich setzte mich in Bewegung und ließ das kalte Wasser über meine Füße spülen. Engel lief neben mir her. Ihre weißen Flügel strahlten majestätischer denn je. Die Haare fielen über ihre Schulter, umspielten ihre weichen Gesichtszüge und bewegten sich leicht im Wind. Ob ich ebenfalls so aussah? So stark und schön?

Im dem Sand verteilt lagen allerlei Dinge, die vom Meer angespült wurden: Algen, kleine Plastikteile, Steinchen, Muscheln.

„Wir haben fast jeden Tag zusammen Muscheln gesammelt. Ich war so begeistert gewesen von ihren Farben und hätte sie am liebsten alle mit nach Hause genommen, um sie dort jedem zu zeigen. Als ob sie noch nie welche gesehen hätten." Ich sah mich um. „Und an einem Tag haben Papa und ich eine Sandburg gebaut, die mir bis zur Hüfte ging. Wir haben den ganzen Tag daran gearbeitet und Mama hat Steine, Stöcke und Muscheln gesammelt, um sie zu verzieren. Sie hatte sogar eine kleine Zugbrücke und eine Flagge, die wir mit einem Blatt gemacht haben. An einem Abend habe ich das erste Mal Austern gegessen — und das letzte Mal." Ich schüttelte mich bei dem Gedanken daran, wie das glibberige Meerestier geschmeckt hatte. „Dafür durfte ich mir dann einen Crêpe mit Schokosoße bestellen. Oder wie die Möwe Mama auf die Schulter gekackt hat! Sie war so sauer, vor allem, weil Papa und ich nicht aufhören konnten, über sie zu lachen. Wir hatten so viel Spaß in diesem Urlaub."

„Ich weiß, ihr hattet eine tolle Zeit. Nicht nur hier."

Ein hohes Kreischen ließ uns herumfahren. Auf einem Weg durch die Dünen kaum 300 Meter entfernt von uns, rannten zwei Menschen entlang. Als sie näher kamen, erkannte ich, dass es sich um eine junge Frau und einen jungen Mann handelte. Er rief ihr etwas auf Französisch zu, woraufhin sie lachte und noch einen Schritt zulegte. Doch der Mann war schneller und holte sie ein. Er packte ihren Arm, zog sie an sich und hob sie hoch. Auf das, was er als Nächstes sagte, reagierte sie erneut mit einer Mischung aus Kreischen und Lachen. Ihrem wilden Zappeln zum Trotz, bewegte er sich auf das Wasser zu.

„No, no! Si'l te plait!"

Das verstand sogar ich. Er watete bis zu den Knien in das Meer und drehte sich ein paar Mal im Kreis, wobei er immer wieder andeutete, sie loszulassen und ins Wasser zu werfen. Doch nach ein paar Runden, in denen sie sich verzweifelt an ihm festgehalten hatte, hörte er lachend auf und setzte sie auf dem Trockenen wieder ab. Sie begann damit, ihn zu beschimpfen, aber sogar ohne Französisch zu sprechen, war klar, dass sie es nicht ernst meinte. Plötzlich lehnte er sich vor und küsste sie sanft auf die Lippen. Sofort verstummte sie und schlang ihre Arme um seinen Hals. Für einen Moment schien alles andere für die beiden vergessen zu sein. Dann nahmen sie sich an den Händen und liefen am Wasser entlang von uns weg.

„So etwas hättest du auch haben können, irgendwann. Mit jemand anderem als Mika. Mit jemandem, der dich sogar glücklicher gemacht hätte als er."

„Willst du mir jetzt auch noch aufzählen, was ich alles nicht mehr erleben werde?"

Sie schüttelte nur stumm den Kopf.

Ich fuhr mit der Zunge über meine vom Wind feuchten und salzigen Lippen. Spürte Tränen in mir aufsteigen. Jetzt mussten sie kommen. Wo wir hier an diesem wunderschönen Strand im Licht der Abendsonne durch das Wasser spazierten.

„Was hätte ich denn machen sollen? Ich hätte nicht einfach alles so akzeptieren können und weitermachen wie bisher."

„Das hättest du auch nicht müssen. Das muss man nie. Es gibt immer einen anderen Weg. Du musst ihn nur erkennen und mutig genug sein, ihn zu nehmen."

„Deine altkluge Art nervt manchmal ganz schön, weißt du das?"

„Ich konnte es ja jahrelang nicht zu dir sagen, also ist das jetzt halt viel Meinung auf einmal."

„Na, dann will ich gar nicht wissen, wie es nach 90 Jahren Leben ausgesehen hätte."

„So schlagfertig wie mit mir, warst du schon lang nicht mehr."

Abrupt blieb ich stehen. „Engel, was willst du eigentlich von mir? Was willst du mit alldem hier bezwecken? Und komm mir jetzt nicht mit „Es ist nicht wichtig, was ich will", denn das stimmt nicht."

Sie zögerte. Sah über das Meer hinweg zum Horizont. Dann traf ihr Blick auf meinen. „Ich will, dass du siehst, was ich all die Jahre über gesehen habe."

„Und was soll das sein?"

„Dass es immer etwas gibt, für das es sich zu leben lohnt. Und wenn du nichts siehst, dann finde etwas für dich. Sei es der Teller Nudeln mit Pesto, den du abends isst. Oder der Spaziergang mit Nepomuk und Manuel nach der Schule. Oder sich in ein frisch bezogenes Bett kuscheln. Es sind die kleinen Dinge, die es so lohnenswert machen. Und natürlich auch die großen."

„Und was soll das bringen? Ich bin tot, verdammt nochmal!"

„Um etwas wertzuschätzen, ist es niemals zu spät."

„Dann sag es mir. Was hätte ich anders machen sollen? Mich einfach nicht in Mika verlieben? Sam schon vor Jahren die Freundschaft kündigen? Meinen Eltern einen Ratgeber für harmonische Ehen geben? Die zerstörerischen Gedanken im meinem Kopf einfach ignorieren, bis sie verschwinden?"

„Du weißt mittlerweile selbst, was am besten für dich gewesen wäre", sagte sie ruhig.

„Aber ich habe es damals nicht gesehen, okay? Ich habe nicht erkannt, wie es den Menschen um mich herum ging. Und dass sie mir vielleicht hätten helfen können, wenn ich danach gefragt hätte. Und dass Mika vielleicht nicht der richtige Weg gewesen wäre, um mich aus meinem Loch zu ziehen. Die Stimmen in meinem Kopf haben es mir ausgeredet. Ich war so einsam, ohne allein zu sein. Es war alles zu viel."

„Manchmal braucht es nur einen kleinen ersten Schritt. Man muss nicht immer alles auf einmal schaffen. Ein Schritt nach dem anderen reicht aus."

Ich schloss die Augen. „Bitte zitier jetzt nicht Oma. Das halte ich nicht aus."

„Was immer du willst."

Ich setzte mich in den Sand, meine Finger fuhren durch ihn hindurch und gaben mir etwas zu tun. Engel tat es mir nach. Ihre Flügelspitzen berührten den Boden und hinterließen dünne Spuren darin, so zart, wie Sternschnuppen im Himmel. Wie wundervoll es sein musste, solche Flügel zu haben. Wenn man einfach wegfliegen und alles hinter sich lassen konnte. Mit der Hand stieß ich auf einen kleinen Kieselstein, kaum größer als ein Zwei-Euro-Stück. Durch die jahrelange Bearbeitung des Wassers, war er selbst zu einem Tropfen geformt. Ich strich mit den Fingern über die glatte, graue Oberfläche und die abgerundeten Kanten. Was er wohl schon alles gesehen hatte? Wie viele tausend Jahre es wohl gebraucht hatte, um aus einem groben Stück Fels einen so feinen Stein zu formen?

„Sieh mal", forderte Engel mich auf und ich hob den Blick. Die Sonne war weiter gesunken und stand jetzt knapp über dem Wasserspiegel. Explodierende Farbstreifen aus Violett, Pink, Rot, Orange und Gold strahlten um die Wette und spiegelten sich in glitzernder Form auf dem Meer. Die Wellen strömten auf uns zu und von der Sonne weg, nur um sich danach wieder zurückzuziehen und ihr näher zu kommen. Als ob sie sich einfach nicht von ihrer Schönheit losreißen konnten. So wie Engel und ich. Zwei Wesen im Sand gefesselt von der Schönheit der Welt. Schweigend. Genießend.

Wie gern ich jetzt mein Notizbuch bei mir hätte und schreiben würde. Wäre das hier nicht ein perfekter Ort, um mit dem Camper herzufahren? Wie viele wundervolle Strände, Städte und Aussichten gab es noch, die ich mir hätte ansehen können? Die ich allein oder mit Freunden hätte entdecken können? Abends zusammensitzen, in einem Restaurant oder am Lagerfeuer und über alte Geschichten lachen, während wir neue schrieben. Auf einen Poetryslam gehen oder ein Konzert, ich war noch nie auf einem gewesen.

Eine Möwe stürzte sich in die Wellen und flog kurz darauf mit etwas zappelndem im Schnabel wieder nach oben.

Ich wollte einfach meine Augen schließen und für immer hier bleiben, in diesem Moment. Nicht mehr nachdenken müssen über das, was war und was hätte sein können oder was als nächstes kam. Einfach nur den Augenblick mit der warmen Sonne und dem Meereswind auf meiner Haut genießen.

Eine Stunde später lagen wir nebeneinander im Sand und sahen zum dunkelblauen Nachthimmel empor. Die Sonne war verschwunden und hatte dem Sichelmond Platz gemacht, der sich jetzt über den Felsen am einen Ende des Strands abzeichnete. Die Luft war rapide abgekühlt, doch wie die letzten Male auch, störten Temperaturen uns nicht. Nach und nach erschienen die Sterne am Himmel, wie Millionen kleine, silberne Punkte auf einer dunklen Leinwand. Die nächst größere Stadt lag recht weit entfernt und das Licht der kleinen Dörfer in der Nähe reichte nicht aus, um das Kunstwerk, das sich über unseren Köpfen erstreckte, verblassen zu lassen.

„Siehst du den einen ganz hellen Stern dort?", fragte Engel mich und deutete mit dem Finger nach oben

„Den über dem Baum da?"

„Ja, genau." Ihre Haare raschelten leise im Sand, als sie nickte. „Das ist Sirius. Und rechts davon die drei, die dicht beieinander stehen? Das sind Teile vom Orion. Darunter die zwei bilden quasi seine Füße und dadrüber, das sind seine Arme und rechts sein Bogen."

Ich brauchte einen Moment, doch dann konnte ich erkennen, was sie meinte. Zum ersten Mal in meinem Leben erkannte ich ein Sternbild. Beziehungsweise zum ersten Mal in meiner Existenz inklusive Leben und Dasein in der Zwischenwelt. Oder na ja, eigentlich auch danach, wenn man es so sehen wollte. Das Ganze war schon echt kompliziert.

Doch Engel kannte noch mehr Sternformationen, die mit — zugegeben doch ein bisschen mehr als weniger — Fantasie Figuren ergaben. Und sie wusste einige der Geschichten dazu.

Es fühlte sich so gut an hier zu liegen, über scheinbar belanglose Dinge wie Sternbilder zu sprechen und sich zu amüsieren. Einfach so. Ohne Sorgen.

„Kim?", fragte Engel nach einer Weile.

„Hm?"

„Fühlst du dich bereit, für das, was kommt?"

Ich seufzte leise. „Tut man das jemals wirklich, wenn man nicht weiß, was einen erwartet?"

„Sehr gute Frage." Es wurde kurz ruhig zwischen uns.

„Wenn ich daran denke, dass es gut wird, dann vielleicht", sagte ich.

„Und wenn nicht?"

„Dann vielleicht nicht."

„Und im Moment? Wie sieht es jetzt aus?"

„Jetzt will ich noch hier bleiben. Dort, wo es mit Sicherheit schön ist. Auch wenn es nur noch ein bisschen ist."

2 2 .

Kalte Luft schlug mir von allen Seiten entgegen und ließ mich erschaudern. Wie lang war es her, dass ich zu Engel gesagt hatte, ich wollte noch an diesem Strand bleiben? Egal, wie viel Zeit vergangen war, nun waren wir woanders. Es war soweit gewesen weiterzureisen. Doch dieser Ort war nicht das, womit ich gerechnet hatte. So hatte ich mir die Nachwelt ganz sicher nicht vorgestellt. So ... gar nicht anders als alles was vorher war. Dann erkannte ich die Umgebung.

Der Friedhof. Wir waren nur auf dem Friedhof, noch nicht in einer anderen Welt. Eine ältere Frau ging mit einer Gießkanne in der Hand über den Weg. Ansonsten konnte ich niemanden sehen. Neben mir auf einem der Grabsteine stand ein etwa ein Meter großes Kreuz aus hellem Marmor, an dem Jesus hing. Ich lief daran vorbei und bog in den Gang dahinter ein. Dort war es. Mein Grab.

Die kleinen Steifmütterchen bildeten bunte Flecken auf dem kleinen Teil, der von Erde bedeckt war anstatt des schwarzen Granitsteins, aus dem auch der Grabstein bestand. Ein dunkles, simpel geformtes Gebilde, das wie eine Art Wächter dort ruhte. Weiße, eingearbeitete Schrift hob sich stolz davon ab.

„Egon Fügen. Dorothea Fügen geb. Brandt. Kim Zoller", reihten sich unsere Namen mit den jeweiligen Geburts- und Todestagen untereinander auf. Davor stand eine kleine, flackernde Kerze in einem roten Glas. Erst auf den zweiten Blick fiel mir auf, dass sie nicht echt war. Es sah alles so anders aus, als bei der Beerdigung. So normal und endgültig. Als sei es noch nie anders gewesen. Es gab eine lange Zeit, in der nur ein einziger Name dort gestanden hatte. Doch dieses Bild hatte ich kaum noch vor Augen. Es wurde vertrieben von dem neuen, dass sich mir jetzt bot. Ich war noch nicht einmal einen Monat unter der Erde und trotzdem konnte ich meinen Namen schon dort lesen. Dauerte das normalerweise nicht länger? Oder kam es mir so schnell, so unvorhergesehen vor, weil es sich um mich selbst handelte?

Gefiel mir mein Grab? Eine seltsame Frage. Eine, von der ich nie gedacht hätte, dass ich sie mir einmal stellen würde. Aber das ging mir in den letzten Wochen oft so, wie ich feststellte. Stiefmütterchen hatte ich noch nie besonders gemocht. Sie erinnerten mich immer an alte Leute und, na ja, an Friedhof eben. Dabei gab es noch genügend andere Pflanzen, die man auf Gräber setzte.

Plötzlich rissen Schritte mich aus meinen Gedanken und ich fuhr herum. Der Besucher war schon fast bei uns. Er hatte die Hände in die Taschen seiner Jeansjacke gesteckt. Seine braunen Haare standen wild vom Kopf ab, als ob er gerade aufgestanden wäre. Manu setzte sich auf die Holzbank, die direkt gegenüber von meinem Grab stand, und sah es an. Sah mich an. Oder durch mich hindurch.

„Hallo Blume", murmelte er. Der Name ließ mich schwer schlucken. „Ich dachte, ich könnte mal wieder vorbeikommen und dich besuchen." Er fuhr sich mit der Zunge über die Lippen. Wie immer, wenn er nervös war und nicht so richtig wusste, was er sagen sollte. „Wir haben heute Bio geschrieben und dafür, dass ich so wenig gelernt hatte, lief es echt gut. Uwe geht es deutlich besser. Ich habe gestern einen längeren Spaziergang mit ihm gemacht und er wollte eine Chihuahua beißen, den wir getroffen haben, wird also wieder ganz der Alte." Er schüttelte lächelnd den Kopf, strich sich eine Haarsträhne aus der Stirn. „Ma hat Pa jetzt tatsächlich dazu überredet, diesen Tanzkurs zu machen. Ich sag's dir, das ist so mega peinlich! Sie ist einfach nur super enthusiastisch und er sieht aus wie eine tiefgefrorene Brezel. Die beiden haben uns sogar im Wohnzimmer vorgetanzt und Ma wollte doch ernsthaft, dass Malte und ich es auch einmal probieren! Aber wir haben es zum Glück geschafft, rechtzeitig zu fliehen. Und habe ich dir eigentlich schon erzählt, dass Malte jetzt eine Freundin hat? Sie heißt Kira und geht in seine Klasse. Ma hat sich total gefreut, obwohl keiner von uns glaubt, das es wirklich eine ernsthafte Beziehung ist. Ich meine, er ist gerade mal zwölf. Dafür zieht er mich jetzt ständig damit auf, dass ich noch Single bin." Er verdrehte die Augen. „Ich sag's dir, der nervt echt im Moment. Dabei habe ich doch gar nichts dagegen, keine Freundin zu haben. Wenn ich mir angucke, was manche für Beziehungen führen, kann ich gern darauf verzichten."

Ich hatte mich auf den Rand des Grabs gesetzt, darauf bedacht, die Blumen nicht zu zerquetschen, die Arme auf die Knie gestützt und hörte ihm zu. So viel hatte ich ihn schon lang nicht mehr reden hören, zumindest nicht mit mir.

„Alice hat jetzt übrigens das Seminar abgeschlossen und hilft regelmäßig im Tierheim mit. Barbara hat sie sogar schon bei der Vermittlung helfen lassen. Sie war total aufgeregt, aber eigentlich lief alles gut." Er sah kurz zu einem der Bäume auf. Nachdenklich redete er weiter. „Ich habe dir noch gar nicht richtig erzählt, wie sie so ist, oder? Zumindest kann ich mich nicht daran erinnern. Wir arbeiten ja jetzt öfter zusammen und haben uns auch ein oder zweimal so getroffen, aber es hat einfach nicht *Klick* gemacht. Verstehst du, was ich meine? Also sie ist wirklich super nett und wir verstehen uns echt gut und ich finde sie hübsch, aber irgendwie kann ich mir nichts zwischen uns vorstellen. Und ich glaube, sie auch nicht. Letztens hat ein Typ aus der Stufe über uns sie nach einer Party nach Hause gebracht, weil es ihr nicht so gut ging. Ich war nicht mal ein bisschen eifersüchtig, als ich das mitbekommen habe. Das hört sich bescheuert an, ich weiß." Manu schüttelte über sich selbst den Kopf und fuhr sich mit der Hand über die Augen. „Oh Mann, wenn mich jemand hier hört, denken die doch sowieso, dass ich verrückt bin, weil ich hier sitze und mit dir rede, obwohl du gar nicht mehr da bist. Als ob ich Selbstgespräche führen würde. - Ich habe dir übrigens was mitgebracht. Wir haben es wahrscheinlich übersehen, als wir die Alben für unsere Eltern gemacht haben. Es lag unter meinem Sofa." Aus seiner Jackentasche zog er ein kleines Foto hervor. „Ich habe es extra laminiert, dass ich es hier bei dir lassen kann, ohne dass es bei Regen durchweicht. Aber jetzt weiß ich nicht, ob ich es wirklich hier lassen soll. Es ist schließlich dein Grab. - Euer Grab", verbesserte er sich. „Sollte es dann nicht nur eines von euch sein?"

Er hielt das Bild weiter in den Händen und ich beugte mich ein kleines Stück vor, um einen besseren Blick darauf erhaschen zu können. Manu und ich, Arm in Arm, vor dem satten Grün einer Wiese. Der Tag am See, mein 16. Geburtstag. Am Kragen meines T-Shirts konnte man den Träger des Bikinis durchschimmern sehen, meine Haare fielen mir offen über die Schultern und mein Lächeln strahlte absolutes Glück aus. Und dann war da Manu. Statt in die Kamera zu schauen, hatte er den Kopf leicht zur Seite gedreht und sah mich an. Sein Ausdruck war ebenfalls glücklich, ausgelassen. Doch es steckte noch mehr dahinter. Zärtlichkeit, Beschützerinstinkt und Freude darüber, Zeit mit mir zu verbringen.

„Ich wünschte, ich hätte es dir gesagt, als du gelebt hast, denn selbst konntest du es nicht sehen. Du bist kein Fehler, den irgendjemand gemacht hat, du bist der Hauptgewinn. Du warst meine beste Freundin. Und egal, was noch alles gekommen wäre, wen ich kennen gelernt hätte und wen du noch getroffen hättest, das hätte nichts daran geändert. Und auch jetzt, wird es nichts daran ändern, du bist und bleibst es für immer. Und ich sehe genau vor mir wie du mich mit diesem Hey-Manu-was-redest-du-da-Blick ansehen würdest, aber es stimmt. Denn man muss mit einem Mensch keine feste Beziehung führen, um ihn zu lieben. Es muss keine romantische Liebe sein. Und genauso ist es bei uns, Kim. Ich habe dich so sehr lieb, dass es jede Sekunde weh tut, in der du nicht mehr hier bist."

Er sah auf und sein Blick traf meinen. Für einen kurzen Moment hielt ich den Atem an, so intensiv war der Ausdruck in seinen Augen. Tränen begannen, sich darin zu sammeln, doch sie wagten es nicht, ihm über die Wangen zu laufen. Seine Hände verkrampften sich in seinem Schoß, ohne das Bild loszulassen oder es zu zerknittern.

„Ich vermisse dich, Blume. Ich vermisse dich so sehr, dass ich das Gefühl nicht einmal richtig beschreiben kann." Er gab ein Geräusch von sich, das sich wie ein leises Auflachen anhörte. „Du hättest bestimmt die richtigen Worte dafür gefunden."

Sehnsucht ließ meine Brust zusammenziehen, klammerte sich um mein Herz und hielt es fest. Ich vermisste ihn auch. Ich vermisste sie alle. Aber er lag falsch, mehr fiel mir dazu nicht ein. Und vielleicht machte genau das das Gefühl zu etwas einzigartigem. Zu etwas ungetrübt echtem.

Sehnsucht ist die größte Sucht.

„Ich vermisse dich auch", flüsterte ich.

„Man denkt immer, dass man noch sein ganzes Leben vor sich hat und so viel Zeit noch übrig ist, die man mit den Menschen, die man liebt, verbringen kann, aber dann ist sie auf einmal vorbei und dir fällt auf, was du alles noch hättest tun oder sagen wollen und jedes Mal darüber nachdenken zu müssen macht es nur noch schwerer. Ständig muss ich an dich denken, alles scheint in Verbindung mit dir zu stehen. Sogar als ich vorgestern auf dem Klo war und Malte reinkam, weil ich vergessen hatte, abzuschließen, musste ich daran denken, wie du einmal für eine halbe Stunde in unserem Bad festsaßt, weil du dachtest, das Schloss würde klemmen und dich nicht getraut hast, um Hilfe zu rufen. Dabei hättest du einfach nur ziehen anstatt drücken müssen." Wir mussten beide kurz lachen, bei dem Gedanken daran, wie peinlich diese Situation gewesen war.

„Und auch wenn du nicht mehr persönlich hier bist, in Gedanken bist du immer bei mir. Und dort wirst du für immer bleiben, bis wir uns wiedersehen." Er stand auf und steckte das Bild unter die Kerze. „Ich lasse es doch hier. Nur, damit du mich auch nicht vergisst."

Ich stand ihm gegenüber, nur wenige Zentimeter lagen zwischen uns und gleichzeitig war es so viel mehr, dass uns voneinander trennte. Wie gern hätte ich ihn jetzt umarmt, meinen Kopf an seine Schulter gelehnt. Ich streckte meine Hand aus. Meine Finger berührten seine. Eine winzige Berührung.

Er blieb noch einen Moment schweigend stehen.

„Ich muss jetzt los. Aber ich komme bald wieder. Ich verspreche es dir." Er fuhr sich flüchtig mit dem Handrücken über die Augen und brachte dann tatsächlich ein Lächeln zustande. Nicht so amüsiert wie sein sonstiges, aber auf jeden Fall etwas aufheiternder.

„Pass auf dich auf, wo auch immer du gerade bist. Mach's gut, Blume." Damit dreht er sich um und ging den geschotterten Weg entlang davon. Ich schaute ihm nach. Meine Füße schienen so schwer zu sein, dass ich sie keinen Millimeter vom Boden heben konnte. Also blieb ich, wo ich war und sah seiner großen Gestalt dabei zu, wie sie über den Friedhof lief und hinter einer großen Engelsstatue verschwand.

„Ich hab dich auch lieb, Manu. Bis bald", flüsterte ich so leise, dass ich es selbst kaum hören konnte.

Um uns herum wurde es still. Die Vögel schienen nicht mehr zu singen, das entfernte Rauschen der Straße erstarb. Auch das Rauschen des Windes in den Bäumen verstummte.

„Kim, es wird Zeit."

Es dauerte einen Moment bis das Gesagte in mein Bewusstsein durchsickerte. Ich starrte weiter geradeaus, auf den Punkt, an dem ich Manu das letzte Mal gesehen hatte. Meine Kehle schnürte sich zu, ließ nur ein einziges, gepresstes Wort heraus. „Sicher?"

„Ja. Es ist soweit." Engels Stimme war noch ruhiger als sonst. Doch sie ließ keinen Zweifel daran, wie hart die Wahrheit tatsächlich war. Mir wurde schlecht, alles um mich herum schien sich zu drehen. Alles begann auf mich einzustürzen wie eine Lawine.

Wut. Trauer. Sehnsucht. Liebe. Schmerz. Angst. Reue.

Ich fühlte mich, als würde ich jeden Moment ohnmächtig werden.

„Ich … kann nicht", brachte ich hervor und schluckte. „Ich kann sie nicht zurücklassen."

Doch das hatte ich bereits. Es war zu spät. Diese Erkenntnis traf mich härter, als jeder Lastwagen es hätte tun können.

„Sie werden damit zurecht kommen. Sie schaffen das."

„Es tut mir leid, Engel. Es tut mir so leid." Ich drehte mich zu ihr um. Tränen liefen mir über die Wangen, sammelten sich an meinem Kinn und tropften auf den Boden. Sie ließen den Ausdruck in ihrem Gesicht verschwimmen.

„Ich hätte es nicht tun dürfen. Ich hätte kämpfen müssen. Hätte leben müssen."

Engels Flügel waren zu ihrer vollen Größe ausgebreitet, die federnen Schwingen schienen alles um sie herum verblassen zu lassen. Sie öffnete die Arme und legte sie um meinen Körper, zog mich an sich und lehnte ihren Kopf an meinen.

Da stand ich nun und weinte. Weinte über meinen eigenen Tod. Über die Menschen, die ich zurückgelassen hatte. Über die Dinge, die ich niemals erleben würde, die Gefühle, die ich niemals mehr fühlen würde. Über all das, was ich eigenhändig beendet hatte.

„Ich bin bei dir, Kim. Ich war es und werde es auch immer sein. Egal, wo du auch bist und was auch immer du tust."

Eine Wärme breitete sich in mir aus. Sie begann in meinem Bauch und bahnte sich ihren Weg, bis ich sie in jeder einzelne meiner Zellen spürte. Alles anderer war nicht mehr von Bedeutung.

Es war endgültig vorbei.

Mein Leben war zu Ende.

DANACH

23.

Ein regelmäßiges Piepen hallte durch mein Ohr. Der Boden unter mir fühlte sich erneut weich an, nur diesmal sehr warm. Mühsam schlug ich die Lider auf, um mich zu orientieren. Das grelle Licht um mich herum brannte in meinen Augen. Reflexartig kniff ich sie wieder zu.

Ich stöhnte leise. Mein Kopf schmerzte, als ob jemand von Innen mit einem Hammer gegen die Schädeldecke schlagen würde. Ich hob die Hand, um ihn zu berühren und zog ein Kabel, das über eine Klammer an meinem Finger befestigt war, hinterher. Mein Körper war steif und bleischwer. Meine Sinne schienen auf das Äußerste gereizt. Alles in mir drin schien Rückzug zu schreien. Eins wurde mir klar: Dies war definitiv nicht der Himmel.

Aus der Ferne drang eine Stimme zu mir, die ich nicht verstehen konnte. Ich versuchte erneut, mich zu bewegen. Plötzlich legte sich eine Hand auf meinen Arm. Ich zuckte zusammen, was eine weitere Welle des Schmerzes durch meinen Kopf jagte und mich aufstöhnen ließ.

„Ganz ruhig", sagte da auf einmal eine weibliche Stimme, direkt neben mir. Engel? Nein, das konnte nicht sein. Die Stimme war heller.

„Bleiben Sie liegen."

Mit ziemlicher Sicherheit nicht Engel. Die würde sich niemals die Mühe machen, mich zu siezen.

Allmählich gewöhnten meine Augen sich an das Licht und das Pochen nahm eine einigermaßen erträgliche Form an. Ich lag in einem weißen Raum auf einem Bett, umgeben von verschiedenen Monitoren und Schläuchen, die langsam Panik in mir aufsteigen ließen. Was war das hier? Was passierte mit mir?

„Alles in Ordnung, beruhigen Sie sich." Ein Gesicht, das zur Hälfte von einer medizinischen Maske verdeckt wurde, tauchte in meinem Sichtfeld auf. Ich sah es misstrauisch an. Wer war diese Person? Und was machte sie hier? Was wollte sie von mir?

„Kim, können Sie mich verstehen?"

„Iiiich …", meine Stimme hörte sich rau und fremd an. Sie schien im Raum widerzuhallen, obwohl ich so leise gesprochen hatte. Ich verstummte.

„Machen Sie sich keine Sorgen. Jetzt wird alles gut. Es kommt gleich jemand, der Ihnen alles erklären wird. Okay?" Ich wollte nicken, doch die Bewegung fiel mir schwer. Die Frau verstand mich dennoch. Sie schien noch jung zu sein, soweit ich das in ihrem grünen Anzug, der Haube auf dem Kopf und der Maske im Gesicht beurteilen konnte. Der Raum wirkte steril und unpersönlich. Durch ein blickdichtes Fenster drang fahles Licht.

Es sah aus, als befände ich mich in einem Krankenhaus. Sah so etwa das Leben danach aus? Ich erinnerte mich daran, einmal gehört zu haben, dass wir nach dem Tod verschiedene Albträume durchleben würden. Also wie in einer eigenen, persönlichen Hölle. War das möglich? Aber hatte Engel nicht gesagt, dass es so etwas nicht gab? Na ja, nicht wörtlich. Nur wo war ich dann wirklich? Vielleicht sollte ich diese Frau fragen. Engel war schließlich auch ziemlich auskunftsfreudig gewesen. - Zumindest auf ihre eigenen Art.

„Woooo …", versuchte ich es erneut und dabei das ekelhafte Gefühl in mir zu unterdrücken, dass durch den seltsamen Klang meiner Stimme ausgelöst wurde. Ich räusperte mich. „Wo bin ich?", kam es krächzend und leise hervor. Aber immerhin. Es war ein Satz.

„Sie sind im Krankenhaus. Sie hatten einen Unfall. Können Sie sich daran erinnern?"

Klar konnte ich das. Ich konnte mich an noch viel mehr erinnern, an so ziemlich alles, was danach passiert war. Aber daran schien sie höchstwahrscheinlich nicht interessiert zu sein. Das mit dem Nicken wollte ich vorerst sein lassen, also rang ich mir ein raues „Ja" ab.

Da öffnete sich die Tür und eine zweite Frau in einem ähnlichen Anzug trat herein. Als sie mich auf dem Bett liegen und sie anschauen sah, lächelte sie.

„Hallo Kim! Wie ich sehe, sind Sie wach! Das freut mich sehr. Wie fühlen Sie sich?"

Wollte sie darauf ernsthaft eine Antwort? Wonach sah es denn aus? Außerdem war ich im Moment nicht unbedingt diejenige, die einen

Überblick über die aktuelle Situation hatte. Dementsprechend sah wohl auch mein Gesichtsausdruck aus, denn ihr Lächeln vertiefte sich.

„Sie haben sicher viele Fragen. Ihre Eltern werden in einem Augenblick hier sein, dann werde ich Ihnen alles erklären. Frau Prinz, sie können wieder Zimmer 134 übernehmen, ich bin jetzt hier. Vielen Dank." Die junge Frau neben meinem Bett nickte dankend und verschwand durch die Tür. Wahrscheinlich war sie froh, dass sie meine Fragen nicht beantworten musste. Das alles hier war so unglaublich verwirrend.

Die Frau nahm ihren Mundschutz ab und lächelte mich an. „Ich bin übrigens Frau Doktor Hadegger, die für dich zuständige Ärztin."

Aha, gut zu wissen. Ein Reflex ließ mich die Hand heben, eine Bewegung, die bisher am wenigsten schmerzhaft war, trotzdem ließ ich sie schnell wieder sinken. Frau Doktor Hadegger schien sich überhaupt nicht über irgendetwas in dieser Situation zu wundern. Ihre Augen leuchteten freundlich und ließen für mich erneut die Frage offen, was das hier war.

Wieder öffnete sich die Tür und mein Kopf fuhr viel zu schnell herum. Kurz begannen schwarze Punkte vor meinen Augen zu tanzen. Dann sah ich, wer den Raum betrat und direkt auf mein Bett zulief.

„Kim! Mein Schatz! Dir geht es gut!" Papas Gesicht war von Erleichterung erhellt. Ich konnte sehen, wie viel Kraft es ihn kostete, mich nicht zu umarmen. Hinter ihm stand Mama und schenkte mir ein beruhigtes Lächeln, trotz der Sorgenfalten auf ihrer Stirn. Doch sie waren nicht einmal ansatzweise so ausgeprägt wie ich sie in Erinnerung hatte. Auch war ihr Gesicht weniger eingefallen, als das letzte Mal, als ich sie gesehen hatte. Es zeigte keinerlei Spuren von den Tränen, die sie in meinem Zimmer vergossen hatte oder dem Schmerz, den sie dort ausgedrückt hatte. Obwohl sie durch ihre professionelle Fassade trotzdem leicht angespannt wirkte.

Eine Ahnung regte sich in meinem Kopf. Ich nahm sie zur Kenntnis, doch drängte sie wieder zurück.

Nein. Das konnte nicht sein. Ich musste mich irren.

Doktor Hadegger hatte auch ihnen die Hand geschüttelt. „Schön, dass sie es so schnell hergeschafft haben. Ich habe gerade eben Ihre

Tochter begrüßt und wollte jetzt damit beginnen, ihr ebenfalls die Situation zu erklären, in der sie sich befindet."

Ich richtete mich ein kleines Stückchen weiter auf. Jetzt wurde es interessant. Sie wandte sich wieder mir zu.

„Also Kim, ist es dir recht, wenn ich du sage?"

„Ja." Es hörte sich ungewohnt an, gesiezt zu werden, da war mein Vorname schon angenehmer.

„Gut." Sie schenkte mir wieder dieses verständnisvolle Lächeln. „Ich kann mir vorstellen, dass das alles noch recht anstrengend für dich ist, aber du musst nur einfache Antworten geben und ich fasse mich kurz, in Ordnung?"

„Ja." Meine Stimme hörte sich schon mehr nach meiner eigenen an.

„Also, du hattest am Freitag auf der Landstraße einen Unfall mit dem Fahrrad, erinnerst du dich daran?"

„Ja."

Sie nickte. „Sehr schön. Du bist eine Böschung herunter gestürzt und hast ihr dabei starke Verletzungen zugezogen. Neben äußeren Verletzungen sind zwei deiner Rippen angebrochen, dein linkes Handgelenk ist verstaucht und du hast eine schwere Gehirnerschütterung, die bisher aber ohne Komplikationen auftritt. Um deinen Körper bei der Heilung zu unterstützen, hatten wir dich in ein künstliches Koma versetzt, das heute morgen beendet werden konnte."

„Wie lang habe ich geschlafen?"

„Etwas mehr als zwei Tage. Heute ist Montag."

Krass. Ich sah sie entgeistert an.

„Wir haben uns große Sorgen um dich gemacht. Du hast wahnsinnig viel Glück gehabt", sagte Papa überflüssigerweise. Er hatte sich neben das Bett gekniet und meine Hand ergriffen. Jetzt verstand ich ihre Erleichterung darüber, mich wach anzutreffen, umso mehr. Ich konnte das Ganze immer noch nicht richtig greifen. Doch langsam setzten sich die verschiedenen Puzzleteile in meinem Kopf zusammen.

„Dein Vater hat recht. Dieser Unfall hatte deutlich schlimmer ausgehen können. Da hat jemand sehr gut auf dich aufgepasst, Kim."

Nach dem Gespräch mit der Ärztin, waren meine Eltern noch eine Weile geblieben, doch nachdem ich ihnen versichert hatte, dass es mir jetzt ganz gut ginge und ich sehr müde war, fuhren sie nach Hause.

Kurz darauf hatte ein neuer Pfleger mit einem großflächigem Tattoo am Hals mein Abendessen gebracht und die Geräte kontrolliert, an denen ich angeschlossen war.

Jetzt war ich allein und wirklich hundemüde. Aber ich konnte nicht einschlafen. Vorsichtig fuhr ich mit den Fingern über die Bettdecke. Es fühlte sich so echt an.

Da hat jemand gut auf dich aufgepasst. Engel. Sie hatte mich beschützt. Sie war da gewesen. Die ganze Zeit. Auch wenn die Ärztin meine Theorie bestätigt hatte, traute ich mich trotzdem kaum, es zu glauben.

Ich war nicht in der Welt nach dem Tod. Mein Herz schlug in meiner Brust, mein Körper arbeitete und funktionierte. Er war nicht mehr nur Asche, sondern lebendiges Gewebe. Ich spürte die Hitze des Abendessens, an dem ich mich verbrannt hatte, auf meiner Zunge. Ich konnte schmecken, riechen, fühlen und mich mit den Leuten um mich herum unterhalten. Ich hatte den Unfall überlebt. Man hatte mir eine zweite Chance gegeben. Mit einem letzten Gedanken, fielen mir die Augen zu: Ich war am Leben.

Die nächsten Tage fühlten sich an wie ein Gemisch aus Realität und Traum. Der Unfall war nicht spurlos an mir vorübergegangen und das bekam ich zu spüren. Das Schmerzmittel, das ich nahm, tat einen guten Job, doch es konnte nicht alles unterdrücken. Jede Bewegung schien mich anzustrengen und die meiste Zeit verbrachte ich damit, zu schlafen. Aber die Ärztin und sämtliche Leute, mit denen ich bisher Kontakt gehabt hatte, behielten wahrscheinlich recht: Ich hatte wahnsinniges Glück gehabt. Oder in meinem Fall einen sarkastischen und knallharten Schutzengel.

Ich hatte mich schnell an die Routine auf der Intensivstation gewöhnt und schlief sehr viel. Verschiedene Träume suchten mich heim. Die meisten waren wirr und machten vorn und hinten keinen Sinn, wenn ich mich denn überhaupt an sie erinnern konnte. In vielen kam Engel vor, jedes Mal in einer anderen Situation. Niemals negativ. Ich vermisste sie. Ich sehnte mich danach mit ihr zu sprechen. Obwohl ich viel Zeit zum Nachdenken hatte, waren da noch so viele Fragen, die ich ihr stellen wollte. Hatte sie all das, was wir in der scheinbaren Zwischenwelt erfahren hatten, vorher geplant? In wie weit hatte sie das

Ganze steuern können? Und was wäre gewesen, wenn ich anders reagiert hätte? Wenn ich nicht bereut hätte, was ich getan hatte? Wäre ich dann wirklich gestorben? Oder hätte sie solang weitergemacht, bis ich soweit gewesen wäre?

Wäre. Hätte. Könnte. Egal wie oft ich darüber nachdachte, eine Antwort zu erhalten kam mir mehr als unwahrscheinlich vor. Und vielleicht war es gut so. Alles was zählte, war, dass ich nun lebte.

Alles was passiert war, erschien mir immer noch unwirklich. Manchmal wachte ich auf und musste mich vergewissern, dass ich wirklich am Leben war. Was auch immer ich daraus nun machen würde. Ein Schritt nach dem anderem. Erst einmal würde ich meinem Körper die Zeit geben, zu heilen und von der Intensivstation auf die normale wechseln und schließlich nach Hause gehen.

Die Auflagen auf der Intensivstation waren streng, wie man zum Beispiel an den geringen Besucherzeiten erkennen konnte. Nie schien es ganz still zu sein, immer hörte man irgendein Gerät arbeiten, Personal durch den Flur laufen oder verschiedene Alarmtöne. Trotzdem war ich eine der wenigen Patienten, die diesen Alltag im wachen Zustand miterlebten und ich lernte schnell, wie dankbar ich dafür sein konnte.

Am Tag nach dem ich aufgewacht war, hatten Mama und Papa mir einige Dinge vorbeigebracht, damit ich mir die Zeit vertreiben konnte. Nepomuk durfte leider nicht in das Krankenhaus, zu gern hätte ich ihn gestreichelt und seine sorglos trottelige Art auf mich wirken lassen. Doch das musste warten.

Mein Handy war bei dem Sturz kaputt gegangen. Zum Glück war immerhin die SIM-Karte noch zu retten gewesen und am Mittwoch wedelte Mama triumphierend mit einem neuen Smartphone, als sie mein Zimmer betrat. Endlich hatte ich wieder Zugang zur Außenwelt. In den letzten Tagen waren Mama und Papa mehrmals da gewesen und hatten nach mir geschaut, mit mir gegessen oder mir Sachen vorbeigebracht. Seit ich im Krankenhaus war, schien ihre Arbeit in den Hintergrund gerückt zu sein, auch wenn Mama das ein oder andere Dokument hier bei mir bearbeitet hatte, einfach um trotzdem bei mir zu sein. Ich wusste ehrlich gesagt nicht so richtig, wie ich mich ihr gegenüber verhalten sollte. Ihre Seriosität war immer noch da und trotzdem … war da noch etwas anderes. Aber vielleicht sah ich diese Veränderung auch nur, weil ich selbst mich verändert hatte.

Auf meinem Handy waren einige Nachrichten eingegangen, jedoch weniger als ich erwartet hatte, wenn ich daran dachte, wie viele Leute auf meiner Beerdigung gewesen waren — gewesen wären. Zuerst enttäuschte es mich, doch dann kam ich ziemlich schnell wieder zur Vernunft. Nur weil mir manche Menschen nicht direkt schrieben, hieß das nicht, dass sie sich nicht um meine Gesundheit sorgten. Und außerdem musste ich daran denken, was Engel wahrscheinlich zu mir sagen würde, wenn sie meinen Gedankengang hören könnte: „Das Universum dreht sich nicht ganz allein nur um dich, Kim."

Und damit läge sie richtig. Es waren trotzdem noch genug Nachrichten, dass es mich eine gefühlte Ewigkeit kostete, allen zu antworten und ich danach wieder unglaublich müde war.

Als ich am nächsten Morgen wach wurde, hatte mir jemand geschrieben, bei dem das Aufleuchten des Namens mich kurz zögern ließ.

„Hallo Kim, Sabrina hat mir gesagt, dass du wieder erreichbar bist. Wie geht es dir?", schrieb Helene.

Ich klickte es an und blickte auf unseren Chat. Keine Spur von den Mitteilungen, die ich vor kurzer Zeit gelesen hatte, darüber, was sie von meiner Entscheidung hielt. Nun gab es diese Meinung nicht. Stattdessen schaute mich ein sanft lächelnder Smiley an. Ich überlegte noch einen Moment, dann antwortete ich.

„Hey, mir geht es ganz gut. Habe noch ein bisschen Kopfschmerzen und ich würde echt mal gern allein aufs Klo gehen, ohne dass jemand mitgeht, falls ich ohnmächtig werden sollte." Dazu einen Augen verdrehenden Emoji.

„Haha, ja das kann ich mir vorstellen! Aber das wird bestimmt bald besser! Wie ist das Essen?"

„Geht auch so. Ist zu Hause einfach besser."

„Ja, das geht mir, seit ich ausgezogen bin, ähnlich." Dazu folgte ein Smiley, der die Zunge herausstreckte.

„Wie läuft es bei dir so?"

„Ja, ganz gut. Ich habe im Moment Klausurenphase. Die erste habe ich schon geschrieben, die war okay. Jetzt lerne ich für die nächsten. Ist viel Arbeit aber so ist das halt." Bevor ich antworten konnte, erschien eine zweite Nachricht auf dem Bildschirm: „Du hast mich noch nie besucht, seit ich hier studiere, oder?"

„Nein, noch nicht."

„Dann lade ich dich hiermit ein, sobald es dir besser geht! Ich kann dir die Stadt zeigen und wir können abends zusammen kochen. Dann lernst du auch gleich das Studentenleben kennen, allzu lang dauert es bei dir ja auch nicht mehr. Und du lernst meine Mitbewohner kennen! Maxim und Kayce sind beide sehr nett."

„Ja, das hört sich echt toll an."

„Ich schaue heute Abend mal nach Zugverbindungen, aber eigentlich solltest du nicht länger als anderthalb Stunden bis hierher brauchen." Ich war ein wenig überrumpelt von ihrem Angebot. Klar besuchte ich sie gern, auch wenn es sich ein wenig seltsam anfühlen würde, dass erste Mal in ihre WG zu kommen, mit dem Wissen, sie und Maxim bereits zu kennen. Zumindest so in der Art.

„Danke, das wird bestimmt schön."

„Bestimmt! Ich freue mich schon darauf." Es wurde still zwischen uns. Was sollte ich ihr jetzt noch schreiben, außer, dass ich mich auch freute? Vielleicht, sollte ich danach fragen wie es ihrem Bruder Ilias in seinem Auslandsjahr in den USA ging? Wobei ich mich mal wieder fragte, wie man dazu kam, seine drei Kinder mit so alten mythologischen Namen, wie Ilias, Helene und Leonidas auszustatten. Obwohl Helene es da noch am besten erwischt hatte. Bevor ich mich entscheiden konnte, erschien eine weitere Nachricht von ihr auf meinem Bildschirm: „Es ist schön, mit dir zu schreiben. Wir haben uns echt Sorgen gemacht, als Sabrina uns anrief und von deinem Unfall erzählt hat. Es tut mir leid, dass mir jetzt erst bewusst wurde, wie wenig Kontakt wir eigentlich haben, obwohl wir uns doch so gut verstehen." Mein Magen zog sich zusammen. Ich dachte daran, was sie wohl gesagt hätte, wenn sie wüsste, was beinahe passiert wäre?

„Mir tut es leid, dass ihr euch Sorgen gemacht habt."

Und bevor sie mit „Du kannst ja nichts dafür." oder so etwas ähnlichem antwortete, fügte ich schnell hinzu: „Jetzt geht es mir besser und wir sehen uns bald."

„Ja, das hoffe ich sehr." Dazu folgte ein freundlich lächelnder Smiley mit roten Wangen und ich konnte mir ganz genau vorstellen, mit welchen Gesichtsausdruck Helene gerade vor ihrem Handy saß. So wohlwollend und lieb, dass es mir direkt ein schlechtes Gewissen verpasste.

„Es tut mir leid, dass ich jetzt aufhören muss zu schreiben, aber ich bin mit einer Freundin zum Lernen verabredet und sie ruft mich gerade an."

„Kein Problem! Viel Glück bei deinen Arbeiten! Bis bald!"

„Danke! Dir gute Besserung!", schrieb sie noch mit einem Kleeblatt und überkreuzten Fingern, dann ging sie offline. Ein wenig erleichtert darüber, mich nicht weiter mit meinen Schuldgefühl ihr gegenüber auseinandersetzen zu müssen, legte ich das Handy beiseite. Ich bemerkte, dass ich mich wirklich darauf freute, sie zu besuchen. Es wäre mal eine andere Erfahrung für mich, die Engel sicher befürworten würde. Und noch etwas fiel mir auf: Ich musste auf die Toilette.

Oh nein, ich wollte nicht schon wieder nach einem der Pfleger oder Schwestern rufen müssen, damit sie mich vom Bett in das Bad begleiten konnten. Es waren doch sowieso nur maximal fünf Meter dorthin und meine Tage auf der Intensivstation war gezählt. Außerdem konnten sie doch viel wichtigere Dinge tun, anstatt mir zu helfen. Das schaffte ich schon. Ich warf einen Blick auf die Uhr. Bis das nächste Mal jemand nach mir schauen würde, war eh noch ein bisschen hin, ich konnte es also wagen.

Vorsichtig schwang ich meine Beine aus dem Bett und setzte meine Füße auf dem Boden auf. Ich durfte nicht zu schnell sein, sonst würde mir tatsächlich schwindelig werden. Für den Notfall hielt ich mich zunächst am Bett fest und dann an der Wand, doch ich schaffte es ohne Probleme ins Bad. Stolz auf mich selbst und meine kleine Undercover-Aktion wusch ich mir die Hände und wollte gerade zurück in das Bett gehen, als sich die Tür öffnete. Ich hielt den Atem an und gefror zur Salzsäule. Mist. Erwischt.

2 4.

Wie angewurzelt blieb ich stehen und starrte auf den breiter werdenden Türspalt. Ein wuscheliger Kopf tauchte darin auf und sah sich vorsichtig um. Ich atmete halb verwirrt, halb erleichtert aus.

„Manu?"

Erschrocken fuhr er herum. Ein freches Lächeln erschien auf seinem Gesicht, als er mich erblickte und er schloss hinter sich die Tür. „Hallo, Blume."

„Was machst du hier?" Etwas selbstsicherer als beim Hinweg, tastete ich mich wieder in das Bett. Zum Glück hatten Mama und Papa mir ein paar meiner Klamotten gebracht, sodass ich jetzt meine Jogginghose, einen blauen Hoodie und meine eigenen Socken trug anstatt der unschmeichelhaften Krankenhauskluft.

„Hallo Manu, es ist schön dich zu sehen! Wie geht es dir? Mir geht es übrigens besser, auch wenn ich aussehe wie die Frau von Frankensteins Monster", sagte er mit verstellter Stimme.

„So schlimm seh ich gar nicht aus!", verteidigte ich mich. Es stimmte zwar, dass ich auf der Stirn einen Kratzer hatte, der im falschen Licht echt mies aussehen konnte, genau wie mein immer noch leicht geschwollenes Auge, aber so extrem war es dann doch nicht. Außerdem hatte er gar nicht gesehen, wie blau der Bereich zwischen Bauch und Brust war, dort, wo sich die verletzten Rippen befanden.

„Ich merke schon, die Schmerzmittel verzerren also auch deine Wahrnehmung." Er schüttelte immer noch grinsend den Kopf und kam lässig auf mich zu.

„Ich dachte, nur enge Familienangehörige dürfen einen auf der Intensivstation besuchen?"

Er ließ sich auf die Matratze fallen. „Tja, das stimmt auch, deshalb bin ich auch dein in Frankfurt lebender Halbbruder, falls mich jemand sehen sollte."

„Und das haben sie dir abgekauft?" Ich schüttelte ungläubig den Kopf, unterdrückte dabei aber ein Lachen.

„Auf dem Weg hierher hat mich niemand bemerkt. Vielleicht sollte ich doch noch Geheimagent werden."

„Das glaubst aber auch nur du. Agent 000."

„Daran, dass du bisher nichts von meinem versteckten Talent bemerkt hast, sieht man, wie gut ich bin. Aber reden wir nicht weiter darüber." Er machte eine wegwerfende Handbewegung.

Wir saßen schräg nebeneinander auf der Bettkante und schauten uns an. Sein Gesicht sah aus wie immer: Umrahmt von verstrubbelten Haaren, die Augen aufmerksam und gleichzeitig nachdenklich, die vollen Lippen fast immer zu einem kleinen Lächeln angedeutet. Er sah aus wie ich ihn in Erinnerung hatte - und gleichzeitig auch nicht. Das letzte Mal war er viel ernster gewesen, das fehlte ihm jetzt. Hätte mein Tod sein Aussehen so sehr verändert? Doch eines war immer gleich geblieben: Die Vertrautheit, die er mir vermittelte.

Etwas unschlüssig hob er die Arme und sah mich an, als wollte er abschätzen, ob ich bei einer Berührung zerbrechen würde oder nicht.

„Ich habe eine Gehirnerschütterung, keine Schmetterlingshaut", lag mir bereits auf der Zunge, doch anstatt es zu sagen, lehnte ich mich einfach nur an ihn. Er lachte leise und zog mich dann in eine feste Umarmung. Zugegebenermaßen beschwerten sich meine angebrochenen Rippen unter dem Druck seines Körpers, doch darüber konnte ich hinwegsehen. Meine Arme schlang ich um seinen Hals und ließ mein Gesicht gegen seine Schulter sinken. Seine Brust hob und senkte sich unter seinem T-Shirt. Der Geruch von Nadelholz, Vanille und Waschmittel stieg mir in die Nase. Ich atmete es tief ein. Es fühlte sich an wie nach Hause kommen.

Ich wusste nicht, wie lang wir so da saßen, aber jede Sekunde in der er mich festhielt, fühlte sich unglaublich gut an. So gut, dass ich hoffte, es würde niemals enden. Er löste sich zuerst von mir und wir sahen einander wieder an.

„Du hast mir echt einen Schrecken eingejagt. Es tut mir leid, Kim, dass ich nicht ins Kino gekommen bin und so spät abgesagt habe. Es ist einfach alles so blöd gelaufen am Freitag."

Mit Mühe unterdrückte ich ein „Es ist nicht deine Schuld.", versuchte stattdessen nur verständnisvoll zu gucken und ließ ihn weitersprechen.

„Es ist so, dass Uwe vor einer Woche von einem Auto angefahren wurde, weil er es geschafft hat, abzuhauen und dieser Depp mit seinem SUV viel zu schnell war. Wir waren natürlich beim Tierarzt und erst sah alles gut aus, aber am Freitag hat er sich komisch verhalten und wurde auf einmal so schwach. Zum Glück konnte unser Tierarzt direkt vorbeikommen und ihn operieren. Er hatte eine innere Blutung und wenn wir es nicht rechtzeitig gemerkt hätten, wäre er daran gestorben. Ich war die ganze Zeit bei ihm und als mir endlich aufgefallen ist, wie spät es schon ist und dass ich es wahrscheinlich nicht schaffe, war mein Akku leer und wir haben erstmal kein Ladekabel gefunden, damit ich dich anrufen kann. Es kam einfach alles zusammen."

„Aber warum hast du mir nichts davon erzählt?"

„Ich weiß nicht. Ich dachte, dass du schon genug um die Ohren hast mit der Sache mit Sam und Mika und mit deinen Eltern." Er verzog das Gesicht. „Du wolltest nicht darüber reden und dann wollte ich dich nicht auch noch mit meinem Scheiß belasten."

„Manu, *mir* tut es leid. Dass du gedacht hast, du könntest nicht mit mir reden. Und du hast recht: Ja, bei mir war in letzter Zeit viel los, was nicht unbedingt so toll war." Untertreibung des Jahrhunderts. „Aber du kannst immer über alles mit mir reden. Ich weiß, dass ich das auch hätte tun sollen, aber ich wusste nicht so richtig, wie."

„Das verstehe ich doch. Man muss nicht immer alles mit der Welt teilen, aber manchmal hilft es einem. Bitte lass uns von jetzt an keine Geheimnisse mehr voreinander haben."

„Versprochen. Und bitte, mach dir keinen Gedanken mehr darüber, dass das am Freitag nicht geklappt hat."

„Nein, du verstehst das nicht. Wenn ich einfach unsere Verabredung nicht so kurz vor knapp abgesagt hätte, wärst du gar nicht so durch die Gegend gefahren und der Unfall wäre nie passiert."

„Hey, Manu", ich legte meine Hand auf seine. Wenn er wüsste, was mich wirklich diese Straße entlang getrieben hatte. „Du kannst nichts dafür, zumindest nicht so, wie du denkst. Du benutzt genau den richtigen Modus: Hätte. Konjunktiv. Das hatten wir doch in Deutsch. So oder so wäre der Unfall passiert. Ich bin dort lang gefahren, weil ich etwas tun wollte, dass du nicht beeinflussen konntest."

Er sah mich fragend an. Ich nahm mir eine Sekunde, um mich zu sammeln, bevor ich weitersprach. Es war nicht, dass ich den Tod hatte herausfordern wollen, mit meinem Weg, sonst wäre ich nun vielleicht wirklich nicht mehr hier.

„Ich habe diese Strecke absichtlich gewählt, weil ich zum Friedhof wollte." Ich wich seinem Blick aus. „Das hört sich komisch an, ich weiß, aber ich wollte zu Oma fahren. Ich ... wollte einfach bei ihr sein."

„Das hört sich nicht komisch an. Das ist ein guter Grund. - Auch wenn du dir dafür besseres Wetter hättest aussuchen können", fügte er wieder in seinem ironischen Tonfall hinzu und brachte mich damit tatsächlich kurz zum Lachen.

„Da hast du wohl recht. Aber wenigstens bin ich jetzt hier."

„Besser ist es. Das Leben ist zu kurz zum Sterben."

„Danke, dass du hier bist."

„Immer gern."

Es wurde still zwischen uns, jeder für sich in seine eigenen Gedanken vertieft.

„Kim? Die Sache mit Sam und Mika, willst du darüber reden?"

Ich seufzte. „Ich ... weiß nicht so richtig. Ich habe in letzter Zeit viel darüber nachgedacht und es gibt nichts an der Situation, das ich so verändern kann. Auch, wenn es mir nicht gefällt. Es gibt ein paar Dinge, über die ich gern mit dir reden möchte, aber nicht heute. Ich glaube, ich muss mir erst noch ein bisschen klarer werden über bestimmte Themen. Aber ich werde mit dir darüber sprechen, versprochen."

„Das hört sich an, als hätte der Unfall deine Gedanken ziemlich verändert. Nahtoderfahrungen haben es in sich, was?"

„Haha, na ja, irgendwie schon, glaube ich. Es ist ein wenig kompliziert. Aber ich werde versuchen, es dir zu erklären."

Er nickte. „Kein Problem. Du sagst mir, wenn du soweit bist, okay?"

„Ja, danke." Ich strich mir eine Haarsträhne hinter das Ohr. „Aber du kannst mir gern ein bisschen von dir erzählen. Was macht Uwe jetzt? Und was ist eigentlich aus dem Mädchen geworden, mit der du dich treffen wolltest? Alice hieß sie, oder?"

„Ja, genau. Also ..." Manus Züge wechselten in die unterschiedlichsten Ausdrücke, während er redete. Irgendwann kamen wir von den Dingen, die in den letzten Wochen so bei ihm passiert waren, auf Erlebnisse, die wir zusammen erlebt hatten. Die Sonne ging bereits unter und tauchte das Zimmer in ein rosiges Licht, als ich auf die Uhr sah.

„Wenn du nicht wirklich ausprobieren willst, ob deine Halbbruder-aus-Frankfurt-Geschichte funktioniert, solltest du vielleicht doch besser gehen. In 20 Minuten kommt normalerweise das Abendessen und die Besucherzeit ist schon eine Weile vorbei."

„Ja, dann mache ich mich wohl besser auf den Weg. Auch wenn ich die Ärzte natürlich absolut überzeugen könnte."

„Natürlich. Mit deinem unglaublichen Charme schaffst du es ja sogar, dass Kassiererinnen dich in der Fußgängerzone ansprechen, ob du nicht noch etwas in deinen Taschen hast", zog ich ihn grinsend auf.

„Das war *einmal* und nur, weil ich ein Beutel Hundeleckerlis in der Jackentasche hatte, der die so ausgebeult hat. Und die Frau hat sich einfach zu wichtig genommen." Er verdrehte die Augen und nahm seine Jeansjacke von dem Stuhl, auf dem er sie vorhin abgelegt hatte.

„Ja ja, sieh es ein, du hast einfach diesen kriminellen Look."

„Kriminell gut aussehend, meinst du."

Ich zog eine Augenbraue hoch, beließ es aber dabei. Mein Blick sagte sowieso schon alles.

„Also, mach's gut. Du kannst mir demnächst ja mal schreiben, wenn du weißt, wann du rauskommst. Ich habe noch ein Essen und ein Kinobesuch wiedergutzumachen."

„Jap, mach ich. Und du pass auf, dass sie dich nicht rausschmeißen."

„Ich bin quasi unsichtbar. Bis bald, Blume!" Er zwinkerte mir zu und verschwand durch die Tür. Ich sah ihm nach und mir fiel auf, dass ich ganz vergessen hatte, ihm zu sagen, er solle mich nicht so nennen. Obwohl das Stinktier bei *Bambi* eigentlich ganz süß war.

Vielleicht sollte ich mir einen nervigen Spitznamen für ihn überlegen, nur um ihn ein wenig zu ärgern. Hm, wie könnte ich ihn denn nennen? Haubenhuhn vielleicht? Ich suchte im Internet nach Fotos von diesen Vögel und unterdrückte ein lautes Auflachen. Das würde ihn sicher nerven, wenn ich ihm sagte, er sähe so aus! Aber das hörte sich mehr nach einer Beleidigung an, wenn ich ihn so nannte. Also musste ich mir etwas anderes überlegen. Und vor allem musste ich darüber nachdenken, wie und was genau ich Manu darüber erzählte, wie es mir in den letzten Monaten ging. Wo sollte ich überhaupt anfangen? „Hey Manu, wo wir doch gerade bei Ehrlichkeit sind: Mir ging es in den letzten Monaten mental immer schlechter, ich habe sogar versucht, mich umzubringen, aber dann kam was dazwischen und ich bin bei dem Unfall wirklich gestorben. Zumindest dachte ich das und ich war in so einer Art Zwischenwelt, in der mein Schutzengel mich begleitet und mir verschiedene Szenen gezeigt hat, wie das Leben ohne mich weiterging, du kamst übrigens auch ein paar Mal vor. Na ja, irgendwie habe ich dann bereut, mich umbringen zu wollen und als ich aufwachte, war ich hier. Krass, oder?"

Ja, genau. Dann würde ich vom Krankenhaus direkt in eine Psychiatrische Klinik wandern. Obwohl Nahtoderfahrungen ja bekanntlich die interessantesten Sinneswandlungen hervorrufen konnten. Aber nein, so würde ich es ganz sicher nicht erklären. Manchmal war ich mir ja selbst nicht sicher, ob das alles nicht einfach Komaträume gepaart mit Halluzinationen ausgelöst durch mein Schädel-Hirn-Trauma gewesen waren. Selbst wenn das alles wirklich passiert war, wie sollte ich das herausfinden? Ich hatte Engel schließlich noch nie wahrgenommen, was wahrscheinlich auch zum Schutzengel-Dasein gehörte und bei denen in den Regeln stand. Im Internet hatte ich auf jeden Fall alle möglichen Ansätze dazu gefunden — natürlich im Inkognito-Tab, nur für den Fall, dass jemand mal etwas auf meinem Handy suchen sollte und keine komischen Ideen bekam — aber keine hatte zu dem gepasst, was ich erlebt hatte. Entweder ich war also wirklich verrückt, oder es hatte noch niemand so eine Erfahrung im angeblich allwissenden Internet veröffentlicht.

Ich würde auf jeden Fall nicht die Erste sein.

Also war klar, dass ich zumindest von Engel niemandem erzählen würde. Aber was war mit allem, was vor dem Unfall passiert war? Mein Abschiedsbrief lag bestimmt immer noch in meinem Notizbuch. Sollte ich das erwähnen? Aber jetzt war ich weit weg von diesen Gedanken. Es kam mir vor, als wären Monate vergangen, seit ich ihn geschrieben hatte, dabei war es nicht mal drei Wochen her.

„Abendessen ist daaa!", flötete Elena, eine der Krankenschwestern der Intensivstation, die gerade mit einem kleinen Wagen zur Tür hereingefahren kam.

„Hallo, Elena", sagte ich und versuchte zu verbergen, was für einen Schock sie mir gerade verpasst hatte.

„Na, du siehst ja heute gut gelaunt aus!", stellte sie fest und positionierte den Wagen neben meinem Bett. „Gibt es einen bestimmten Grund?"

Mein bester Freund hat sich hier reingeschlichen und mich besucht, wäre in diesem Fall keine so tolle Antwort gewesen. Auch wenn Elena die motivierteste und netteste Pflegerin war, die ich mir je hätte vorstellen können, verstand sie bei Regelverstößen gar keinen Spaß. Deshalb war ich auch froh, dass mich niemand beim Allein-aufs-Klo-Gehen erwischt hatte.

„Ich habe mit meinem besten Freund geredet, er hat vorhin angerufen", passte ich die Wahrheit ein wenig an.

„Ach, wie schön! Und wie geht es dir ansonsten heute? Schwindel? Kopfschmerzen?"

„Bisher alles ganz gut."

„Prima! Heute haben wir einen Tomatensalat mit Basilikum, dazu Brot und Käse. Ich wünsche guten Appetit!" Mit einer ausladenden Geste stellte sie das Tablett auf dem kleinen Tischchen vor mir ab.

Sie war eine recht dünne Person, der man auf den ersten Blick vielleicht nicht viel harte Arbeit zutrauen würde, doch diese Vorstellung hatte sie ziemlich schnell aus meinem Gedächtnis gelöscht. Jedes Mal wenn ich sie sah, schien sie gar nicht genug tun zu können, um ihre grenzenlose Energie aufzubrauchen.

„So, dann bin ich in einer halben Stunde wieder hier und hole deinen hoffentlich leeren Teller ab. Du musst deinem Körper schließlich eine Basis geben, auf der er aufbauen kann. Und dann kommt noch einmal Frau Hadegger vorbei zur Visite."

„Danke." Ich lächelte sie an. „Weiß man schon etwas darüber, wann ich auf die normale Station verlegt werden kann?"

„Puh, das kann man so pauschal nicht sagen, Schätzchen. Deine Werte sind gut, also nehme ich an, dass es nicht mehr lang dauern wird, aber ich will dir keine falschen Hoffnungen machen. Bei dem Unfall, den du hattest, kannst du wirklich von Glück reden, dass du so aktiv bist, wie bisher. Ich habe das schon ganz anders gesehen." Sie lächelte und legte mir eine Serviette auf das Tablett. Beinahe erwartete ich, dass sie mir die Wange tätscheln würde.

„Ja, ich weiß. Dafür bin ich auch sehr dankbar."

Und ich hoffte, dass Engel das auch wusste.

Tatsächlich zog ich am Montag darauf in ein anderes Zimmer auf die Normalstation. Endlich durfte ich ein wenig selbstständiger sein und mittlerweile konnte ich sogar länger duschen gehen, ohne dabei irgendwann Sternchen zu sehen. An einem Tag konnte ich meine Eltern dazu überreden, Nepomuk mitzunehmen und zusammen mit mir im anliegenden Park spazieren zu gehen. Zwar hatte ich die meiste Zeit auf einer der Bänke gesessen und Mama hatte nach nicht mal 20 Minuten darauf bestanden, wieder mit mir rein zu gehen, weil es „viel zu kalt" für meinen „noch fragilen und angegriffenen Körper" sei, aber es war einfach entspannend die frische Luft einatmen, den Vögeln in den Bäumen lauschen und Nepomuks wuscheliges Fell streicheln zu können. Es war so schön ihn zu sehen und zu spüren, wie sehr er sich über meine Anwesenheit freute, dass ich ihn garnicht loslassen wollte. Solche Begeisterung konnten einfach nur Hunde versprühen. Sein ganzer Körper hatte vor Freude gewackelt und immer wieder hatte er versucht, mein Gesicht abzuschlecken.

Jetzt saß ich auf dem Bett, nachdem wir eine der ungefähr hundert Tests zu den verschiedenen Funktionen meines Körpers gemacht hatten und sah kleinen Regentropfen dabei zu, wie sie leise gegen das Fenster trommelten. Carina hatte mir heute morgen geschrieben, dass „wir" nach der Schule noch vorbeikommen würden. Ob mit „wir", nur sie und Elisa gemeint waren oder möglicherweise auch Sam, wusste ich nicht. Auch wenn ich mich auf die Abwechslung freute, sah ich dem Besuch mit gemischten Gefühlen entgegen. In den letzten Tagen war mir immer mehr klar geworden, wie schwierig es war, wenn man in den letzten Wochen gesehen hatte, was die Menschen um mich herum so taten Schrägstrich tun würden und ich jetzt das ein oder andere wusste, was ich ja noch gar nicht wissen konnte oder was gar nicht passiert war. Gestern hätte ich Mama beinahe überrascht gefragt, ob Ingrid denn wieder mit ihr sprach, als sie davon erzählte, dass sie eine Postkarte von ihr bekommen hatte. Dann war mir jedoch eingefallen, dass es den Streit zwischen den beiden gar nicht gegeben hatte, was meiner Haltung

Ingrid gegenüber nichts verändern würde. Die war so oder so eine überhebliche, bescheuerte Kuh.

Obwohl manche Sachen überhaupt nicht passiert waren, gab es doch ein paar, über die ich noch mit der ein oder anderen Person sprechen wollte, wenigstens dafür, um meine Unaufmerksamkeit in den letzten Wochen ein bisschen wiedergutzumachen.

Ich sah auf die Uhr über der Tür. Wann würde Carina hier sein? Sollte ich die Zeit vielleicht nutzen, um in die Schulunterlagen reinzuschauen, die Mama mir heute morgen gebracht hatte? Durch die Wochen im Krankenhaus verpasste ich einiges an Stoff und obwohl alle sehr verständnisvoll waren, musste ich doch wenigstens ein paar Dinge nachholen und mich vorbereiten. Ich beruhigte mich damit, dass es bis zur nächsten Arbeit noch zwei Wochen waren und sowohl meine Freundinnen als auch Herr Senn und Frau Weiß versprochen hatten, etwas intensiver mit mir zu lernen. Kein Grund sich jetzt schon wieder Stress zu machen. Außer sie würden noch eine Weile brauchen mit ihrem Besuch, dann wäre die Zeit auf jeden Fall sinnvoller genutzt, als nur hier herumzuliegen und nachzudenken. Oder sollte ich mich vielleicht nochmal umziehen? Wie eigentlich jeden Tag trug ich eine Sporthose und dazu einen lockeren Pulli. Aber ich meine hey, ich bin in einem Krankenhaus, was sollte ich sonst anziehen? Einen Hosenanzug von Mama? Also nix mit Umziehen. Aber wenigstens meine Haare konnte ich richtig bürsten und in einen Zopf binden.

Gudrun, mit der ich mir ein Zimmer teilte, warf mir einen neugierigen Blick zu, als ich aus dem Bad kam, doch ich ignorierte sie. So, wie ich sie in den letzten Tagen kennen gelernt hatte, war sie zwar nett, aber liebte es, der Jugend von heute ungefragt Ratschläge zu geben. Außerdem schnarchte sie wie ein 130 kg schwerer LKW-Fahrer, wie mir leider direkt in der ersten Nacht klar wurde.

Erst über eine Stunde später klopfte es an der Tür und Elisa steckte ihren blonden Lockenschopf herein. Ein zuckersüßes Lächeln breitete sich auf ihrem Gesicht aus, als sie mich erblickte.

„Hallo Kimi!" Sie öffnete die Tür und trat zusammen mit Carina, Finn, Ian und Dori ein. So erstaunt wie ich mich fühlte, sah ich wahrscheinlich auch aus, denn Elisa lachte auf.

„Überraschung!"

Als sie bei mir ankam, konnte ich erkennen, wie sehr sie versuchte, nicht mitleidig zu gucken. Es misslang.

„Als du geschrieben hast, dass ihr kommt, dachte ich eigentlich nur an dich und Elisa", gab ich an Carina gerichtet zu.

„Tja, da siehst du mal, was für tolle Freunde du hast", grinste Finn.

„Auch wenn manche Leute besseres zu tun haben, als ihre Freundin im Krankenhaus zu besuchen."

„Dori, sei nicht so gemein", ermahnte Elisa ihn.

„Was denn? Es ist doch wahr, oder nicht? Sam und Mika machen fast alles nur noch allein."

„Ja klar nervt das, Beziehungen in der Clique sind jetzt nicht so vorteilhaft für die anderen. Hoffentlich passiert uns das nicht nochmal", meinte Finn.

Elisas Wangen bekamen eine leichte Röte, doch außer mir schien das niemand zu bemerken. „Und man muss mit seiner Freundin ja nicht 24/7 zusammenhängen, wie man an Dori und Matilda sieht." Daraufhin lief Dori leicht rot an. Anscheinend war Elisa nicht die Einzige, die von ihrer Beziehung nichts erzählte.

„Aber es geht hier doch gar nicht um mich", versuchte er abzuwehren.

„Von mir aus können sie gern was allein machen, wenn dabei sein für sie bedeutet, die ganze Zeit rumzumachen." Ian warf mir einen Seitenblick zu. „Sorry, Kim."

„Hey, wir sind jetzt hier und damit ist es gut. Wie geht's dir?", fragte Carina mich und setzte sich auf die Bettkante.

„Ganz gut. Viel besser auf jeden Fall."

„Bekommst du noch Schmerzmittel?"

„Ein bisschen aber deutlich weniger als am Anfang." Ich zog meine Beine an und setzte mich in den Schneidersitz.

„Kannst du dich an den Unfall erinnern?" Finn stützte sich mit den Armen auf dem Geländer am Ende des Betts ab.

„Ja, zumindest bis dahin, wo ich mit dem Kopf aufgekommen bin." Unwillkürlich verzog ich den Mund, was ich direkt wieder bereute, als ich in Elisas bestürzte Rehaugen sah. Kaum zu glauben, dass sie die blutigsten und haarsträubendsten Thriller las ohne mit der Wimper zu zucken, aber bei meiner knappen Schilderung aussah wie ein geschlagener Hund.

„Aber ich hatte ja noch Glück", versuchte ich zurückzurudern, doch dafür schien es zu spät zu sein. Auch Dori verzog leicht das Gesicht und machte große, wehleidige Augen.

„Könnt ihr bitte aufhören, mich so zu bemitleiden?", platzte es aus mir heraus. „Mir geht es gut, okay? Ja, ich lag zwei Tage im Koma und habe ein paar Kratzer und werde in nächster Zeit wohl keinen Marathon laufen, aber es hätte mich viel schlimmer treffen können und stattdessen bin ich hier und kann mich normal mit euch unterhalten."

„Das ist gut zu wissen. Es gab jemanden, der gesagt hat, du müsstest das Sprechen neu lernen. Aber das war offensichtlich nur ein Gerücht." Ian war trocken und direkt wie immer und bekam dafür prompt einen Ellbogen von Carina in die Seite.

„Das war ja wohl von Anfang an klar, dass solche Gerüchte nicht stimmen!"

„Manche Leute haben geglaubt, dass ihr zwei Finger fehlen, sonst hätten sie es doch nicht weitererzählt", meldete Dori sich wieder zu Wort.

„Manche Leute haben einfach zu viel Fantasie und zu wenig Hobbys."

„Genau." Zum Beweis hielt ich beide Hände hoch und wackelte mit den Fingern. „Alle noch dran. Nicht mal gebrochen."

„Eigentlich schade. Ich habe gehört, es gibt so geile Prothesen, die eine Mikrochip drin haben. Dann kann man quasi mit seiner Hand bezahlen und alles."

„Echt? Ist ja krass!"

„Ian!" Carina warf ihm einen mahnenden Blick zu.

„Also, äh, wollen wir vielleicht rausgehen?", fragte Dori.

„Alter, es ist sau kalt draußen! Wenn wir das machen, können wir uns alle direkt mit einer Lungenentzündung einweisen und Kim noch ein paar Tage Gesellschaft leisten."

„Und es regnet", fügte Finn unnötiger Weise hinzu.

Dori verzog beleidigt den Mund und sah damit ein bisschen aus wie ein Fisch. Vielleicht hatte er ja daher seinen Spitznamen. „Ich meine doch nur, weil sie schon so lang hier drin ist und Krankenhäuser einfach deprimierend sind."

Ich lachte. „Ist schon gut, danke. Ich war mit meinen Eltern kurz spazieren und die Ärztin hat gemeint, dass ich übermorgen vielleicht schon wieder nach Hause darf, also alles gut."

Ein ekelhaftes Räuspern ließ uns zusammenfahren und einen mehr oder weniger unauffälligen Blick zu meiner Zimmernachbarin wandern, die in irgendeine Klatsch-Lektüre vertieft war. Ob sie uns mit dem Räuspern etwas hatte sagen wollen oder sie einfach nur einen Frosch im Hals hatte, war ihr nicht anzusehen. Aber zumindest brachte sie mich damit auf eine Idee. „Wir können aber nach unten in die Cafeteria gehen. Dort ist es nicht so eng wie hier und der Kuchen soll ganz gut sein."

Finns Augen leuchteten auf. „Kuchen hört sich immer gut an!"

Ein unangenehmes Deja-vu-Gefühl überkam mich, trotzdem musste ich lächeln und schwang meine Beine aus dem Bett. Ich schlüpfte in meine Sneakers und folgte den anderen nach unten, wobei ich so gut es ging den ein oder anderen helfenden und mitleidigen Blick ignorierte. Sie konnten einfach nicht anders.

Für einen Donnerstagnachmittag war relativ viel los, aber wir fanden einen freien Tisch in der hinteren Ecke, an den wir uns setzten. Finn hatte sich — großzügiger Weise — dazu bereit erklärt, für jeden der wollte ein Stück Kuchen zu holen und war Richtung Theke verschwunden.

„Also, gibt es noch was neues, das ihr mir erzählen müsst?", fragte ich.

„Hm, hast du schon von Merets Streit mit Herr Mikolski mitbekommen?" Dori lehnte sich nach vorn und stützte die Arme auf den Tisch. Die darauffolgenden Stunden sprangen wir von einem Thema zum nächsten, redeten über vergangene Erlebnisse und zukünftige Pläne. Und tatsächlich schaffte ich es, die Zeit mit meinen Freunden zu genießen, ohne zu viel nachzudenken.

„Wisst ihr, was auch krass wird? Die Party nächste Woche in der Scheune", sagte Ian nach einer Weile und verschränkte lässig die Arme hinter dem Kopf.

„Welche Party?", hakte ich nach.

„Ist dein Geburtstag etwa schon nächste Woche?" Elisas Rehaugen wurden noch größer, doch er schüttelte nur den Kopf. „Was feierst du dann?"

„Braucht man einen Grund zum Feiern?", fragte er zurück.

„Finn hat letzte Woche seinen Führerschein bestanden", schlug Dori vor. „Und die alte Frau Müller geht im Sommer endlich in Rente, hab ich gehört."

„Außerdem ist der Februar dann schon wieder zur Hälfte rum", warf Carina augenverdrehend ein.

„Stimmt. Und Alkoholpreise sind dieses Jahr nicht gestiegen."

„Und Kim hat ihren Unfall überlebt." Elisas Augen schimmerten schon wieder verdächtig.

„Seht ihr, es gibt so viele Gründe! Also nächste Woche Samstag könnt ihr euch schon mal merken."

„Geil! Da bin ich auf jeden Fall dabei!"

„Das freut mich, ihr dürft auch gern übernachten und mir morgens beim Aufräumen helfen, beim letzten Mal waren Mika und ich allein."

Finn grummelte genervt, nickte dann aber. Auch wir anderen stimmten zu.

„Hört sich gut an, ich trage es mir direkt ein, damit ich es nicht vergesse und mich nicht mit den Mädels vom Fußball treffe. Äh … Hat jemand von euch mein Handy?" Carina klopfte suchend ihre Taschen ab.

Elisa zog ihres aus der Jackentasche. „Soll ich dich anrufen, damit du es hörst?"

„Nein, alles gut, ich glaube, es liegt noch oben im Zimmer. Ich hatte es aus meiner Hosentasche genommen, damit ich mich nicht draufsetzte."

„Warum müsst ihr Mädels eure Handys aber auch immer in die Arschtasche machen?"

„Hast du dir Damen-Jeans mal angeguckt?", fragte ich ihn. „Die meisten haben vorn gar keine Taschen und wenn, dann sind die so klein, dass nicht mal eine Briefmarke reinpasst. Nicht wie bei euch, wo man seinen halben Haushalt reinpacken kann." Demonstrativ wollte ich auf meine Hose zeigen, was aber keinen Sinn machte, weil ich keine Jeans trug, also machte ich nur eine unbestimmte Handbewegung.

„Oh shit!", brach es aus Ian heraus. „Ist es schon so spät? Wir müssen los, sonst verpassen wir unseren Bus!"

Alle vier sprangen auf, als hätten sie einen Stromschlag bekommen, nur Carina blieb sitzen. „Geht ihr einfach vor. Ich schaffe das eh nicht, wenn ich jetzt noch mein Handy holen muss. Dann nehme ich halt den nächsten oder frage meine Eltern, ob sie mich abholen können."

„Wenn das für dich kein Problem ist", meinte Finn und schlüpfte in seine Jacke. „Ich muss nur leider noch Mathe machen und das morgen vor der ersten Stunde abschreiben, schaffe ich nicht, wenn die Müller will, dass ich das an der Tafel vorrechne. Die hat es im Moment eh auf mich abgesehen."

Ich grinste. „Du kannst ja einen Club mit Meret aufmachen: Der Jeder-hat-es-auf-uns-abgesehen-Club."

„Haha, sehr witzig. Da trete ich lieber in Frau Müllers Mathe-AG ein."

„War cool dich zu sehen, Kim. Weiterhin gute Besserung und wir sehen uns ja dann nächste Woche in der Schule oder in der Scheune!" Die Jungs winkten mir noch kurz zu, bevor sie gingen, während Elisa mich flüchtig umarmte.

„Bis bald!", hauchte sie und rannte dann elfengleich hinter den anderen her.

„Wollen wir abräumen und hochgehen oder noch ein bisschen hier sitzen?", fragte Carina.

Ich zuckte mit den Schultern. „Wenn du sowieso jetzt noch eine Weile warten musst, können wir auch hier bleiben. Meine Mitbewohnerin ist nicht so der Freund von jungen Gästen."

Ein Lächeln breitete sich auf ihrem Gesicht aus. „Ach ja? Sie hat vorhin schon so ein bisschen genervt geguckt, als wir alle reinkamen. Dabei waren wir doch gar nicht so laut. Und so oft hattest du doch noch gar nicht Besuch, oder?"

„Ich glaube, sie gehört einfach zur Fraktion „Früher war alles besser" und „Die Jugend von heute ist komplett verdorben". Außerdem schnarcht sie voll laut." Wenn ich schon mal jemanden hatte, bei dem ich mich über sie aufregen konnte, musste ich das nutzen. Mama und Papa würden die Frau direkt in Schutz nehmen.

Damit brachte ich Carina zum Lachen. „Was für eine alte Schrulle! Zum Glück bist du bald hier raus!"

Ja, das stimmte, nicht nur wegen meiner Zimmernachbarin. Die Cafeteria hatte sich mittlerweile etwas geleert und es war deutlich ruhiger geworden. Carina strich sich eine Strähne ihres dunklen, schulterlangen Haares hinter das Ohr und zeigte damit einen dezenten, silbernen Ohrring. Sie trug wie so oft eine Bluse, die bei ihr aber nie streng oder streberhaft aussah, sondern einfach nur erwachsen und schick. Generell wirkte sie ausgelassen und ruhig. Nichts schien daraufhin zu deuten, was sie verheimlichte. Obwohl sie ja selbst gesagt hatte, dass der Psychologe ihr half und es ihr deutlich besser ging. Jetzt, wo ich sie so betrachtete und darüber nachdachte, konnte man tatsächlich einen Unterschied zwischen heute und von vor einem halben oder ganzen Jahr sehen. Ob das bei mir auch einmal so sein würde?

Auch wenn ich ihre gute Laune und die Stimmung nicht kaputt machen wollte, musste ich mit ihr darüber sprechen. Und jetzt hatten wir die Chance dazu, ohne gestört zu werden. Vielleicht bildete ich es mir ein, aber es fühlte sich so an, als würde Engel neben mir sitzen und mich abwartend ansehen. Also los.

„Du, Cari, ich muss dich mal was fragen."

„Ja?" Ihr Blick richtete sich aufmerksam auf mich.

„Ich … Äh … Du …" So wurde das nichts. Ich räusperte mich und fing nochmal von vorn an. „Irgendwie habe ich das Gefühl, dass du dich in den letzten Monaten verändert hast. — Also nicht schlecht, sondern richtig gut. Was jetzt nicht heißen soll, dass du vorher nicht so toll warst aber … weißt du was ich meine?"

„Danke", sagte sie leicht lächelnd und beruhigte mich damit ein bisschen und motivierte mich, weiterzusprechen.

„Aber es ist so, dass ich glaube, dass ich in den letzten Monaten nicht unbedingt die Freundin war, die du gebraucht hättest und nicht immer so darauf geachtet habe, wie es dir geht und dafür wollte ich mich entschuldigen und dir sagen, dass wenn du über irgendetwas reden willst, egal was und wie seltsam es vielleicht ist, ich höre dir immer zu, okay? Und dass ich so unaufmerksam war und so wenig Zeit für euch hatte, dass lag nicht an euch und ich will das jetzt nicht wie irgendwelche Ausreden klingen lassen, weil es das nicht ist, aber ... es ging mir teilweise nicht so gut vor dem Unfall und ich wusste nicht so richtig, wie ich mit all dem umgehen soll, was passiert ist. Ich will nicht, dass du jetzt denkst ..." Okay, das hatte jetzt eine andere Wende genommen als gedacht.

„Hey, Kim," Carina nahm sanft meine Hand und sah mir direkt in die Augen. „Alles gut, ich verstehe, was du sagen willst. Es ist okay und du hast recht. Ich habe mich verändert und es ist wirklich Zeit, dass ich mal mit euch darüber rede. Also: Ich bin seit einer Weile wegen Depressionen in psychologischer Behandlung und das ist gut so. Es hat mir wirklich geholfen und das tut es auch immer noch und eigentlich ist es mir auch nicht peinlich, aber ich wusste einfach nicht, wie ich es euch sagen sollte und dann wurde es immer schwieriger."

Ich spürte Tränen in mir aufsteigen, doch konnte nichts dagegen tun. Meine Güte, war ich in letzter Zeit nah am Wasser gebaut.

„Es tut mir so leid, dass ich nie etwas bemerkt habe, dass wir dir nicht geholfen haben!"

„Hey, es ist wirklich in Ordnung. Ihr habt mir geholfen. Du und Elisa, einfach so wie ihr euch verhalten habt und normal mit mir umgegangen seid, hat mir ein bisschen das Gefühl von Normalität gegeben." Mir entging nicht, dass sie Sams Namen nicht nannte, doch das war ein Thema für ein anderes Mal.

„Und das, was du da gerade gesagt hast, hört sich an, als hättest du eine Ahnung davon, wie es sich anfühlt, wenn man niemandem erzählen will, wie es einem geht, nicht wahr?"

Ich nickte leicht.

„Kim, hör mir bitte genau zu: Wenn es dir nicht gut geht, egal in welcher Form, dann darfst du das sagen, verstehst du? Wenn du eine Maske aufsetzt und alles darunter versteckt hältst, macht es das nur noch schlimmer. Aber das weißt du wahrscheinlich, oder?" Wieder nickte ich. Sie hatte ja keine Ahnung, wie weit meine Erkenntnis mittlerweile reichte. „Das mit Mika und Sam hat alles nur noch schlimmer gemacht, nehme ich an. Wenn ich daran denke, wie du geguckt hast, als ich dich auf der Toilette abgefangen habe, Mensch Kim, ich konnte deinen Schmerz nicht sehen, weil ich dachte, deine Art damit umzugehen läge darin, weiterzumachen. Dass es dir nicht so geht wie mir. Wenn du also darüber reden willst, oder einfach nur jemanden brauchst, der dir jemanden empfiehlt, der auf professioneller Ebene versteht, wie es dir geht, oder der einfach mal Sam ausversehen ein Bier über die Schuhe kippt, dann sag es mir bitte, okay?"

Ich lachte leise und schaffte es damit tatsächlich, ein paar der Tränen herunterzuschlucken.

„Ja, okay."

„Gut." Sie drückte meine Hand. „Und das mit dem Bier meine ich ernst, auch wenn es sonst nicht meine Art ist, aber Sam hat sich in den letzten Monaten wirklich verhalten wie 'ne Bitch. Das sie nicht mal den Mumm aufbringt, dich hier zu besuchen, zeigt es besser als alles andere. Es tut mir leid für meine Wortwahl, aber nachdem ich schon eine ganze Weile nett zu ihr war, einfach der alten Zeiten Willen und wegen dir, hat sie es jetzt echt komplett versaut und ich glaube, nicht nur bei mir. Sie hat sich leider zu keinem netten und angenehmen Menschen entwickelt."

„Ist okay, man muss nicht immer alle Freundschaften zwanghaft am Leben erhalten." Und wenn ich so darüber nachdachte, dann erschien es mir durchaus möglich, dass Sams und meine Freundschaft eigentlich schon spätestens mit dem Gespräch nach der Schule über Mika dem Ende zu gegangen war.

Carina warf einen Blick auf ihre Armbanduhr. „Wollen wir vielleicht langsam hochgehen? Ich muss meine Eltern anrufen oder doch den nächsten Bus nehmen."

Wir brachten die leeren Teller zur Theke und stiegen in den Fahrstuhl nach oben. Auf dem Weg erzählte mir Carina von Doris Freundin, die eine Stufe unter uns war und mit etwas Glück nächste Woche mit zur Party kommen würde, damit wir sie richtig kennen lernten. Ich würde mich ein wenig anstrengen müssen, um Mama davon zu überzeugen, mich in die Scheune zu lassen, schließlich wäre ich bis dahin immer noch nicht ganz fit, aber mit ein bisschen Überzeugungskraft und der Hilfe von meinen Freunden könnte es klappen.

„Ach übrigens", sagte Carina, als die Fahrstuhl sich mit einem lauten *Pling* öffnete und uns in den 3. Stock entließ. „Ich soll dich von Natascha grüßen und dir gute Besserung wünschen."

„Was?"

„Natascha. Sie ist bei uns in Deutsch, ihr habt doch vor ein paar Wochen Gruppenarbeit zusammen gemacht. Sie stand heute zufällig daneben, als wir besprochen haben, dass wir dich besuchen und da hat sie mich gefragt, wie es dir geht und dass ich dir einen Gruß sagen soll."

„Ach echt, das ist ja nett. Ich schreibe ihr nachher mal."

„Ja, mach das. Ich glaube, sie ist echt lieb und sie hat heute nicht so sensationsgeil gewirkt, wie die anderen, die manchmal nach dir fragen. Es gibt echt ein paar dumme Leute bei uns an der Schule."

„Auf so Stories stürzen sich die Leute halt." Ich zuckte mit den Schultern. Überraschenderweise war mir das Ganze ziemlich egal. Sollten sie doch glauben, was sie wollten.

Vor meinem Zimmer angekommen, drehte ich mich noch einmal zu Carina um. „Danke, dass ihr da wart. Das war echt schön. Und das wir reden konnten auch."

Ihre Lippen verzogen sich zu einem Lächeln. „Kein Problem. Dafür sind wir doch da." Ohne Vorwarnung schloss sie mich in die Arme. „Und ich danke dir auch, dafür, dass du noch hier bist."

26

Mit einem leisen Ruckeln kam der Wagen in der Einfahrt vor der Garage zum Stehen. Der Motor schaltete sich aus und das Radio verstummte.

„So", sagte Papa. „Da wären wir."

Ja, da hatte er wohl recht. Heute Vormittag war ich aus dem Krankenhaus entlassen worden. Nach über zwei Wochen war ich wieder zu Hause. Das Haus lag ruhig vor uns. Der Lavendel bewegte sich leicht im Wind. In den Fenstern spiegelten sich die vorbeiziehenden Wolken, zwischen denen der blaue Himmel aufblitzte. Papa half mir meine Sachen hinein zu tragen, wo im Flur Nepomuk bereits freudig zappelnd auf uns wartete. Mama war noch im Büro und kümmerte sich um Kunden. Wir hatten uns darauf geeinigt, dass mich nur einer abholen musste und sie ruhig ein wenig weiter arbeiten konnte, schließlich ging es mir einigermaßen gut und die Firma sollte nicht zu sehr vernachlässigt werden. Außerdem wäre mir ein Willkommenskomitee verdammt unangenehm gewesen, was ich, denke ich, mehr als deutlich gesagt hatte. Nicht mal Manus Familie hatte sich getraut, heute vorbeizuschauen, das hatten sie dann auf morgen verschoben. Im ersten Moment hörte sich das vielleicht gemein an, aber überraschenderweise hatte jeder nachvollziehen können, dass ich es erst einmal ruhig angehen lassen wollte und es war sogar Alexandras Vorschlag gewesen, erst morgen Mittag „zum Kaffee und einem kleinen Plausch mit Kim" vorbeizuschauen.

„Mama sollte auch demnächst wieder hier sein. Der Termin war kürzer als gedacht und ich glaube, sie will jetzt doch lieber bei dir sein." Papa zwinkerte mir zu und hängte meine Jacke auf den Haken. „Was möchtest du machen? Ein bisschen fernsehen? Oder soll ich dir etwas zu essen machen?"

Ich schüttelte den Kopf. So nett es auch war, ab und zu mal von allen bedient zu werden und im Zentrum der Aufmerksamkeit zu stehen, so nervig und anstrengend war es auf Dauer.

„Danke, aber ich denke, ich gehe einfach ein bisschen hoch in mein Zimmer, ohne jemanden, der auch dort schläft." Ich lächelte. „Du hast doch bestimmt etwas zu tun. Mach dir um mich keine Sorgen. Ich melde mich, wenn etwas ist."

Für einen ganz kurzen Moment schien er sich zu sträuben, dann gab er jedoch nach und nickte. „Okay, wie du willst mein Schatz. Dann ruh dich aus, ich bin in der Küche, wenn du mich brauchst."

Er drückte mir einen Kuss auf die Stirn und ging davon. Nepomuk schnupperte mittlerweile meinen Koffer ab, als müsste er die Prüfung des Drogenspürhundes beim Zoll bestehen und ließ sich dabei von mir streicheln. Ich hatte ihn so vermisst. Nach ein paar Minuten schien er genug zu haben und verzog sich in sein Körbchen. Ich richtete mich auf und ging in mein Zimmer.

Niemals hätte ich es für möglich gehalten, was alles passiert war, seit ich das letzte Mal hier gewesen war. Ich ließ den Blick schweifen, es sah eigentlich aus wie immer, nur ein wenig ordentlicher. Auf dem Schreibtisch lagen ein paar Bücher und eine Packung Kaugummis. Die ein oder andere leere Kaffeetasse fehlte, die hatte Mama bestimmt in die Spülmaschine geräumt und sich dabei geärgert, wie unordentlich ich doch war. Vereinzelte Sonnenstrahlen drangen durch das Fenster und spiegelten sich in den Bilderrahmen auf dem Regal. Die kleine Pflanze auf dem Fensterbrett sah grüner aus, als ich sie in Erinnerung hatte, wahrscheinlich war sie bei Mamas kleiner Aufräumaktion gegossen worden. Auch ein paar der umherliegenden Klamotten auf dem Fußboden waren verschwunden, sowie der Haufen schmutziger Kleidung, in dem Nepomuk sich verkrochen hatte. Meine Schranktür war geschlossen und wahrscheinlich herrschte auch dort eine ungewohnte Ordnung, schließlich hatten sie mir ein paar meiner Klamotten gebracht, die ich in den letzten zwei Wochen getragen hatte.

Zu meiner Überraschung störte es mich weniger als sonst, dass Mama hier aufgeräumt hatte. Über dem Bett an der Wand hing das Gemälde einer bunten Straßenszene im impressionistischen Stil, das ich von Eva und Kristian bekommen hatte, nachdem ich es bei ihnen im Haus wohl mal eine Weile betrachtet und dann als „sehr schön" bezeichnet hatte und sie es bei Renovierungsarbeiten aussortiert hatten. Mama hatte das gar nicht gefallen und dazu gemeint, dass es zu schade für mein Zimmer wäre, da ich den „künstlerischen Wert" nicht erkennen würde. Erst als Eva ihr mehrfach versicherte, dass sie das gern taten, weil es das nachgemachte Gemälde von einem Freund war und es ansonsten auf dem Dachboden landen würde, weil es nach der Renovierung nicht länger zur Einrichtung des Wohnzimmers passte, gab sie nach. Für Mamas Kommentar über meine Kunstkenntnisse war ich ziemlich sauer auf sie gewesen und hatte sie zwei Tage mit Schweigen gestraft, bis sie sagte, dass ich den Platz über meinem Bett gut gewählt hätte und es doch hervorragend in mein Zimmer passte.

Jetzt hing es dort immer noch, brachte gekonnt Farbe in den Raum, der ansonsten hauptsächlich in weiß gehalten war. Es zeigte einen kleinen Platz in der Stadt, auf dem Leute in Cafés unter Markisen und Sonnenschirmen saßen und das Leben genossen. Die Häuser besaßen viele Schornsteine und Fenster mit Fensterläden. Doch anders als man es von einer Stadt vielleicht erwartete, wuchsen einige Bäume in herbstlichen Farben zusammen mit Pflanzen in Kübeln zwischen den Straßenlaternen und vielen bunten Klecksen, die die Menschen bildeten. Obwohl es nur ein Gemälde war, wirkte es so belebt und fröhlich, als könnte ich jeden Moment in die Szene eintauchen und einen Kaffee unter der gelben Markise bestellen. Schon lang hatte ich es nicht mehr so intensiv betrachtet.

Doch dann fiel mir etwas anderes ins Auge und zwar eine kleine Handtasche aus schwarzem Kunstleder, die auf meiner Bettdecke lag. Es handelte sich um dieselbe Tasche, die ich mit ins Kino genommen hatte.

Sie war überraschend unversehrt, nur an der einen Seite zeichnete sich ein Kratzer ab und der Träger war ein einer Stelle eingedrückt, meine Eltern mussten den Schmutz entfernt haben, denn alles am Unfallort war von Matsch verdreckt gewesen. Ohne darüber nachzudenken öffnete ich den Reisverschluss und griff hinein. Das große Fach, in dem sich mein Geldbeutel befunden hatte, war leer, vermutlich hatte die Polizei ihn genommen, um meine Identität zu erfahren. Doch das kleine Extrafach war unangetastet und da spürte ich es. Mein Atem stockte für einen Moment, dann griffen meine Finger zu und ich zog die knisternden Packungen hervor.

Die Tabletten. Ich hatte sie nicht genommen. Ich hatte mich bewusst dagegen entschieden. Wie mir das bisher entgangen sein konnte, wusste ich nicht. Aber was mich noch mehr wunderte, war, wie das alles sein konnte. Wie hatte Engel das gemacht? Und was genau war *das* überhaupt?

Es gibt so viel mehr zwischen Himmel und Erde, als wir uns vorstellen können, hatte sie gesagt und damit wohl mehr gemeint, als ich geahnt hatte. Unwillkürlich sprang ich auf und stürzte zu meinem Nachtschränkchen. Ich ignorierte die Sternchen, die vor meinen Augen zu tanzen begannen und auch den stechenden Schmerz in meinem Finger, als ich zu hektisch die Schublade öffnete. Ich breitete alles auf meinem Bett aus.

Es war alles noch da. Die Tabletten, der Abschiedsbrief. Ich starrte auf das Blatt Papier und die Plastikverpackung. Meine Hände begannen zu zittern. Langsam schnürte meine Kehle sich zu und ließ meinen Atem nur noch stoßweise gehen. Alles um mich herum schien sich zusammenzuziehen und mich einzuklemmen. Wie hatte ich nur glauben können, alles würde gut werden? Ja, ich lebte, aber sonst? Was hatte sich geändert?

Nichts.

Du bist immer noch dieselbe, dich selbst bemitleidende Kim, die nichts auf die Reihe bekommt, langweilig ist und allein. Und die jetzt noch allen Sorgen bereitet hat, weil sie einen Unfall hatte. Nur deshalb waren alle so nett zu dir, weil sie ein schlechtes Gewissen hatten. Aber ansonsten hätten sie nichts davon bemerkt. So erbärmlich.

Vielleicht wurde ich wirklich verrückt. Vielleicht war ich das schon. Vielleicht war alles, was ich in den letzten Wochen zu erleben und zu sehen geglaubt hatte, nur Einbildung gewesen. Ein letzter verzweifelter Versuch meines Gehirns, mir eine Illusion des Lebens, wie ich es hätte haben können, zu erstellen, um mich vor dem zu schützen, was ich vorgehabt und offensichtlich nicht getan hatte. Sogar dafür zu schwach.

Nein, nein, nein.

Ich drückte meine Handballen gegen die Augen, versuchte die bösen Gedanken aus meinem Kopf zu verbannen. Ich schaffte es nicht. All meine guten Pläne, alles schöne, woran ich gedacht und von dem ich gehofft hatte, es wieder erleben zu dürfen und dazu noch neue

Erinnerungen zu schaffen, schienen unerreichbar. Ich war machtlos und in meiner eigenen Welt gefangen. Von einer auf die andere Sekunde, nur durch eine Packung Tabletten und ein Stück Papier.

„Ich bin bei dir, Kim. Ich war es und werde es auch immer sein. Egal, wo du auch bist und was auch immer du tust", erklangen da plötzlich Engels letzte Worte. Ruckartig hob ich den Kopf und sah mich um. Doch ich war allein. So wie immer.

„Engel?", flüsterte ich leise. War sie hier? War sie wirklich bei mir? Ich dachte an das eine Mal, von dem sie mir erzählt hatte, als sie mir als Kind das Leben gerettet hatte. Daran, wie sie ihre Flügel ausbreitete, wie ein Schutzschild. Wie sie mit mir am Strand lag und mir stundenlang zuhörte. Wie sie mir zeigte, wie sehr manche Menschen mich liebten. Nein, das war keine Illusion meines Unterbewusstseins gewesen. Es war die Realität.

„Hallo?", hallte eine Stimme durch das Haus und zog mich aus meinem Loch. Mama war wieder da. Für einen kurzen Moment zögerte ich. Hier sitzen zu bleiben und darauf zu warten, dass sich die bösen Gedanken zusammen mit mir in Luft auflösten, erschien so einfach, so verlockend. Doch das wollte ich nicht mehr. Ich hatte eine zweite Chance bekommen und auch wenn das Leben manchmal hart war, würde ich sie nicht einfach so aufgeben.

Als ob ein Stromschlag durch mich hindurch fuhr, sprang ich vom Boden auf und lief, so schnell meine Gehirnerschütterung es zuließ, die Treppe hinunter.

„Kim? Was ist los? Ist etwas passiert?" Mama stand an der Tür, ihre Jacke in der Hand und sah mich mit großen Augen an. Im Augenwinkel ließ der Spiegel mich erahnen, was für einen verstörenden Anblick ich bot: Die Haut blass, die Haltung geduckt, den Mund zu einer dünnen Linie zusammengepresst.

„Ist dir schwindelig? Sollen wir zurück ins Krankenhaus fahren?", fragte sie mich und griff bereits nach den Schlüsseln. Hinter mir hörte ich Papa hektisch den Flur betreten.

„Ich …" Meine Stimme versagte. Ich atmete tief durch, Widerstand dem Drang wieder nach oben zu rennen und alles um mich herum auszuschließen. Stattdessen stützte ich mich mit der Hand an der Wand ab und schüttelte den Kopf. „Nein. Mir geht es gut." Zumindest auf meinen körperlichen Zustand bezogen.

Erleichtert ließ Mama die Arme wieder sinken und kam auf mich zu. „Was ist es dann? Du siehst aus … als hättest du ein Gespenst gesehen."

„Ich …" Jetzt erschien auch Papa in meinem Sichtfeld. „Ich muss mit euch reden."

„Okay", sagte er etwas gedehnt und warf Mama einen Seitenblick zu, den ich nicht deuten konnte.

„Dann lass uns doch ins Wohnzimmer gehen."

Ohne zu protestieren folgte ich den beiden und setzte mich ihnen gegenüber auf das Sofa, krampfhaft darauf konzentriert, meinen Mut nicht zu verlieren.

Ich konnte das schaffen.

Papa schob ein Kissen zur Seite und rutschte ein Stück näher an mich heran. Angespannte Stille erfüllte die Luft und schien mit der Erwartung meinen Körper noch fester nach unten zu drücken.

Ich atmete ein letztes Mal gegen den Drang der Flucht an. Und dann sprudelte es einfach so aus mir heraus. Wie ein nicht endender Fluss kamen die Worte aus meinem Mund und versuchten zu erklären, was ich seit Monaten zu begreifen versuchte. Mit jedem Wort schien es leichter zu gehen, mit jedem Satz hob sich ein wenig Gewicht von meiner Brust. Die meiste Zeit vermied ich es, meine Eltern direkt anzusehen, aus Angst vor dem Ausdruck in ihrem Gesicht. Was, wenn sie es doch nicht verstanden? Aber ich stockte nicht und brach nicht ab, ehe ich gesagt hatte, was gesagt werden musste.

„Und bitte glaubt nicht, dass das alles von dem Unfall kommt, denn das tut es nicht. Es ist schon länger da und ich bilde es mir nicht ein, dass es sich so anfühlt, auch wenn es schwer zu erklären ist. Also, jetzt wisst ihr es", schloss ich meinen Bericht und hielt für einen Augenblick die Luft an, als ich aufblickte. Mamas Gesicht war eine einzige, undurchdringliche Maske, aber auch Papas Ausdruck war schwer zu deuten. Meine Kehle schnürte sich erneut zu. Sie verstanden es nicht. Es war ein Fehler gewesen, meine Gefühle zu offenbaren. Jetzt war es für diese Einsicht jedoch zu spät. Gerade wollte ich aufspringen und in mein Zimmer rennen, da erwachte Papa aus seiner Starre. „Natürlich glauben wir dir. Du bildest dir das nicht ein."

Mamas Augen sahen fest in meine. „Du bist nicht allein. Wir werden dir Hilfe holen. Wir sind immer hier, wenn etwas ist."

Damit stand sie auf und schloss mich in eine feste Umarmung. „Wir haben dich sehr lieb, Kim."

Und zum ersten Mal seit einer sehr langen Zeit konnte ich sie richtig zurück umarmen.

„Ich euch auch", flüsterte ich, als auch Papas Arme sich um mich legten. Und dann kamen doch die Tränen. Aber das war okay.

Meine Maske war gefallen und zerbrochen. Die echte Kim hatte sich gezeigt und war akzeptiert worden. Ich war frei.

27.

Mit der flachen Hand wischte ich über den Einband und pustete mir anschließend den Staub von den Fingern.

„Kim, nimm doch bitte einen Lappen dafür, sonst verteilst du alles und wir können nachher wieder staubsaugen." Mama stellte eine weitere Kiste mit Büchern und kleinen Kartons auf dem Tisch ab und reichte mir kopfschüttelnd ein Tuch. Ich hatte ihr versprochen, die Fotos von Oma und Opa, die wir beim Ausräumen des Hauses mitgenommen hatten, durchzusehen und zu sortieren. Mama hatte es schon vor Ewigkeiten machen wollen, aber nie die Zeit gefunden oder es einfach vergessen. Die letzten Tage war so schönes Wetter gewesen, die wachsenden Blätter an den Bäumen und die angenehm warme Sonne waren dem April würdig und hatten den Frühling eingeläutet. Der Winter war lang gewesen, doch nun war er endlich vorbei.

Leider hatte mich das gute Wetter so sehr beeinflusst, dass ich aus meiner guten Laune heraus sofort *Ja* gesagt hatte zu Mamas Bitte, ihr mit Fotos zu helfen, sobald sie dazu käme, und jetzt stand ich hier und musste mein Schicksal akzeptieren. Heute war Sonntag und nachdem meine Eltern sich diesen Tag nun immer öfter tatsächlich mal freihielten, mussten sie sich anders beschäftigen. Da es seit letzter Nacht aber in Strömen regnete, fiel Gartenarbeit als Option aus und stattdessen stand Fotos-sortieren auf dem Plan.

„Also die meisten Fotos sind bereits sortiert", erläuterte Mama ihren Schlachtplan. „aber wir müssen uns trotzdem einen Überblick verschaffen und raussuchen, was vielleicht weg kann oder was für die anderen kopiert werden soll."

Mit „die anderen" waren ihre Geschwister gemeint, die schlauerweise andere Aufgaben beim Auflösen des Haushalts ihrer Eltern übernommen hatten und jetzt mehr oder weniger darauf drängten, von uns ein paar Bilder zu bekommen.

„Okay." Ich drehte das Buch in meinen Händen auf der Suche nach einer Beschriftung hin und her und schlug es dann auf. Ein schwarz-weißes Brautpaar lächelte mir zaghaft glücklich entgegen. *Dorothea &*

Egon Fügen stand in geschwungener Handschrift darunter. Das weiße, einfach geschnittene Kleid der Braut reichte ihr fast bis zu den Knöcheln und zeigte damit ihre leicht spitz zulaufenden, mit einer niedrigen Hake versehenen Schuhe. In den Händen hielt sie ein recht ausladendes Blumengesteck und die dunklen Haare waren größtenteils unter einem buschigen Schleier versteckt. Der Bräutigam trug einen Anzug mit Fliege und einem Anstecktuch in der Brusttasche. Ganz traditionell.

„Ach, das ist das Album von dem Jahr, in dem Oma und Opa geheiratet haben." Mama sah mir über die Schulter. „Hübsch die beiden, oder? Auch wenn der Schleier und das Kleid heute ein wenig aus der Mode sind."

„Ich finde, sie wirken ein bisschen … steif." Tatsächlich wirkten sie ein wenig zurückhaltend ihrem Partner gegenüber, als wüssten sie nicht richtig, was sie von der Situation halten sollten. Dabei hatte Oma immer erzählt, dass sie so verliebt waren, dass sie es gar nicht hatten abwarten können, zu heiraten. Und das obwohl sie sich zu dem Zeitpunkt gerade Mal ein Jahr kannten. Doch auf diesem Bild zeigten sie sich zurückhaltender: Nur leicht aneinander gelehnt, hatte er einen Arm um ihre Taille gelegt, wobei das Minimum an Körperkontakt entstand. So ganz anders als man es von den Hochzeitsbildern gewohnt war, die man heute mit Küssen vor der Kamera, irgendwelchen extravaganten Posen und speziellen Hintergründen machte.

„Tja, so war das früher. Das Album sehe ich nachher genauer durch, da sind bestimmt auch Fotos von Kristian als Baby drin, die will er haben. Das Hochzeitsbild haben wir schon irgendwo eingerahmt." Sie heftete einen Notizzettel auf die Vorderseite und stellte eine kleine Kiste vor mir ab. „Aus irgendeinem Grund wurden diese Fotos in kein Buch geklebt, sondern einfach einzeln hier rein gelegt. Du würdest mir wahnsinnig helfen, wenn du es schaffst, sie einigermaßen zu ordnen."

Ich nickte, ließ mich auf den nächsten Stuhl fallen und nahm das erste Foto heraus. Es zeigte einen überfüllten Strand mit Hotelhochhäusern im Hintergrund. Vom Kleidungsstil und Zustand der Aufnahme locker 80er-Jahre. Sommerurlaub irgendwo am Meer, würde ich tippen, aber genauer konnte ich es nicht sagen und auf der Rückseite gab es keine Beschriftung. Na toll, so würde das Sortieren ewig dauern, wenn ich bei jedem einzelnem rätseln und Mama um Rat fragen musste, die wahrscheinlich selbst keine Ahnung hatte. Vielleicht ging es ja mit den nächsten leichter. Ich legte es auf einen neuen Stapel, den ich in Gedanken *noch-nicht-sicher* nannte und fuhr fort. Zwei kleine Kinder, die auf einem Sofa saßen und einen Teddy im Arm hielten. Der Junge, der etwa im späten Kindergartenalter war, blickte zu seiner kleinen Schwester, die misstrauisch jemanden neben der Kamera zu beäugen schien. Beim genaueren Betrachten wurde mir ziemlich schnell klar, dass es sich bei dem Jungen um Kristian handeln musste, Leonidas und Ilias sahen ihrem Vater auf Kinderbildern unglaublich ähnlich. Dann war das Mädchen daneben mit Sicherheit Mama. Ich musste grinsen, als ich mir ihr pausbäckiges Kindergesicht ansah, das hatte so gar nichts von der strengen und eleganten Frau von heute. Aber eigentlich war sie ganz süß gewesen.

Ich legte das Foto auf einen weiteren Stapel und arbeitete mich weiter durch die Kiste. Nach einer knappen Stunde war ich beinahe fertig und drückte meinen mittlerweile versteiften Rücken durch.

„Ich mache mir mal einen Kaffee. Möchtest du auch einen?", fragte Mama, als könnte sie meine Gedanken lesen.

„Ja, bitte." Ich änderte meine Sitzposition und zog die Beine an.

„Hast du schon deine Termine der nächsten Wochen eingetragen?"

„Nein, noch nicht, das wollte ich nachher machen."

„Das wäre ganz gut. Nur damit wir wissen, wann wir dich vielleicht abholen müssen." Mit einem surrenden Geräusch sprang in der Küche die Kaffeemaschine an.

„Also am Freitag treffe ich mich mit Manu", antwortete ich über den Lärm hinweg.

„Wisst ihr schon, was ihr machen werdet?"

„Auf jeden Fall essen gehen und dann je nach dem, wie das Wetter ist, vielleicht ins Kino." Ein weiteres Schwarz-Weiß-Bild eines alten Autos vor einem Haus, das ich mittlerweile als das meiner Urgroßeltern zuordnen konnte, wanderte auf einen der Stapel.

„Das hört sich schön an. Am Samstag kommen übrigens auch Alexandra und Holger zum Abendessen vorbei, frag Manuel bei Gelegenheit doch bitte, ob er auch mitkommt."

„Ja, kann ich machen …" Meine Stimme stockte, als ich das nächste Foto ansah. Es war ebenfalls schwarz-weiß und zeigte eine junge Frau auf einer Wiese, die dem Fotografen eine Rose präsentierte. Ihre dunklen, gewellten Haare fielen auf ihre Schultern, die von den Trägern des Kleides verdeckt wurden, das sich weich um ihre Taille schlang und dann in einem weiten Rock bis knapp über die Knie reichte. Ein breites Lächeln erstrahlte ihr Gesicht und zeichnete kleine Fältchen um ihre Augen, die direkt auf die Kamera gerichtet waren. Aufmerksam und glücklich schienen sie einen durch das Bild anzusehen. So viele verschiedenen Ausdrücke hatte ich bisher in diesen Augen gesehen, wodurch sie mir so vertraut waren, dass ich die junge Frau sofort erkannt hatte, auch ohne Farbe und ihre weißen Flügel.

Ich blinzelte. Einmal, zweimal. Drehte das Bild mehrmals hin und her, um sicher zu gehen, dass mein Gehirn mir keinen Streich spielte.

„Mama?"

„Hm?"

„Wer ist das?"

Sie kam aus der Küche und stellte eine dampfende Tasse vor mir ab. „Ach, das ist deine Oma, Dorothea. Da wird sie so ungefähr dein Alter gewesen sein. Sie hat früher erzählt, dass es recht untypisch für Mädchen ihrer Generation war, das Abitur zu machen und danach zu studieren. Vor allem, danach zu arbeiten und nicht nur Hausfrau und Mutter zu sein. Doch sie wollte es unbedingt und hat ihre Eltern überzeugt, sie zum Studium gehen zu lassen. Auch dort hatte sie viel mit Vorurteilen zu kämpfen und trotzdem hat sie ihren Abschluss in Rechtswissenschaften geschafft und dabei deinen Opa kennen gelernt. Einmal hat sie zu mir gesagt, sie sei nur so stark gewesen, weil sie es musste und schon im Krieg so gelernt hatte, als sie zusammen mit ihrem großen Bruder auf ihre jüngeren Geschwister aufpassen musste, obwohl sie selbst noch ein Kind war. Und die Nachkriegszeit war ja auch nicht leichter. Sie wird immer eine Kämpferin und ein großes Vorbild für mich bleiben." Mama schaute mich von der Seite an und lächelte. „Du siehst ihr wirklich sehr ähnlich. Das ist mir bisher nie so sehr aufgefallen, aber du hast viel mehr von ihr als von mir oder von Michael. Müssen starke Gene sein, die sich hier durchgesetzt haben." Sie betrachtete wieder das Bild. „Sie war richtig hübsch, nicht wahr?"

Ich nickte. Für mehr war ich noch nicht bereit. Zu viele Gedanken rasten mir in diesem Moment durch den Kopf. Zum Glück bemerkte sie es nicht und ging stattdessen wieder in die Küche, um ihren Kaffee zu machen.

Dorothea war Engel. Doch wie war das möglich? Hatte sie deshalb so ausweichend reagiert und gemeint, unsere Ähnlichkeit läge an unserer *Verbundenheit*? Na ja, in diesem Fall war das nicht einmal gelogen. Nur wie diese Verbundenheit bestand, hatte ich damals nicht verstanden. Und wenn ich ehrlich war, tat ich das immer noch nicht so wirklich. Aber das ging mir in den letzten Monaten oft so. Je mehr ich darüber nachdachte und erfuhr, über das, was mir passiert war, desto mehr Fragen kamen auf. Ob ich sie jemals beantworten konnte, war fragwürdig. Höchstens vielleicht, wenn ich Engel nach meinem Tod wiedersah. Aber selbst hier wusste ich nicht, ob das so passieren würde, wie ich es bisher erlebt hatte. Das Einzige was ich mit Sicherheit sagen konnte, war, dass ich sie vermisste. Auch, wenn Engels rätselhaften und knallharten Kommentare mich manchmal ziemlich genervt hatten, sehnte ich mich danach, Ratschläge von ihr zu bekommen oder ihr einfach zu erzählen, was passiert war. Zu wissen, dass sie mich immer und überall begleitete, war nicht immer genug. Aber wenigstens hatte ich jetzt ein Bild von ihr, das ich behalten und immer ansehen konnte.

„Mama?"

„Ja?"

„Kann ich das Foto behalten?"

Sie setzte sich mit einer eigenen Tasse Kaffee zu mir an den Tisch.

„Ja, sicher. Ich sehe keinen Grund dagegen. Im Arbeitszimmer, in der Schublade direkt neben der Tür, liegen noch ein paar leere Bilderrahmen. Du kannst ja mal nachsehen, ob einer passt."

„Alles klar, ich bin gleich wieder da." Bevor sie etwas einwenden konnte sprintete ich die Treppe hoch, durchsuchte die Schublade und wurde schnell fündig. Das Foto passte perfekt in den weißen Rahmen. Vorsichtig legte ich es ein und stellte es auf das Regal neben das Bild von meinen Freunden und mir an meinem 16. Geburtstag am See. Stolz lächelte die junge Dorothea mich an. Sie hatte recht behalten mit ihrem Versprechen: Sie war immer bei mir.

EPILOG

Heute bekam ich ein Geschenk
Heute bekam ich ein Geschenk
Zuerst habe ich es nicht bemerkt,
Aber als ich meine Augen öffnete, einen tiefen Atemzug nahm, sah ich es
Es war nicht ganz neu, aber auch noch nicht alt
War schon genutzt, aber nicht verbraucht
Es hatte Erinnerungen
Es hatte Träume
Es hatte Ecken und Kanten
Als ich einatmete, bemerkte ich es
Ich bedankte mich mit einem Lächeln
Es war nicht perfekt
Aber es war trotzdem schön
Es war ein gutes Geschenk
Es war mein Leben

Ich las die letzte Seite noch einmal durch und lächelte dann zufrieden. Manche Gefühle ließen sich doch in Worte fassen.

Wie aufs Stichwort klingelte es in diesem Moment an der Tür. Perfektes Timing.

„Kim!", halte Papas Stimme gemischt mit Nepomuks aufgeregtem Bellen zu mir hoch. „Du hast Besuch!"

„Ich komme!", rief ich zurück und verstaute das kleine Notizbuch wieder im Nachtschränkchen. Schnell lief ich die Treppe hinunter, um Manu nicht länger warten zu lassen. Vor dem großen Spiegel im Flur betrachtete ich mich ein letztes Mal selbst. Den blauen Oversize-Pullover hatte ich in meinen knielangen Rock gesteckt und meine Haare offen gelassen. Die silberne Kette mit einem kleinen Anhänger, die ich vor ein paar Jahren geschenkt bekommen hatte, baumelte um meinen Hals. Sogar der Pickel, der sich vor ein paar Tagen auf meiner Stirn breitgemacht hatte, war verschwunden. Ich war wirklich zufrieden mit dem, was ich sah.

Ich bückte mich, um meine Schuhe zuzubinden. Als ich mich wieder aufrichtete, erstarrte ich für einen kurzen Moment in der Bewegung. Hinter mir im Spiegel war eine weitere Person aufgetaucht, die mir zulächelte. Ihre weißen Flügel schimmerten mit dem gleichfarbigen Baumwollkleid um die Wette und ihre Sommersprossen schienen in der hereinfallenden Sonne auf ihrer ebenmäßigen Haut zu tanzen. Wir sahen uns tief in die Augen.

„Danke", formte ich tonlos mit den Lippen und lächelte zurück. Ihre Antwort war ein gutmütiges Nicken.

Die letzten Monate hatten viel für mich verändert. Meine Eltern hatten ihr Versprechen gehalten und wir hatten mir professionelle Hilfe gesucht. Es stellte sich heraus, dass es schwieriger war als gedacht, jemanden zu finden, der nicht schon ausgebucht war und dann auch noch zu einem passt. Aber ich hatte Glück und verbrachte jetzt regelmäßig Termine bei meinem Therapeuten, mit dem ich sehr gut zurecht kam und der mir wirklich half.

Mit Sam hatte ich außerhalb der Schule so gut wie nichts mehr zu tun, dafür umso mehr mit meinen anderen Freundinnen und Natascha. Mittlerweile kam auch Jenna öfter mit, wenn wir etwas unternahmen. Ganz offiziell als Elisas feste Freundin. Ich war offener dafür geworden, neue Sachen auszuprobieren und war jetzt öfter bei Poetry Slams dabei.

Natürlich war nicht alles rosa Zuckerwatte und tanzende Freude in meinem Leben. Es gab immer noch Nächte in denen ich nicht einschlafen konnte und Tage, an denen ich mich kaum dazu aufraffen konnte, etwas anderes zu tun, als im Bett zu liegen. Manchmal zog mein Herz sich immer noch schmerzhaft zusammen, wenn ich Sam und Mika sah, auch wenn ich erkannt hatte, dass ich keinen Partner brauchte, um glücklich zu werden. Auch die bösen Gedanken ließen mich nicht in Ruhe, aber sie wurden weniger. Das Leben war nun mal nicht einfach und hielt immer neue Herausforderungen bereit, die es zu bewältigen gab.

Aber ich überlebte es. Stück für Stück, Tag für Tag. Und ich wurde immer besser darin, es zu genießen.

Ich holte tief Luft und sah Engel ein letztes Mal an, bevor ich hinaustrat und Manu begrüßte.

„Na, endlich fertig? Ich dachte, du nähst dein Outfit erst noch, so lang wie du gebraucht hast."

„Wenigstens sehen meine Haare deshalb nicht aus wie ein Vogelnest", zog ich ihn auf und wuschelte ihm durch die nicht vorhandene Frisur. „Also, was machen wir heute?"

„Tja, das wüsstest du wohl gern." Er grinste überlegen und ging zu seinem Fahrrad. In dem Rucksack, den er über die Schulter trug, klimperte etwas.

Ich zog die Augenbrauen hoch. „Was ist das denn? Hast du etwa Alkohol dabei?"

„Bionade, wenn du es genau wissen willst. Mehr verrate ich dir aber nicht. Du wirst es noch früh genug herausfinden, wenn wir da sind."

„Solang du nicht versuchst mich zu küssen, kein Problem."

„Mach dir keine Sorgen, aus dem Alter bin ich raus. Wir müssen ein Stück fahren, bist du dir sicher, dass du das in dem Outfit kannst?"

„Sogar besser als du."

„In deinen Träumen vielleicht."

Die Sonne wärmte mein Gesicht, als ich mich auf mein Rad schwang und Manu hinterherfuhr. Der Wind strich mir durch die Haare und brachte den Geruch nach frischgemähtem Gras und Blüten mit sich. Ich hatte das Gefühl, dass der heutige Tag noch schöner werden würde, als gedacht und dass ich den glücklichen Ausdruck nur mit Mühe aus meinem Gesicht hätte verbannen können. Aber warum sollte ich auch?

Es stimmte, dass wir unseren Tod nur bedingt selbst in der Hand hatten, doch ich hatte mich dafür entschieden, es noch eine Weile dabei zu belassen. Ich hatte mich für das Leben entschieden. Und ich würde diese Chance nutzen, so gut ich konnte, denn am Ende war genau das mein Geschenk.

Und damit schaffte ich es, nicht mehr der Antagonist, sondern der Protagonist meiner Geschichte zu sein.

DANKSAGUNG

... *denn am Ende ist genau das mein Geschenk.* Dass das Leben ihr Geschenk darstellt, erkennt Kim am Ende dieses Buches, das gleichzeitig für mich *mein* Geschenk ist. Der Wunsch, Kims Geschichte auf das Papier zu bringen und zu veröffentlichen hat mich lange begleitet und das es nun soweit ist, kann ich nach wie vor kaum glauben. Der Weg dorthin war von so vielen Ereignissen und Menschen geprägt, die dazu beigetragen haben, dass man diesen Roman heute in den Händen halten kann.

Ein großes Danke an...

... Jessica Weber für die Unterstützung bei der Leseprobe und die vielen Tipps.

... meine Testleser und Freunde Simon Wettstein (reicht das für Instagram?), Annika Kienle und Isabel Schlitte. Kritik kann manchmal hart sein, ist aber notwendig. Vielen Dank, dass ihr immer ehrlich zu mir wart und mir damit so geholfen habt.

... meine Unifreunde, und Juls, auch wenn wir uns beim Prozess des Schreibens noch nicht kannten, wart ihr auf dem Weg zur Veröffentlichung trotzdem da und habt euch meine Pläne angehört und Covers bewertet.

... meine Koza-Freunde für Sushi- und Spiele-Abende, peinliche Zitatgruppe und eure unschlagbare Freundschaft, für die ich jeden Tag dankbar bin.

... Anna Letzelter dafür, dass du unseren Ruhepol bildest.

... Jonas Fuchs für die vielen Korrekturen (Wie macht die Katze eines Milliardärs?).

... Lara Giebel als meine Buchtauschpartnerin, Probeleserin und Zuhörerin.

... Magdalena Memmer für, naja, ziemlich vieles an diesem Buch, angefangen bei der inhaltlichen Überarbeitung bis hin zum Cover (das meine Erwartungen übertroffen hat).

... Annika Johann, weil du so bist, wie du bist.

... Julia Eitel für alles, was du mit mir zusammen durchgestanden hast und wo du für mich da warst. Du hast *Wie ein Fehler im System* und auch mich wachsen sehen und uns dabei mit allem Möglichen unterstützt. Dafür kann ich dir nicht dankbar genug sein.

... meine Eltern, die mir so viel ermöglicht und mich schon immer in all meinen Träumen unterstützt haben. Ihr habt mir den Mut gegeben, der Mensch zu werden, der ich heute bin und trotzdem weiter zu wachsen.

... Moritz, mein doch etwas größerer, kleiner Bruder, der mir trotz mancher Streitigkeiten immer wieder zeigt, wie dankbar ich bin, kein Einzelkind zu sein.

... Spike, meinen Partner in Crime, der mich immer zum Lachen bringt.

... meine Familie, die bei allem zusammenhält und dazu zwar ähnlich chaotisch ist wie Kims, aber ansonsten wäre es ja auch langweilig. Hierbei danke ich ganz besonders Brigit Pianosi (meine nächste Reise zu euch kommt bestimmt bald) und meinem Lieblingscousinchen Julia.

... die Haucks. Ich danke euch für ein Stück Familie, das keine Verwandtschaft braucht.

... dich, Oma. Du bist wahrscheinlich mein größter Fan und wenn ich daran denke, was du großartiges in mir siehst, glaube ich ein bisschen mehr daran, es erreichen zu können. Denn auch du wirst immer mein Schutzengel sein.

Und zu guter Letzt, vielen Dank an dich, lieber Leser, liebe Leserin. Denn egal, ob du zu den oben genannten Personen gehörst oder nicht, dieses Buch ist - wie die Widmung bereits sagt - für dich. Und auch für mich. Denn dieser Roman ist für jeden, der bereit ist, ihn zu lesen und sich vielleicht die ein oder andere Botschaft mitzunehmen. Denn das Leben ist tatsächlich ein bisschen zu kurz zum Sterben und auch dafür, der eigene Antagonist zu sein.